Maike Voß
With~~out~~ You

Maike Voß

WITH
OUT
YOU

Roman

dtv

**Ausführliche Informationen über
unsere Autorinnen und Autoren und ihre Bücher
www.readbold.de**

Von Maike Voß ist bei dtv außerdem lieferbar:
So sieht es also aus, wenn ein Glühwürmchen stirbt

Diese Publikation enthält Links auf Webseiten Dritter,
für deren Inhalte wir keine Haftung übernehmen, da wir uns diese nicht
zu eigen machen, sondern lediglich auf deren Stand zum Zeitpunkt
der Erstveröffentlichung verweisen.

Das Zitat auf Seite 225 stammt aus:
›Das Herz hat seine Gründe, die der Verstand nicht kennt:
Schöne Gedanken‹ von Blaise Pascal
Aus dem Französischen neu übersetzt von Bruno Kern,
© 2012 marixverlag GmbH, Wiesbaden

Das Zitat auf Seite 269 stammt aus:
›Briefe an Milena‹ von Franz Kafka
Erw. Neuausg. Hrsg. v. Jürgen Bern, Michael Müller
Erschienen 1986 Fischer Taschenbuch Verlag, Frankfurt/M.

Originalausgabe
© 2021 bold, ein Imprint der
dtv Verlagsgesellschaft mbH & Co. KG, München
Umschlaggestaltung: Sandra Taufer, München
unter Verwendung von Motiven von
shutterstock.com und creativemarket
Gesetzt aus der Dorian
Layout & Satz: Gaby Michel, Hamburg
Druck und Bindung: CPI books GmbH, Leck
Printed in Germany · ISBN 978-3-423-23027-8

*Für all die Frauen,
denen eingeredet wird, schuld zu sein.
Für alle Frauen, die aufstehen, ihre Stimme erheben
und sich dagegen wehren. Für all jene, die keine Schuld trifft und
die es verdienen, gehört zu werden.*

*Für Sigrid Williams,
denn dank dir habe ich angefangen
zu schreiben.*

*Für meine beste Freundin,
denn dank dir schreibe ich weiter.*

Playlist

Everybody's Changing – Keane

Leiser – LEA

Fight Song – Rachel Platten

Swim – Jack's Mannequin

Don't Let Me Down – The Chainsmokers (feat. Daya)

Mr. Brightside – The Killers

Demons – Imagine Dragons

More Than You Know – Axwell Λ Ingrosso

Need The Sun To Break – James Bay

Nobody – Selena Gomez

The (Shipped) Gold Standard – Fall Out Boy

Alaska – Casper

Here I Am Alive – Yellowcard

Prolog

Eli und ich lernten uns auf einem Festival kennen und wir passierten so schnell wie ein plötzliches Sommergewitter. Erst tauchten die Wolken auf, unübersehbar, und ich spürte den Wind, der alles durcheinanderwirbelte. Als Nächstes das leise Grollen, das ankündigte, was auf uns zukam – und dann brach es über uns herein. Blitze leuchteten auf, bevor ich sie erahnen konnte, und die Naturgewalt des Donners war meilenweit zu hören. Nicht abstreitbar, unausweichlich und wir befanden uns mittendrin im berauschend warmen Regen.

Ein langes Wochenende nur, an dem wir tanzten, sangen und lachten, dabei hatte ich mich eigentlich längst davon verabschiedet, je wieder etwas so Schönes empfinden zu können. Doch plötzlich erfüllte es mich von Kopf bis Fuß.

»Ich hab Angst«, gestand ich Eli an unserem letzten Abend, als wir auf zwei Klappstühlen vor unseren Zelten saßen, meine Beine, die in verwaschenen Jeansshorts steckten, auf seinem Schoß. Seine dunklen Augen waren die Ruhe selbst, die er auf mich gerichtet hatte, während seine Finger über meine Haut strichen und ein beinahe unerträglich schönes Kribbeln hinterließen.

»Wovor, Luna?«, fragte er.

»Dass es zu gut ist, um wahr zu sein.«

Ein leises Zittern durchlief meinen Körper. Kurz darauf zog er seine Jacke aus und legte sie mir um die Schultern. Sie war warm und roch nach ihm. Darunter trug er ein T-Shirt seiner Lieblingsband Fall Out Boy, die heute aufgetreten war.

»Ich weiß, was du meinst«, sagte er und legte eine Hand an meine Wange.

Ich lächelte und wurde rot und war dankbar für die Abenddämmerung, die das vor ihm versteckte.

Er zögerte kurz, dann rückte er mit seinem Stuhl dichter neben meinen und neigte seinen Kopf zu mir herunter.

»Okay?«, fragte er und ich spürte seinen Atem an meinen Lippen.

»Okay«, flüsterte ich zurück und schloss die Augen, frei von jeder Angst.

Es war ein leichter Kuss, den ich in dem Moment genau so brauchte. Sein erster Kuss, der all die vorigen nichtig machte, als hätten sie nie stattgefunden, weil ich mich bei ihm beschützt und sicher fühlte. In seiner wunderschönen Einfachheit ließ er mich endlich wieder verstehen, wovon all die Liebeslieder handelten, was es bedeutete, vollständig zu sein, und dass man nicht irgendwo, sondern bei jemandem ankam. So wie ich bei ihm an diesem Abend.

Zurück in Hamburg sahen wir uns wieder und das erste Mal schien es mir zu gelingen, meine Albträume hinter mir zu lassen, die mich monatelang heimgesucht hatten. Und jeder Tag mit Eli bestärkte mich darin. Ich war wieder verliebt, lernte, dass alles, was ich aus meinem Leben verbannt hatte, bei ihm einen neuen Platz gefunden hatte, und merkte, wie mein gebrochenes Herz heilte. Jeder seiner Blicke schien mich voll und ganz zu verstehen. Jedes Wort war ein weiteres Versprechen, dass er es wert war, wieder zu vertrauen. Und mit ihnen schrieben wir unsere eigene Liebesgeschichte, bei der ich nicht abwarten konnte, die Seiten umzublättern. Er war der, den ich nicht gesucht und doch gefunden hatte, mit dem ich nicht nur lebte, sondern wieder liebte und mich selbst neu spürte. Meinen Körper, meine Seele. Unsere Nächte waren liebevoll, er gab mir alle Zeit der Welt, mich daran zu *gewöhnen, dass das Leben schön war, und beschütze mich vor all dem, an das ich nicht mehr denken wollte.*

Bis zu dem Tag, als Eli den Unfall hatte, er im Krankenhaus um sein Leben kämpfte und ich noch am selben Abend aus der Stadt flüchtete, ohne mich zu verabschieden. Am Ende dauerte es ein ganzes Jahr, den Mut aufzubringen, meine Scherben aufzufegen. Meine Fehler, meine Angst und meine Scham, um nach Hamburg zurückzukehren. Zusammen mit der Gewissheit, dass ich, auch wenn ich mich dazu entschied zu kämpfen, womöglich nichts davon zurückbekommen würde.

Endlich sitze ich im Zug, der in diesem Augenblick vom Münchner Hauptbahnhof abfährt. In ein paar Tagen beginnt die Orientierungswoche an der Uni Hamburg und ich bin eingeschrieben für *Deutsche Sprache und Literatur*. In wenigen Stunden werde ich meine Mutter wiedersehen, bald auch meine Freunde. Eli hab ich noch nichts gesagt, er hat keine Ahnung davon. Ich weiß nicht einmal, ob ich es ihm sagen soll oder die Zeit dafür längst abgelaufen ist, schließlich habe ich mich seit meiner Abreise damals nicht ein einziges Mal bei ihm gemeldet.

Ob es die richtige Entscheidung ist zurückzukommen? Oder wäre es besser gewesen, in München zu bleiben? Werden wir uns wiedersehen oder sind wir inzwischen Fremde?

Seufzend lasse ich meinen Kopf gegen die kühle Scheibe sinken. Ich hab genug von den ganzen Fragen in meinem Kopf, die wie eine rotierende Sanduhr immer wieder aufs Neue auf mich einprasseln. Damit ist ab sofort Schluss.

»Sei mutig, nur vorwärts und kein Zurück«, sage ich mir selbst zum wiederholten Mal.

Meine Augen wandern kurz zu der Anzeige über mir, dann schließe ich sie. Noch gut vierhundert Kilometer bis zu Hause. Noch gut vierhundert Kilometer bis zu all den Antworten.

1

Schwer liegt der Gurt meiner Reisetasche über meiner Schulter, deren Gewicht ich deutlich spüre. Sie ist bis zum Rand gefüllt mit den Klamotten, die ich vor etwa einem Jahr an genau dieser Stelle wahllos in sie hineingestopft habe, mitten in der Nacht, den Herzschlag bis zum Hals und mit einem tränenüberströmten Gesicht. Mein ganzes Leben, zusammengehalten von ein bisschen Stoff.

Aufmerksam schaue ich mich um und spiele dabei mit dem sichelförmigen Anhänger meiner Kette. Es ist ein seltsames Gefühl, in meinem alten Zimmer zu stehen, dabei hat sich optisch gar nicht viel verändert. Mein Bett steht immer noch an derselben Stelle unter meinem Fenster und der Schreibtisch samt Stuhl hinterm Kopfende. Der Eichenschrank gegenüber davon wird von zwei überfüllten Bücherregalen gesäumt und auch der Teppich unter meinen Füßen ist noch genauso weich wie damals. Alles wie immer und doch irgendwie neu. Vielleicht, weil es zu ordentlich ist, und man sieht, dass hier länger niemand mehr gewohnt hat.

Ich stelle die Tasche erst mal vor dem Kleiderschrank ab, gehe zum Bett und kann durch das Fenster den in der Dämmerung liegenden Garten sehen – der Feuerahorn mit seinen roten Spitzen, die Beete, der Teich, alles noch da. Dabei berühre ich die blau gemusterten Laken meines Bettes und spüre den glatten Stoff unter meinen Fingern. Meine Mutter muss sie neu bezogen haben, bevor sie mich vom Bahnhof abgeholt hat.

Ich beuge mich über die Kante des Bettes und strecke meine Hand nach dem Netzteil aus, um es mit der Steckdose zu verbinden. Sofort leuchten die vielen kleinen Lämpchen der Lichterkette, die rings um das Fenster angebracht ist. Ein Lächeln zieht meine Mundwinkel nach oben und ich atme den Geruch von zu Hause tief ein. Unzählige Male habe ich mich mit diesem Licht und einem Buch in die Kissen gekuschelt, um für ein paar Stunden in eine fremde Welt zu flüchten. Hier war immer mein Ruhepol, wo ich mich nicht fürchten musste, sondern selbst die schaurigste Geschichte vorbei war, sobald ich den Roman zuklappte. Nur um am nächsten Tag festzustellen, dass die schlimmsten Monster nicht zwischen zwei Buchdeckeln, sondern im Hier und Jetzt lauern.

Aber das war einmal. Ab sofort ist das vorbei und ich bin mehr als bereit, mein neues Kapitel zu beginnen.

Mit einem Kopfschütteln verscheuche ich die dunklen Gedanken und gehe zum Kleiderschrank, um meine Sachen einzusortieren. Als ich gerade eine Jeans über dem Arm falte, klopft es an der Tür.

»Hey, brauchst du Hilfe beim Auspacken?«

Meine Mutter steckt ihren Kopf herein und sieht mich fragend an. Ihr kurzes braunes Haar fällt ihr in die Stirn und von ihrem roten Lippenstift ist nicht mehr viel übrig. Kein Wunder, es ist schon nach neun und sie hat mich direkt nach der Arbeit abgeholt.

»Ja, gerne«, sage ich und nicke.

Sie lehnt die Tür hinter sich an, kommt zu mir und nimmt ein paar T-Shirts aus der Tasche. »Schön, dass du doch etwas früher gekommen bist«, bemerkt sie, während sie den Stoff glattstreicht.

»Ich dachte, es wäre gut, wenn ich ein paar Tage hätte, mich einzugewöhnen«, antworte ich. »Am Montag beginnt ja schon die Orientierungswoche.«

»Dann willst du hingehen?«

»Schaden kann es nicht«, sage ich so unbekümmert wie möglich, während meine Mutter sich die Hand vor den Mund hält, weil sie gähnen muss.

»Anstrengender Tag?«, vermute ich.

»Kann man wohl sagen. Nach meinem Unterricht hatte ich noch zwei Stunden Vertretung und musste zu einem Gespräch mit der Schulleitung.«

»Ich hätte doch auch mit der Bahn nach Hause fahren können«, sage ich und lege meine Tops auf einem Stapel zusammen.

»Auf keinen Fall. Selbst wenn du mitten in der Nacht angekommen wärst, hätte ich dich abgeholt«, sagt sie entschieden und ich lächle.

»Es ist schön, wieder zu Hause zu sein.«

»Das finde ich auch«, erwidert sie und verstaut die Socken in der Schublade, während ich die letzte Bluse auf einen Bügel hänge. Der Rest meiner Sachen ist längst im Waschkeller und um sie werde ich mich morgen kümmern. »So, das hätten wir.«

»Danke«, sage ich.

Wir sehen uns einen Moment an und ihre blauen Augen, die ich von ihr geerbt habe, werden schon wieder so riesig, als könnte sie nicht glauben, dass ich tatsächlich vor ihr stehe. Dann nimmt sie mich in den Arm und drück mich fest an sich. Keine Ahnung, wie oft sie das heute schon getan hat, seitdem sie mich abgeholt hat. Sanft streicht sie mir über den Kopf und ich höre sie schlucken, als sie sich von mir löst.

»An deine kurzen Haare muss ich mich erst noch gewöhnen«, sagt sie. »Und an die Kontaktlinsen.«

Sie mustert mich eingehend und ich greife nach ihrer Hand. Seitdem wir uns das letzte Mal gesehen haben, habe mich schon sehr verändert, nicht nur äußerlich.

»Wann hast du sie schneiden lassen?«, will sie wissen.

»Kurz nachdem die Ansage kam, dass mein Zug zwei Stunden Verspätung hat. Es war eine spontane Idee.«

»Und hast du das für dich gemacht oder hat es was mit ihm zu tun?«

Ihm. Sie vermeidet es immer noch, Juliens Namen auszusprechen, als würde sie damit schlafende Hunde wecken. Ich habe mir hingegen vorgenommen, keine Angst mehr davor zu haben. Es ist schließlich nur ein Name. Trotzdem kann ich nicht abstreiten, dass sie mit ihrer Vermutung nicht ganz falschliegt.

»Vielleicht ein bisschen«, gebe ich zu. »Ist schwer vorstellbar, dass er nicht mehr hier ist.«

»Aber das ist er nicht.«

»Ich weiß …«, murmle ich und zucke mit den Schultern. »Na ja, mir gefällt es. Und wenn ich es irgendwann doch blöd finde, setze ich einfach eine Mütze auf.«

Auch wenn sie versucht, es mit einem Lachen zu überspielen, entgeht mir der ernste Ausdruck in ihren Augen nicht. Anfangs war sie noch dagegen, dass ich zurück nach Hamburg komme, weil sie davon überzeugt war, ich wäre bei meinem Vater in München besser aufgehoben. Es brauchte stundenlange Telefonate, um sie davon zu überzeugen, dass es die richtige Entscheidung ist. Denn sosehr ich die Stadt im Süden auch mag, so wusste ich trotzdem jeden Tag, dass ich nicht meinetwegen da war, sondern nur aus Angst. Aber ich kann nicht mein Leben lang davor weglaufen, was geschehen ist, und zum Glück hat meine Mutter das irgendwann auch eingesehen. Trotzdem wird sie mich bestimmt im Auge behalten. Dort anknüpfen, wo wir vor einem Jahr auseinandergerissen sind, will nämlich keine von uns.

Sie drückt meine Hand und schließt mit der anderen meine noch offen stehende Schranktür. Der Tag war lang, für sie wie für mich, und vielleicht ist es am besten, es für heute einfach dabei zu belassen.

»Willst du ein bisschen allein sein?«, fragt sie.

»Nicht wirklich. Wollen wir einen Film schauen oder so?«

»Klar, wenn du willst. Ich könnte uns dazu eine Kleinigkeit zu essen machen.«

»Klingt gut. Soll ich dir helfen?«

»Das brauchst du nicht. Ruh dich ein bisschen aus und ich sag dir Bescheid, wenn es fertig ist«, weist sie mein Angebot zurück und hält an sich, mich noch ein weiteres Mal zu umarmen, deswegen mache ich es.

»Danke«, murmle ich in ihr rosa Sweatshirt und sie weiß, dass ich nicht das Essen meine oder dass sie mich abgeholt hat.

Ich sage es für alles, was sie wegen mir durchmachen musste und was noch auf uns zukommt, und weil sie mir kein einziges Mal einen Vorwurf deswegen gemacht hat. Das ist für mich nicht selbstverständlich, obwohl sie es gerne so aussehen lässt.

»Ich bin immer für dich da, Luna. Und daran wird sich nie etwas ändern. Dein Vater auch, falls du es dir anders überlegst.«

»Werde ich nicht.«

»Ich weiß.«

Sie drückt mir einen Kuss aufs Haar. An der Tür dreht sie sich noch mal zu mir um. »Und nur fürs Protokoll: Deine neue Frisur steht dir ausgezeichnet.«

Dann ist sie verschwunden und ich höre ihre Schritte auf der knarzenden Treppe leiser werden.

Immer noch lächelnd zupfe an den dunkelbraunen Haarsträhnen, die mir früher bis zur Rückenmitte gingen und jetzt nur noch knapp bis zur Schulter reichen. Sie sind Teil des Neuanfangs, auch wenn ich für diesen nicht wegziehen, sondern nach Hause zurückkehren musste. Hier gehöre ich hin, egal wie viel Überwindung es mich gekostet hat, diesen Schritt zu machen. Ich bin bereit und ein zweites Mal laufe ich nicht davon.

Ich räume die Tasche auf den Schrank, schlüpfe aus meiner Skinny Jeans und ziehe mir eine bequeme Jogginghose an. Die gut sechsstündige Zugfahrt war anstrengend und mich ein paar Minuten auf meinem Bett auszustrecken klingt verlockend. Als ich mich gerade hinlegen will, fällt mein Blick für einen Moment auf die erleuchtete Fensterbank – oder viel mehr auf einen Rahmen, der ganz rechts hinter dem Vorhang hervorlugt und mich verharren lässt. Es kommt mir fast so vor, als hätte er sich vor mir versteckt. Von meinem Platz aus wird das Licht jedoch von der Scheibe reflektiert und ich komme gar nicht umhin, ihn zu bemerken.

Zögerlich strecke ich meine Hand danach aus und ziehe ihn zu mir heran. Fast andächtig streiche ich mit den Fingern über das Foto und ziehe die Augenbrauen zusammen, als ich die Gesichter von Eli und mir betrachte, die in Regenjacken und aufgesetzten Kapuzen über irgendetwas lachen, an das ich mich jetzt nicht mehr erinnere. Ein Blick in die Vergangenheit, als ich glaubte, alles wäre wieder in Ordnung und ich könnte endlich mit dem, was passiert war, abschließen.

Langsam sinke ich auf die weiche Matratze und drücke mir die Erinnerung an die Brust, wo sie ein festes Ziehen in meinem Herzen hervorruft. Es ist mir inzwischen nur allzu vertraut, denn von all den Dingen, die ich angerichtet habe, hat es mit Abstand am meisten wehgetan, Eli zurückzulassen. Nicht einmal zu einer kurzen Nachricht habe ich mich durchringen können, dass es mir gut geht und es mir leidtut. Und dabei tut es das, jeden Tag, zu jeder Sekunde, ohne dass er nur die geringste Ahnung davon hat.

Aber ich weiß, es ist so am besten, deswegen halte ich aus.

Ein paar Minuten später ruft meine Mutter mich zum Essen. Fast stelle ich den Rahmen wieder zurück auf die Fensterbank, verstaue ihn dann aber kurzerhand in der Schreibtischschublade. Aus den Augen, aus dem Sinn, auch wenn das Ziehen in meiner Brust bleibt.

Eine Minute später sitze ich neben meiner Mutter auf dem Sofa, wir essen belegte Brote, während vor uns irgendein Film über den Bildschirm flimmert. Wir reden über ihre Pläne für den Garten, das neue Album von *Keane*, das ich auf dem Weg hierher gehört habe, und noch andere unverfängliche Dinge. Die ernsteren Themen lassen wir für heute bleiben und der Abend tut mir unheimlich gut, weil er absolut gewöhnlich ist. Genau das, was ich brauche.

Ich wünschte, ich könnte mir ein bisschen davon in eine Phiole abfüllen, nur um mir ein paar Tropfen davon zu borgen, wenn ich sie brauche. Denn so ruhig, wie es jetzt ist, wird es nicht bleiben. Und wenn es erst mal losgeht, geht es nur noch vorwärts und nicht mehr zurück.

2

Meine Mutter ist vor etwa zwanzig Minuten aufgebrochen, um pünktlich zur ersten Stunde in der Schule zu sein. Sie unterrichtet Deutsch und Spanisch am Gymnasium, das nur etwa zehn Gehminuten von unserem Zuhause entfernt ist, und ich habe das Haus den ganzen Vormittag für mich allein.

Ich bin zwar schon eine Weile wach, aber nach der ersten Nacht im eigenen Bett ist es zu verlockend, den Tag noch ein bisschen hinauszuzögern. Deswegen habe ich mir vorhin nur eine Tasse Kaffee und eine Schale Müsli zum Frühstück gemacht, bin damit wieder in mein Zimmer gegangen und sehe mir nun von hier den Sonnenaufgang an, während ich mir dabei Löffel um Löffel in den Mund schiebe. Die Stille tut gut, und doch klingt sie ganz anders als in München.

Meine Eltern waren nie verheiratet und haben sich, als ich drei war, als Freunde getrennt. Ich bin bei meiner Mutter in Hamburg aufgewachsen und in den Ferien meistens zu meinem Vater in den Süden gefahren und hatte nie das Gefühl, dass es mir an irgendetwas fehlt. Wir haben ein gutes Verhältnis zueinander, auch mit seiner Frau Cynthia verstehe ich mich und meine kleine Halbschwester Emma, inzwischen stolze zehn Jahre alt, habe ich vom ersten Augenblick an ins Herz geschlossen. Ich bin ihnen unendlich dankbar, dass sie mich damals, ohne zu zögern, aufgenommen haben. Mein Vater funktionierte sein Arbeitszimmer zu einem Gästezimmer um und Cynthia gab mir einen Job in ihrem Blumengeschäft. Das Semester in Hamburg begann, ich sagte meinen Platz ab und schnell stellte sich bei mir so etwas wie ein Alltag ein. Tagsüber stürzte ich mich in die Arbeit. Nachts kamen dieselben Gedanken wieder und wieder, mit denen ich mich quälte. Hätte ich es abwenden können? Was, wenn ich geblieben wäre? Sollte ich zurückgehen? Und warum hörte es nicht auf, so verdammt wehzutun? Eine Spirale, aus der ich mich monatelang nicht befreien konnte, bis ich erfuhr, dass Julien zum Studieren nach Lübeck gezogen war. Er hatte es auf Facebook gepostet und damit änderte sich alles.

Ich stelle meine leere Schale auf der Fensterbank ab und nehme meinen Kaffee in die Hand, an dem ich mich wärme, denn plötzlich ist mir kalt. Kein Wunder, ich bin nicht mal eine halbe Stunde wach und muss schon wieder an ihn denken. Aber immerhin war ich fast zwei Jahre mit Julien zusammen. Zwei Jahre, in denen ich nicht erkannte, welches Monster in ihm steckte, weil ich viel zu verliebt in ihn war. Mit ihm zusammen wurde ich, ohne es zu merken, immer leiser und meine Freunde immer weniger. *Sie sind nur neidisch*, hatte er mir damals gesagt, *weil wir so glücklich sind und sie nicht.* Ich war sechzehn und glaubte ihm und geriet immer tiefer hinein in den Strudel, der mich langsam, aber sicher kaputt machte. Aber zum Glück gab es jemanden, der an meiner Stelle laut war und mir zeigte, was für ein falsches Spiel er trieb. Wer weiß, was sonst mit mir passiert wäre. Gerade wenn man bedenkt, was alles mit mir passiert ist.

Eisig läuft es mir den Rücken hinunter und ich rühre meinen Kaffee noch mal um, bevor ich ihn in einem Zug hinunterstürze und die leere Tasse neben der Schale abstelle. Genug in der Vergangenheit geschwelgt, ein neuer Tag liegt vor mir.

Ich stehe auf und suche in meiner Jeans vom Vortag nach meinem Handy. Lange braucht es nicht, bis ich es finde, entsperre und bis zu Annis Namen in meiner Kontaktliste gescrollt habe.

Anni ist meine beste Freundin. Sie wohnt im Haus nebenan, und da unsere Mütter schon seit ihrer Schulzeit befreundet sind, hatten wir keine andere Wahl, als ebenfalls Freundinnen zu werden. Anni ist mein lauter Jemand. Sie ist die Einzige, der ich gesagt habe, dass ich zurückkomme, und die jedes noch so kleine dunkle Detail darüber kennt, wieso ich Hamburg damals so fluchtartig verlassen musste. Selbst meine Mutter weiß nur die halbe Wahrheit. Ohne Anni wäre es mir deutlich schwerer gefallen, einen Neuanfang zu wagen.

Ich öffne den Chat und tippe ihr schnell eine Nachricht.

Luna: Hey, ich bin wieder da. Willst du rüberkommen? Ich brauche dringend Gesellschaft

Gesendet.

Ein paar Minuten warte ich, doch die kleinen Häkchen in der Ecke des Textfelds bleiben grau. Vermutlich schläft sie noch, also beschließe ich, die Zeit zu nutzen und mich fertig zu machen.

Ich lasse das Handy auf dem Bett liegen und suche mir ein paar Klamotten aus dem Schrank, die ich mit rüber ins Bad nehme. Die heiße Dusche entspannt meine Muskeln, in denen ich immer noch den gestrigen Tag spüre, und mein Kopf scheint auch ein wenig zu entschleunigen, weswegen ich sie ein bisschen länger ausdehne als nötig. Nachdem ich mich angezogen, die Zähne geputzt und meine Haare geföhnt habe, kümmere ich mich um die Wäsche, die noch vom Vortag im Keller liegt. Danach hole ich das Geschirr aus meinem Zimmer, räume die Spülmaschine in der Küche ein, und als diese ebenfalls anfängt mit einem leisen Rumoren ihren Betrieb aufzunehmen, bin ich erst mal zufrieden mit meinem Vormittag. Zurück in meinem Zimmer vernehme ich dann endlich den Ton einer eingehenden Nachricht.

Anni: Hey, ich bin jetzt erst wach. Ich ess noch schnell was und komme gleich rüber, okay?

Luna: Okay, bis gleich :)

Ich drücke mir das Handy an die Brust und lächle in mich hinein. Auf sie konnte ich mich immer verlassen und so ist es noch. Sie hat mich nie verurteilt, ist immer ehrlich und hat mir versprochen, mir zu helfen, wenn ich sie brauche – und das werde ich, dessen bin ich mir sicher. Und sosehr ich sie vermisst habe, freue ich mich nun darauf, sie gleich endlich wiederzusehen.

Um der Gefahr zu entgehen, meine Gedanken durch Herumsitzen und Warten ein zweites Mal abrutschen zu lassen wie vorhin, gehe ich zu meinem Bücherregal und streiche mit den Fingern die verschiedenfarbigen Rücken entlang. Ich habe keine Ahnung, wonach ich sie das letzte Mal sortiert habe. Bei dem Gedanken kommt mir die Idee, wie ich mir die Zeit vertreiben könnte, und da mir auf Anhieb nichts Besseres einfällt, klemme ich mir die vorderen Strähnen meiner Haare nach hinten und beginne damit, sie in die Tat umzusetzen.

Reihe um Reihe räume ich das Regal aus und verteile die verschiedenen Stapel auf dem Boden, meinem Bett und der Fensterbank, bis nahezu jeder freie Platz belegt ist. Der letzte Roman auf dem obersten Brett hat einen weißen Einband, und als ich ihn allein dort stehen sehe, entscheide ich, diesmal nach Farben zu gehen. Mein Leben war lange genug durcheinander und grau und es wird Zeit, dass sich das ändert.

Der Boden ist nach wie vor von zahlreichen zu mir emporschauenden Covern übersät, auch wenn ich schon seit einer halben Stunde dabei bin, alles zu sortieren. Das Chaos, in das sich mein Zimmer verwandelt hat, wird einfach nicht weniger, und als es ein Weilchen später an der Tür klingelt, kann ich mich kaum noch um mich selbst drehen, ohne etwas umzustoßen.

Vorsichtig steige ich über die Stapel hinweg, gehe nach unten und steuere mit pochendem Herzen auf die Haustür zu, hinter deren Milchglasscheibe ich schon Annis Umriss ausmachen kann. Von ihren rot gefärbten Haaren hat sie sich seit der achten Klasse nicht mehr getrennt und der feurige Ton strahlt mir geradezu entgegen. Das Dingdong der Klingel tönt erneut ungeduldig durchs Haus und ich beeile mich, ihr zu öffnen.

»Anni!«, begrüße ich sie live und in Farbe diesmal und nicht über einen Screen bei Skype.

Sie mustert mich von oben bis unten und wieder zurück, legt den Kopf schräg und verengt die Augen zu Schlitzen.

»Ich muss mich in der Tür geirrt haben. Eigentlich wollte ich zu Luna.«

»Ich stehe vor dir?«

»Unmöglich. Das Mädchen, das ich meine, hat Haare bis zum Hintern und immer eine unnormal große Brille auf der Nase. Obwohl du den gleichen Geschmack in puncto Klamotten zu haben scheinst wie sie«, überlegt sie laut.

Ich betrachte meine schwarze Hose mit den Rissen am Knie und das graue Shirt, über dessen Kragen der Mondsichelanhänger meiner Kette baumelt. Anni hat ihn mir geschenkt, weil sie die Anspielung auf meinen Namen lustig fand.

Breit fange ich an zu grinsen. Sie versucht es zurückzuhalten, kommt gegen das Zucken ihrer Mundwinkel jedoch nicht lange an und stimmt mit ein, bevor sie mich endlich mit einer kräftigen Umarmung begrüßt.

»Du bist echt wieder hier«, quietscht sie und drückt mich fest an sich.

»Keine … Luft«, keuche ich, trotzdem lässt sie mich – zu meiner großen Freude – noch eine bisschen länger leiden, bis sie sich von mir löst.

»Komm rein«, sage ich lachend und mache ihr Platz.

Anni stellt ihre Gartenschlappen an der Garderobe ab und sieht mich noch einmal ganz genau an. Ich kann ihr nicht verdenken, dass ihr Gesichtsausdruck genau derselbe ist wie der meiner Mutter gestern, als ich aus dem Zug gestiegen bin. Mit hundertprozentiger Sicherheit bin ich Luna, aber es bedarf wohl einiger Zeit, sich daran zu gewöhnen, wie ich jetzt aussehe. Eigentlich war ich nämlich nie ein großer Fan von Veränderungen und diese ist für meine Verhältnisse schon sehr gravierend.

»Wann ist das denn passiert?«, will Anni wissen und deutet auf meine Haare.

»Gestern.«

»Geplant?«

»Nein. Mein Zug hatte Verspätung und ich musste mir irgendwie die Zeit vertreiben.«

»Anstatt also auf mich zu warten, hast du es einfach ohne mich gemacht.«

»Entschuldige.«

Ein wenig beleidigt schiebt sie die Unterlippe vor. Das hat mir gefehlt. Ihre direkte Art ist zwar etwas, an das man sich gewöhnen muss, doch ich schätze das als eine ihrer liebenswertesten Eigenschaften. Gleichzeitig muss ich ihr allerdings auch zustimmen: Sie hatte eigentlich einen Freifahrtschein dafür, mich umzukrempeln. Seit der Verwandlung von Emma Roberts in *Wild Child* hatte sie den Wunsch, das Gleiche irgendwann mit mir zu tun, und nun habe ich sie einfach übergangen.

»Kannst du mir verzeihen?«, frage ich.

»Reden wir immer noch von deiner Frisur oder vom letzten Jahr?«

»Ich schätze, beides«, antworte ich.

»Das Erste verzeih ich dir, weil es mir gefällt. Für das Zweite brauche ich bitte einen heißen Kakao, während du mir ein paar Fragen beantwortest. Deal?«

»Einverstanden.«

Wir gehen in die Küche, wo ich ihrer ersten Bedingung nachkomme und ihr eine heiße Schokolade mache. Anschließend verziehen wir uns nach oben, doch als sie mein Zimmer betreten will, bleibt sie abrupt im Türrahmen stehen und sieht sich mit hochgezogenen Augenbrauen um.

»Welche Bombe ist hier denn explodiert?«, kommentiert sie das Durcheinander.

»Warte kurz, ich räume das Bett frei«, sage ich, schiebe mich an ihr vorbei in den Raum und packe die Stapel auf den Boden, aus denen ich mir schnell noch ein paar einzelne Bücher herausziehe, die farblich zum Verlauf passen.

»Bist du nicht gestern erst wiedergekommen?«, fragt sie stirnrunzelnd.

»Ja, gestern Abend, wir waren gegen neun hier.«

»So, so«, nickt sie.

Ich ziehe die Schultern hoch und zeige ihr unschuldig meine Handflächen.

»Irgendwie musste ich mich beschäftigen, bis du wach bist.«

»Wie wär's mit Fernsehen?«

Vorsichtig durchquert Anni den Raum, setzt sich im Schneidersitz auf die nun freie Matratze und lehnt sich mit dem Rücken an die Wand. Mit einer Hand stopft sie sich ein Kissen in den Rücken, mit der anderen balanciert sie die Tasse auf ihrem Schoß.

»Du hast mir richtig gefehlt, weißt du das?«, fragt sie und grinst mich an.

»Du mir auch, das kannst du dir gar nicht vorstellen«, sage ich.

»Wer weiß sonst noch, dass du zurück bist? Eigentlich müssten wir eine Willkommensparty für dich schmeißen.«

Ich lache trocken auf und bleibe stehen.

»Nein, daraus wird nichts. Du bist die Einzige, die Bescheid weiß, ich hab mich ansonsten bei niemandem gemeldet.«

»Echt nicht? Was ist mit Jess?«

»Auch nicht. Ich wusste einfach nicht, was ich sagen soll. Ich hab versucht, ihr zu schreiben, und alles hat sich irgendwie seltsam angehört. Letztendlich hab ich es dann gelassen. Es war ja schon vorher relativ angespannt zwischen uns.«

Tatsächlich kommt es mir wie ein anderes Leben vor, als Jess und ich noch befreundet waren – wahrscheinlich stimmt das sogar. Damals hätte ich sie morgens um zwei anrufen können, und ohne zu zögern, wäre sie zu mir gefahren, um mir mit was auch immer zu helfen. Mit ihr verbinde ich unvergessliche Pyjamapartys, den ersten Filmmarathon aus Liebeskummer, Mädchengeheimnisse und mehr Bauchkrämpfe, als ich zählen kann, weil wir einfach nicht aufhören konnten zu lachen – bis Julien kam und unsere Freundschaft ganz allmählich erstickte. Nachdem Schluss war, haben wir uns wieder angenähert, aber es wurde nie wieder so wie früher und seit meiner Flucht aus Hamburg ist der Kontakt komplett abgerissen. Irgendwas zwischen uns war still und heimlich kaputtgegangen und nicht mehr zu reparieren, weswegen jetzt nur Anni auf meinem Bett sitzt, die mich aus ihren braunen Augen ehrlich überrascht ansieht. Sie kratzt sich nachdenklich am Kinn und ich hebe zwei weitere Bücher vom Boden auf.

»Tut mir leid«, sagt sie. »Ich meine, sie und ich standen uns nie sonderlich nahe, aber für dich wäre es bestimmt gut, noch jemanden zur Unterstützung zu haben.«

»Ach, keine Ahnung. Ich hab es nie geschafft, ihr zu erzählen, warum ich mich von ihr abgewandt habe, das stand immer zwischen uns. Und irgendwann ist es dann eben zu spät und man hat sich nichts mehr zu sagen.«

Niedergeschlagen schiebe ich *Tote Mädchen lügen nicht* neben *Tannenstein* und hebe die nächsten Bücher vom Boden auf.

»Vielleicht wäre das sowieso passiert«, versucht Anni mich aufzuheitern. »Manche Freundschaften halten eben nicht ewig.«

»Kann sein. Na ja, wir werden es wohl nie erfahren.«

»Und … hast du noch mal was von Julien gehört?«, fragt sie vorsichtig.

Langsam drifte ich im Farbverlauf von Rot ins Violette.

»Seit dem letzten Mal nicht.«

Das letzte Mal, vor gut einem Jahr, als ich aus dem Krankenhaus kam, in das Eli eingeliefert worden war und er wie aus dem Nichts vor meiner Haustür stand. Auf mich einredete und mir so nah kam, dass ich schreien wollte.

»Weißt du denn, wo er ist?«

»Anscheinend in Lübeck. Meine Mutter ist mit einer der Dozentinnen an der Uni befreundet und die hat ihr bestätigt, dass er dort eingeschrieben ist.

»Sicher?«

»Ganz sicher. Aber selbst, wenn nicht …« Ich mache eine bedeutungsvolle Pause, in der etwas in mir hochkocht, und ich beginne wild mit den Armen zu gestikulieren. »Ich hab mich ein Jahr lang in München versteckt und was hat es mir am Ende gebracht? Nichts. Er hat mir schon so viel kaputt gemacht und damit muss Schluss sein. Ich bin nicht mehr die Luna von damals, das liegt hinter mir, endgültig.«

Als würde ich die Sätze damit unterstreichen, schiebe ich das nächste Buch geräuschvoll ins Regal. Keine Ahnung, wie oft ich mir das gestern selbst zugesprochen habe, damit ich nicht wieder umdrehe.

Anni nimmt einen kräftigen Schluck von ihrem Kakao und sieht mich beeindruckt an.

»Was ist?«, frage ich.

»Die neue Luna gefällt mir, das ist alles.«

Einen Moment starren wir uns an. Plötzlich müssen wir gleichzeitig grinsen, und als ich den Kopf schüttle und dadurch den Blick abwende, kommt sogar ein leises Lachen aus meinem Mund. Es hört sich fremd an, aber auf eine gute Weise.

»Was versuchst du hier eigentlich?«, wechselt Anni das Thema und greift sich eines der Bücher, die ich auf die Fensterbank gelegt habe.

»Ich sortiere nach Farben.«

»Kann ich dir helfen?«

»Brauchst du nicht. Erzähl lieber, was du noch vorhast, bevor die Uni wieder losgeht.«

Anni legt den Roman zurück und zieht sich meine Tagesdecke über den Schoß.

»Viel gibt's da gar nicht. Wie du weißt, bin ich eine Woche allein nach Dublin geflogen, weil es Leila kurz vor Abflug in den Sinn kam, mit mir Schluss zu machen. Es hat viel geregnet, ich hab mir jeden Film in dem kleinen Kino dort angesehen und geweint und seitdem ist nichts Erwähnenswertes passiert.«

»Wieso hast du nicht noch mal mit ihr geredet?«

»Hast du mit Eli geredet?«, kontert sie und sofort sieht sie mich entschuldigend an. Trotzdem sinkt mein Magen gleich drei Etagen tiefer und mein Herz schlägt merkbar schneller.

»Ich hab darüber nachgedacht«, sage ich nach einer kurzen Pause. »Aber ich wüsste ja nicht mal, wo ich anfangen sollte. Hast du was von ihm gehört?«

Anni schlägt die Decke zurück und klopft auf den Platz neben sich. Eigentlich ist mir nicht danach, mich hinzusetzen, mein ganzer Körper ist mit einem Mal angespannt, dann knicke ich jedoch ein und lasse die nächsten Bücher auf dem Stapel neben mir liegen.

»Ich habe ihn eine Weile nicht gesehen«, sagt sie, als ich neben sie rutsche.

»Was heißt eine Weile?«

»Na ja, nachdem er gesund war, hat er wieder angefangen zu arbeiten und da haben wir uns öfter getroffen. Der Kontakt ist dann aber abgebrochen, als ich im Frühling den Job gewechselt habe und im Studentenbüro angefangen hab, und wir haben uns erst wiedergesehen, als er sich dort vor ein paar Tagen sein Semesterticket abgeholt hat.«

»Er hat *was*?«

»Ja. Das, das er zugeschickt bekommen hat, muss in der Post verloren gegangen sein und er hat sich ein neues ausstellen lassen.«

Instinktiv greife ich nach ihrer Hand.

»Dann studiert er wieder? Immer noch Musik? Habt ihr miteinander geredet?«, sprudeln die Fragen aus mir heraus.

Augenblicklich sehe ich Eli vor mir, der sich die Gitarre umgehängt hat und mit seiner samtigen Stimme einen Hit von *The Killers* anstimmt. Ich habe es immer genossen, ihm zuzuhören und zu erleben, wie er mit jedem einzelnen Ton tiefer im Song versinkt. Ob es die Band immer noch gibt, in der er gespielt hat?

»Nein, dafür war keine Zeit«, holt Anni mich zurück aus meinen Gedanken. »Er war relativ kurz angebunden und ich war gerade am Telefon, als er gekommen ist. Mein Kollege hat sich um ihn gekümmert.«

»Oh, okay.«

»Hast du dir schon überlegt, was du machst, wenn du ihn siehst?«

Ich schüttle den Kopf.

»Ich weiß ja nicht mal, *ob* wir uns sehen. Wahrscheinlich ist es sowieso besser, wenn wir uns einfach aus dem Weg gehen. Er würde ohnehin nicht mit mir reden wollen, schätze ich.«

»Du hast ihn nicht verlassen, weil er dir egal war«, erinnert sie mich.

»Aber es ist über ein Jahr her. Es würde nichts bringen, das alles wieder hochzuholen. Es ist Schluss, so einfach ist das.«

Auch wenn das streng genommen keiner von uns ausgesprochen hat. Wie auch, wenn ich all seine Nachrichten von damals ungelesen gelöscht habe? Seufzend schlage ich mir die Hände vors Gesicht und atme einmal tief durch. Dann lasse ich sie wieder in meinen Schoß sinken.

»Das wird schon wieder«, sagt Anni und sieht mich aufmunternd an. Erst mal bist du wieder da und der Rest ergibt sich von selbst. Hey, du gehst bald zur Uni! Deine Mutter freut sich, dass du zurück bist, ich definitiv auch und allein dafür hat es sich doch schon gelohnt, oder nicht?«

»Ja, du hast recht.«

Aber es »wird nicht wieder«. Eli und ich sind endgültig vorbei und daran lässt sich nichts ändern.

Eine Weile ist es still, es wird immer enger in meiner Brust und ich nutze die Gelegenheit, mich wieder daranzumachen, in meinem selbst geschaffenen Chaos für Ordnung zu sorgen. Ich stehe auf und Anni erhebt sich ebenfalls, um mir zu helfen, als hätten wir uns stumm abgesprochen.

Als wir fertig sind, betrachten wir den literarischen Regenbogen, der sich von Weiß, über alle Farben bis hin zu Schwarz erstreckt und in dem alles seinen Platz hat.

»Das wäre geschafft«, sage ich.

Anni legt mir einen Arm um die Schultern und streicht mir über den Rücken. Während es um mich herum immer ordentlicher wurde, hat das Durcheinander in mir zugenommen und mir wird klar, dass all die Dinge, vor denen ich weggelaufen bin, jetzt gar nicht mehr so weit entfernt sind. Mutig sein zu wollen ist eine Sache, eine komplett andere, wenn es plötzlich so weit ist und man es sein muss. Ich weiß, dass ich keinen Rückzieher machen will, doch eine winzige Stimme in mir warnt mich, dass das alles vielleicht etwas zu schnell geht. *Tja, Pech gehabt, dafür ist es nun zu spät.*

»Was machen wir jetzt?«, fragt Anni und lenkt mich von dem dumpfen Pochen meines Herzens ab. »Wir könnten in die Stadt fahren und das schöne Wetter ausnutzen, was meinst du?«

Entschuldigend lege ich meinen Kopf auf ihre Schulter und drücke sie ein bisschen fester.

»Wär's okay, wenn wir heute noch hierbleiben? Ich muss erst mal ankommen.«

Sie lacht leise.

»Ich weiß, was du meinst. Klar, dann machen wir es uns hier gemütlich.«

»Wie wär's, wenn wir uns eine Decke schnappen und uns hinten in den Garten setzen?«, schlage ich vor.

»Aber nicht in den Schatten.«

»Natürlich nicht. Direkt in die Sonne, ›das schöne Wetter ausnutzen‹«, sage ich und stupse sie in die Seite.

Wir gehen runter, nehmen uns zwei Flaschen Wasser aus dem Kühlschrank und holen eine Picknickdecke aus dem Geräteschuppen, die wir auf dem Rasen ausbreiten. Für Ende September ist es wirklich warm draußen und ich spüre die Sonnenstrahlen auf meiner Haut.

Im Hintergrund lasse ich meine Indie-Playlist laufen, auf die Lieder achtet jedoch keine von uns. Stattdessen reden wir so viel, als hätten wir nicht eines der endlos langen Telefonate geführt, während ich weg war. Dabei stelle ich erneut fest, wie sehr mir die echte Anni aus Fleisch und Blut, auf deren Schoß ich meinen Kopf gelegt habe, gefehlt hat. Viel lieber höre ich ihre Stimme neben mir als aus Hunderten Kilometern Entfernung.

3

Vor ein paar Wochen saß ich noch in meinem Zimmer in München, mit dem Laptop auf dem Schoß und die Mail lesend, dass ich fürs Studium zugelassen worden war. Ich spürte, dass die Zeit reif war, mein Leben wieder selbst in die Hand zu nehmen, und nun ist es so weit.

Die Orientierungswoche an der Uni ist wie im Fluge vergangen, ich habe ein paar meiner Kommilitonen kennengelernt und bis auf ein Seminar jeden der Kurse bekommen, für die ich mich eingetragen habe. Heute ist mein erster richtiger Tag als Studentin und in nicht einmal einer Stunde sitze ich in meiner ersten Vorlesung.

»Warum noch mal sind wir schon um Viertel vor acht los?«, fragt Anni, die sich herzhaft gähnend die Hand vor den Mund hält.

Wir sind gerade am Dammtor aus der S-Bahn gestiegen und gehen zusammen mit zahlreichen anderen die Treppe vom Bahnsteig hinunter.

»Weil ich sichergehen wollte, dass ich nicht zu spät komme.«

»Selbst in einer halben Stunde wärst du noch zu früh«, mault sie.

»Okay, verstanden. Morgen schlafen wir eine halbe Stunde länger.«

Bevor wir unseren Weg fortsetzen, steuert Anni den im Bahnhof untergebrachten Starbucks an und lässt sich einen schwarzen Kaffee in ihren mitgebrachten Becher füllen. Erst dann gehen wir hinaus, überqueren die Straße und folgen dem Weg entlang des Hauptgebäudes der Uni. Der Eingang ist von hellen Säulen flankiert und das rote Kegeldach über den wettergegerbten Mauern verleiht ihm einen künstlerischen Abschluss vor dem blauen Himmel. Die laue Morgensonne strahlt vom Himmel, es ist ein schöner Tag, und wenn keine bösen Überraschungen auf mich warten, wird er genau so bleiben.

»Sehen wir uns eigentlich später zum Mittagessen?«, fragt Anni.

»Ich weiß es noch nicht. Für die Erstsemester gibt es in der Mittagspause noch eine Kennenlernveranstaltung. Vielleicht gehe ich dorthin.«

»Bist du denn gar nicht aufgeregt?«

»Es geht. Ich freue mich, dass es endlich losgeht, und will nicht zu viel darüber nachdenken.«

Das habe ich gestern Abend nämlich zur Genüge getan, als ich einschlafen wollte und mein Kopf mich noch stundenlang wach gehalten hat.

Anni trinkt ein paar Schlucke und ich habe den Eindruck, dass ihre Laune sich kontinuierlich mit ihrem Koffeinpegel hebt.

»Dabei hatte ich wirklich ein kleines bisschen damit gerechnet, dir noch Mut zusprechen zu müssen.«

»Danke, aber mir geht's gut.«

Je näher wir dem Campus kommen, desto mehr Leute werden es, die die gleiche Richtung einschlagen wie wir. Die von den Gebäuden ausgehende Atmosphäre ist anziehend und beängstigend zugleich, doch wahrscheinlich gibt es keinen besseren Ort, um neu anzufangen und Nägel mit Köpfen zu machen.

Mich für *Deutsche Sprache und Literatur* zu bewerben war eher eine Entscheidung aus dem Bauch heraus. Ich hatte zwischen diesem Studiengang und Geschichte überlegt, letztendlich aber deutlich zu den Büchern tendiert. Ich hatte das leise Gefühl, es ihnen schuldig zu sein, für all die Stunden, die sie mich von der Realität haben abtauchen lassen – und das waren viele. Ich liebe den Geruch eines neuen Buchs, das Rascheln der Seiten, wenn ich sie umblättre, Raum und Zeit um mich herum vergesse und mich vollkommen darin verliere. Darüber Gedanken gemacht, was ich mit einem Abschluss anstellen würde, habe ich mir allerdings noch nicht, aber das wird sich schon noch finden.

Wir haben den größten Teil entlang der Straße bereits hinter uns gebracht und biegen in einen Weg mit buntem Kopfsteinpflaster ein, der zum Von-Melle-Park führt, wie mir ein Schild verrät, ein zentraler Platz, über den man zu allen möglichen Eingängen gelangt. Anni greift nach meinem Ellenbogen, hakt sich bei mir unter und deutet mit dem anderen Arm auf die einzelnen Gebäude, an denen wir vorbeikommen. Links ist die Mensa, rechts das Auditorium und frontal laufen wir direkt auf den Philoturm zu, ein nicht unbedingt hübsches, hochragendes Gebäude, in dem die Einführung zu meiner ersten Vorlesung stattfindet.

Alle um uns herum wirken entspannt, jeder scheint ein letztes Mal tief durchzuatmen, bevor es losgeht, und ich tue es ihnen gleich, um die Nervosität nicht überhand nehmen zu lassen, die allmählich doch in mir aufsteigt. Ein Mädchen, das vor uns den Turm betritt, hält uns die Tür auf und wir schlüpfen hinter ihr hinein.

»Und was machen wir jetzt?«, frage ich Anni.

Sie zuckt mit den Schultern. »Warten?«

»Worauf?«

»Dass es Viertel nach neun wird und unsere Kurse beginnen.«
»Was hast du denn als Erstes?«
»Kunstgeschichte im elften Stock. Und du?«
»Ich muss hier im Erdgeschoss bleiben. Literaturwissenschaften in einem Saal F«, antworte ich.
»Ah, ich weiß, wo der ist. Wenn du willst, zeig ich dir, wo du hinmusst.«
»Gerne.«
Eine Tür weiter und einen kurzen Flur entlang sind wir schon an besagtem Saal angekommen. Außer uns stehen schon ein paar meiner Kommilitonen davor, vier Mädchen und drei Jungs. Ich erkenne ihre Gesichter von der Orientierungswoche wieder und lächle ihnen zur Begrüßung zu.

Je weiter die Zeit voranschreitet, desto voller wird es. Kurz nach neun verabschiedet sich Anni von mir, als eine Frau mit schwarzem Haar, Rundbrille und blauem Blazer zu uns stößt und uns die Tür aufschließt. Auch sie erkenne ich von der Orientierungswoche wieder, aber mir will ihr Name nicht mehr einfallen.

Mein Herz macht einen aufgeregten Satz, als ich zusammen mit den anderen den Hörsaal betrete. Das Gemurmel um mich herum wird lauter, während ich mich umschaue, und ich versuche, mir diesen Moment zu merken. Das ist meine Startlinie.

Vorne stehen ein hölzernes Rednerpult und ein Schreibtisch, hinter dem eine riesige Kreidetafel hängt. Irgendjemand betätigt den Lichtschalter, woraufhin die Neonröhren über mir mit einem Blinken anspringen, und das ist nötig, denn die Fenster mir gegenüber lassen kaum Licht herein, so eingestaubt sind sie. Links von mir befinden sich die Stufen, die zu den einzelnen Sitzreihen nach oben führen. Die ersten Studenten gleiten schon in die Ränge, suchen sich einen Platz und werfen ihre Taschen auf die kleinen Tischchen, die jedem davon zugeteilt sind. Ohne lange im Weg rumzustehen, folge ich dem Strom nach oben, um mir ebenfalls einen zu suchen.

»Wir warten noch fünf Minuten, wir sind noch nicht vollständig«, verkündet die Frau mit autoritärer Stimme, deren Namen ich vergessen habe.

Sie hat sich vorne am Pult positioniert und lässt ihren wachsamen Blick durch den Raum gleiten, während ich mich für einen Platz auf den mittleren Rängen am Gang entscheide.

Ich hole meinen noch unbeschriebenen Collegeblock und einen Kuli aus dem Rucksack, lege beides vor mir ab und warte, dass es losgeht. Ich bin neugierig, was sie uns erzählen wird, wenn erst mal alle da sind, und wie das Semester aussehen wird. Und ein paar Minuten später ist es so weit.

»So, ich vermute, dass wir bis auf zwei, drei Nachzügler vollzählig sind. Dann schließe ich jetzt die Tür und wir können …«

Sie hat die Hand gerade auf die Klinke gelegt, als ein blondes Mädchen im Türrahmen erscheint.

»Entschuldigung, ich war im falschen Gebäude. Bin ich hier richtig zur *Einführung Deutsche Sprache und Literatur*?«

Habe ich gerade richtig gehört?

»Das sind Sie. Kommen Sie, wir wollten gerade beginnen.«

»Danke.«

Plötzlich sitze ich kerzengerade. Wäre sie nicht gerade durch die Tür getreten, hätte ich geglaubt, mich verhört zu haben, doch spätestens, als meine Augen sie erfassen, erkenne ich Jess ohne jeden Zweifel. Ihre Haare sind länger und das Blond heller als beim letzten Mal, als ich sie gesehen habe. Sie trägt ein olivfarbenes Kleid, das fast bis zum Boden reicht und ihre Kurven umspielt, und ich komme aus dem Staunen gar nicht mehr heraus.

Sie war bei keiner der Erstsemesterveranstaltungen dabei und ich hätte niemals gedacht, sie heute hier zu sehen. Aber wie hätte ich das auch ahnen sollen?

Mein Herz setzt einen Schlag aus, als Jess die ersten Stufen nach oben nimmt, den Kopf hebt und ihr Blick plötzlich auf meinen trifft. Gemischte Gefühle wirbeln in mir hoch, die sich in meinem Magen zusammenziehen, aber trotzdem kann ich nicht anders, als sie anzulächeln. Wir sind nicht so auseinandergegangen, wie Freunde es sollten, aber ich freue mich, sie zu sehen. Vielleicht ist es ein Zeichen, dass wir uns hier wiedersehen.

Hastig nehme ich meine Tasche vom Stuhl neben mir und deute darauf. Sie starrt mich weiter an, ohne etwas zu erwidern. Sie wirkt fast schon erschrocken. Dann wird ihre Miene hart und ihre Lippen schmal. Abrupt wendet sie sich ab und quetscht sich in die voll besetzte Reihe, an der sie gerade stehen geblieben ist, ohne mich noch eines weiteren Blickes zu würdigen.

»Herzlich willkommen«, verkündet die Frau im Blazer, die sich gleich darauf als Professor Dr. Strauß vorstellt und mit der Einführung beginnt.

Ich lehne mich indes zurück, atme leise aus und zwinge mich dazu, mich auf sie zu konzentrieren anstatt auf den leeren Stuhl neben mir.

Vielleicht wäre es doch besser gewesen, mich bei Jess zu melden, bevor ich nach Hamburg zurückkomme. Aber ich schätze, dafür ist es nun zu spät.

4

Etwa anderthalb Stunden dauert die Vorlesung und ich versuche so gut wie möglich zuzuhören und mir die wichtigsten Dinge zu notieren. Die Betonung liegt hier auf »versuchen«, denn da Jess buchstäblich vor meiner Nase sitzt, wandert mein Blick andauernd zu ihr. Ich habe keine Ahnung, was ich damit anfangen soll, dass wir nun plötzlich denselben Studiengang belegen, oder wie ich mich verhalten soll. Ihre Reaktion eben war unmissverständlich, doch das kann ich nicht so stehen lassen. Dafür war sie mir eindeutig mal zu wichtig, als dass ich sie wie eine Fremde behandeln will, so wie sie es vorhin mit mir getan hat. Irgendetwas muss mir einfallen, und zwar schnell.

Professor Strauß erhebt ein letztes Mal das Wort, ob es noch allgemeine Fragen aus den Rängen gibt. Da sich keiner mehr meldet, erklärt sie den Kurs für beendet und verabschiedet sich von uns mit dem Angebot, persönliche Anliegen noch im Anschluss mit ihr klären zu können.

Die Ersten stehen auf, auch Jess, die schon die Stufen nach unten nimmt. Hastig packe ich meine Sachen zusammen und laufe ihr hinterher. Die meisten gehen zügig hinaus und kurz verliere ich sie aus den Augen. Zu meiner Erleichterung aber nur für ein paar Sekunden, bis ich sie zusammen mit ein paar anderen vorne neben dem Pult stehen sehe. Zielsicher steuere ich auf sie zu und werde erst langsamer, als ich fast bei ihr angekommen bin.

»Hey«, begrüße ich sie ein bisschen außer Atem.

»Na«, antwortet sie, die Arme vor der Brust verschränkt. »Ich dachte vorhin erst, ich hätte mich verguckt.«

»Hast du nicht. Ich bin seit einer Woche zurück.«

Sie nickt.

»Ich hab überlegt, mich bei dir zu melden, aber irgendwie war es komisch. Wir haben uns so lange nicht mehr gesehen«, erkläre ich.

»Passt doch, oder nicht? Du verschwindest von heute auf morgen und genauso plötzlich tauchst du wieder auf.«

Autsch!

»Tut mir leid.«

Ein dünnes Lächeln erscheint auf ihren Lippen, was die Spannung zwischen uns nur steigert. Es erreicht ihre Augen nicht, die mich nur immer mal wieder flüchtig streifen, und ich fange an, mit dem Reißverschluss meiner Jacke zu spielen.

»Deine Haare sind anders. Und trägst du jetzt Kontaktlinsen?«, bemerkt Jess.

Automatisch tasten meine Finger nach oben.

»Ja, ich dachte, was Neues wäre ganz gut.«

»Es ist anders.«

Mein Magen zieht sich zusammen und ich versuche es mit einem Lächeln zu überspielen.

»Na ja, es sieht so aus, als würden wir uns jetzt öfter sehen«, sage ich.

»Scheint so.«

»Ich find's gut.«

»Ja. Toll.«

Unsicher trete ich von einem Bein aufs andere. Es ist kaum zu übersehen, dass sie nicht mit mir reden will, und das ist meine Schuld. Hätte ich sie damals nicht ausgeschlossen und stattdessen ins Vertrauen gezogen, würde das Gespräch garantiert anders laufen. Zwar kann ich das jetzt nicht mehr ändern, aber sie soll auch nicht denken, dass es mir egal ist.

»Jess, ich weiß, das mit uns ist blöd gelaufen«, versuche ich das Eis zu brechen. »Eine Entschuldigung macht es zwar nicht wieder gut, aber es tut mir leid. Es tut mir so leid und ich will, dass du das weißt.«

»Ist schon okay.«

»Ist es nicht. Es ist so viel passiert und ich …«

»Nein, wirklich. Alles gut.«

Mein Herz klopft laut und unruhig und meine Wangen werden heiß. Ich will irgendetwas sagen, damit sie versteht, dass ich es ernst meine, aber vielleicht war es auch eine blöde Idee. Ich war auf dieses Treffen nicht ansatzweise vorbereitet, es überfordert mich und ich weiß nicht, was ich sagen soll. Plötzlich ist mein Kopf wie leer gefegt.

»Möchte von Ihnen noch jemand etwas fragen?«, richtet sich Professor Strauß an uns, die immer noch am Pult steht. Außer uns ist niemand mehr da.

»Ja, ich«, antwortet Jess und wendet sich ohne ein weiteres Wort von mir ab, um zu ihr zu gehen.

Einen Augenblick bleibe ich noch stehen und schaue ihr nach – eine Verabschiedung bleibt aus.

Weil mir nichts anderes übrig bleibt, ziehe ich schließlich die Riemen meiner Tasche nach oben und verlasse den Saal. Seufzend mache ich die Tür hinter mir zu und verharre kurz mit der Hand auf der Klinke. So viel zu den bösen Überraschungen, denen ich heute eigentlich aus dem Weg gehen wollte, so hatte ich mir meinen ersten Tag bestimmt nicht vorgestellt. Jess und ich werden uns von nun an also öfter sehen, nur dass es ganz anders wird als früher, und dieser Gedanke wiegt schwer. Daran werde ich mich wohl gewöhnen müssen. Endlich lasse ich die Klinke los und drehe mich um, um nach draußen zu gehen. Vielleicht tut ein bisschen frische Luft ganz gut.

Weit komme ich jedoch nicht. Ich mache nur einen Schritt, dann bleibe ich wie angewurzelt stehen.

Das kann nicht sein.

Jeder Gedanke an Jess löst sich auf der Stelle auf und meine Grübeleien verstummen auf einen Schlag, ebenso wie mein Herz. Mein Atem stockt und keiner meiner Muskeln regt sich mehr. Mit einer Mischung aus Freude und Unglauben, die mir durch Mark und Bein geht, starre ich ihn an und mustere ihn eingehend von oben bis unten, bis ich begreife, dass es keine Einbildung ist, und mein Puls mit doppelter Geschwindigkeit den Betrieb wieder aufnimmt.

Die Verbände sind weg, das Bein ist nicht mehr geschient und er sitzt da, als hätte er wie selbstverständlich auf mich gewartet. Mir kommt es vor wie in Zeitlupe, als er den Kopf hebt und unsere Blicke sich begegnen. So zerbrechlich, als würde man versuchen, die Wasseroberfläche zu berühren, ohne sie dabei in Bewegung zu setzen. Seine braunen Augen weiten sich, als würde er ihnen nicht trauen, doch spätestens meine Stimme verrät ihm, dass ich es wirklich bin.

»Eli.«

»… Luna?«

Ohne den Blick von mir abzuwenden, steht er auf und geht ein paar Schritte in meine Richtung. Ich beobachte ihn stumm, bis er fast bei mir ist. Ein weiterer, schweigender Moment vergeht, dann kann ich plötzlich nicht mehr anders, überbrücke den letzten Meter und schlinge die Arme um ihn. Als ich seinen Geruch tief einatme, vergesse ich für ein paar lange Sekunden das letzte Jahr und bin einfach nur erleichtert. Er ist hier, er ist gesund und es geht ihm gut. Ihn zu sehen, ist wie das letzte Teil eines Puzzles, das mir seit Ewigkeiten gefehlt hat und endlich wieder da ist, um mein Bild ganz zu machen.

Vorsichtig löst er sich von mir und wir stehen uns gegenüber. Seine dunklen Augen sind auf mich gerichtet, fragend und verwirrt. Das schwarze Haar ist kurz geschoren, wie immer. Die hohen Wangenknochen treten hervor, weil er den Kiefer anspannt, und die vollen Lippen sind zu einer harten Linie gepresst. Unter seiner Lederjacke trägt er eines der Bandshirts, die seine Garderobe größtenteils ausmachen, und er vergräbt die Hände in den Taschen seiner Jeans, die ihm locker an den Hüften sitzt.

Das letzte Mal, als ich ihn gesehen habe, wirkte er so blass unter der dunklen Haut. Jetzt sieht er wieder aus wie vorher, unversehrt und heil und ich will ihn wieder berühren. Ich will den Puls unter seiner Haut spüren. Auch wenn mir klar ist, dass ich der letzte Mensch auf der Welt bin, der das tun sollte.

»Was machst du hier?«, fragt er mit belegter Stimme und ich zwinge mich dazu, ihn nicht so offen anzustarren.

»Ich bin seit letzter Woche zurück«, antworte ich.

»Du studierst hier?«

»Ja.«

»Oh.«

Er atmet tief ein und ich erschauere bei diesem Geräusch, das Verlorenes zum Leben erweckt. Ich hörte es, während er mich im Arm hielt. Nachdem er mich küsste. Wenn er neben mir im Bett lag, mein Kopf auf seiner nackten Brust, und mich damit in den Schlaf wiegte. Atemzüge, die mich liebten, beruhigten und beschützten. Zwölf Monate habe ich versucht, das alles zu verdrängen, mit Erfolg, und plötzlich ist er wieder da, steht vor mir und ist nicht mehr nur ein Schwarz-Weiß-Bild meiner Einbildung. Und obwohl ich weiß, dass ich es nicht sollte, nehme ich das Ziehen deutlich wahr: Ich habe ihn so unglaublich vermisst.

»Warum bist du wieder da?«, will er wissen.

»Sagte ich schon, ich studiere.«

»Warum jetzt? Warum bist du nicht in München geblieben?«

Überrascht trete ich einen Schritt zurück. »Woher weißt du …?«

»Ich weiß, dass du bei deinem Vater warst, und alles andere auch«, unterbricht er mich gleich. »Es gibt noch genug Leute, die mit mir reden. Also sag es mir, wieso?«

Für einen Moment waren das Jahr, die Schmerzen und die Schlucht zwischen uns verschwunden, doch innerhalb eines Fingerschnippens breitet sich alles wieder zwischen uns aus. Die Erinnerungen reißen Wunden ein wie spitze Krallen dünnes Seidenpapier und ich traue mich kaum, ihm weiter in die Augen zu sehen. Trotzdem mache ich es, weil dieser eine Satz, der nie etwas ändern könnte, sich von selbst seinen Weg bricht. Über Monate und Kilometer, über Schuldgefühle und die Scherben gebrochener Herzen hinweg.

»Es tut mir so leid.«

Er hebt das Kinn.

»Mehr hast du mir nicht zu sagen?«

Doch!, will ich sagen, aber es kommt kein Laut heraus. Obwohl er eine Erklärung verdient. Obwohl ich sie ihm schulde. Nur bleiben mir all die Worte, die sich ihren Weg bahnen sollten, in der Kehle stecken und rühren sich keinen Millimeter.

»Dann hat es sich wohl nicht gelohnt«, stellt er fest.

»Was meinst du?«, räuspere ich mich.

»Ach, vergiss es einfach.«

Die Tür zu dem Saal, aus dem ich eben gekommen bin, öffnet

sich ein zweites Mal. Ich drehe den Kopf mechanisch nach hinten und Jess tritt heraus. Eli bemerkt sie ebenfalls und sie schauen sich an, bevor sich beide Augenpaare auf mich richten.

»Moment mal, studiert ihr etwa zusammen?«, fragt er und ich öffne den Mund, um ihm zu antworten, aber Jess kommt mir zuvor.

»Ja, tun wir. Ich wollte es dir später erzählen. Was machst du hier?«

»Ich hatte früher Schluss und wollte dich sehen, bevor ich zur nächsten Vorlesung muss.«

Ein hässlicher Stich durchzuckt mich, als ich das höre. Ich schaue zwischen den beiden hin und her und versuche zu verstehen, was dieser Dialog zu bedeuten hat, und als Jess neben Eli tritt, breitet sich eine Vermutung in mir aus, wie Risse in einer Eisfläche. Als sie nach seiner Hand greift und ihre Finger mit seinen verschränkt, breche ich ein und alles in mir gefriert.

Nein, das ist nicht wahr, schüttle ich den Kopf, dabei hab ich es längst verstanden.

»Ihr seid zusammen?«

»Ja, seit zwei Monaten«, sagt Jess.

»Und du hast es mir nicht gesagt?«

»Wann hätte ich das tun sollen? Du warst ja nicht da. Aber vielleicht sollten wir ...«

Schützend hebe ich die Hand vor meine Brust, damit sie nicht weiterspricht.

»Ich muss los«, presse ich so ruhig wie möglich hervor.

»Können wir bitte darüber sprechen?«, versucht sie auf mich zuzugehen, doch ich weiche zurück.

»Ich bin spät dran.«

Ohne mich zu verabschieden, gehe ich an ihnen vorbei, schiebe die Türen auf und renne beinahe nach draußen. Meine nächste

Vorlesung findet zwar ebenfalls im Philoturm statt, nur ist mein Hals wie zugeschnürt, meine Augen brennen und ich brauche unbedingt frische Luft. Und Abstand. Abstand zu Jess und Eli, meinem Ex-Freund, mit dem sie offenbar seit zwei Monaten zusammen ist.

Der Sand knirscht, als ich nach draußen trete. Das fehlende Puzzleteil, das sich eben noch eingefügt hat, zerbröselt unter meinen Sohlen und ich verstehe nicht, wie etwas, mit dem ich längst abgeschlossen habe, trotzdem noch so verdammt wehtun kann.

5

Meine erste Vorlesung in Philosophie, meinem Nebenfach, zieht beinahe unbeachtet an mir vorbei. Als sie beendet ist, schreibe ich Anni sofort eine Nachricht, ob wir zusammen nach Hause fahren, und sie antwortet mir prompt, dass wir uns gleich vor dem Philoturm treffen können. Sehr gut, denn das Letzte, was ich jetzt will, ist, allein zu sein.

Schnell nehme ich die Treppe von der sechsten Etage nach unten, suche mir einen Platz in der Nähe des Eingangs und beobachte die weißen Wolken, die sich über den blauen Himmel schieben. Anni lässt mich nicht lange warten, kommt ein paar Minuten später durch die Tür gelaufen und hat einen Haufen loser Blätter im Arm. Als sie mich sieht, drückt sie sie mir in die Hand, flucht und hält ihre Umhängetasche in die Luft.

»Sieh dir das an«, sagt sie und deutet auf den Riemen, der offensichtlich gerissen ist. Lose Fäden stehen von beiden Enden ab, ebenso wie ein paar ihrer Haare.

»Ausgerechnet auf der Treppe hat der Gurt den Geist aufgegeben, meine Sachen lagen über zwei Stockwerke verteilt. Blöder kann das Semester echt nicht beginnen.«

»Na ja, wie man's nimmt«, murmle ich.

Ich knie mich kurz hin, um die Blätter auf den Boden zu klopfen, und Anni nimmt sie mir wieder ab.

»Was meinst du? Waren deine Vorlesungen nicht so besonders?«, fragt sie und stopft die Papiere zurück in das große Fach ihrer Tasche.

»Nein, die waren gut. Bisher kann ich mich nicht beschweren.«

»Aber?«

»Ich brauche wohl einfach ein bisschen, um mich daran zu gewöhnen«, weiche ich aus – und es ist nicht gelogen.

Anni knufft mich freundschaftlich in die Seite.

»Wenn's nur das ist. Hast du jetzt eigentlich Schluss?«

»Ja, hab ich.«

»Was ist mit dem Kennenlern-Ding, zu dem du wolltest?«

Richtig. Das hatte ich überlegt. Doch die Lust dazu ist mir schlagartig vergangen. Ich kann gut darauf verzichten, Jess heute noch ein zweites Mal über den Weg zu laufen.

»Das lasse ich ausfallen. Ich dachte, wir gehen lieber in die Stadt und durchstöbern ein paar Buchhandlungen. Ich muss noch ein paar Bücher besorgen.«

»Mir soll's recht sein. Aber nur wenn wir vorher etwas essen und auch einen kleinen Abstecher zu *Michelle Records* machen.«

»Kein Problem.«

Mir ist alles lieber, als mich mit den neusten Ereignissen auseinanderzusetzen, die ich gerade versuche, in die hinterste Ecke meines Bewusstseins zu schieben.

Wir gehen diesmal nicht zu Fuß zum Dammtor, sondern steuern die Bushaltestelle an, die sich recht nah am Eingang des Uni-Geländes befindet. Ich stelle Anni ein paar Fragen darüber, wie ihr Tag war und wen sie getroffen hat, und ich bin erleichtert, dass sie ins Erzählen kommt und mir die Rolle der Zuhörerin zuteilwird. Morgen, wenn ich die nächste Vorlesung habe, werde ich Jess wieder begegnen und dann wird die Wahrheit zurück nach oben steigen, wie totes Strandgut. Und wenn nicht, dann spätestens am Freitag im Tutorium, das zur heutigen Vorlesung gehört. Früh genug also, dass ich es jetzt guten Gewissens verdrängen kann.

○ ○ ○

Neben Robert Musils *Nachlass zu Lebzeiten* und Franz Kafkas Sammelband *Betrachtungen* haben es noch zwei Thriller und der erste Band einer Fantasy-Reihe bis zu mir nach Hause geschafft. Meine Freizeitlektüre packe ich in einem Stapel auf die Fensterbank, während ich die für die Uni auf meinen Schreibtisch lege, zusammen mit ein paar Markern, Post-it-Zetteln und jeweils einem Ordner für die verschiedenen Vorlesungen, die ich in unterschiedlichen Farben gekauft habe. Zwar hätte ich mir das alles auch aus dem Büro meiner Mutter holen können, aber so habe ich das Gefühl, dass es *meins* ist. Meine Entscheidung, mein Semester, mein Leben. Deswegen bin ich hier und niemand wird es mir wegnehmen, egal wie gerne ich es gerade gegen die Wand fahren will.

»Das sieht hier schon wieder viel mehr nach dir aus«, bemerkt Anni, setzt sich auf den Stuhl vor meinem Schreibtisch und dreht sich mit ihm zu mir um.

»Wegen dem ganzen Kram für die Uni?«

»Das auch«, antwortet sie, zieht eines meiner T-Shirts unter ihrem Hintern hervor und wirft es mir zu. »Könnte aber auch an deiner unverkennbaren Ordnung liegen.«

Ich fange das Shirt auf, lache, was sich seltsam hohl in meinen Ohren anhört, und lasse mich seufzend auf mein Bett fallen. Der Himmel hat sich mittlerweile komplett zugezogen und es ist nur noch eine Frage der Zeit, bis es anfangen wird zu regnen. Die Wolken sind dunkelgrau und der Wind verfängt sich munter in den sich gelb färbenden Blättern, passend zu meiner Stimmung.

»Okay, du hast jetzt schon wieder geseufzt und langsam fällt es mir schwer, das zu ignorieren. Was ist los?«

»Wieso muss etwas los sein?«, entgegne ich. »Ich bin nur erschöpft.«

»Von zwei Vorlesungen und dem Kauf einiger Bücher?«

Skeptisch zieht sie eine Augenbraue nach oben. Manchmal ist es echt nervig, dass sie mich so einfach lesen kann. Daran hat das Jahr, das ich nicht hier war, offenbar nichts geändert.

»Kannst du nicht einfach so tun, als hättest du nichts gemerkt?«

»Zu spät.«

Ich seufze noch mal, werfe das T-Shirt ans Bettende und ziehe mir eines meiner Kissen auf den Schoß. Mit beiden Armen umschließe ich es, als könnte es mir Schutz bieten, doch Annis Blick durchbohrt es – und mich – gnadenlos. Einen Moment halte ich ihm noch stand, dann rolle ich mit den Augen und gebe nach.

»Meine Vorlesungen heute Morgen waren … sehr überraschend. Zumindest die erste.«

»Wie meinst du das?«

»Jess war da«, sage ich widerwillig. »Sie studiert anscheinend auch Literatur so wie ich.«

»Was?«

»Ja. Sie war nicht bei der Orientierungswoche und ich hatte keine Ahnung davon, aber sie war es.«

»Oh«, macht Anni, richtet sich auf und überkreuzt ihre Knöchel. »Und hast du mit ihr gesprochen?«

»Ja, nach der Vorlesung. Ich hab mich eigentlich gefreut, sie zu sehen, aber sie hat mich vollkommen abblitzen lassen. Als ich aus dem Saal raus war, hab ich noch mal gedacht, ich guck nicht richtig. Dreimal kannst du raten, wen ich da getroffen habe: Eli.«

»Nein!«

»Doch.«

Verwirrt schüttelt sie den Kopf und lächelt.

»Aber ich dachte, du hast ihm nicht gesagt, dass du zurück bist. Wieso hat er dann auf dich gewartet?«

Ich schlucke und fange an mit den Trotteln am Kissen zu spielen. Unterschwellig beginnt es in mir zu brodeln und meine Zunge ist plötzlich schwer wie Blei, als ich mir den nötigen Stoß verpasse, es zu sagen.

»Er wusste es nicht. Er hat auf Jess gewartet. Die beiden sind ein Paar.«

Die Bedeutung der Worte schneidet mir ins Herz, die mir ausgesprochen noch realer vorkommt.

»Nein«, sagt Anni noch mal.

»Es ist so. *Er wollte sie noch sehen, bevor er zur nächsten Vorlesung muss*«, wiederhole ich, was er gesagt hat, und schnaube.

»Seit wann läuft das denn schon?«

»Wohl seit zwei Monaten.«

»Scheiße.«

Die ersten Tropfen klopfen an die Scheibe hinter mir und ich lasse den Kopf hängen. Am Morgen war es noch warm und sonnig und alles schien auf einem guten Weg zu sein und plötzlich kommt es mir so vor, als hätte mir jemand den Wind aus den Segeln genommen. Ich wusste, dass sich vieles verändert haben würde, wenn ich wieder da bin, aber damit habe ich in einer Million Jahre nicht gerechnet. Auch nicht, dass es mich so treffen würde.

»Es ist nicht so, als hätte ich das nicht für ihn gewollt, aber ... ausgerechnet Jess?« Ich kralle mich fest ins Kissen. »Warum hat sie das gemacht? Welche Freundin fängt etwas mit deinem Ex an?«

Anni kommt zu mir rüber und setzt sich neben mich. Vorsichtig nimmt sie mir das Kissen aus den Händen, um es davor zu retten, in zwei Teile gerissen zu werden, und zieht mich in ihre Arme.

»Ich weiß, du willst es vielleicht nicht hören, aber geht es wirklich um sie oder … vielleicht um Eli?«

Ich erwidere nichts, lege nur meinen Kopf an ihre Schulter und presse die Lippen zusammen. Um ehrlich zu sein, weiß ich es selbst nicht. Ich fühle mich verraten und traurig, aber es kommt aus allen Richtungen und ich kann nicht sagen, wo es anfängt und endet. Am liebsten will ich es einfach nur abstellen.

»Ich weiß«, sagt Anni, als hätte sie meine Gedanken gelesen, und ich schließe die Augen.

Die Wahrheit fühlt sich genauso an wie jede der Erinnerungen, die ich mit Eli verbinde: vergangen, verloren und unersetzlich. Wie gerne würde ich die Zeit zurückdrehen und alles richtig machen, nur kann ich das nicht. Ich hab alles kaputt gemacht. Und anstatt mich damit abzufinden, wünscht sich ein dummer Teil von mir, es wäre anders. Irgendwo habe ich anscheinend wirklich gehofft, dass, sollten wir uns wiedersehen, es nur aus einem bestimmten Grund passieren würde: Damit es weitergeht! Und vielleicht habe ich noch etwas zu sagen. Ein schöner Gedanke, doch in diesem Moment tut er einfach nur weh.

Das Prasseln des Regens in unseren Rücken wird lauter. Ich richte mich auf, ziehe meine Knie an und schlinge die Arme darum.

»Ich hab keine Ahnung, was ich jetzt machen soll«, sage ich.

»Eli und du seid nicht mehr zusammen, schon lange nicht mehr«, gibt Anni zögerlich zurück. »Und er hat bestimmt keine neue Freundin, um dir wehzutun. Er wusste ja nicht mal, dass du nach Hause kommst. Aber was Jess angeht, würde ich an deiner Stelle mal ganz tief in mich gehen und mich fragen, ob ich so eine Freundin haben will.«

»Eher nicht«, sage ich trocken. »Hast du auch einen Rat, was ich mit ihm mache, wenn er jetzt jeden Montag dort auftaucht, um sie abzuholen?«

»Du ignorierst ihn, so einfach ist das.«

»Leicht gesagt.«

Tröstend reibt sie mir über die Schulter.

»Du wolltest nicht mehr zurückschauen, schon vergessen? Lass dich davon nicht aus der Bahn werfen, das ist es nicht wert.«

Ich nicke, weil ich weiß, dass sie recht hat. Das waren meine Worte, aber da wusste ich auch noch nicht, was mich hier erwartet. Man sagt zwar immer, man soll ohne große Erwartungen an Veränderungen herantreten, doch im Endeffekt hat man sie dann trotzdem. Oder hatte. Der Tag ist gebraucht und ich habe keine Ahnung, wie ich mich auf die nächsten einstellen soll. Ich kann ja nicht einmal benennen, was es ist, das meinen Körper von oben bis unten durchströmt. Nur dass es träge und schwer ist und mich mit jeder Minute weiter ausfüllt

»Ich glaube, wir sollten dringend hier raus«, unterbricht Anni meine Gedanken, steht auf und streckt sich.

»Und wo willst du hin bei dem Wetter?«, frage ich und deute nach draußen.

»Ich bin diese Woche mit Einkaufen dran und wollte sowieso gleich los«, sagt sie. »Du kannst mir helfen und vielleicht braucht ihr auch noch etwas.«

Auffordernd streckt sie mir ihre Hand entgegen, dabei wäre mir im Moment eher danach, ein Kissen nach ihr zu werfen und mich unter meiner Decke zu verkriechen. Aber vielleicht ist ein wenig Ablenkung nicht verkehrt. Schließlich wollte ich mich nicht mehr verstecken, oder?

»Also schön.«

Ich greife nach ihrer Hand und lasse mich hochziehen. Widerwillig folge ich ihr hinunter in die Küche und mache mir nach einem Blick in die Schränke und den Kühlschrank eine Liste der Lebensmittel, die wir brauchen. Sie ist ziemlich kurz. Dann schreibe ich meiner Mutter einen Zettel, wo ich bin, für den Fall, dass sie früher nach Hause kommt, und schon ziehen wir unsere Schuhe an. Nur fünf Minuten später sitzen wir in Annis Auto und fahren los.

Die Tropfen auf meiner Scheibe veranstalten ein Wettrennen und ich bin ganz froh darüber, dass wir während der Fahrt Radio hören, anstatt zu reden.

Ich weiß, es war richtig, nach Hamburg zurückzukommen, doch ich muss mir eingestehen, dass ich es mir anders vorgestellt habe. Im Augenblick wünsche ich mir nur, ich wäre einfach in München geblieben. Und dass ich mir das wünsche, sorgt nur dafür, dass ich mich noch mieser fühle.

6

Wie ich feststellen musste, haben Jess und ich sämtliche Vorlesungen zusammen, für die ich mich dieses Semester eingetragen habe, und außerdem das Tutorium in Literaturwissenschaften. Vier von fünf Tagen die Woche halte ich mich mindestens für anderthalb Stunden mit ihr im selben Raum auf und das ist genauso toll, wie es klingt. Gute Planung und ein bisschen Glück haben dafür gesorgt, dass ich ihr bisher aus dem Weg gehen konnte, auch wenn ich lieber die Erste im Kurs wäre, um mich ganz in Ruhe auf diesen einzustellen. Stattdessen gebe ich mich aber mit paar Minuten zufrieden und bin am Ende sofort weg. Und nun diese Nachricht von ihr.

Jess: Können wir reden?

Als ich kurz zu ihr rüberluge, merke ich, dass Jess mich beobachtet. Schnell schaue ich weg und wage es kein zweites Mal, auch nicht, als mein Handy wieder aufleuchtet und mir eine neue Nachricht von ihr anzeigt.

Jess: Nach dem Tutorium? Bitte.

Ich ignoriere sie, schlage das Blatt meines Blocks um und schreibe auf der nächsten Seite weiter. Mich dafür rechtfertigen, dass ich ihr nicht antworte, muss ich nicht.

Sie weiß, wie viel Eli mir bedeutet hat, und sie kann sich bestimmt vorstellen, wie es sich in etwa angefühlt haben muss, zu erfahren, dass sie ein Paar sind. Daher sollte es sie nicht wundern, dass ich ihr die kalte Schulter zeige.

Nur noch zwanzig Minuten und ich bin ich erlöst. Da leuchtet das Display ein drittes Mal auf.

Jess: Warte bitte nachher auf mich.

Ich drücke fest mit dem Stift auf und rutsche beinahe ab. Womöglich sollte ich es einfach hinter mich bringen, überlege ich. Dann lässt sie mich wenigstens in Ruhe.

Schneller, als mir lieb ist, nähert sich das Ende der Stunde und Jason Kruse, unser Dozent, entlässt uns ins Wochenende. Ich verabschiede mich mit einem »Bis nächste Woche« von Henri, einem Typen mit blondem Dutt, der neben mir sitzt, schiebe meinen Stuhl zurück und verlasse als eine der Ersten den Raum. Jess' Schritte, die von den Wänden widerhallen, höre ich kurz darauf hinter mir und der Impuls durchzuckt mich, einfach vor dem Gespräch davonzulaufen.

»Hast du jetzt Schluss?«, will sie wissen, als sie zu mir aufschließt.

»Ja, hab ich.«

Sie zieht an der Tür zum Treppenhaus und hält sie mir auf. Widerwillig gehe ich hindurch.

»Hast du meine Nachrichten gelesen?«

»Welche meinst du?«

»Die, die ich dir im Unterricht geschickt habe.«

»Ah, ich dachte, du meinst die, in der steht, dass du mit meinem Ex zusammen bist.« Warum sollte ich um den heißen Brei herumreden?

»Ich weiß, dass du sauer bist, aber lass es mich erklären.«

»Was willst du da erklären?«

»Wie es dazu gekommen ist.«

»Und du glaubst, dass ich das hören will?« Ich bleibe auf dem Absatz stehen und gebe mir Mühe, die Ruhe zu bewahren. Eine Szene vor den Leuten, mit denen ich die nächsten Jahre verbringen werde, steht nicht auf meiner heutigen To-do-Liste. Jess stoppt neben mir und wartet, bis zwei Mädchen aus unserem Kurs vorbeigegangen sind.

»Wahrscheinlich nicht«, lenkt sie gedämpft ein. »Aber ich denke, wir sollten es tun. Wir werden uns das ganze Semester über sehen und ich will nicht so tun, als ob ich dich nicht kenne, und jedes Mal verstummen, wenn du an mir vorbeigehst. Wir waren doch mal Freunde.«

Tolle Freunde, erwidere ich gedanklich, nehme die nächsten Stufen und wir kommen im Erdgeschoss an.

»Entschuldige, aber ich habe keine große Lust darauf, mich mit dir in irgendein Café zu setzen und gemütlich zu plaudern.«

»Und stattdessen wollen wir uns weiter böse Blick zuwerfen? Ich bitte dich ja nicht darum, dass wir wieder Freundinnen werden. Nur ein klärendes Gespräch, das ist alles.«

Ich habe gar nicht mitbekommen, dass wir rausgegangen sind. Auf einmal stehen wir im Freien und sie sieht mich abwartend an.

Kaum vorstellbar, dass meine erste Reaktion, als ich sie vor ein paar Tagen gesehen habe, war, dass ich sie umarmen wollte. Jetzt graust es mir schon davor, mich mit ihr an einen Tisch zu setzen. Doch genauso gut weiß ich, dass ich, wenn ich es nicht tun werde, die nächsten Nächte wach liegen werde, um darüber nachzudenken, so wie die letzten auch, wo ich mir pausenlos den Kopf zerbrochen habe.

Wie ist das passiert? Wann war es endgültig vorbei? Warum tut es so weh?

Vielleicht ist es gut, einen klaren Schnitt zu setzen.

»Okay, wie du willst. Dann reden wir.«

»Danke. Können wir uns so gegen drei in der Stadt treffen?«

»Wieso nicht jetzt? Oder warum sollte ich sonst auf dich warten?«

»Jetzt geht es nicht. Ich hab noch was vor.«

»Und was?«

Jess streicht sich eine ihrer blonden Strähnen hinters Ohr, setzt zu einer Antwort an und richtet den Blick auf etwas hinter mir. Irritiert folge ich ihm und drehe mich um – und bereue es sofort. Eli kommt geradewegs auf uns zu, eine Hand in der Hosentasche, mit der anderen tippt er irgendwas ins Handy und hat uns noch nicht bemerkt.

»Ach so, jetzt versteh ich«, murmle ich.

Als er fast bei uns angekommen ist, hebt er den Kopf und mein Magen zieht sich wie letztes Mal schmerzhaft zusammen, als er mich so ansieht, als hätte der Unfall damals nicht nur seinen Körper verletzt, sondern gleichzeitig auch das zwischen uns ein für alle Mal zerstört.

»Hey«, begrüßt sie ihn.

Er zieht sie kurz in eine Umarmung und nimmt ihre Hand, als sie sich voneinander lösen.

»Hey«, sagt er.

Seine Stimme ist seltsam ausdruckslos, ganz anders als am Montag, wo ich die Wut aus ihr heraushören konnte, und sein Gesicht ist eine undurchdringliche Maske. Sonst habe ich immer darin gelesen wie in einem offenen Buch, das Zucken um seine

Mundwinkel erahnt, wenn er versucht hat, ein Lachen zurückzuhalten, und die Stille zwischen seinen Worten richtig gedeutet, wenn er Sorgen hatte. Jetzt sind da nur noch leere Seiten, die mir kalt entgegenstarren.

Ich senke den Kopf und schließe den Reißverschluss meiner Jacke.

»Wir sehen uns dann später?«, frage ich den Boden.

»Ja, das wäre toll. Gegen drei?«, antwortet Jess.

»Okay. Wo?«

»Ich schick dir die Adresse.«

Gern würde ich so was sagen wie: »Ich freu mich, bis später«, aber ich gehe und spare mir die Lüge.

Ich weiß, dass das mit Eli und mir nie wieder so werden wird wie früher, und ich habe das schon vor langer Zeit akzeptiert. Aber es braucht noch mal genauso lange, mich daran zu gewöhnen, wie es von nun an zwischen uns sein wird. Zwei Treffen sind in jedem Fall zu wenig, auch wenn das Eis bereits so oft gebrochen ist, dass man das aufgewühlte Meer darunter ohne Probleme sehen kann.

»Wieso triffst du dich mit ihr?«, höre ich Eli aus der Entfernung vorwurfsvoll sagen.

Automatisch drehe ich den Kopf nach hinten und wünsche mir im selben Moment, ich hätte es einfach gelassen. Just in der Sekunde flüstert Jess ihm nämlich etwas zu, streicht ihm über die Wange und dreht dann sein Gesicht zu ihrem, um ihn zu küssen.

Ich stolpere und bin in diesem Fall dankbar dafür, weil ich dadurch gezwungen bin, mich wieder nach vorne zu richten. Das hätte ich keine Sekunde länger mitansehen wollen. Trotzdem bleibt das Stechen und es gelingt mir nicht, es zurückzudrängen.

Es ist kurz nach eins. Für zwei Stunden nach Hause zu fahren, bis Jess und ich uns treffen, lohnt sich nicht, also laufe ich mit gemischten Gefühlen erst mal Richtung Alster. Mit Blick auf die Fontäne setze ich mich auf eine der Bänke, die ausnahmsweise frei ist, höre Musik und lese ein bisschen, doch wirklich konzentrieren kann ich mich nicht. Die Minuten gehen im Schneckentempo vorbei, während ich warte, dass es drei wird, und nicht ein einziges Mal geht mir Elis harter Blick dabei aus dem Kopf.

○ ○ ○

the coffee shop ist ein kleines Café, etwa fünf Minuten vom Jungfernstieg und der Alster entfernt. Von oben hat man einen schönen Blick auf den Bleichenfleet, in dem ein paar Boote träge vor sich hin dümpeln, während ich schon wieder auf meine Uhr schaue und mich frage, wo Jess bleibt. Es ist zwar erst fünf nach drei, aber jede Minute, die ich hier sitze und auf sie warte, schubst mich weiter in die Richtung, aufzustehen und zu gehen. Der Kaffee, den ich mir geholt habe, ist auch schon halb leer und mein ungutes Gefühl im Bauch hat sich seit unserem letzten Aufeinandertreffen nicht gemildert.

Als es zehn nach drei wird, greife ich schließlich nach meinen Sachen und bin drauf und dran, wirklich zu gehen, doch als hätte Jess nur auf ihr Stichwort gewartet, kommt sie in der Sekunde die Treppe zum Café nach oben. Ich beobachte, wie sie sich suchend umsieht, bis sie mich entdeckt und mir ein Zeichen mit der Hand gibt, dass sie sich noch kurz etwas zu trinken holt. Ich nicke, dann gleite ich zurück auf meinen Platz und richte den Blick wieder auf die Boote. Ich hatte meine Chance zu verschwinden, jetzt gibt es kein Zurück mehr.

Es dauert nicht lange und der Stuhl neben mir wird zurückgezogen und Jess setzt sich neben mich. Vor sich stellt sie eine kleine

Tasse ab, aus der mir ein herber Geruch nach Espresso entgegenschwebt. Nachdem sie etwas Zucker untergerührt hat, wendet sie sich mir zu.

»Hey, Luna«, sagt sie und endlich schaffe ich es, den Blick von ihrer Tasse zu lösen.

»Hey.«

»Entschuldige, dass ich zu spät bin. Wir waren noch was essen und haben wohl die Zeit vergessen. Ich hoffe, du musstest nicht lange warten?«

Ich trinke einen Schluck von meinem Filterkaffee, von dem danach nur noch eine Pfütze übrig ist. »Nicht der Rede wert.«

»Gut.«

Sie leckt sich einmal über die Lippen und legt eine Hand unters Kinn, als würde sie überlegen, was sie als Nächstes sagen soll. Ich lege meine vor mir auf den Tisch und fange an, meine Daumen umeinanderkreisen zu lassen. Bin ich jetzt dran, etwas zu sagen? Obwohl ... Schließlich hat *sie* mich um das Gespräch gebeten. Es ist nur fair, wenn sie dann auch den nächsten Schritt macht.

»Du bist seit letzter Woche zurück?«, fragt sie nach einer Weile und ich nicke.

»Ja, ich bin vor der Orientierungswoche angekommen.«

»Du hast gar nichts davon erzählt, dass du planst, wieder zurückzukommen.«

»Ich weiß, tut mir leid«, sage ich. »Wir haben nur so lange nicht mehr miteinander gesprochen und ich wusste nicht, wie.«

»Eine SMS oder ein Anruf wären nett gewesen«, erwidert sie.

»Du warst diejenige, die mir nicht mehr geantwortet hat.«

»Und du bist einfach ohne ein Wort verschwunden.«

Ich beiße mir auf die Unterlippe und versuche vergeblich, das Pochen unter meiner Haut zu ignorieren, das sich meine Arme emporzieht. Noch ganz genau kann ich mich an ihre Nachrichten erinnern, die ein paar Tage nach meinem überstürzten Umzug auf meinem Handy eingingen. Erst klangen sie besorgt und erst nach und nach sickerte durch, wie sehr ich sie damit verletzt hatte. Nach Julien waren wir gerade wieder dabei gewesen, uns anzunähern, und ich tat nichts Besseres, als sie gleich wieder vor den Kopf zu stoßen. Auch meine Erklärungen, die mehr als dünn waren, halfen nichts, bis wir uns schließlich gar nichts mehr zu sagen hatten.

»Ich wollte dir nicht wehtun, Jess. Es sind einfach ein paar Dinge passiert, mit denen ich klarkommen musste, aber das hatte nie etwas mit dir zu tun.«

»Das habe ich inzwischen auch kapiert. Es hatte nichts mit mir zu tun und es ging mich nichts an. Was anderes war ich ja nicht mehr von dir gewohnt.«

»Bitte mach das nicht«, sage ich.

»Wieso? Es stimmt doch. Wir waren beste Freunde, bis du mit Julien zusammengekommen bist, ab da war ich nur noch die zweite Wahl. Nachdem Schluss war, war ich wieder gut genug und dann bist du abgehauen. Und bis heute habe ich keine Ahnung, warum.«

»Ich will es dir ja erklären …«

»Brauchst du nicht«, unterbricht sie mich, greift nach dem Henkel ihrer Tasse und nippt an ihrem Espresso. »Das Thema ist durch, Luna. Irgendwann ist es einfach zu spät, verstehst du?«

Ich wünschte, es wäre noch etwas von meinem Kaffee übrig, mit dem ich den Kloß in meinem Hals runterspülen könnte, der immer größer wird. Irgendwie wird mir jetzt erst richtig klar, wie weit wir uns wirklich voneinander entfernt haben. Das fröhliche, ständig lachende Mädchen von damals ist weg und stattdessen sitzt mir nun jemand gegenüber, den ich überhaupt nicht mehr kenne.

»Ich dachte, dass du deswegen mit mir reden wolltest«, sage ich. »Weil du eine Erklärung haben möchtest.«

»Nein, das ist nicht der Grund. Ich hab lange genug auf eine gewartet und dich, keine Ahnung wie oft, um eine gebeten und du bist mir jedes Mal ausgewichen. Mittlerweile ist es mir echt egal, warum du damals abgetaucht bist.«

Wie Pfeile lässt sie ihre Worte auf mich los und keiner von ihnen verfehlt sein Ziel. Kein Zweifel, dass sie sie genau so meint, wie ich sie verstehe. In meiner Brust wird es eng und ich ziehe die Brauen zusammen.

»Warum dann? Was ist der Grund, wenn du nicht über uns reden willst?«

Einer ihrer Mundwinkel hebt sich zu einem halben Lächeln.

»Weil ich wissen will, warum du wieder hier bist.«

Sie sieht mir direkt in die Augen und ihr Blick ist so reserviert, dass ich im ersten Moment gar nicht weiß, was ich sagen soll. Um das zu beantworten, müsste ich ganz von vorne beginnen und ihr all das sagen, was ich bisher nur Anni anvertrauen konnte. Aber irgendetwas sagt mir, dass ich es besser nicht tun sollte und im Grunde will ich es auch nicht. Die Vergangenheit soll genau dort bleiben, wo sie ist, *nur vor, kein Zurück*. Also weiche ich aus.

»Ich studiere, das weißt du doch.«

»Und in München gibt es keine Uni?«

»Schon, aber … Hamburg ist mein Zuhause. Ich habe meine Mutter vermisst, meine Freunde, mein ganzes Leben. Ich musste für eine Weile hier raus, aber das ist vorbei.«

Leise schnaubt sie, nimmt den kleinen Löffel und rührt abermals in ihrem Espresso herum.

»Willst du wissen, was ich glaube?«, fragt sie.

Nein. »Okay?«

»Ich glaube, du bist nur wegen irgendeines Typen abgehauen, ganz genauso wie beim letzten Mal. Nur dass du diesmal die Stadt gewechselt hast, ist neu. Und jetzt hat er dich abserviert und du versuchst dir dein altes Leben zurückzuholen, inklusive Freund. Aber um eins klarzustellen, Luna: Das wird nicht funktionieren.«

Mit offenem Mund starre ich sie an und muss mich daran erinnern, ihn wieder zu schließen.

»Du glaubst, es geht mir um Eli?«

»Um wen sonst?«

»Aber ich bin nicht wegen ihm zurück.«

»Ach komm, Luna, verkauf mich nicht für dumm. So wie du ihn vorhin angesehen hast, war es mehr als offensichtlich.«

Wissend funkelt sie mich an und ich schüttle den Kopf. Das kann nur ein schlechter Scherz sein.

»Es ist nur komisch, euch zusammen zu sehen«, bringe ich hervor und ignoriere die Stiche in meiner Brust. »Ich hab einfach nicht damit gerechnet, dass ihr … zusammen seid.«

Bei den letzten beiden Worten wird meine Zunge schwer. Sie fühlen sich wie Fremdkörper an und ein leichtes Brodeln setzt in meinem Bauch ein, das ich bereits kenne. Eine Mischung aus Verrat, Wut und noch mehr Schuldgefühlen, weil ich nicht nur auf Jess, sondern auch auf Eli sauer bin und dazu überhaupt kein Recht habe.

»Sind wir und es geht uns wirklich gut. Ohne dich. Und ich hab keine Lust darauf, dass du das kaputt machst, nur weil dir plötzlich wieder eingefallen ist, was du an ihm hattest.«

Ich habe immer gewusst, was ich an ihm habe, will ich am liebsten erwidern, doch es bleibt mir im Hals stecken. Ihre Feindlichkeit trifft mich mit einer ungeahnten Härte und ich kann meine Wut nicht mehr zurückhalten.

»Und was ist mit dir?«, frage ich sie. »Du bist mit meinem Ex zusammen. Welche Freundin macht so etwas?«

»Freundin? Wir sind keine Freunde mehr, Luna. Vielleicht waren wir das mal, aber ich für meinen Teil bin damit durch.«

»Und wann hast du das beschlossen?«

»Meinst du die Frage jetzt ernst? Du haust ab und speist mich mit irgendwelchen Erklärungen ab, du hättest eine Veränderung gebraucht. Du hättest *vergessen*, mir davon zu erzählen, ans andere Ende des Landes zu ziehen. Und jetzt bin ich die Böse?«

»Ich könnte dir so was nie antun, Jess. Egal, was zwischen uns war, könnte ich nie mit jemandem zusammen sein, der dir einmal so viel bedeutet hat wie Eli mir.«

»Dann bist du anscheinend noch naiver, als ich angenommen habe.«

»Das bin ich bestimmt nicht. Aber mir hat unsere Freundschaft etwas bedeutet. Und tut es auch noch.«

»Tja, dann bist du damit wohl allein.«

Die Stimmen um uns herum sind nach und nach leiser geworden und bilden nur noch ein undeutliches Gemurmel im Hintergrund. Mein Puls ist angestiegen, das Blut rauscht in meinen Ohren und meine Hände, die auf meinem Schoß liegen, verkrampfen. Fest balle ich sie zu Fäusten und lasse mir das, was sie gesagt hat, ein zweites Mal durch den Kopf gehen.

Ich war nicht so blöd zu glauben, dass hier alles und jeder auf mich wartet und mit offenen Armen empfängt. Mir war klar, dass sich einiges verändert haben würde, und darauf war ich vorbereitet. Nicht jedoch darauf, dass mir jemand, mit dem ich so viele schöne Momente meiner Kindheit geteilt habe, auf einmal derart fremd gegenübersitzen würde. Und je länger ich sie ansehe, desto deutlicher wird mir bewusst, dass sie es nicht zurücknehmen wird. Sie meint es ernst. Unsere Freundschaft bedeutet ihr nichts mehr, und wenn ich die Hoffnung hatte, noch irgendetwas davon retten zu können, fällt sie in diesem Augenblick wie ein Kartenhaus in sich zusammen.

»Und es war nötig, mir das hier zu sagen?«, frage ich sie zwischen zusammengebissenen Zähnen. »Wieso hast du es nicht in der Uni schon hinter dich gebracht?«

»Ich hatte keine Lust auf eine Szene vor den anderen.«

Jess leert ihre Tasse und stellt sie vor sich ab. Einen Moment sieht sie nach draußen, dann begegnen sich unsere Blicke im Spiegelbild der Scheibe und sie dreht sich wieder in meine Richtung.

»Ich habe nicht vor, dir irgendwelche Steine in den Weg zu legen. Du bist hier, daran kann ich nichts ändern, aber halte dich gefälligst von Eli fern. Du hast ihn schon einmal verletzt und ich werde nicht zulassen, dass das noch mal geschieht.«

»Ich sagte es dir schon, ich bin nicht wegen ihm zurück.«

»Erzähl das jemandem, der dir das glaubt.«

So langsam reißt mir der Geduldsfaden.

»Nur fürs Protokoll: Ich habe nicht vor, mich in irgendeiner Weise zwischen euch zu stellen. Aber du hast nicht das Recht dazu, mir vorzuschreiben, mit wem ich rede und mit wem nicht.«

»Oh, das glaube ich schon.«

»Wieso?«

Sie löst ihre überschlagenen Beine und lehnt sich in meine Richtung. Sie spricht so leise, dass nur ich sie hören kann, doch mit so viel Nachdruck, dass sie mich genauso gut anschreien könnte.

»*Ich* war für ihn da, als du dich in Luft aufgelöst hast. *Ich* hab mich nach dem Unfall um ihn gekümmert. Und *ich* habe dabei zugesehen, wie du ihm jeden Tag, an dem du dich nicht gemeldet hast, aufs Neue das Herz gebrochen hast. *Ich* war hier, Luna, und habe es wieder zusammengesetzt, während du was auch immer mit Gott weiß wem getrieben hast, und deswegen hältst du dich, verdammt noch mal, von ihm fern.«

Ich erschauere, als hätte man mich mit eiskaltem Wasser überschüttet. Meine Hände fangen an zu zittern und ich presse sie auf meine Schenkel, damit Jess es nicht sieht.

»Hey, darf es für euch noch etwas sein?«

Wie aus dem Nichts steht plötzlich eine der Kellnerinnen an unserem Tisch und deutet mit einem Lächeln auf unsere leeren Tassen. Ihr braunes Haar ist zu zwei Zöpfen geflochten und ihre rote Schürze mit ein paar Kaffeeflecken besprizt.

»Nein danke. Ich muss gleich wieder los. Wir waren hier ohnehin fertig«, antwortet Jess.

»Okay, dann habt noch einen schönen Tag.«

»Danke, du auch.«

Jess erwidert das Lächeln und reicht ihr unsere Tassen, mit denen das Mädchen hinter dem Tresen verschwindet. Dann nimmt sie ihre Tasche von der Lehne, legt sich den Gurt um und steht auf.

»Jess, warte«, halte ich sie auf und packe sie am Arm.

Irritiert stoppt sie und sieht mich an.

»Was? Ich sagte doch, wir sind hier fertig.«

Ich schlucke meine Wut herunter und dränge alles andere in den Hintergrund, was ich ihr am liebsten an den Kopf schmeißen würde. Aber in diesem Chaos kristallisiert sich eine Sache ganz deutlich heraus und ich muss sie einfach fragen.

»Wie geht es ihm? Eli, meine ich. Ist er wieder ganz gesund?«

Abschätzig mustert sie mich von oben bis unten, bis ihr Blick sich erneut in meine Augen bohrt.

»Das geht dich nichts mehr an.«

Dann macht sie sich von mir los und geht.

7

Anni: Hey, ich will nachher noch zu einer Party im Bunker, kommst du mit?

Ich lege das Lesezeichen zwischen die Seiten des Buchs und greife nach meinem Handy, dessen Display mir strahlend Annis Nachricht ankündigt. Bis eben habe ich gelesen und seit dem Gespräch mit Jess mache ich praktisch nichts anderes mehr, mal abgesehen von ein paar Bewerbungen für einen Nebenjob, die ich am Vormittag geschrieben habe. Sobald ich zu Hause bin, verschwinde ich in meinem Zimmer und flüchte mich wie früher in eine andere Welt, die für ein paar Stunden die echte verdrängt. Und es funktioniert. Ich muss sagen, dass nichts besser hilft, vor dem Herzschmerz zu flüchten, als mitten auf einer Insel, abgekapselt von der restlichen Welt, in einem finsteren Wald um sein Leben zu kämpfen, wie in *Die Blutschule*. Und da Samstag ist und ich nirgendwohin muss, habe ich mich, mal abgesehen von Frühstück und Mittagessen, heute noch keinen Zentimeter bewegt.

Luna: Leider musst du auf mich verzichten.
Muss bis Montag was für die Uni lesen.

Die zwei kleinen Häkchen in der Ecke des Textfeldes werden sofort blau und sie schreibt zurück.

> **Anni:** Klar. Und was ist wirklich der Grund? Das Semester hat gerade erst begonnen, du musst nichts lesen. Bitte komm mit.

> **Luna:** Ich hab mich schon fertig gemacht und liege im Bett. Ich hatte mich eigentlich nicht darauf eingestellt, heute noch mal aufzustehen.

> **Anni:** Eigentlich ist fast ein Ja. Komm schon, gib dir einen Ruck, das wird lustig.

Missmutig werfe ich einen Blick aus dem Fenster, vor dem es wie aus Kübeln gießt.

> **Luna:** Es regnet.

> **Anni:** Wir fahren mit dem Auto, ich hab 'nen Schirm und wir bleiben nicht lange, versprochen.

Meine Finger schweben schon über der Tastatur. Nein, ich will nicht, bin krank, muss *wirklich* was für die Uni lesen, irgendeine Ausrede wird mir schon einfallen. Ich weiß, dass ich nicht ewig hier sitzen und den Rest der Welt ausblenden kann, aber ich wäre im Augenblick keine sehr fröhliche Partybegleitung und damit würde ich auch ihr den Abend verderben. Ein Klopfen an der Tür lenkt mich ab und ich lasse das Handy sinken.

»Ja?«, rufe ich.

Eine Sekunde später kommt meine Mutter herein.

»Hey, was gibt's?«, frage ich.

»Nichts, ich wollte nur mal nach dir sehen. Was machst du gerade?«

»Ich lese.«

»Du machst seit Tagen nichts anderes.«

»Das meiste ist für die Uni, aber ich gönn mir gerade eine Pause«, sage ich und tippe mit dem Finger auf das schwarze Cover des Buchs neben mir.

Mit hochgezogenen Augenbrauen schaut sie mich an, greift es sich von der Matratze und überfliegt den kurzen Text auf der Rückseite.

»Klingt spannend. Wann hast du angefangen?«

»Nach dem Essen.«

Eine Regung des Erstaunens huscht über ihr Gesicht. Sie zupft an dem Lesezeichen, das im hinteren Drittel steckt, legt das Buch zurück und schaut aus dem Fenster. Ein paarmal leckt sie sich über die Lippen, dann erscheint langsam eine tiefe Falte zwischen ihren Brauen. Sie ist mir schon vorhin beim Mittagessen aufgefallen und es ist nicht zu übersehen, dass sie etwas auf dem Herzen hat. Sie hadert noch einen Moment, dann holt sie tief Luft, stützt sich an der Fensterbank ab und sieht mich an.

»Luna, ich kann mir vorstellen, dass die ersten Wochen nicht leicht für dich waren. Du warst nicht ohne Grund so lange in München und zurückzukommen war ein großer Schritt. Aber so kann es nicht weitergehen.«

»Was meinst du?«

»Na, das hier. Du kommst nach Hause, isst fast nichts, verschanzt dich in deinem Zimmer. Ich hab das einmal ignoriert und das passiert mir sicher kein zweites Mal.«

Kopfschüttelnd verdrehe ich die Augen. »Findest du nicht, dass du etwas übertreibst?«

Als Antwort bekomme ich einen strengen Blick und ich richte mich automatisch etwas auf.

»Wenn ich etwas aus der Sache mit Julien gelernt habe, ist es, dass ich nicht mehr im guten Glauben wegsehe, weil schon alles seine Richtigkeit haben wird.«

»Es waren nur ein paar Tage«, versuche ich es herunterzuspielen.

»Das *nur* kannst du streichen. So hat es schon mal angefangen und wir hatten eine klare Abmachung, was deine Rückkehr nach Hamburg angeht. Wenn es nicht klappt und du in alte Muster verfällst, ist München nur ein paar Stunden entfernt.«

Nun sitze ich kerzengerade. »Das ist doch Schwachsinn.«

»Glaub mir, es gefällt mir genauso wenig wie dir. Und ich weiß auch, dass ich dir streng genommen nichts vorschreiben kann, aber du solltest ernsthaft darüber nachdenken, ob das wirklich das Beste für dich ist.«

Ich höre deutlich, wie schwer es ihr fällt, das zu sagen, auch wenn sich alles in mir dagegen sträubt. Sie hat mich in der Nacht gefunden, als ich wusste, ich würde es keinen weiteren Tag in Hamburg aushalten. Sie hat meine Schreie gehört. Ich kann mir kaum vorstellen, wie es für sie gewesen sein muss, mich so zu sehen.

»Es geht mir gut, fest versprochen. Du musst dir keine Sorgen um mich machen.«

»Und was schlägst du stattdessen vor? Es ist Samstagabend und du sitzt nur hier rum …«

»Nur weil das Buch gut ist«, unterbreche ich sie und zwinge mir ein Lächeln auf die Lippen, um ihre Argumente zu entkräften – die absolut zutreffen.

Es scheint sie nicht ganz zu überzeugen. Da leuchtet das Handy neben mir ein weiteres Mal auf und ich schiele kurz auf die Nachricht.

Anni: Na, was ist? Kommst du nun mit?

»Wer schreibt dir?«, fragt meine Mutter.
»Anni. Sie will auf eine Party und fragt, ob ich mitkomme.« *Oh verdammt.* Sofort will ich mir auf die Zunge beißen und mir gleichzeitig an den Kopf hauen, weil ich das gesagt habe. Der erleichterte Ausdruck in ihren Augen spricht Bände.
»Oh. Ihr ... ihr geht also aus?«
»Sieht so aus«, zwinge ich mir das Lächeln, das mir kurz entglitten ist, zurück aufs Gesicht und nicke.
Entschuldigend fährt meine Mutter sich mit einer Hand durch das kurze Haar, das ihr daraufhin in alle Richtungen absteht. Es ist ihr sichtlich unangenehm, voreilige Schlüsse gezogen zu haben, und jetzt so scheinbar offensichtlich dabei ertappt worden zu sein.
»Das ist gut«, sagt sie. »Wo wollt ihr hin?«
»In den Bunker.«
»Wann wollt ihr los?«
»Weiß ich noch nicht. Das wollten wir gerade besprechen. Anni fährt aber.«
»Okay. Wenn das so ist, dann macht euch einen schönen Abend.«
»Danke.«
»Und, Luna ... tut mir leid, dass ich dich so überfallen habe«, sagt sie und kratzt sich verlegen am Kopf. »Ich dachte nur ...«
»Macht nichts, ehrlich. Alles okay«, sage ich, greife nach ihrer Hand und drücke sie.

Vielleicht ist es ihr unangenehm, weil sie so schnell geurteilt hat, aber ich glaube, ganz tief in ihrem Inneren ist sie froh darüber. Falscher Alarm, kein Grund zur Beunruhigung, ich kapsle mich nicht ab und sie hat alles richtig gemacht und ich bin meinerseits erleichtert, dass ich mich rausreden konnte. Gleichzeitig verfluche ich meine Unbedachtheit jedoch ins Bodenlose: Nun habe ich ganz offiziell Pläne für den Abend und da komme ich nicht mehr raus.

»Sag Bescheid, bevor du gehst, und nimm dein Handy mit«, bittet sie mich.

»Mach ich.«

Sie zwinkert mir zu und mit einem erleichterten Lächeln auf den Lippen löst sie sich von der Fensterbank und geht hinaus. Ich sinke zurück und hoffe kurz darauf, einfach in meinen Kissen zu verschwinden. Natürlich geschieht das nicht. Verdammt, mir hätte wirklich etwas Besseres einfallen können, als diese blöde Party zu erwähnen, auf die ich jetzt noch weniger Lust habe als vorher. Stöhnend greife ich nach meinem Telefon und öffne ergeben den Chat.

Luna: Nicht länger als Mitternacht. Kauf es oder lass es.

Anni: Gekauft!

Ich schalte mein Handy aus, lasse es zur Seite gleiten und liege ein paar Minuten nur da und starre an die Decke. Dann stehe ich auf, suche widerwillig ein paar Klamotten aus dem Schrank und schlurfe ins Bad, um mich fertig zu machen. Zurück in meinem Zimmer stelle ich fest, dass bereits eine neue Nachricht eingegangen ist.

Anni: Ich hole dich in 'ner halben Stunde ab.
Bis gleich!!!

Ich schicke ihr einen Daumen nach oben und rolle mit den Augen. Drei Ausrufezeichen und jedes davon freut sich mehr als ich. Hätte ich bloß den Mund gehalten.

Erst als wir schon im Auto sitzen und Richtung Innenstadt unterwegs sind, geht Anni etwas näher ins Detail zu unseren spontanen Plänen und es dauert keine Minute, da hat sich meine Lustlosigkeit zu einem handfesten, inneren Prostest entwickelt.

Nihat, ein ehemaliger Kollege, mit dem Anni früher bei der Cateringfirma *Cat+Events* gearbeitet hat, hat sie zu der Party eingeladen. Er schmeißt dort heute Abend die Bar, und da Anni noch nichts vorhatte, hat sie zugesagt. Auch, dass ich als Begleitung mitkomme, ist kein Problem. So weit, so schön, schließlich kenne ich Nihat auch von früher und habe mich bisher immer gut mit ihm verstanden. Nur hat Anni ein winziges Detail leider nicht bedacht – ob absichtlich oder aus Versehen: Nämlich nachzufragen, ob Eli ebenfalls dort sein wird. Denn nicht nur mit Nihat, sondern auch mit ihm hat sie dort zusammengearbeitet. Über sie hab ich ihn schließlich damals kennengelernt. Auf meine Nachfrage hin weicht sie mir jedoch nur unverständlich murmelnd aus. Großartig.

Was habe ich also für eine Wahl? Zurück nach Hause, um mich von meiner Mutter mit Fragen löchern zu lassen? Klasse Idee. Zurück und es sich bei Anni gemütlich machen? Unsere Mütter sind befreundet, ebenso nein. Einfach *irgendwo* anders hinfahren? Okay, aber vorher will Anni wenigstens für ein paar Minuten reinschauen und Hallo sagen, weil Nihat ja nun mit uns rechnet.

Knappe zwanzig Minuten später parken wir und gehen den letzten Rest zu Fuß. Eine halbe Stunde und keine Sekunde länger, darauf haben wir uns nach einer hitzigen Diskussion geeinigt. Und ich habe die Uhr jetzt schon ganz genau im Blick.

Mitten in der Stadt zwischen dem Heiligengeistfeld und dem Millerntor-Stadion steht der Bunker in all seiner grauen Pracht. Ein Überbleibsel aus dem zweiten Weltkrieg, das über 40 Meter hoch in den Hamburger Nachthimmel ragt und dessen Mauern die heutige Party beherbergen.

Anni und ich nehmen die Treppe bis in den zweiten Stock und folgen dem Bass, der schon von Weitem zu hören ist, und als wir oben angekommen sind, werden wir sofort von blinkenden Lichtern willkommen geheißen. Die Diskokugel an der Decke reflektiert die bunten Scheinwerfer und lässt ihre flackernden Schimmer über die Wände und die tanzenden Körper gleiten. Überall hängen Plakate, die vergangene oder zukünftige Gigs ankündigen, und die Stimmung ist großartig. Auch die Musik gefällt mir auf Anhieb und lenkt mich kurz ab, als ich beginne, im Takt mit dem Kopf zu nicken. Doch im nächsten Moment bin ich schon damit beschäftigt, den Raum abzusuchen. Sollte Eli tatsächlich hier sein, werden nämlich aus den dreißig Minuten im Handumdrehen dreißig Sekunden.

Anni greift mich sanft am Arm und zieht mich durch die feiernde Meute, bis wir einen angrenzenden Raum erreicht haben. Hier ist nicht minder viel los, aber es ist ein kleines bisschen ruhiger, sodass man sich unterhalten kann, und ein paar zerschlissene rote Sofas dienen dekorativ als Sitzgelegenheiten.

»Ist das ein neuer Club?«, frage ich.

»Nein, das ist so eine Art Wanderparty. Sie zieht von Stadt zu Stadt und heute Abend ist sie in Hamburg. Nihat war schon in

Kiel dabei und er hat echt nicht übertrieben, was den Sound angeht, oder? Manchmal vermiss ich meinen alten Job.«

»Kannst es dir ja noch mal überlegen«, schlage ich vor.

»Ne, lass mal. Ich bin inzwischen lieber Gast und lasse mich bedienen.«

»Hast du Nihat denn schon entdeckt?«

Die Frage erübrigt sich, als wir die Bar erreichen. In weißem Hemd und schwarzer Weste steht Nihat dahinter und ist vollkommen in seinem Element. Er hat die Ärmel hochgekrempelt, wodurch seine dunklen Tätowierungen zur Geltung kommen, die seine Haut bis zu den Handgelenken zeichnen. Sein schwarzes Haar ist seitlich gescheitelt und ein flirtendes Lächeln umspielt seine Lippen, als er ein kleines Tablett mit Kurzen vor einer hübschen Blondine abstellt. Er nimmt ihr Geld entgegen, gibt ihr das Wechselgeld zurück und verabschiedet sich mit einem Zwinkern. Da entdeckt er uns ebenfalls, stupst seinen Kollegen an – nicht Eli, wie ich erleichtert feststelle –, und lässt ihn übernehmen, damit er uns begrüßen kann.

»Hey, da seid ihr ja«, breitet er die Arme aus, zieht Anni in eine feste Umarmung und dreht sie halb im Kreis, bevor er sie wieder absetzt.

»Selber hey. Schön, dich zu sehen«, erwidert sie.

»Gleichfalls.«

Bilde ich mir das nur ein oder habe ich hier etwas verpasst? Er kann seine Augen ja gar nicht von ihr lassen. Bevor ich jedoch dazu komme zu fragen, wendet er sich schon mir zu und drückt auch mich – wesentlich kürzer – an sich.

»Hi, Luna. Lange nicht gesehen.«

»Stimmt«, sage ich und versuche so zu klingen, als würde ich nicht sofort wieder gehen wollen.

»Wie geht's dir?«

»Gut, danke.«

»Wie war München?«

»Es war schön. Aber es ist gut, endlich zurück zu sein.«

»Dann bist du so richtig wieder da?«

»Ja, ich hab angefangen zu studieren und die erste Vorlesungswoche liegt gerade hinter mir.«

»Na, dann herzlichen Glückwunsch. Möchtet ihr etwas trinken?«

»Zwei Cola gerne«, antwortet Anni für uns.

»Kommen sofort.«

Wir bezahlen unsere Getränke – dank Nihat bekommen wir einen kleinen Rabatt – und ich reiche Anni eines der Gläser, die er wenig später vor uns abstellt. Sich länger zu uns gesellen kann er sich leider nicht leisten, dafür ist einfach zu viel los.

»Er hat nicht übertrieben, oder?«, fragt Anni und sieht ihm einen Moment nach, wie er die nächsten Gäste begrüßt.

»Ja, ist echt cool hier. Hast du Eli schon entdeckt?«

»Entspann dich«, sagt sie. »Die Party ist gut besucht, und wenn er hier wäre, dann bestimmt hinterm Tresen.«

»Mir wäre es trotzdem lieber, wenn wir nicht so lange bleiben.«

»Du meintest das ernst mit der halben Stunde?« Sie verzieht das Gesicht.

»Und ob.«

»Toll. Ich bin das erste Mal seit Leila feiern und soll dann gleich wieder gehen«, sagt sie selbstmitleidig und macht einen Schmollmund. Ich zucke unbeeindruckt mit den Schultern.

»Tja, Ex-Freunde sind eben die besten Party-Crasher.«

»Na gut, meinetwegen«, gibt sie sich widerwillig geschlagen. »Aber können wir dann wenigstens ein bisschen tanzen, solange wir da sind?«

»Oder ich warte einfach hier«, schlage ich vor.

»Nein, entweder wir beide oder keiner.«

Herausfordernd sieht sie mich an und ihr zuliebe gebe ich schließlich nach. »Okay, weil du es bist.«

Anni klatscht in die Hände, verliert keine Zeit und greift sofort nach meinem Arm. Mit unseren Getränken steuern wir den angrenzenden Dancefloor an, über den wir uns eben gekämpft haben, und mischen uns unter die Leute.

Trotz meiner mäßigen Begeisterung lässt Anni mich nicht los, dreht mich stattdessen im Kreis und wird sofort von der Musik absorbiert. Sie ignoriert meinen Widerspruch, amüsiert sich ausgelassen und lässt ihrer guten Laune nichts anhaben, obwohl sich ihr ursprünglicher Plan geändert hat. Sie macht einfach das Beste draus und es dauert nicht lange, da zieht mich ihre unbeschwerte Leichtigkeit mit sich. Das zweite und dritte Lied beginnen und irgendwie schafft sie es sogar, mich dazu zu bringen, ihr Lachen ehrlich zu erwidern.

Plötzlich bin ich froh, dass sie mich mit hierhergenommen hat. Dass sie verhindert hat, dass ich allein zu Hause hocke und mich in meinem Selbstmitleid suhle, und wir stattdessen tanzen. Für ein paar Takte schließe ich die Augen und kann all die Gedanken abstellen. Es macht Spaß und ich lasse los. Und vielleicht hat es mir noch nie so gutgetan, zur richtigen Zeit am falschen Ort zu sein.

○ ○ ○

Das Gemeine an der Schwerelosigkeit ist, dass sie jeden von uns irgendwann einholt. Als ich überrascht feststelle, dass es schon halb elf ist, zupfe ich Anni am Ärmel und tippe mit meinem Finger auf mein Handgelenk. Sie nickt und beugt sich vor, damit ich besser verstehe, was sie sagt. Hier drin ist die Musik nämlich wesentlich lauter als nebenan.

»Ich will vorher noch kurz zu Nihat und auf Toilette. Hältst du es die fünf Minuten noch aus?«

»Klar, ich wollte mich auch noch verabschieden.«

»Okay, dann los.«

Es dauert nicht lange, bis wir uns aus der Menge befreit haben und zurück zur Bar gelangen. Nihat hat alle Hände voll zu tun, kann sich jedoch kurz davon losmachen, um Tschüss zu sagen. Er wundert sich zwar, dass wir schon so früh wieder gehen, hakt aber nicht weiter nach, als er uns das halbe Versprechen abgenommen hat, uns so bald wie möglich wieder blicken zu lassen. Dann wird sein Dienst auch schon wieder benötigt und wir steuern auf die andere Seite des Raumes zu, von wo aus uns eine weiße WC-Leuchte entgegenscheint. Ich muss nicht, also warte ich draußen, denn die Schlange ist nicht gerade kurz.

Ein paar Meter von mir entfernt stehen die roten Ledersofas, die mir vorhin schon aufgefallen sind, und von denen fast alle Plätze belegt sind. Zwischen den Armlehnen stehen niedrige Tische, auf denen LEDs in Teelichtern vor sich hin flackern, und über allem liegt die Musik, die unüberhörbar den Übergang vom Abend zur Nacht bestimmt. Der Song wechselt, ein wohlbekanntes Intro übernimmt und ich bereue es kurz, dass wir nicht noch zehn Minuten länger geblieben sind. Es ist *der* Klassiker von *The Killers, Mr. Brightside*, den jeder mitsingt, selbst wenn man ihn überhat, und zu dem mein Fuß automatisch beginnt mitzutippen. Leise summe ich die Melodie und spüre leichten Nieselregen auf meiner Haut.

Eli und ich haben dazu auf dem Festival getanzt und ich weiß noch, dass es mir so vorkam, als wären wir plötzlich die einzigen Menschen unter 70 000. Ich hatte dieses Flattern im Bauch, als er seine Finger mit meinen verschränkte, ich mich mit dem Rücken an seine Brust lehnte und er mich in eine unglaublich schöne Umarmung zog. Warm, trotz des Regens, der uns umhüllte, und sicher vor all den bösen Gedanken. Schmerzlich wird mir wieder bewusst, wie sehr ich ihn vermisse. Es kommt mir wie ein anderes Leben vor.

Entschieden zwinge ich den Gedanken zurück und atme tief durch. Das war einmal, und egal wie sehr ich es mir wünsche, ist es unsinnig, darauf zu hoffen, die Zeit zurückdrehen zu können. Es *war* ein anderes Leben, das hier ist mein neues und in dem hat er keinen Platz.

Plötzlich rempelt mich jemand von hinten an und ich stolpere einen Schritt nach vorne. Ein »Hey, pass doch auf« liegt mir schon auf der Zunge – dann drehe ich mich um und es bleibt mir sofort im Halse stecken.

Mist! Mist! Mist! Wie heißt es noch? Erst hat man kein Glück und dann kommt auch noch Pech dazu.

Da ist er, Eli, der aus meiner Erinnerung geschlüpft zu sein scheint und sich vor mir manifestiert hat. Mein Blick fällt auf das mit leeren Gläsern gefüllte Tablett in seiner Hand und das Logo auf seinem schwarzen T-Shirt, und man braucht kein Genie zu sein, um eins und eins zusammenzuzählen. Offenbar arbeitet er doch und ich habe ihn nur nicht bemerkt.

Sein Blick ist konzentriert, das Lächeln höflich, aber aufgesetzt und mein Herz, das bei seinem Anblick einen Schlag ausgesetzt hat, schlägt mit einem Mal umso schneller.

»Hey«, begrüße ich ihn.

»Was soll das? Verfolgst du mich?«, fragt er.

»Nein ... Ich bin mit Anni hier. Nihat hat gefragt, ob wir vorbeikommen, ich wusste nicht, dass du arbeitest.«

»Und gefällt es dir? Hast du einen schönen Abend?«

»Ja«, sage ich unsicher. »Ganz gut. Wie läuft es bei dir?«

Als wäre ihm in der Sekunde aufgefallen, mit wem er eigentlich redet und dass es das Letzte ist, was er tun will, schüttelt er den Kopf und lässt die höfliche Fassade fallen.

»Was interessiert dich das?«

»Du hast mich doch zuerst gefragt.«

»Richtig, mein Fehler.«

Er wendet sich zum Gehen und aus einem Reflex heraus halte ich ihn am Arm fest.

»Was willst du? Ich muss die hier zur Bar bringen.« Er schüttelt mich ab und balanciert das Tablett aus, das deutlich ins Wanken geraten ist.

»Eli, bitte. Es tut mir ...«

»Vergiss es, Luna«, unterbricht er mich. »Ich hab echt keine Lust darauf, mir deine leeren Entschuldigungen anzuhören.«

»Aber das will ich gar nicht.«

»Und was dann?«

Hilflos ziehe ich die Schultern hoch und fühle mich ertappt. Eigentlich wollte ich nämlich nichts anderes tun, als ihm wieder zu sagen, dass es mir leidtut. Wäre ich doch gar nicht erst hergekommen, ich hatte schon von Anfang an das Gefühl, dass es eine schlechte Idee ist, und hier haben wir den Beweis.

»Siehst du. Also lass es einfach. Versuch es besser noch mal bei Julien und lass mich in Ruhe. Hast du beim letzten Mal ja auch wunderbar hingekriegt.«

Mein ganzer Körper versteift sich, als ich das höre, und die Geräusche um mich herum verschmelzen zu einem monotonen Rauschen, wie bei einem Tinnitus. Ich blinzle heftig und versuche vergeblich, den Schock nicht zu mir durchdringen zu lassen.

»Was ... wieso Julien?«, stottere ich.

»Spiel nicht die Ahnungslose. Ich weiß, dass du wegen ihm mit mir Schluss gemacht und dich nicht mehr gemeldet hast. Hoffentlich war es das wert.«

»Nein, ich …«

»Vergiss es einfach, ich weiß alles und mehr brauche ich nicht. Ich sollte jetzt besser gehen, Nihat braucht die Gläser. Schönen Abend noch.« Damit verschwindet er Richtung Bar und lässt mich stehen.

Ich habe das Gefühl, mir wurde gerade der Boden unter den Füßen weggezogen und mein Herz hat sich beim Klang von Juliens Namen aus Elis Mund so stark verkrampft, dass ich mich richtig auf meine Atemzüge konzentrieren muss.

Was heißt, er weiß alles? Wieso glaubt er, dass ich mit Julien …?

Nie würde ich zu ihm zurückgehen, wenn er es doch war, der mein Leben in die Hölle auf Erden verwandelt hatte, bevor Eli aufgetaucht war, um die Flammen zu löschen. Durch Julien habe ich mich geschämt und schmutzig gefühlt und war monatelang davon ausgegangen, nie wieder so etwas wie Freude empfinden zu können, geschweige denn Liebe. Er hat mich in winzig kleine Teile zerrissen und es hat Monate gebraucht, mich wieder einigermaßen zusammenzusetzen.

Denn wie man es auch dreht und wendet, bleibt ein Nein ein Nein, meine Tritte ein Versuch, mich zu wehren, und meine erstickten Laute unter seiner Hand die Melodie meiner Albträume, die auf einmal wieder meinen Kopf erfüllt. Nächtelang hat sie mich in den Schlaf begleitet, mich sein Gewicht erneut spüren lassen und mich verrückt gemacht. Er hat nicht zugelassen, dass ich ihn vergesse.

Diesen einen Moment, in dem er zu meinem persönlichen Monster wurde und mich fast vergewaltigte.

8

Julien und ich gingen auf dieselbe Schule und er war eine Klasse über mir. Als ich fünfzehn war, wurden wir ein Paar und ich hatte all die übersprudelnden Gefühle, die jedem Liebeslied einen Sinn gaben, die Sonne heller strahlen ließen und jeden schönen Tag noch ein bisschen besser machten. Er war mein erster Freund, mein erster Kuss, mein erstes Mal. Wir lachten über dieselben Witze, liebten es, schreckliche Filme zu gucken und uns währenddessen darüber lustig zu machen, und bei jedem Wort, das er sagte, hing ich wie gebannt an seinen Lippen, wenn ich sie nicht gerade küsste. Wenn wir uns in den Pausen sahen, verlangte er nach meiner Hand, zog mich in seine Umarmungen und suchte ständig meine Nähe. Manchmal kam ich mir wie ein wertvoller Schatz vor, der ihm gehörte und den er ganz für sich haben wollte. Er mit seinen blonden Haaren und grauen Augen, die mich immer im Blick hatten, und ich mit meinem schlichten braunen Haar und der riesigen Brille auf der Nase, die nicht glauben konnte, dass er mich tatsächlich wollte. Die ersten Monate waren wie ein Rausch, in dem ich mich verlor. Er war meine erste Liebe, die sich anfühlte wie ein Sommer, der sich immer weiter ausdehnte. Wir verbrachten jede freie Minute miteinander, fuhren an den Wochenenden nach Kiel, um die Spiele seiner Lieblingshandballmannschaft zu sehen, und lebten in unserer eigenen kleinen Welt.

Ein Jahr lang waren wir das perfekte Paar. Doch irgendwann ist *jeder Sommer einmal vorbei. Irgendwann merkte ich, dass sich etwas bei mir verändert hatte und dass meine Gefühle nicht mehr so stark waren wie zuvor. Es gab kein bestimmtes Ereignis und auch niemand anderen, ich war einfach nicht mehr verliebt. Und je deutlicher sich das bei mir herauskristallisierte, desto schwerer machte er es mir, mich von ihm zu trennen.*

Als ich versuchte, mit ihm Schluss zu machen, sagte er, ich könne ihm das nicht antun. Er flehte mich an, dass ich bei ihm bliebe und es brach mir das Herz, ihn so zu sehen – also blieb ich. Ich war sechzehn, wusste es nicht besser und wollte ihm nicht wehtun, dafür bedeutete er mir noch zu viel. Aber das war ein riesiger Fehler. Jedes Mal, wenn wir uns ab da sahen, schien er mehr von mir zu wollen, als hätte er Angst, ich würde mein Wort nicht halten. Mehr Zeit, mehr Versprechen, mehr Nähe und ich ließ es zu, auch wenn ich es nicht wollte.

Ich zog mich von allen anderen zurück, meine Freunde traf ich ohnehin kaum noch, bis mich irgendwann auch keiner mehr fragte, ob ich Zeit hatte. Und um ehrlich zu sein, war mir das sogar recht. Ich konnte ihnen nicht erklären, was mit mir los war, denn ich verstand es ja selber nicht. Nur dass ich mich immer kleiner, leiser und bedeutungsloser fühlte. Nur Anni sah ich ab und zu noch, schließlich wohnte sie nebenan. Doch auch ihr konnte ich mich nicht anvertrauen, dafür schämte ich mich zu sehr.

Ich stritt mich mit meiner Mutter, weil ich nicht hören wollte, dass ich mich verändert hatte. Julien tröstete mich und sagte, es wäre nicht meine Schuld, und ich klammerte mich an ihn wie an einen Anker – ohne zu merken, dass er stetig immer tiefer sank. Obwohl meine Gefühle für ihn nachgelassen hatten, konnte ich ihn nicht loslassen, aus Angst, dann gar niemanden mehr zu haben. Er umarmte mich, küsste mich und schlief mit mir, und ich ließ es einfach geschehen, bis beinahe das zweite Jahr unserer Beziehung vorbei war. In den Herbstferien meines letzten Schuljahres änderte sich dann alles.

Nachdem ich wieder die Nacht bei Julien verbracht hatte, kam ich am nächsten Tag nach Hause. Meine Mutter war die Woche über auf einer Fortbildung und ich wollte im Grunde nichts anderes, als mir die vergangenen Stunden vom Körper zu waschen und ein bisschen zur Ruhe zu kommen. Ein paar Stunden keine Vorwürfe, keine Erwartungen, keine Gedanken, denn wenn ich sie mir machte, drang leise zu mir durch, in welchem Teufelskreis ich mich befand, und das ertrug ich nicht. Julien brauchte mich. Ich brauchte ihn. Ende.

Als ich zu Hause ankam, war ich überrascht, dass dort jemand auf mich wartete. Anni saß auf der Treppe zur Haustür, und als sie mich sah, stand sie auf und kam auf mich zu. Ich murmelte irgendeine Begrüßung und wollte mich an ihr vorbeischieben, doch sie ließ es nicht zu und zog mich stattdessen in ihre Arme.

»Was soll das?«, fragte ich mit erstickter Stimme.

»Du bist meine Freundin«, sagte sie.

»Lass mich bitte los.«

Pause. Dann: »Ich mach mir Sorgen um dich. Was ist mit dir los?«

Und je länger sie mich hielt, desto mehr bröckelte meine Fassade, hinter der so viel zum Vorschein kam, dass ich fast auf der Stelle in Tränen ausbrach. Es war die Art, wie sie die Arme um mich schlang und ihre Worte sagte, wobei ihre Stimme leicht zitterte. Und dieses Zittern übertrug sich auf mich, bis ich von tiefen Schluchzern erschüttert wurde.

Anni packte ein paar Sachen zusammen und kam für den Rest der Woche zu mir und endlich brach alles, was mich erdrückte, aus mir heraus. Wenn Julien anrief, drückte sie ihn weg, weil ich es nicht konnte, und wir redeten so viel miteinander wie das ganze vorige Jahr nicht. Sie zeigte mir, dass ich keineswegs allein war, dass sie immer noch für mich da war, und das gab mir Kraft. Obwohl ich sie wie alle anderen auch aus meinem Leben verbannt hatte, war sie noch meine Freundin und der laute Mensch, den ich brauchte.

Ich gab Julien gegenüber vor, krank zu sein, damit wir uns nicht treffen konnten, und so gelang es mir, ein paar Tage Abstand zu ihm zu gewinnen und mich zu ordnen. Ich begriff, dass es so nicht weitergehen konnte, weil ich Gefahr lief, mich sonst komplett zu verlieren, und das wollte ich nicht. Nach mehreren Anläufen konnte ich schließlich meinen Mut zusammenkratzen, und machte per SMS mit ihm Schluss. Nicht die charmanteste Art, aber ich wusste, wenn er vor mir stünde, würde ich es nicht schaffen, also blieb mir keine Wahl.

Seine darauffolgenden Anrufe und SMS ignorierte ich, so gut es ging. Ich durfte keinen Rückzieher machen, denn er war meisterhaft darin, einem das Gefühl zu geben, ihm etwas schuldig zu sein, und einen so wieder in seine Arme zu locken. Nur auf eine Nachricht antwortete ich schließlich, als er darum bat, seine Sachen zurückzubekommen und mir meine zu geben, die noch bei ihm lagen. Ein paar Tage bevor meine Mutter von ihrer Fortbildung wiederkam, verabredeten wir uns dann.

Ich klingelte und Julien öffnete mir sofort die Tür, als hätte er dahinter auf mich gewartet. Ich trat ein, verneinte seine Frage, ob ich etwas trinken wolle, und folgte ihm ins obere Stockwerk in sein Zimmer, wo er ein paar Klamotten und persönliche Gegenstände von mir zusammengepackt hatte. Als ich jedoch durch die Tür trat, war der Karton das Letzte, was ich wahrnahm. Das Rollo war runtergezogen, überall standen Kerzen verteilt und Musik spielte leise im Hintergrund. In der Luft schwebte der Geruch von Räucherstäbchen, und bevor ich es realisierte, spürte ich, wie mich seine kräftigen Arme von hinten umschlossen und er mir einen Kuss auf die Wange drückte.

»Was ist das?«, *fragte ich.*

»Ich weiß, dass du dich trennen wolltest, Luna, aber wir sollten noch mal darüber reden.«

»Nein, das geht nicht.« *Ich löste mich von ihm und war um eine feste Stimme bemüht, als ich mich zu ihm umdrehte.* »Ich will nicht mehr mit dir zusammen sein.«

Er griff nach meiner Hand, ich entzog sie ihm sofort und wich einen Schritt zurück.

»Nein, lass das. Ich will nur meine Sachen abholen und dir deine zurückgeben. Das ist alles.«

Demonstrativ ließ ich den Beutel von meiner Schulter heruntergleiten und stellte ihn auf den Boden. Er sah mich an. Ein unangenehmes Knistern lag zwischen uns, und da ich mich unwohl fühlte, nur dazustehen und zu warten, wand ich mich zum Fenster und zog das Rollo hoch, um das Licht reinzulassen.

Als es halb offen war, spürte ich ihn ein zweites Mal hinter mir.

»Lass uns noch mal darüber reden. Ich will nicht Schluss machen, und was wir haben, ist doch schön. Gib uns noch eine Chance, ich brauche dich, Luna.«

Meine Kehle wurde knochentrocken und meine Lippen zitterten so stark wie meine Knie, weshalb ich kein Wort herausbekam. Ich wusste nicht, was ich ihm antworten sollte, und drehte mich wie in Zeitlupe um – und er deutete meine Stille falsch.

Plötzlich beugte er sich vor, drängte mich gegen die Wand und küsste mich. Seine Hände griffen nach meinen Hüften, er presste sich an mich und ich spürte, wie sich sein Mund auf meinem bewegte. Ich wandte meinen Kopf zur Seite, drückte ihn von mir weg und eine noch nie da gewesene Panik brachte mein Herz zum Rasen. »Hör auf, ich will das nicht mehr.«

»Das glaub ich dir nicht.«

Seine Augen hielten mich an Ort und Stelle gefangen und ich traute mich nicht mal mehr zu blinzeln. Er war älter als ich, größer und plötzlich empfand ich etwas, das ich ihm gegenüber noch nie empfunden hatte: Angst.

»Bitte lass mich gehen«, sagte ich – und ich wünschte, ich wäre in der Sekunde losgerannt, aus der Tür und auf die Straße, so schnell wie möglich. Vielleicht habe ich es nicht getan, weil ich niemals gedacht hätte, dass es nötig sein würde. Vielleicht auch, weil die Angst meinen Körper bereits lähmte.

»Aber ich kann nicht ohne dich.«

So schnell, dass ich es nicht kommen sah, griff er nach meinen Handgelenken, presste sie neben meinem Kopf an die Wand und drängte sich ein zweites Mal gegen mich, als er mich erneut küsste. Ich versuchte ihn wegzudrücken, doch er war viel zu stark.

»Ich brauche dich«, flüsterte er an meinen Lippen und der Klang verpasste mir eine Gänsehaut.

Tränen standen in meinen Augen und ich hatte nicht mehr das Gefühl, in meinem eigenen Körper zu stecken, als mir die Luft ausging. Stattdessen stand ich daneben und sah zu, wie er seine Finger unter mein Shirt wandern ließ und mich streichelte, meinen BH nach unten zog und meine Brüste umfasste. Meine Augen waren offen, ich krallte mich in sein Hemd und zerrte daran, aber er hörte nicht auf. Er nahm es zum Anlass, sich mit meiner Bewegung zu drehen und sich nach vorne zu lehnen. Meine Knie knickten wie morsche Streichhölzer an der Bettkante ein und plötzlich lag er auf mir. Sein ganzes Gewicht auf meinen Schultern, meiner Brust, meinem Bauch und meinen Schenkeln. Er erdrückte mich und ich bekam kaum noch Luft. Sein Knie lag zwischen meinen Beinen, er rieb es an mir, immer doller und es schmerzte.

»Nein, Julien«, keuchte ich.

Er legte mir einen Finger auf den Mund und betrachtete mich unter tiefen Atemzügen. Er lächelte.

»Ich will dich ein letztes Mal«, hauchte er und strich an meiner Wange entlang. Ich erschauderte, wollte Nein sagen und ihn aufhalten, doch die Laute erstickten unter seiner Hand, als er sie auf meinen Mund legte.

Meine Muskeln erstarrten, als er die andere nach unten wandern ließ und sie unter meinen Rock schob. Ich war machtlos, niemand war da, der mir helfen konnte, und ich lag einfach nur da, während er mich wieder und wieder berührte. Er rieb sich an mir, unaufhörlich, beängstigend. Ich fing seinen Atem mit meinem Mund auf und schmeckte ihn. Ich wollte schreien und er nahm es nicht mal wahr.

»Luna, ich liebe dich …«, stöhnte er, als er meinen Hals küsste.

Er griff zur Seite und zog eine Schublade auf. Ein silbernes Glänzen zuckte vor meinen Augen und ich hörte ein Knistern, als er die Folie des Kondoms aufriss. Und endlich wachte ich auf.

Er lag bereits zwischen meinen Beinen, ich spürte seine Härte an meiner Mitte, von der mich nur noch zwei dünne Lagen Stoff trennten, und ich sammelte alle Kraft, die die Angst mir gelassen hatte, um ihn von mir zu stoßen.

»NEIN!«, schrie ich. »NEIN, LASS MICH LOS.«

Er taumelte nach hinten und ich sprang zitternd auf. Ich weinte, ohne zu wissen, wann ich damit angefangen hatte, und schluchzte laut. Es war unerträglich, ihn anzusehen, doch ich tat es, um mich zu vergewissern, dass er mir nicht wieder näher kam.

Wie oft hatte ich ihn geküsst? Wie oft hatte ich seine Hände an meinem Körper entlanggeführt? Wie oft hatte ich ihm im Dunkel der Nacht zugeflüstert, mich zu nehmen? Verliebt, erregt und sicher, weil ich ihm alles von mir geben wollte, meinen Körper, meine Seele. Davon war schon lange nichts mehr übrig und in der Sekunde fiel auch der Rest meiner selbst geschaffenen Illusion in sich zusammen. Ich spürte den pochenden Schmerz in meinem ganzen Körper, sein Gewicht auf mir, obwohl ich stand, und wie er sich an mir rieb. Seine grausamen Worte kitzelten in meinem Ohr und ich rang um Atem.

Ich will dich ein letztes Mal …

»Bitte«, flüsterte er und streckte die Hand nach mir aus.

Mein Gesicht war nass, meine Stimme verloren und meine Beine *drohten jede Sekunde nachzugeben. Sein Anblick zermalmte mein Herz zu Staub und ich war nicht mehr fähig, noch etwas zu fühlen. Ich war auf Autopilot geschaltet und ging rückwärts hinaus.*

Er stand da mit halb geöffnetem Hemd, geöffneter Hose, die Haare durcheinander und umringt von Kerzen. Er, der Mensch, der alles von mir bekommen hatte. Ich verstand noch nicht, was gerade geschehen war, ich wusste nur eins: Ich musste weg, so schnell wie möglich und so weit, wie ich nur konnte.

Als ich die Stufen nach unten nahm, hastig meine Schuhe anzog und aus seinem Haus flüchtete, existierte ich nicht mehr. Da war kein Gefühl, keine Liebe, nur noch Angst, die mich betäubte und die mich schneller rennen ließ als jemals zuvor.

Es ist noch dunkel draußen, als ich aus dem Schlaf hochschrecke. Sofort drücke ich mir die Hände auf die Brust und nehme schemenhaft den Raum um mich herum wahr.

Mein Zimmer. Ich bin in meinem Zimmer. Es war nur ein Traum.
Diesmal.

Es ist inzwischen über zwei Jahre her, doch es *war* echt und auch jetzt spüre ich ihn noch auf mir, der mich mit seinem Gewicht erdrückt, als wäre es erst gestern gewesen. Mein Herz braucht ewig, bis es wieder einigermaßen normal schlägt, und ich sinke erschöpft auf die Matratze zurück.

Eigentlich sollten die Bilder im hintersten Winkel meines Bewusstseins eingeschlossen sein, bis ich sie irgendwann vergesse, aber anscheinend haben Elis Worte vom gestrigen Abend den Schlüssel dazu gefunden und sie geöffnet.

Vielleicht wäre es besser gewesen, ich hätte Eli die ganze Geschichte von mir und Julien erzählt, als wir uns kennengelernt haben, aber das hab ich nie getan. Ich hatte Eli getroffen, wieder etwas gefühlt, mich verliebt und das war mehr, als ich zu hoffen gewagt hatte, nachdem Julien mir jedes schöne Gefühl aus dem Körper gesaugt hatte. Das mit Eli war zu wertvoll gewesen, um es mit den Schatten der Vergangenheit zu überlagern, ich wollte ein neues Kapitel anfangen und das alte nie wieder lesen. Das Einzige, was ich ihm erzählt habe, war eine Lüge, als ich ihm sagte, dass Julien mein Ex-Freund war und mich betrogen hatte. Wie sonst hätte ich am Anfang erklären sollen, dass es mir so schwerfiel, mich auf ihn einzulassen, ohne die Erinnerungen wieder hochzuholen?

Ich schlage die Hände vors Gesicht und nehme wahr, dass sie zittern. Vielleicht war es ein Fehler zu glauben, dass ich einfach so neu anfangen könnte. Eli sagte, er wisse alles. Was ist alles? Was weiß er? Wieso glaubt er, ich wäre zu Julien zurückgegangen? Das ergibt einfach keinen Sinn.

Ich rolle mich zusammen, presse meine Lippen aufeinander und unterdrücke den Drang, die Tränen laufen zu lassen, die in meinen Augen brennen. Ich habe gedacht, dass ich mit allem abgeschlossen habe, doch auf einmal überkommt mich das Gefühl, dass ich davon noch weit entfernt bin. Dieser Vorwurf wirft einen Schatten über mich und ich schaffe es nicht, mich von ihm zu lösen. Ich brauche Antworten, ich muss wissen, woher er kommt, und ich muss Eli klarmachen, dass es nicht wahr ist.

Gleichzeitig kommt es mir unmöglich vor, weil das hieße, alles wieder hervorholen zu müssen, was ich seit jenem Tag zu verdrängen versuche.

Es stimmt, ich bin wegen Julien gegangen, aber nicht aus Liebe. Und für Eli würde ich es jederzeit wieder tun.

9

Ich hatte gehofft, der Druck auf meiner Brust würde verschwinden, wenn ich mich voll und ganz in die Uni stürze. Wenn ich mich gut genug ablenke, würden die Gedanken leiser werden und die Dämonen der Vergangenheit in das dunkle Loch zurückkehren, aus dem sie gekommen waren, aber da habe ich mich wohl getäuscht. Der Druck ist immer noch da, ohne auch nur ein bisschen schwächer zu werden, meine Nächte sind unruhig und voller unbeantworteter Fragen, und Eli andauernd zwischen den Vorlesungen zu sehen, wenn er Jess abholt, macht es keineswegs leichter.

Vor zwei Tagen habe ich zum ersten Mal versucht, mit ihm zu reden, weil ich es nicht mehr ausgehalten habe. Sobald der Kurs vorbei war, bin ich aus dem Raum gelaufen und ich hatte mir fest vorgenommen, ihn zu fragen, was es mit dem auf sich hat, was er mir auf der Party an den Kopf geworfen hat. Sein kalter Blick hat jedoch dafür gesorgt, dass ich keinen einzigen Ton herausgebracht habe, und Jess ist anschließend viel zu schnell aufgetaucht, als dass ich einen zweiten Anlauf hätte wagen können.

Deswegen habe ich mir heute vorgenommen, die Vorlesung etwas früher zu verlassen, um es noch mal zu probieren. Allmählich merke ich nämlich den Schlafentzug und habe die Hoffnung aufgegeben, dass sich das von selbst wieder gibt.

Leise packe ich meine Sachen zusammen und verlasse fünf Minuten vor Vorlesungsschluss den Hörsaal. Da ich mir extra einen Platz ganz vorne am Rand ausgesucht habe, beachtet mich glücklicherweise niemand. Dennoch entweicht mir ein Seufzer, als ich die Tür hinter mir ins Schloss drücke. Ich weiß, dass es keine große Sache ist, wenn man früher geht, das macht ständig jemand, aber mir geht es auch gar nicht um das da drinnen – mich beunruhigt das hier draußen.

Ich muss Eli gar nicht lange suchen, denn er ist der Einzige, der es sich auf einer der Bänke gemütlich gemacht hat. Neben ihm liegen ein paar Bücher, in der Hand hält er ein Heft, in dem er liest, und er hat mich noch nicht bemerkt.

Ich schließe die Augen und merke, wie sich die Anspannung in mir ausbreitet. Dann gebe ich mir einen Ruck. *Los, jetzt oder nie.*

Mein Schatten fällt mir voraus, und als ich nur noch wenige Meter von ihm entfernt bin, bemerkt er mich. Er hebt den Kopf und sofort verhärtet sich sein Gesicht bei meinem Anblick. Trotzdem zwinge ich mich dazu, die restlichen Schritte bis zu ihm zu gehen und nicht auf der Stelle kehrtzumachen.

»Hey«, sage ich.

»Was willst du?«, fragt er und schaut demonstrativ in sein Heft.

Ich schlucke. »Ich will dich wirklich nicht stören, aber ...«

»Warum tust du es dann?«, unterbricht er mich. »Lass mich einfach in Ruhe, fällt dir doch sonst auch nicht so schwer.«

»Ich weiß, aber ich muss mit dir reden.«

Er gibt ein verächtliches Schnauben von sich und schüttelt den Kopf. »Was an mir erweckt bitte den Eindruck, dass ich will, dass du mit mir redest?«

»Nichts, aber ...«

»Na also. Dann lass es.«

»Kannst du mal aufhören, mich ständig zu unterbrechen?«, frage ich und nehme das leichte Zittern in meiner Stimme wahr. Merkt er denn nicht, wie schwer mir das hier fällt?

Endlich sieht er mich an und der Blick, mit dem er mich durchbohrt, lässt mir das Blut in den Adern gefrieren. »Sobald zu aufhörst mit mir zu reden, gerne.«

»Bitte, Eli. Gib mir nur fünf Minuten.«

Er presst die Lippen zusammen, sein Kiefer ist angespannt und ich halte die Luft an. Seine dunklen Augen sind beinahe schwarz. Wenn ich mich daran erinnere, wie er mich früher angesehen hat, zerreißt es mir das Herz. Ich konnte mir bei ihm immer sicher sein, dass er mich auffängt, und fühlte mich bei ihm geborgen, so wie ein Wrack, das zurück an die Oberfläche gehievt und repariert wird. Er war mein Hafen, in den ich heimgekehrt bin, wenn die Welt um mich herum zu laut wurde, war liebevoll und geduldig und seine Finger bildeten das passende Gegenstück zu meinen eigenen, die perfekt ineinandergriffen. Nun ballt er sie zu Fäusten und wendet sich so abrupt von mir ab, dass ich dabei zusammenzucke.

»Kein Interesse«, sagt er, greift nach seinen Sachen und stopft sie in den Rucksack, der auf dem Boden steht. »Wenn du mir einen Gefallen tun willst, dann verschwinde wieder nach München.«

Er schließt den Reißverschluss, schwingt sich die Tasche auf den Rücken und versucht, an mir vorbeizukommen, aber ich stelle mich ihm in den Weg.

»Bitte, Eli. Ich werde nicht wieder verschwinden, glaub mir, ich will bloß mit dir reden.«

»Dir glauben?«, lacht er auf. »Ich glaub dir kein einziges Wort, Luna, und es ist mir vollkommen egal, was du von mir willst. Wir beide sind fertig miteinander, also lass mich durch.«

Vor mir steht ein vollkommen anderer Mensch als noch vor einem Jahr und es tut weh, ihn so zu sehen, vor allem, weil ich daran schuld bin. Ich bin dafür verantwortlich, dass er nicht mehr mit mir reden will, und ein Teil von mir weiß, dass ich es auch nicht anders verdiene. Da ist so viel Wut in seinen Augen, die mich verstummen lässt, und die Fragen, die in meinem Kopf pochen, bleiben unbeantwortet.

»Dann wäre das geklärt«, sagt Eli und geht um mich herum. Ich schaue ihm nach und folge ihm ein paar Schritte, aber er ist so schnell verschwunden, dass ich es schließlich lasse.

Ein paar Sekunden später sind die Vorlesungen vorbei, die Türen öffnen sich und der eben noch leere Flur wird von unzähligen Studenten gefüllt, die zu ihrem nächsten Kurs wollen. Um nicht planlos im Weg zu stehen, lasse ich mich vom Strom mitreißen.

Ich hatte erwartet, dass Eli nicht mit mir reden wollen würde, aber ich dachte, dass ich es schon irgendwie hinkriege. Stattdessen habe ich das Gefühl, es noch schlimmer gemacht zu haben, und nehme jeden einzelnen Zentimeter in der Schlucht zwischen uns wahr. Alles, was wir hatten, was er mir bedeutet hat und was wir nie wieder sein werden. Es ist so kaputt, dass er mir nicht einmal mehr fünf Minuten zuhören will.

○ ○ ○

Den ganzen Weg bis zu Hause sind mir Elis Worte nicht aus dem Kopf gegangen. Permanent hallen sie darin wider, ebenso wie die Fragen, die damit einhergehen. Was weiß er? Warum glaubt er, ich wäre mit Julien zusammen gewesen? Wer hat ihm das erzählt? Ich habe versucht, mich abzulenken, es dann aber aufgegeben und sitze nun schon seit mehreren Stunden vor meinem

Laptop, um eine Mail an ihn zu schreiben. Mein Erfolg hält sich jedoch in Grenzen.

> Hey Eli. Du weichst mir aus, was ich verdient habe, aber es gibt da etwas, das du wissen musst. Vermutlich hätte ich viel früher etwas sagen sollen, aber ich wollte es einfach vergessen. Als du dann auf der Party aber zu mir gesagt hast, ich wäre mit Julien weggegangen, hab ich verstanden, dass das nicht geht. Ich wäre niemals mit ihm weggegangen, das musst du mir glauben. Julien war ein Monster. Er hat so viel kaputt gemacht, weil er …

> Eli, ich weiß nicht, wie ich diese Mail beginnen soll, also versuche ich gleich zum Punkt zu kommen. Du glaubst, ich hätte dich für Julien verlassen, aber das stimmt nicht. Ich hätte dir davon erzählen müssen, doch ich wusste nicht, wie, aber als ich mit ihm zusammen war, hat er … Und deswegen …

> Hey Eli. Es tut mir leid, dass ich diese Nachricht nicht abschicken kann. Es tut mir leid, dass es mir nicht gelingt, alles zu erklären und dir den wahren Grund zu nennen, wieso ich gehen musste. Ich hoffe, ich schaffe es irgendwann, denn ich ertrag es nicht, dass du mich hasst. Du hast es verdient, die Wahrheit zu hören.

Niedergeschlagen klappe ich den Laptop irgendwann zu und lasse mich aufs Bett fallen. Draußen ist es bereits dunkel und ich rolle mich auf der Seite zusammen.

Es wäre so schön, mir einreden zu können, dass es nur darum geht, ihm endlich zu sagen, was damals wirklich passiert ist. Er hat es verdient, das weiß ich, aber wenn ich ganz ehrlich bin, ist das nicht der einzige Grund, warum ich mit ihm reden muss. Allmählich kristallisiert sich nämlich eine Befürchtung in mir heraus, die ich nicht mehr ignorieren kann und die mir die Haare zu Berge stehen lässt, wenn ich allein den Gedanken daran zulasse: Was, wenn Julien diese Lüge selbst erzählt hat? Wenn er hier ist? Er ist zwar in Lübeck eingeschrieben, aber wie sicher kann ich mir sein? Ich muss es wissen, weil ich mir geschworen habe, nicht mehr wegzulaufen, und das bedeutet, dass ich Antworten brauche. Und da Eli diese Fragen in mir gesät hat, ist er auch der Einzige, der sie mir wieder nehmen kann.

Mutlos greife ich nach dem Netzteil meiner Lichterkette und stöpsle es ein. Ihr Licht hat mich schon immer beruhigt und tatsächlich schafft sie es auch diesmal ein kleines bisschen, zumindest so weit, dass ich nachdenken kann.

Ich weiß noch nicht, wie ich es anstellen will, mit ihm zu reden, aber ich werde es hinkriegen. Wenn ich nicht jedes Mal, wenn ich aus dem Haus gehe, ein mulmiges Gefühl im Magen haben will, führt kein Weg daran vorbei und was habe ich noch groß zu verlieren? Er hasst mich ohnehin schon.

Ich betrachte nacheinander die kleinen Lämpchen, die sich um mein Fenster schlingen, führe meine Finger auf meinem Bauch zusammen und halte mir selbst die Hand. Irgendwie wird es schon gehen, oder? Keiner weiß besser als ich, dass es immer weitergeht, egal für wie unmöglich man es in manchen Momenten hält. Wenigstens ein tröstlicher Gedanke bleibt mir bei dem Ganzen: Das Schlimmste liegt bereits hinter mir. Und von da, wo ich bin, kann es nur noch bergauf gehen.

10

Anni und ich sitzen an einem Tisch in der überfüllten Mensa. Zum Glück sind wir noch rechtzeitig gekommen, denn mittlerweile ist sie bis auf den letzten Platz besetzt. Anni dippt ihr Kräuterbaguette in die Soße und beißt davon ab, während ich die Nudeln auf meinem Teller nur hin und her schiebe. Vor der Uni habe ich Eli angerufen und er hat mich weggedrückt. Auf dem Weg zur Mensa habe ich es erneut versucht, wieder ohne Erfolg, und da ich es schon in einer Mail nicht geschafft habe, ihm zu schreiben, habe ich es per SMS erst gar nicht erst probiert. Es frustriert mich, vor allem, weil ein Teil von mir bei beiden Malen erleichtert war, als er nicht ranging, und mir dadurch noch ein bisschen Aufschub vor dem großen Knall verschaffte. Doch ich werde das Gefühl nicht los, dass dieser umso mehr Zerstörungspotenzial bekommt, je länger er auf sich warten lässt.

»Hey, was ist los? Keinen Appetit?«, fragt Anni und deutet auf mein Mittagessen.

»Nein, nicht wirklich«, sagte ich und lasse die Gabel liegen.

»Wieso?«

Ich zucke mit den Schultern. »Mein Kopf ist im Moment zu voll, um an Essen zu denken.«

»Oh … Dann hast du immer noch nicht mit Eli gesprochen?«, vermutet sie.

»Nein, er drückt mich jedes Mal weg.«

Auf dem Weg zur Uni habe ich Anni erzählt, was Eli auf der Party zu mir gesagt hat. Sie meinte, ich wäre so still, und wollte wissen, was los ist, und da habe ich sie in meine Befürchtungen eingeweiht. Es wäre zwecklos gewesen, ihr etwas vormachen zu wollen, dafür kennt sie mich zu gut. Noch dazu ist sie die Einzige, mit der ich offen darüber reden kann.

»Glaubst du wirklich, dass er das Gerücht von Julien hat?«, fragt sie. »Vielleicht ist das alles nur ein blödes Missverständnis.«

»Ich weiß es nicht, Anni. Aber wer sollte es sonst gewesen sein?«

»Mindestens eine Person würde mir da schon einfallen«, sagt sie und zieht vielsagend die Augenbrauen hoch.

»Jess?«, rate ich.

»Wer sonst?«

Nachdenklich knabbere ich auf meiner Unterlippe herum. Der Gedanke war mir auch schon gekommen, aber ich weiß nicht so recht, was ich von ihm halten soll.

»Warum hätte sie das tun sollen? Ich bin abgehauen, habe Eli nach seinem Unfall alleingelassen und mich nie mehr bei ihm gemeldet, damit hab ich ihn weit genug von mir weggestoßen, meinst du nicht? Wieso sollte sie dann noch zusätzlich so etwas erfinden?«

»Vielleicht weil sie Angst vor dir hat.«

»Dass ich ihr Eli wegschnappe?«, sage ich und lache tonlos auf. »Da braucht sie sich keine Sorgen zu machen. Er hat mir deutlich zu verstehen gegeben, dass er nichts mehr von mir wissen will.«

»Aber dass du zurück bist, hat ihn ja offensichtlich nicht kaltgelassen.«

»Trotzdem«, sage ich. »Bevor ich nicht mit Eli gesprochen habe und sicher bin, dass Julien nicht doch irgendwo hier rumlungert, werde ich den Verdacht nie loswerden. Ich will nur einmal mit ihm reden und danach kann er meinetwegen damit weitermachen, mich zu ignorieren.«

Ich greife mir die Serviette vom Tisch und fange an, sie in ihre Einzelteile zu zerlegen. Eine Weile sagt keiner von uns etwas und Anni isst weiter. Erst als die Papierfetzen vor mir allmählich einen kleinen Hügel bilden, sieht sie mich wieder an und wechselt zu meiner Erleichterung das Thema.

»Hat sich eigentlich schon etwas in Sachen Nebenjob ergeben?«, fragt sie.

»Bisher nur Absagen, außer von Starbucks, aber die suchen nur jemanden, der halbtags bei ihnen arbeitet«, gebe ich meine spärliche Ausbeute preis.

»Und das kommt nicht infrage?«

»Nein, ich hab denen abgesagt. Ich will mich erst mal auf die Uni konzentrieren. Aber eine Antwort von der StaBi steht noch aus, die haben jemanden zum Katalogisieren gesucht. Es wäre echt toll, wenn das klappt.«

»Wenn du willst, kann ich dir mal die Nummer von Jack geben, meinem alten Chef. Er ist eigentlich immer auf der Suche nach neuen Leuten.«

»Nett gemeint, aber ich weiß nicht, ob das so eine gute Idee wäre«, sage ich. »Eli wäre vermutlich nicht sehr begeistert davon, wenn ich ausgerechnet dort anfange, wo er arbeitet.«

»Damit könntest du recht haben. Aber andererseits wäre es vielleicht auch eine gute Gelegenheit, ein paar Antworten von ihm zu bekommen.«

»Indem ich ihm quasi hinterherrenne?«

»Tust du doch nicht, du suchst einen Job und Jack hat eventuell einen für dich. Aber wenn Eli dir sonst überall ausweicht, wäre das immerhin eine Möglichkeit. Zwei Fliegen mit einer Klappe.«

Der letzte Serviettenfetzen landet auf dem kleinen Hügel und ich denke einen Moment darüber nach. Ich will nicht verzweifelt rüberkommen, aber ganz unrecht hat sie auch nicht. Immerhin wäre das besser, als andauernd über meine Schulter zu gucken, weil die Angst mir einredet, beobachtet zu werden. Abgesehen davon brauche ich einen Job, wenn ich den nächsten Punkt auf meiner Neuanfang-Liste abhaken will. Ich zahle zwar keine Miete und meine Ausgaben halten sich bis auf das Semesterticket in Grenzen, aber ich will mich nicht aushalten lassen. Ich will zumindest meinen Teil zur Haushaltskasse beisteuern.

»Okay«, sage ich, krame in meinem Rucksack nach meinem Handy und reiche es ihr. »Wenn die StaBi mir ebenfalls absagt und ich keine neuen Angebote finde, die mich ansprechen, rufe ich an. Wenigstens in der Hinsicht hätte ich dann eine Sorge weniger, richtig?«

Ihre Mundwinkel verziehen sich zu einem triumphierenden Grinsen, als sie nach meinem Handy greift und die Nummer eintippt. Ich habe eher gemischte Gefühle und beschließe, es einfach dem Schicksal zu überlassen, was als Nächstes passiert. Wenn ich eine Zusage von der StaBi erhalte, werde ich einen anderen Weg finden, mit Eli zu reden. Wenn nicht, dann versuche ich es auf diese Weise. Was habe ich schon zu verlieren? Noch dazu habe ich mir geschworen, mein Leben nie wieder von jemand anderem abhängig zu machen, und damit fange ich auch nicht wieder an.

11

Als am Freitagabend die Antwort der StaBi eingeht, in der steht, man hätte sich leider schon für einen anderen Bewerber entschieden, muss ich erst mal schlucken. Ich schließe die Mail, öffne sie wenig später noch mal, nur um sicherzugehen, dass ich mich nicht verlesen habe, und klappe meinen Laptop dann etwas doller zu, als eigentlich nötig. Da ist er, der Wink des Schicksals, doch ich hatte gehofft, er würde anders lauten. Trotzdem rufe ich nicht sofort bei Jack an, sondern durchforste das Studentenwerk nach weiteren Aushängen, nur sind die neuen alle ausschließlich an Werkstudenten aus höheren Semestern gerichtet, was mich als Ersti leider ausschließt. Anscheinend hat das Universum eine klare Meinung dazu, was ich als Nächstes tun soll, auch wenn es mir widerstrebt.

Am Montag ringe ich mich dann endlich dazu durch, den grünen Anrufbutton neben Jacks Nummer zu drücken, und das darauffolgende Telefonat verläuft relativ kurz. Ja, er sucht immer neue Leute und alles, was ich tun müsse, wäre, ihm eine schriftliche Bewerbung mit Foto und Lebenslauf zukommen zu lassen, die Adresse fände ich auf seiner Website. Gesagt, getan und seine Antwort lässt nicht lange auf sich warten. In zwei Tagen soll ich zu einem Vorstellungsgespräch vorbeikommen und damit ist es offensichtlich entschieden.

∘ ∘ ∘

Es ist ein schöner Herbsttag, die Blätter ändern immer mehr ihre Farbe und die Sonne holt zum letzten Mal aus, um der Stadt noch ein paar warme Tage zu schenken. Das Büro von *Cat+Events* befindet sich in Jacks Haus im Stadtteil Rotherbaum. Mit dem Bus sind es nur ein paar Minuten vom Uni-Campus aus, und wenn die Adresse nicht ausreichend ist, um zu verstehen, wie erfolgreich er ist, dann zeigt es spätestens die strahlend weiße Fassade mit dem von zwei Säulen gesäumten Eingang, auf den ich gerade zubewege.

Ich nehme die wenigen Stufen nach oben und drücke etwas nervös auf die Klingel, woraufhin ein gedämpftes Poltern aus dem Innern des Hauses ertönt. Wenig später wird die Tür geöffnet und Jack, ein bulliger Mann Anfang vierzig, begrüßt mich mit einem freundlichen Händedruck: »Luna, herzlich willkommen. Hast du gut hergefunden?«

»Hallo. Ja, hab ich, danke.«

»Schön. Komm rein, komm rein.«

Ich folge ihm ins obere Stockwerk, vorbei an teuer aussehenden Bildern und gerahmten Fotos, bis in den ersten Stock, wo sich sein Büro befindet. Die Tür lässt er offen und ich setze mich ihm gegenüber auf den Stuhl, der vor seinem Schreibtisch steht. Durch die Fenster in seinem Rücken kann man in einen kleinen Garten blicken, auf dessen Rasen sich bereits einiges an buntem Laub gesammelt hat, und dank der aufgedrehten Heizung ist es angenehm warm.

Das Gespräch beginnt ungezwungen, wir verstehen uns gut und er stellt ein paar Fragen zu meinen Erfahrungen im Bereich Gastronomie und Veranstaltungen und zu meiner Erleichterung ist es nicht so schlimm, dass ich noch keine vorzuweisen habe.

»Dafür gibt es den Einführungsworkshop, den einer meiner Teamleiter durchführen wird, das sind Nihat und Elias. Wenn du mit Anni befreundet bist, kennst du sie vielleicht.«

»Ja, wir sind befreundet«, sage ich.

Zumindest zur Hälfte stimmt es ja.

»Super. Die beiden kümmern sich zu großen Teilen um den operativen Ablauf hier. Ich hab nämlich alle Hände voll zu tun, die Aufträge zu koordinieren. Wir haben Daueraufträge von zwei Hotels in der Stadt, sind jedes Jahr bei diversen Messen dabei und aus der Clubszene kommen auch gerne Leute auf mich zu, wenn eine größere Veranstaltung geplant ist.«

»Klingt, als wäre ordentlich was zu tun.«

»So ist es auch, ich kenne einfach eine Menge Leute. Deswegen freue ich mich über jedes neue Gesicht, das zu uns stößt.«

Freundlich zwinkert er mir zu und ich entspanne mich ein wenig.

Als Nächstes nehmen wir uns den Personalbogen vor, um die einzelnen Kästchen zusammen durchzugehen, außerdem benötige ich noch ein Gesundheitszeugnis, das ich aber ganz einfach beim Amt beantragen kann. Alles schnell erledigt. Als die Formalitäten so weit geklärt sind, folge ich ihm in einen kleineren, angrenzenden Raum, wo er aus einem der vollgestopften Regale zwei schwarze Poloshirts mit dem Logo der Firma raussucht.

»S sollte passen, oder?«

Der abstrakte Katzenkopf aus Polygonen, das Logo der Firma, der rechts oben aufgedruckt ist, scheint mich geradezu anzugrinsen, als ich es mir anhalte.

»Passt perfekt.«

»Alles klar, dann kannst du die gleich mitnehmen«, sagt er. »Hast du ein weißes Hemd?«

»Ja.«

»Gut«, sagt er, streckt sich nach einem anderen Stapel und

reicht mir ein weiteres schwarzes Bündel. »Dann brauchst du nur noch die Weste hier und damit bist du versorgt für den Anfang.«

Wir gehen zurück in sein Büro und er rutscht zurück hinter seinen Schreibtisch. Dort erzählt er mir, wie die nächsten Wochen für mich in etwa aussehen werden.

»Erst mal ist wichtig, dass du den Workshop absolvierst und dich mit den einzelnen Abschnitten im Service vertraut machst. Eine Schicht im Hotel stellt andere Anforderungen als eine Studentenparty und wir vertreten einen gewissen Standard, aber das wirst du schon sehen. Für die ersten zwei Wochen teile ich dich on Top ein, das heißt, dass ich dich zusätzlich zu den Leuten, die sowieso da sind, dazuplane, damit du dich erst mal an die Arbeit herantasten kannst. Da bräuchte ich noch deinen Plan von der Uni, damit sich nichts überschneidet.«

»Den schicke ich dir, sobald ich zu Hause bin«, sage ich.

»Sehr gut. Kommen wir zum Worst Case. Sollten ich oder einer der Teamleiter während deiner Probezeit zu dem Schluss kommen, dass du hier falsch aufgehoben bist, wird der Vertrag sofort aufgehoben. Dasselbe gilt natürlich auch für den Fall, dass *du* dich hier nicht wohlfühlst. Wenn aber alles glattläuft, und davon gehe ich aus, fügen wir dich nach absolvierter Testphase der WhatsApp-Gruppe von *Cats* hinzu und du kannst dir deinen Plan selbst zusammenstellen. Ab da gilt eine vierwöchige Kündigungsfrist. Klar so weit?«

»Ja, verstanden.«

»Fantastisch. Wenn es etwas gibt, kannst du dich mit deinen Fragen jederzeit an mich oder einen der Teamleiter wenden. Wir haben nur zwei, die den Workshop leiten, aber noch eine Handvoll mehr, die du während der Schichten kennenlernen wirst und die dir jederzeit helfen, wo sie können. Es sind allesamt tolle

Leute, die du mögen wirst, und du kannst dich hundertprozentig auf sie verlassen.«

»Und das erwarten sie ebenso von mir, stimmt's?«, erkenne ich den Wink mit dem Zaunpfahl.

»Genau das wollte ich damit sagen.« Er nickt mir zu. »Gibt es sonst noch etwas, das du wissen möchtest?«

»Ja«, sage ich. »Wann ist der nächste Workshop?«

»Richtig, das hab ich noch gar nicht erwähnt. Kommenden Montag, ich glaube, mit Nihat. Neben dir werden noch zwei weitere Mädchen eingearbeitet und um 15 Uhr geht es los. Passt das? Andernfalls müsste ich mich mit Eli kurzschließen, damit er sich für Mittwoch Zeit nimmt.«

»Nein, nicht nötig, Montag ist gut«, antworte ich schnell.

»Okay, dann haben wir, glaube ich, alles besprochen. Du bekommst eine Kopie des Vertrags mit und die Infos zum Workshop schicke ich gleich per Mail an dich raus. Herzlich willkommen an Bord, Luna.«

Wir beide stehen auf und ich ergreife seine ausgestreckte Hand, in der meine gänzlich verschwindet. Als ich sie schüttle, muss ich meine Mundwinkel nicht extra nach oben zwingen, denn meine Freude ist wider Erwarten echt und das Lächeln auf meinen Lippen ehrlich.

Ich dachte, es würde mir seltsam vorkommen, mich vorzustellen, schließlich habe ich mich nicht ganz freiwillig beworben, doch allein durch die herzliche Art meines zukünftigen Chefs gefällt mir die Idee tatsächlich, hier zu arbeiten. Endlich ein Lichtblick zwischen all den Dingen, die gerade alles andere als richtig laufen, und ich merke in dem Moment, wie sehr ich ihn gebrauchen kann.

»Du scheinst überrascht zu sein«, kommentiert Jack meinen Gesichtsausdruck. Immer noch lächelnd schüttle ich den Kopf.

»Nein, das ist es nicht. Es ist nur so ... Ich dachte, es wäre nicht so ...«

»Einfach?«, hilft er mir auf die Sprünge und trifft damit voll ins Schwarze.

»Ja.«

»Ich hab alles, was ich von dir wissen muss. Du machst einen guten Eindruck und der Rest zeigt sich in den nächsten zwei Wochen. Ich halte grundsätzlich nichts davon, es komplizierter zu machen als nötig.«

»Vielen Dank, Jack.«

»Da nicht für.«

Ich hebe meinen Rucksack vom Boden auf und Jack bringt mich hinunter zur Tür, unser Gespräch hat nicht länger als eine halbe Stunde gedauert. Auf der Schwelle bleibt er stehen und wünscht mir noch einen schönen Abend. Ich erwidere den Gruß, winke ihm zu und gehe dann den kurzen, laubbedeckten Weg hinunter bis zur Straße.

Tief atme ich die laue Herbstluft ein und spüre ganz deutlich Erleichterung in meiner Brust. Zum ersten Mal, seit ich wieder da bin, habe ich das Gefühl, nicht festzustecken, sondern einen Schritt nach vorne gemacht zu haben. Ich kann zwar nicht abstreiten, dass ich immer noch unsicher bin, ob *Cat+Events* die richtige Wahl war, doch es ist ein Anfang. Was sich daraus ergibt, wird sich zeigen, und sollte ich meine Meinung ändern, habe ich dafür noch zwei Wochen Zeit.

Eine Dreiviertelstunde später komme ich zu Hause an. Meine Mutter ist gerade dabei, das Abendessen vorzubereiten, und ich geselle mich zu ihr und erzähle ihr von meinem Tag. Ich hatte ihr vorher nicht gesagt, dass ich zu einem Vorstellungsgespräch eingeladen bin, ich wollte es erst tun, wenn alles in trockenen Tüchern ist. Als sie es hört, ist sie überrascht und legt den Kochlöffel beiseite, mit dem sie zuvor noch den Fabada – einen spanischen Bohneneintopf – umgerührt hat, dessen herrlicher Duft mir schon beim Reinkommen in die Nase gestiegen ist.

»Sagtest du nicht, dass du dich erst mal nur aufs Studium konzentrieren willst?«, fragt sie. »Ich dachte, dass du noch wartest, bis du dich nach einem Nebenjob umsiehst.« Ganz gelingt es ihr nicht, die Skepsis aus ihrer Stimme zu halten.

»Ich dachte, du würdest dich freuen, wenn ich mir etwas suche und ein bisschen mehr unter Leute komme.«

»Das finde ich auch toll, Schatz. Aber Catering?«

»Anni hat auch für *Cat+Events* gearbeitet. Ich hab Jack, meinen Chef, heute kennengelernt und er ist wirklich in Ordnung. Was stört dich daran?«

»Nichts, du kannst machen, was du willst. Ich finde es nur etwas bedenklich, wenn du unter der Woche die ganze Nacht weg bist. Was ist mit den anderen Bewerbungen, die du geschrieben hast?«

Ich hebe meine Ellenbogen auf die Tischplatte und stütze meinen Kopf ab. »Erstens würde ich nicht nur nachts arbeiten und zweitens nicht nur unter der Woche, Jack ist sehr verständnisvoll. Er arbeitet seit Jahren mit Studenten zusammen und weiß damit umzugehen. Und was das andere angeht, habe ich nur Absagen bekommen.«

Meine Mutter stemmt eine Hand in die Hüfte und rührt mit der anderen wieder den Eintopf um.

»Zwei Woche Probezeit sagst du also?«, fragt sie und ich merke, wie ihre Bedenken langsam schrumpfen.

»Ja, bis Mitte November«

»Na gut. Dann hoffe ich, es gefällt dir dort.«

Ich auch, denke ich, doch anstatt das zu sagen, lächle ich sie nur an, was sie erwidert, bevor sie sich zurück zum Herd dreht und nach einem Brett daneben greift, auf dem ein paar klein geschnittene Kräuter darauf warten, mit in den Topf zu kommen.

Lautlos atme ich aus. Es wird wohl Zeit, mich an den Gedanken zu gewöhnen, Eli bald meinen Kollegen nennen zu dürfen. Und hoffentlich führt dieser Weg nicht geradewegs gegen die nächste Wand.

»Übrigens hat dein Vater vorhin angerufen, Luna«, sagt meine Mutter und stoppt meine Gedanken, bevor ich mich wieder darin verheddere. »Wenn du ihn gleich zurückrufst, kannst du noch mit ihm sprechen, bevor wir essen.«

12

Als ich nach meiner ersten Vorlesung am Montag den Saal verlasse, überrascht es mich nicht, dass Eli wieder auf der Bank im Flur sitzt. Inzwischen habe ich mich daran gewöhnt, ihn zu sehen, auch wenn es immer nur flüchtig ist, und ich nach wie vor die leichten Stiche in der Brust spüre, über die ich lieber nicht näher nachdenken will. Drei Wochen sind seit unserer ersten Begegnung vergangen, konsequent zeigt er mir die kalte Schulter und er könnte nicht deutlicher machen, wie sehr er sich wünscht, ich würde einfach wieder verschwinden.

Ich bereite mich innerlich schon darauf vor, auch diesmal von ihm ignoriert zu werden, als er mich bemerkt und etwas macht, womit ich gar nicht gerechnet habe. Denn diesmal wendet er sich nicht demonstrativ ab, sondern steht auf und kommt geradewegs auf mich zu. Prüfend wirft er einen schnellen Blick über meine Schulter, dann öffnet er den Mund.

»Wir müssen reden«, sagt er knapp.

»Auf einmal?«, entgegne ich.

»Ja, und es wäre mir lieb, wenn du mitkommst, bevor Jess uns zusammen sieht.«

»Worum geht's denn?«

Er presst die Kiefer aufeinander und gestikuliert mit den Händen in der Luft.

»Bitte komm einfach mit.«

Ungeduldig sieht er mich an und deutet zum Ausgang. Ich schlucke, dann gebe ich mir einen Ruck und nicke. Keine Ahnung, was er vorhat, aber es ist meine Chance, Antworten von ihm zu bekommen, und wer weiß, ob ich noch einmal eine Gelegenheit wie diese haben werde? Die Menge an Kaffee, die ich heute Morgen nämlich gebraucht habe, um aus dem Bett zu kommen, war mir ein deutliches Zeichen dafür, wie erfolgreich mich mein böser Verdacht vom Schlafen abhält.

»Gut«, sagt er und bedeutet mir, ihm zu folgen.

Schnellen Schrittes verlassen wir das Gebäude und gelangen nach draußen. Mittlerweile ist November und es ist deutlich kühler geworden. Anders, als ich dachte, bleibt er jedoch nicht stehen, sondern läuft um den Philoturm herum und ist dabei so schnell, dass ich Mühe habe, mit ihm Schritt zu halten. Erst als wir uns ein Stück vom Campus entfernt haben, wird er langsamer, bleibt stehen und wirkt tatsächlich etwas außer Atem. Aufgeregt streicht er sich übers Gesicht, rauft sich die Haare und geht den schmalen Weg auf und ab. Ich beobachte ihn gleichermaßen überrascht wie vorsichtig. Ein paarmal befeuchtet er seine Lippen, die prägnanten Wangenknochen treten deutlich hervor und unter der dunklen Haut schimmert es rötlich.

Als er sich schließlich gesammelt hat, dreht er sich zu mir um und funkelt mich an.

»Was willst du von mir?«, presst er hervor.

Verwirrt starre ich ihn an. Sein Blick ist bohrend, seine Stimme gedämpft.

»Wovon sprichst du?«, frage ich und er lacht trocken auf.

»Hast du wirklich geglaubt, ich bekomme es nicht mit? Jack hat mir am Wochenende fröhlich erzählt, dass du jetzt bei *Cat+ Events* arbeitest. Ich hab gedacht, ich hör nicht richtig.«

»Oh ... Das«, sage ich und senke den Kopf.

»Ja. *Das.* Was soll das?«

»Ich hab einen Job gesucht. Und Anni hat ein gutes Wort für mich eingelegt.«

»Mir ist egal, wer wen für dich angerufen hat«, sagt er aufgebracht und kommt auf mich zu. »Es gibt haufenweise Studentenjobs, allein am schwarzen Brett hängen an die zehn Anzeigen. Such dir einen anderen.«

Die Gehwegplatten unter meinen Füßen sind grau und rau. Winzige rote und bläuliche Steinchen tummeln sich darin und in der Mitte sind drei ausgesparte Streifen, durch die das Regenwasser abfließt. Ich konzentriere mich ganz fest auf sie, versuche die Aufregung, die sich an meinen Armen nach oben zieht, im Zaum zu halten und nicht einzuknicken.

So hat er noch nie mit mir gesprochen. Ich kenne ihn selbstbewusst, neckend, flüsternd, seufzend, traurig, nachdenklich, verliebt und schweigend. Niemals wütend, doch ich schätze, das ist gerade der Fall.

»Okay, dann wäre das geklärt«, sagt er entschlossen und geht an mir vorbei zurück Richtung Campus.

»Wir haben überhaupt nichts geklärt«, entgegne ich so laut, dass er es hört, auch wenn er sich schon ein paar Meter entfernt hat.

Ich weiß selbst nicht, wo diese Stimme auf einmal herkam, aber ich bereue sie nicht. Ich habe vieles verbockt, das weiß ich, aber er kann mir nicht einfach vorschreiben, was ich tun kann und was nicht. Wir haben nicht mal ein richtiges Gespräch geführt!

Er stoppt und dreht sich wieder um. »Was?«

Ich nehme meinen ganzen Mut zusammen. Jetzt oder nie. Wenn er die Vorstellung so schrecklich findet, mit mir zu arbeiten, muss ich weder ihn noch mich dazu zwingen. Dann schreibe ich noch mehr Bewerbungen und irgendwann wird schon etwas Passendes dabei sein, das ist okay. Aber dafür will ich die Antworten auf meine Fragen, ich brauche sie. Und nur er kann sie mir geben.

»Ich will mit dir reden, Eli.«

»Jetzt? Meinst du nicht, dass es dafür etwas zu spät ist?«

»Nicht zwingend jetzt. Grundsätzlich.«

»Das war keine Floskel, die sich auf heute oder morgen bezogen hat, Luna.«

»Trotzdem«, beharre ich.

»Ist dir schon mal in den Sinn gekommen, dass es einen Grund gibt, dass ich dich wegdrücke, wenn du anrufst? Oder dass ich dich versuche, so gut es geht, zu ignorieren, wenn wir uns über den Weg laufen?«, fährt er mich an.

Ich schiebe die Hände in die Taschen meiner Jeans und versuche den Kloß in meinem Hals zu ignorieren.

»Doch, und um genau den Grund geht es mir. Denn was du mir an dem Samstag auf der Party an den Kopf geworfen hast, stimmt nicht.«

»Und das soll ich dir glauben?«, lacht er.

»Wie bitte?«

»Du hast mich verstanden. Ich weiß über alles Bescheid, also versuch's erst gar nicht.«

»Und was soll *alles* sein?«

Beinahe belustigt schaut er gen Himmel. Er faltet die Hände hinterm Kopf, zieht geräuschvoll die Luft ein und atmet sie zusammen mit dem Sinken seiner Arme wieder aus.

»Na, alles eben. Wieso du abgehauen bist, wieso du dich nie mehr gemeldet hast und mit wem du zusammen warst. Echt traurig, zu jemandem zurückzugehen, der einen betrogen hat, und dann zu glauben, dass es anders läuft. Aber offensichtlich hat es ja nicht geklappt, sonst wärst du jetzt nicht hier.«

»Wer hat dir das erzählt?«, frage ich.

»Kann dir doch egal sein.«

»Ist es nicht.«

»Vergiss es, Luna!«

Ein leichter Druck baut sich hinter meinen Augen auf und ich blinzle heftig, um die Tränen zurückzuhalten.

»Eli ... Ich könnte nie wieder mit Julien zusammen sein, das musst du mir glauben.«

»Das habe ich lange genug.«

»Du hast mir alles bedeutet und ich hätte es niemals freiwillig weggeschmissen.«

Der Spott verschwindet aus seinem Gesicht, und auch wenn er versucht, es zu verbergen, merke ich ihm an, wie schwer es ihm fällt, mir zu antworten. Ganz plötzlich erinnert er mich an den Menschen von früher, den, den ich kannte und in den ich mich Hals über Kopf verliebt habe, und mein Magen sackt eine Etage tiefer.

Leicht schüttelt er den Kopf und wendet den Blick ab.

»Bitte hör auf damit«, sagt er, leiser diesmal. »Ich hab keine Ahnung, was das mit uns damals für dich war, aber ich hab es ernst gemeint. Es ging so schnell, aber ich hab dich nie darüber angelogen, dass ich dich ... ich meine, wie wichtig du mir warst. Als du plötzlich weg warst, habe ich lange Zeit gehofft, dass du zurückkommst, und es war verdammt schwer zu akzeptieren, dass das nicht passieren wird.«

Dieser trügerische Funken Hoffnung bläht sich auf und ich gehe einen Schritt auf ihn zu. »Ich bin jetzt hier. Ich kann dir alles erklären.«.

»Aber zu spät«, zuckt er mit den Schultern. »Ich bin mit Jess zusammen. *Sie* war die ganze Zeit für mich da und ich will nicht, dass du dich noch mal irgendwie in mein Leben einmischst. Tu uns also allen einen Gefallen und schließ damit ab. Bewirb dich woanders und lass mich ein für alle Mal in Ruhe.«

Auch wenn er mich nicht anbrüllt, treffen mich seine Worte mit solch einer Wucht, dass ich wünschte, mich irgendwo festhalten zu können. Die großen braunen Augen, die mich fast anflehen, sind mir zu vertraut und ich lese von ihnen die Aufrichtigkeit ab, die mich beinahe dazu bringt, seinem Wunsch zu entsprechen. Aber genauso wenig entgeht mir, dass er meiner Frage ausgewichen ist. *Was ist alles? Und warum glaubt er, ich wäre bei Julien gewesen?*

»Nur wenn wir vorher miteinander reden«, stelle ich mein Ultimatum und gehe noch einen Schritt auf ihn zu.

Ich müsste nur meine Hand nach ihm ausstrecken, sie auf seinen Arm legen und ich würde den Stoff seines Hemds spüren, das unter der Lederjacke hervorlugt. Die Wärme seiner Haut darunter, die die Eiszeit unter meiner schon einmal beendet hat, die rauen Fingerkuppen, die jeden Zentimeter meiner Haut kennen.

Aber ich trau mich nicht. Die Zeiten sind vorbei, in denen ich das ohne Bedenken tun konnte, und als sich sein Blick vor mir wieder verschließt, wird die Kluft zwischen uns noch deutlicher und tiefer.

»Auf so ein Spiel lasse ich mich nicht ein«, weist er mich zurück. »Sag Jack einfach, du hättest dich dagegen entschieden, und damit hat sich's.«

»Eli, bitte ...«

»Nein.«

Enttäuschung macht sich in meinem Bauch breit. Er weicht nicht einen Millimeter zurück, ist stur und will sich nicht davon abbringen lassen. Deshalb strecke ich den Rücken durch, mache mich ganz gerade und sehe ihn mit der gleichen Entschlossenheit an, wie er es tut. Ich bin die Einzige, die über mein Leben bestimmt, niemand sonst. Auch er nicht.

»Dann kannst du es vergessen.«

Wütend schiebt er die Lippen vor und seine ganze Haltung verkrampft. Dann hebt er die Hände in die Luft, so als würde er sich ergeben, und macht ein paar Schritte rückwärts.

»Weißt du was? Ich hab's auf die nette Art versucht. Dann eben nicht.«

Ohne ein weiteres Wort dreht er sich um und geht zurück Richtung Campus.

Ich verzichte darauf, ihm hinterherzulaufen, weil ich genau weiß, es würde nichts bringen.

Erst, als er außer Sichtweite ist, setze ich mich in Bewegung und gehe zurück zum Philoturm, wo gleich meine nächste Vorlesung stattfindet. Noch bin ich die Einzige im Saal, suche mir einen Platz in der letzten Reihe aus und versuche mich krampfhaft auf irgendetwas anderes zu konzentrieren als all die Fragen, die immer noch unbeantwortet sind.

Wieso können wir nicht fünf Minuten miteinander reden? Wieso kann er nicht einfach sagen, wer ihm diese Lüge erzählt hat? Und wieso tut es immer noch so weh? Er will einen Neuanfang, aber ich will doch nichts anderes, nur hängt meiner eben davon ab, ob Julien wirklich in Lübeck ist oder nicht. Weil ich nicht bleiben kann, wenn er hier ist. Allein der Verdacht, das könnte der Fall sein, macht mich jetzt schon fix und fertig und das halte ich vielleicht noch ein, zwei Wochen durch, aber keine Monate.

Ich stütze mich nach vorne auf den Tisch, beginne meine Schläfen zu massieren und versuche mit aller Macht, mich nicht von der Angst einnehmen zu lassen. *Ich kann nicht schon wieder weglaufen. Nur vor, kein Zurück mehr, schon vergessen?*

Nein, hab ich nicht, nur ist mir eines ganz deutlich bewusst: Wegzulaufen wäre garantiert um ein Vielfaches einfacher. Und ein bisschen Einfachheit könnte ich gerade sehr gut gebrauchen.

13

Von der Station *Hagenbecks Tierpark* aus sind es nur ein paar Gehminuten bis zu den Räumlichkeiten, wo der Workshop stattfindet. Als ich das efeubewachsene Backsteingebäude erreiche und die gläserne Eingangstür aufschiebe, kann ich nicht abstreiten, dass ich etwas nervös bin. Zwar haben Nihat und ich uns bisher immer gut verstanden, aber er und Eli waren schon befreundet, als ich sie kennengelernt habe, und ich vermute, das hat sich bis heute nicht geändert.

Ich hänge meine Jacke samt Tasche an die Garderobe hinterm Eingang und gehe vorsichtig den holzvertäfelten Flur entlang. Die erste Tür auf der rechten Seite ist verschlossen, doch die zweite ist einen Spaltbreit geöffnet und ich luge durch ihn hindurch ins Innere.

Auch wenn er mir den Rücken zugedreht hat, erkenne ich Nihat sofort, der in Jeans und kariertem Hemd über einen Tisch gebeugt dasteht und ein paar Papiere überfliegt. Sein Finger wandert über die losen Seiten und ich kann die Tattoos auf seinen Armen deutlich erkennen.

Leise klopfe ich an.

»Herein«, ruft er mir zu und ich betrete eine kleine gemütliche Küche, die mit etwas in die Jahre gekommenen Möbeln eingerichtet ist.

Schränke aus dunklem Holz hängen zu meiner Rechten über der Theke, mit einer mittigen Aussparung für die silbern glänzende Dunstabzugshaube. Die offenen Eckregale geben den Blick frei auf zahlreiche Töpfe, die in allen möglichen Farben und Formen darin verstaut sind, und an der Seite hängen ein paar Pfannen an einzelnen Haken. Links von mir befindet sich ein ebenfalls aus dunklem Holz gefertigter Esstisch mit einer üppig gefüllten Obstaschale in der Mitte. Eine Sitzbank mit gestreiften Polstern windet sich um ihn herum, deren Lehne direkt unter dem Fensterbrett endet, und auf der Seite zur Küchenmitte stehen drei mit dem gleichen Stoff bezogene Stühle.

»Entschuldige, ich musste noch kurz was checken …«, murmelt Nihat, wendet sich von seinen Unterlagen ab und in meine Richtung, bis er mich erblickt.

Zu meiner ehrlichen Erleichterung breitet sich ein Lächeln auf seinem Gesicht aus und meine Nervosität lässt ein wenig nach.

»Hey, Luna. So schnell sieht man sich wieder.«

»Hey«, begrüße ich ihn und hebe kurz die Hand.

»Warum hast du denn letztes Mal nichts davon gesagt, dass du hier anfängst?«

»Da wusste ich es noch nicht. Es hat sich einfach ergeben, und da Anni noch Jacks Nummer hatte, habe ich es probiert.«

»Und warst erfolgreich.«

»So sieht's aus. Hab ich dich gerade bei irgendwas gestört?«

»Ach, das ist nur der organisatorische Kram«, winkt er ab.

»Klingt nach einem langen Nachmittag«, vermute ich.

»Keine Sorge. Länger als sechs wird es nicht dauern und zwischendurch machen wir auch eine Pause. Learning by Doing ist am effektivsten. Ich kümmere mich nur um die Grundlagen und sorge dafür, dass der Start nicht allzu holprig wird.«

»Gut zu wissen.«

Ein kurzer Blick auf mein Handy verrät mir, dass es noch zehn Minuten bis zum offiziellen Beginn des Workshops sind. Zehn Minuten allein mit Nihat, die ich vielleicht nutzen sollte, um herauszufinden, ob er schon mit Eli gesprochen hat. Oder sollte ich es besser unkommentiert lassen? Bevor ich mich aber entscheiden kann, kommt er mir zuvor.

»Also … Eli ist nicht gerade begeistert darüber, dass du wieder hier bist, oder?«, fragt er und lehnt sich mit verschränkten Armen neben mich an die Theke.

»Das ist noch nett ausgedrückt«, seufze ich. »Ihr habt also über mich gesprochen?«

»Klar haben wir das. Und um ganz offen zu sein, hat er mich darum gebeten, es dir heute möglichst schwer zu machen.«

»Oh.« Dann lag ich mit meiner Vermutung wohl gar nicht so falsch. »Ich könnte verstehen, wenn du es machst«, sage ich. »Es war bestimmt nicht die … einfachste Wahl, sich hier zu bewerben. Er ist immer noch ziemlich sauer auf mich.«

»Da kann ich dir nicht widersprechen«, bestätigt er.

»Sollte ich dann besser wieder gehen?«, frage ich ihn direkt und fange an, mit dem Anhänger meiner Kette zu spielen.

Nihat und ich verstanden uns immer gut, aber seiner Freundschaft mit Eli habe ich nur wenig entgegenzusetzen. Fällt das noch in die Kategorie Freundschaftsdienst?

»Sei nicht albern«, widerspricht er mir jedoch, und ich merke, wie mir dabei ein kleiner Stein vom Herzen fällt. Ich habe halb damit gerechnet, dass er nur deshalb von sich aus darauf zu sprechen kommt, um mir seine vorab getroffene Entscheidung schonend beizubringen.

»Wieso nicht?«, will ich wissen.

»Sagen wir einfach, es gibt überzeugende Argumente, die mich davon abhalten«, antwortet er mit einem seltsamen Unterton.

»Okay, und die wären?« Auf die Erklärung bin ich jetzt wirklich gespannt.

Einen Moment presst er die Lippen aufeinander, löst die verschränkten Arme von seiner Brust und trommelt mit den Fingern auf der Arbeitsfläche. Nachdenklich mustert er mich und lässt die Luft mit einem ergebenen Seufzer entweichen.

»Ich hab gestern mit Anni darüber gesprochen, weil ich unsicher war, wie ich es finden soll, dass du hier anfängst. Eli und ich sind schon ewig befreundet und eigentlich sollte ich als sein bester Freund zumindest drüber nachdenken, wenn er mich um etwas bittet. Auch wenn es im Grunde absolut bescheuert ist.«

»Und wieso tust du es dann nicht?«

»Die Frau kann sehr überzeugend sein. Die halbe Nacht hat sie auf mich eingeredet, es bleiben zu lassen und mich da rauszuhalten.«

Ich horche auf und drehe ihm den Kopf zu.

»Moment mal ... die halbe *Nacht*?«

Er versucht es zu unterdrücken, doch er kommt gegen das schiefe Grinsen, das an seinen Mundwinkeln zieht, nicht lange an. Ich hab's gewusst!

»Erwischt«, gibt er es zu, scheint sich aber nicht sonderlich ertappt zu fühlen, denn das Grinsen bleibt.

»Deswegen hat sie mir also heute Morgen geschrieben, ich solle ohne sie fahren. Sie war bei dir.«

»War sie. Sie will es noch nicht offiziell machen, weil das mit Leila noch nicht so lange her ist, deswegen hat sie es dir wahrscheinlich noch nicht erzählt. Es wäre daher toll, wenn du es erst mal für dich behältst.«

Ich ziehe einen unsichtbaren Reißverschluss vor meinem Mund zu. »Ich sage kein Wort.«

Dankbar nickt er mir zu, dann kommt er wieder aufs eigentliche Thema zu sprechen. »Um auf deine Frage zurückzukommen: Ich habe Anni nach ihrer Meinung zu dem Ganzen gefragt. Ich kenne zwar Elis Version der Geschichte, bei der du offen gestanden nicht gut wegkommst, aber du bist auf der anderen Seite Annis beste Freundin und ich dachte, sie kann mir mehr dazu sagen. Und sie hat mir einiges erzählt …«

Bei der Andeutung versteife ich mich wie auf Knopfdruck. Sie hat ihm nicht *alles* gesagt, oder?

»Alles gut, sie ist nicht groß ins Detail gegangen. Sie meinte nur, ich sollte mich bei euch am besten nicht einmischen und dir die Chance geben, einiges wieder geradezurücken.«

»Es ist kompliziert«, sage ich und lecke über meine trockenen Lippen.

»Das hab ich mir schon gedacht.«

»Was hat Eli dir denn gesagt?«, frage ich und versuche es beiläufig klingen zu lassen, auch wenn sich sofort wieder der Wunsch, Antworten zu bekommen, in mir meldet.

»Es ging um dich und deinen Ex, Julien. Er glaubt, dass du für ihn mit ihm Schluss gemacht hast. Es hat ihn ziemlich aus der Bahn geworfen, dich wiederzusehen.«

»Und woher will er das wissen?«, frage ich, aber Nihat geht zurück zum Tisch, auf dem immer noch kreuz und quer die Blätter verteilt sind, und schüttelt den Kopf.

»Um ehrlich zu sein, will ich mich ab da schon nicht mehr einmischen. Stille Post zu spielen geht am Ende immer schief und ich hab keine Lust, meinen Teil zu irgendwelchen Missverständnissen beizutragen. Das müsst ihr schon selber regeln.«

Ich komme ihm hinterher und setze mich ans kurze Ende der Sitzbank.

»Falls es dich interessiert: Die Gerüchte über mich und Julien sind nicht wahr. Ich bin nicht wieder zu ihm zurück.«

»Das hat Anni mir auch eingeschärft. Na ja, wie gesagt, ich halte mich raus, den Rest müsst ihr selbst regeln. Okay?«

Hörbar atme ich aus. Es wäre auch zu schön gewesen, durch ihn mehr zu erfahren, andererseits hat er aber recht. Eli und ich müssen das selbst klären und ich kann nicht mehr von ihm verlangen, als dass er mir keine Steine in den Weg legt.

»Okay«, sage ich. »Und danke.«

Das Klingeln der Eingangsglocke rasselt durch die halb offen stehende Küchentür zu uns herein und bricht die Spannung, die sich während des Gesprächs zwischen aus aufgebaut hat. Das müssen die beiden anderen Mädchen sein, die mit mir heute am Workshop teilnehmen, Jack hatte sie bei unserem Gespräch erwähnt.

Ich nehme an, dass unsere Unterhaltung damit beendet ist, doch Nihat wirft einen kurzen Blick hinter mich auf die Tür und zieht sich dann einen Stuhl zu mir heran.

»Eine Sache wäre da noch, Luna«, sagt er.

»Und zwar?«

»Pass bitte auf. Du hast keine Ahnung, wie dreckig es ihm ging, als du verschwunden bist, und dann kam noch der Unfall dazu. Es wäre ziemlich scheiße, wenn er da noch mal durchmüsste.« Er sagt es nicht unfreundlich, aber mit so viel Nachdruck, dass ich keinen Zweifel daran habe, wie ernst er es meint. Auch wenn das gar nicht nötig wäre.

»Ich wollte ihm nie wehtun, Nihat. Und ich will es auch jetzt nicht«, antworte ich.

»Das ist gut. Ich wollte es nur gesagt haben.«

Keine Sekunde zu früh ist unser Gespräch damit beendet. Einen Moment später kommt nämlich das erste Mädchen herein, begrüßt uns freundlich und stellt sich als Emily vor, wobei sie nach ihrem geflochtenen blonden Zopf greift und ihn sich über die Schulter legt. Das zweite Mädchen kommt hinter ihr herein. Sie hat einen kurzen Pixie-Cut und auffällig große Gold-Creolen an den Ohren. Ihr Name ist Karima.

Nach einer kurzen Vorstellungsrunde beginnt Nihat sofort mit der Einführung und gibt uns den ersten Einblick in unsere Aufgaben. Er ist freundlich, antwortet auf jede Frage, und je weiter der Workshop voranschreitet, desto wohler fühle ich mich. Zumindest habe ich in Nihat jemanden gefunden, der mich nicht von vornherein ablehnt, sondern mir eine faire Chance gibt, und das ist einiges wert. Mehr will ich gar nicht.

Und wenn er das kann, kann Eli es vielleicht auch.

14

Die sprichwörtliche Ruhe vor dem Sturm, ich schätze, so würde ich meinen Zustand gerade beschreiben. Morgen ist meine erste Probeschicht und laut der Mail, die ich von Jack bekommen habe, ist sie unter Nihats Leitung. Im Stillen bin ich so dankbar für die kleine Schonfrist, die mir noch bleibt, denn am Samstag ist schon meine zweite und dann zusammen mit Eli. Etwas, was mich total nervös machen müsste, doch bis jetzt bin ich seltsamerweise noch relativ entspannt.

Ich sitze in der U-Bahn und überfliege ein letztes Mal meine Unterlagen für das Seminar, das in einer Dreiviertelstunde stattfindet. Der Übersicht halber habe ich die Seiten nummeriert, damit ich nachher nicht durcheinanderkomme, und auch das Buch habe ich auf meinem Schoß, in dem die dazugehörigen Post-its kleben, alles farblich aufeinander abgestimmt. Nach den durchwachsenen ersten Tagen war die Vorbereitung auf heute wie eine Pause von dem Stress. Lesen, markieren, Zettel kleben und Notizen machen. Eine schöne Art, beschäftigt zu sein, die mir die glückliche Gewissheit vermittelt, zumindest in dieser Hinsicht alles im Griff zu haben.

Bisher fühle ich mich wohl in meinem Studium. Meine Kommilitonen sind nett, den Dozenten kann ich weitestgehend folgen und das allein hilft schon enorm dabei, jeden Tag ein weiteres kleines bisschen anzukommen. Trotz Jess und Eli, dem unheimlichen Missverständnis um Julien und meiner spontanen Bewerbung bei *Cat+Events*, die alles etwas durcheinandergewirbelt haben. Ein schönes Gefühl, das mich endlich einmal durchatmen lässt, nachdem ich seit meiner Ankunft gefühlt die Luft angehalten habe.

Die Tunnelwände ziehen verschwommen an meinem Fenster vorbei und ich schiebe den Ordner zurück in meinen Rucksack. Mit einem Klick-Geräusch lasse ich den Magnetverschluss einrasten, lehne mich zurück und schließe für ein paar Stationen die Augen. Ich stelle mir einen Knopf vor, den ich nach unten drücke, wodurch die rasenden Windungen in meinem Gehirn zum Stillstand kommen und alle Bilder schwarz werden. Die Geräusche im Hintergrund verstummen und dieses riesige, verknotete Knäuel mit den wirren Fäden verschwindet für einige Minuten aus meiner Brust. Vielleicht wird es sich irgendwann auf Dauer so anfühlen und nicht nur einen Moment lang. Ich hätte nichts dagegen.

Als ich die Augen wieder öffne, sind wir kurz vor der Station Burgstraße. Dieser Teil der Strecke liegt nicht im Untergrund, sondern im Freien und ich sehe die teils schon entlaubten Bäume und Büsche unter dem grauen Himmel vorbeiziehen. Die ganze Nacht hat es geregnet und bisher hat es auch nicht aufgehört. Selbst das Wetter hat heute anscheinend entschieden, auf etwas Aufwendiges zu verzichten und sich auf den üblichen Hamburger-Herbst-Standard beschränkt.

Es ist, wie ich schon sagte: die Ruhe vor dem Sturm.

○ ○ ○

Meine Probeschicht verlief gut. Dank Nihat wusste ich gleich, worauf ich achten muss, und habe tatsächlich nichts verschüttet oder fallen lassen. Nihat erinnerte mich nur einmal schmunzelnd daran, ein freundliches Gesicht zu machen, als ich die Drinks servierte, was wohl meiner Konzentration zuzuschreiben war, ja keinen Fehler zu machen. Am Ende des Tages war es aber schon wieder vergessen und ich hatte einige Pluspunkte gesammelt, dank derer ich nun bestärkt auf dem Weg zu meiner zweiten Schicht bin.

In Jacks Mail stand, ich solle eine halbe Stunde vorher im *Vier Jahreszeiten* eintreffen, eines der beiden Hotels, das seine Dienste in Anspruch nimmt und das noch dazu eines der schönsten in ganz Hamburg ist. Jetzt ist es kurz vor halb neun, ich bin also genau richtig und nicht mehr weit von dem prunkvollen Gebäude an der Binnenalster entfernt, dessen Fassade sich ein zweites Mal im Wasser spiegelt. Ganz allmählich bricht der Tag an, in einigen Geschäften entlang des Jungfernstiegs brennt schon Licht, ebenso wie hinter den Fenstern des Hotels. Angesichts des recht windigen Morgens wirkt es dadurch sogar noch einladender.

Ich beschleunige meine Schritte auf dem nassen Asphalt, bis ich beim Seiteneingang angekommen bin. Ich gebe die fünfstellige Nummer am elektronischen Zahlenschloss ein, die ebenfalls in der Mail stand, ein mechanisches Klicken ertönt, und als ich gegen die Tür drücke, lässt sie sich ganz einfach öffnen.

Schnell schlüpfe ich hinein, ziehe die Tür hinter mir ran und finde mich sogleich in einem Flur mit weißen Fliesen und weiß gestrichenen Wänden wieder. Ich laufe bis zum Ende durch, bis ich eine Tür mit dem Hinweis »Catering« erreiche, hinter der ich leise Stimmen vernehme. Ein letztes Mal atme ich tief ein – *okay, dann wollen wir mal* – dann schiebe ich sie auf und trete ein.

»Gut, du bist pünktlich«, werde ich tonlos von Eli begrüßt, der im selben Moment einen kontrollierenden Blick auf die Uhr an seinem Handgelenk wirft.

»Morgen«, antworte ich und die wohltuende Ruhe der letzten Tage ist augenblicklich vorbei.

Eli sitzt an einem schmalen Tisch, der zusammen mit den Stühlen nahezu den ganzen Raum einnimmt. An den Wänden hängen zwei Schwarz-Weiß-Bilder vom Hotel, die schon etwas älter zu sein scheinen, und unter einem davon ist ein Heizkörper angebracht, dessen weißer Lack an der Seite abgeplatzt ist. Neben Eli haben zwei Leute mit weißem Hemd und schwarzer Weste Platz genommen, die ganz offensichtlich auch zum Team gehören. Den Jungen kenne ich nicht. Er hat kurz geschnittene braune Haare, blaue Augen und ein aufmunterndes Lächeln, das ich zögerlich erwidere. Das Mädchen ist Karima, die ich schon beim Workshop getroffen habe und die sich anscheinend ebenso wie ich darüber freut, ein bekanntes Gesicht zu sehen.

»Ihr beiden, das ist Luna. Sie hat wie Karima diese Woche hier angefangen und heute ist ihre zweite Probeschicht. Sie hat noch nicht viel Erfahrung im Service, das sollte den Ablauf aber nicht stören. Sollte es trotzdem Probleme geben, kommt bitte sofort zu mir und ich kümmere mich darum.«

Mit anderen Worten: Für jeden Grund, den ihr mir gebt, um sie rauszuwerfen, bin ich euch sehr dankbar.

»Während sie sich umzieht, reden wir, Karima, noch kurz über die heutige Schicht und ich gebe dir dein Feedback. Kannst du Luna zeigen, wo sie sich fertig machen kann, Oskar?«

Er vermeidet jeden Augenkontakt mit mir und seine Worte richten sich ausschließlich an seinen Kollegen, was mir keineswegs entgeht. Der Typ, der offenbar Oskar heißt, beachtet dies jedoch nicht weiter, falls er es überhaupt bemerkt hat.

»Mach ich gern«, sagt er stattdessen, steht auf und kommt mit ausgestreckter Hand auf mich zu. »Hey, ich bin Oskar, wie du dir wahrscheinlich schon gedacht hast. Komm mit, ich zeig dir, wo alles ist.«

»Danke«, antworte ich, schüttle seine Hand und folge ihm durch den schmalen Aufenthaltsraum zum hinteren Durchgang. Wir durchqueren einen zweiten Flur bis zum Ende und erreichen den Raum, der offenbar als Umkleide dient.

In der Mitte stehen ein paar Sofas mit blauen Polstern, unter denen eine Reihe von Schuhen steht, und auf der gegenüberliegenden Seite von uns ist ein riesiger Schrank aufgestellt, der mehrere Schließfächer beherbergt. Das helle Holz sieht alt aus, wie auch die Sofas ihre besten Jahre schon hinter sich zu haben scheinen, was der gemütlichen Aufmachung aber nichts nimmt, ganz im Gegenteil. Abgesehen davon soll man sich hier ja nicht länger aufhalten als nötig.

»Welcher von den Spinden ist meiner?«, frage ich.

»Oh, ich schätze, die meisten sind schon belegt, du bist leider die Letzte. Aber die unteren Fächer müssten frei sein.«

»Wie viele Leute sind denn heute da?«

»Wir sind zu acht, mit dir dann neun. Die anderen sind oben im Gastraum und kümmern sich um das laufende Geschäft. Höchstwahrscheinlich wird mir die Ehre zuteil, dich gleich ein wenig herumzuführen, damit du dich orientieren kannst. Eli scheint heute Morgen schlechte Laune zu haben, er hält sich dann lieber im Hintergrund.«

Ich lasse den Tragegurt von meiner Schulter gleiten und stelle die Tasche auf dem Sofa ab, das mir am nächsten steht.

»Klingt so, als käme das öfter vor«, vermute ich betont locker und ziehe den Reißverschluss auf, um mein weißes Hemd und die Weste herauszunehmen.

»Eher selten, aber mach dir keinen Kopf. Jeder von uns hat mal solche Tage. Meistens macht es aber richtig Spaß, unter ihm zu arbeiten.«

»Gut zu wissen.«

Blöd nur, dass es mit seiner guten Laune jetzt erst mal vorbei sein wird, wenn ich seinem Team zugeteilt bin, denke ich.

»Okay, dann mach dich in Ruhe fertig und ich kläre indes mit Eli ab, wer mit dir den Rundgang macht. Einer von uns holt dich dann gleich hier ab.«

»Alles klar, danke.«

Schnell bin ich fertig und stopfe meine Sachen in eines der unteren Schließfächer. Es wundert mich nicht, dass es Oskar ist, der wenig später gegen den Türrahmen klopft, um mich mit nach oben zu nehmen.

Das *Café Condi*, in dem das Frühstück serviert wird, steht dem prunkvollen Äußeren des *Vier Jahreszeiten* in keinster Weise nach. Es ist nicht nur schön, sondern schlicht und einfach perfekt und ich vermute, dass ich nicht die Einzige bin, die beim ersten Hereinkommen einen Moment innehalten musste, um den Anblick auf sich wirken zu lassen.

Das Café ist von klassischer Eleganz, gleichermaßen geschmackvoll und gemütlich eingerichtet, und der Duft von Kaffee, Croissants und frischem Rührei liegt in der Luft. Ein riesiger Kronleuchter bildet das Herzstück des Salons, dessen künstliches Licht das natürliche von draußen, das durch die zur Alster ausgerichteten Fenster hereinfällt, in einem fließenden Übergang ergänzt. Auf den mit weißen Tüchern bedeckten Tischen stehen kleine Vasen mit Blumen neben den üblichen Streuern für Salz und Pfeffer und fast alle Stühle sind von den Gästen des Hotels besetzt. Ganz selbstverständlich fügen sie sich in das Bild ein und ich komme aus dem Staunen gar nicht mehr heraus.

»Ich kann verstehen, dass du so starrst, aber du solltest besser nicht im Durchgang stehen bleiben.« Oskar stupst mich in die Seite und legt mir sanft, aber bestimmt eine Hand auf den Rücken, um mich weiter in den Raum zu schieben.

»Tut mir leid, das wollte ich nicht. Entschuldige«, sage ich hastig, was ihn zum Schmunzeln bringt.

»Entspann dich, ist ja nichts passiert. Bisher sind auch alle Gäste versorgt, soweit ich das sehen kann, also alles gut.«

»Dann hab ich ja noch mal Glück gehabt.« Ich tue so, als würde ich mir den Schweiß von der Stirn reiben.

»Welpenschutz«, erwidert Oskar nur trocken und bedeutet mir mit dem Kopf, mit ihm zu kommen, als er weiter in den Raum hineingeht.

»Jeder von uns ist für einen bestimmten Bereich des Saals zuständig und damit für eine festgelegte Anzahl an Tischen«, erklärt er. »Vorerst bekommst du nur einen zugeteilt.«

Er zeigt auf einen Platz am Fenster, dessen Stühle allesamt noch leer sind.

»Sobald deine Gäste eintreffen, begrüßt du sie, wünscht ihnen einen guten Morgen und fragst, was es sein darf. Alles, was an Getränken oder Speisen auf der Karte steht, findest du in der kleinen Küche. Komm mit, ich zeig sie dir.«

Er führt mich an einem großen Schrank mit weißen Verzierungen vorbei, der die gesamte linke Seite des Speisesaals einnimmt. Wundervoll geschwungene Kannen aus Porzellan stehen auf dem obersten Brett, bei denen ich mich automatisch frage, ob sie jemals benutzt wurden oder einzig und allein zur Dekoration dienen. Wir biegen um die Ecke und bleiben so stehen, dass wir uns immer noch in Sichtweite zu den anderen befinden.

»Für die Getränke bist du allein verantwortlich. Wie du die Maschine bedienst und die Säfte machst, hast du ja im Workshop gelernt. Gläser findest du im Schrank, kleine und große Tassen für die Kaffeegetränke unter der Espressomaschine.«

»Was ist mit dem Essen?«

»Jedes Gericht, egal ob Toast oder ein Omelett, wird frisch in der großen Küche zubereitet«, sagt er und führt mich noch ein Stück weiter nach hinten, bis wir eine in die Wand eingelassene Schwingtür erreichen, hinter der es verdächtig brutzelt. Daneben befindet sich eine Art Fenster, durch das vermutlich das fertige Essen gereicht wird.

»Die Bestellungen werden direkt von deinem Tablet weitergeleitet. Alles, was du dann noch tun musst, ist, es zum Tisch zu bringen, wenn es fertig ist.«

»Mein … was?«

»Hast du dein Tablet noch nicht bekommen?«, fragt er und zieht die Brauen hoch.

Ich schüttle den Kopf.

»Keine große Sache, das ist schnell erklärt, das machen wir gleich. Hast du bis hierhin schon irgendwelche Fragen?«

»Nur eine«, sage ich. »Wieso große und kleine Küche?«

»Einfach, um es sich leichter zu merken«, antwortet er schulterzuckend. »Die großen Gerichte, die frisch zubereitet werden, werden an die große Küche weitergegeben, alles, was sofort und von dir erledigt wird, bleibt in der kleinen.«

»Okay, ich glaube, ich hab dann alles verstanden.«

»Sicher?« Prüfend sieht er mich an, doch ich erwidere den Blick voller Zuversicht.

»Ja, ganz sicher. Und falls was ist, gebe ich dir ein Zeichen.«

»Genau das wollte ich hören«, antwortet er, hält seine Hand hoch und ich schlage ein.

»Ich bin dann kurz weg und kümmere mich um dein Tablet und das Portemonnaie für die Abrechnung«, sagt er und wendet sich zum Gehen. »Du machst dich währenddessen besser bereit, denn wenn ich mich nicht irre, kommen dort deine ersten Gäste.«

Durchgehend aufmerksam zu sein, fleißig Bestellungen zu servieren und dabei kein bisschen gestresst zu wirken ist wirklich eine Kunst für sich, die ich definitiv unterschätzt habe. Kurz nachdem ich begonnen habe, stößt Eli dazu und ich spüre seinen Blick geradezu auf mir kleben. Jede Bewegung kontrollierend, jedem Wort lauschend, jedes von mir servierte Gericht prüfend. Mein Sechspersonentisch ist freundlich, aber auch sehr hungrig. Zwar muss ich nicht rennen, bringe die richtigen Bestellungen und auch mit den Getränken sind alle zufrieden – zumindest lässt niemand etwas zurückgehen –, doch ich setze mich selbst unter Druck, weil ich alles richtig machen will. Am Ende scheint sich meine Mühe jedoch bezahlt zu machen: Als die drei Männer und ihre schick gekleideten Begleiterinnen sich erheben, bedanken sie sich herzlich für den Service und gehen gut gelaunt hinaus.

Als ich dabei bin, das Geschirr abzuräumen, habe ich das Gefühl, zum ersten Mal an diesem Morgen durchatmen zu können. Ich trage die Teller zum hinteren Teil der kleinen Küche, wo ein Wagen dafür bereitsteht, muss aber noch zweimal laufen, um den Tisch komplett leer zu bekommen. Es dauert nicht länger als ein paar Sekunden, bis ich zurückkomme, um für die nächsten Gäste neu einzudecken, da sehe ich, dass Eli sich bereits darum kümmert. Sofort kehrt das flaue Gefühl in meinen Magen zurück, das ich die letzten Stunden so erfolgreich verdrängt habe.

»Gibt es ein Problem?«, frage ich vorsichtig und trete neben ihn.

»Das hier sollte längst fertig sein«, sagt er.

»Ich wollte mich gerade darum kümmern.«

Er ignoriert es und streicht das Tischtuch glatt.

»Meistens folgt eine Reservierung nach der anderen. Das muss schneller gehen.«

»Okay, verstanden. Noch etwas, worauf ich achten soll?«

»Bisher nicht«, antwortet er und sieht mich an, die Augen zu Schlitzen verengt. »Läuft ja offenbar ganz gut so weit. Außer mir scheinst du hier niemandem groß in die Quere zu kommen.«

Sein Brustkorb hebt und senkt sich verdächtig. Es scheint fast so, als würde er sich selbst daran erinnern, dass er hier eine Aufgabe zu erfüllen hat und alles, was nichts damit zu tun hat, fehl am Platz ist. Selbst wenn ich es bin, mit der er spricht, und er kaum verbergen kann, wie sehr ihm das gegen den Strich geht.

»Ich denke, den Rest schaffst du allein«, sagt er, richtet sich auf und zwingt sich ein falsches Lächeln ins Gesicht. »Nihat hat dir am Montag ja gezeigt, wie du richtig eindeckst.«

Dann wendet er sich ab und geht zu einem Tisch auf der anderen Seite des Saals, so weit weg von mir wie nur möglich und ich bleibe vor den Kopf gestoßen zurück.

Die Spitze mit Nihat hat ihre Wirkung nicht verfehlt, und sosehr ich mich auch bemühe, sie zu ignorieren, spüre ich die kleinen Stiche in meiner Brust, die seine Worte hinterlassen haben, nur zu deutlich.

Trotzdem straffe ich die Schultern, komme seinen Anweisungen nach und erinnere mich daran, ein nettes Gesicht zu machen. Ich lächle, als ich die Dame und ihren Begleiter, die sich als Nächstes an meinem Tisch niederlassen, begrüße und verbiete mir jeden weiteren Gedanken an Eli, che meine Schicht vorbei ist. Konzentrieren, servieren, Bitte und Danke sagen und so tun, als wäre alles in bester Ordnung. Mir war klar, dass es nicht einfach werden würde, und fürs Erste muss ich das einfach so hinnehmen.

Als es auf zwölf Uhr zugeht, die meisten Gäste ihr Frühstück beendet haben und sich auch an meinem Tisch die letzten erheben, habe ich es endlich geschafft. Ich rechne sie ab, wünsche ihnen einen schönen Tag und kümmere mich dann darum, das schmutzige Geschirr nach hinten zu bringen. Die Stühle noch gerade rücken, das Tischtuch glatt streichen und die Vase mittig ausrichten, dann erlaube ich mir endlich, mich kurz an der Lehne abzustützen und einen Moment auszuruhen. Geschafft.

»Hey, du stehst noch.« Oskar gesellt sich zu mir, der Einzige, mit dem ich zwischendurch ein, zwei Sätze gesprochen habe.

»Wie man's nimmt«, antworte ich und lache erschöpft. »Ich hoffe, ich hab mich gut geschlagen.«

»Gab es denn Beschwerden?«

»Soweit ich weiß, nicht.«

»Das ist doch schon mal etwas«, sagt er und zwinkert mir zu. »Wenn du willst, kannst du dann jetzt Schluss machen und dich umziehen gehen.«

»Gut. Was mache ich mit dem Portemonnaie?«

»Nimm es mit nach unten und gib es Eli, er macht die Abrechnung. Er wird sich sowieso noch mit dir zusammensetzen und die Schicht besprechen.«

»Na dann«, sage ich und wappne mich innerlich schon für die nächste Runde.

Ich folge Oskar denselben Weg nach unten, den wir vorhin gekommen sind. Im Aufenthaltsraum gebe ich Eli das Portemonnaie, bevor ich weiter nach hinten durchgehe und diesmal in eine rappelvolle Umkleide trete. Taschen stehen auf den Sofas und meine Kollegen unterhalten sich angeregt miteinander, während sie ihre Westen zusammenfalten und in bequemere Kleidung schlüpfen. Als ich an ihnen vorbeikomme, begrüße ich sie nacheinander, stelle mich vor und einige reichen mir die Hand. Irene,

Malik, Sabrina … aber alle Namen kann ich mir nicht auf Anhieb merken. Freundlich erkundigen sie sich danach, wie mein erster Tag war und ob es mir gefallen hat, und wir kommen ein bisschen ins Reden. Als die Ersten fertig sind und sich mit einem »Bis zum nächsten Mal« verabschieden, freue ich mich darüber. Bis zum nächsten Mal ist gut. Bis zum nächsten Mal bedeutet, es wird ein nächstes Mal geben.

Schnell leert sich der Raum, auch Oskar ist bereits gegangen und Irene ist die Letzte, die mir Tschüss sagt. Dann verschwindet sie ebenfalls und ich bin allein.

Ich habe mich so viel unterhalten, dass ich selbst noch nicht wirklich weit gekommen bin, als ich von der Tür aus ein Klopfen höre. Ich hab es gerade mal geschafft, Weste und Hemd in der Tasche zu verstauen.

In Jeans und Top drehe ich mich um und rufe laut: »Herein!«

Wie sollte es anders sein, erscheint Eli im Türrahmen, die schwarze Weste aufgeknöpft und das Hemd aus der Hose gezogen. Er mustert mich eingehend und sagt dabei kein Wort. Flüchtig schaue ich an mir hinab, um zu sehen, was er so anstarrt, kann aber nichts Auffälliges an mir finden.

»Hey«, sage ich schließlich, als die Stille beginnt, sich unangenehm auszudehnen.

Er räuspert sich und senkt den Blick auf seine Schuhspitzen.

»Ich wollte dir nur sagen, dass ich vorne auf dich warte. Beeil dich bitte«, informiert er mich mit rauer Stimme. Mehr nicht. Dann macht er kehrt und ist genauso schnell wieder verschwunden, wie er gekommen ist.

Einen Moment schaue ich auf die Stelle, an der er eben noch stand, bis ich seiner Anweisung nachkomme, mich fertig umziehe und mit meinen Sachen unterm Arm zu ihm nach vorne komme.

Er sitzt genau dort, wo er auch bei meiner Ankunft gesessen hat, wieder mit dem Blick nach unten, konzentriert von mir weg und auf seine Unterlagen gerichtet.

»Setz dich«, weist er mich an und deutet auf den Stuhl ihm gegenüber.

Er hat eine kleine Mappe und einen Collegeblock vor sich ausgebreitet und einen Stift in der Hand, den er zwischen den Fingern hin- und herwandern lässt wie einen kleinen Wirbel. Als ich mich setze, stoppt er in der Bewegung, hebt das Kinn und fängt ohne eine große Einleitung mit der Besprechung an.

»Es war deine erste Schicht im *Vier Jahreszeiten* und du bekommst von mir ein Feedback, was gut gelaufen ist und was nicht. Du warst pünktlich, die Kleidung hat gestimmt, das Erscheinungsbild war okay und Beschwerden gab es keine, weder von Gästen noch von anderen Kollegen.«

Ich nicke, sage jedoch nichts, weil das »Aber« am Ende des Satzes kaum zu überhören ist. Und da kommt es auch schon.

»Aber du konzentrierst dich nicht genug. Du musst aufmerksamer sein, wenn du am Tisch bist. Wasser nachschenken, fragen, ob es geschmeckt hat, solche Dinge. Achte darauf.«

»Ich dachte, es hätte keine Beschwerden gegeben«, sage ich.

»Das hat damit nichts zu tun.« Weiter geht er nicht darauf ein, sondern fährt unbeirrt fort, als wollte er keine Zeit verlieren. »Abgesehen davon bist du zu langsam. Heute war es etwas ruhiger, aber im Normalfall müssen die Abläufe lückenlos funktionieren. Heißt: servieren, sobald das Essen fertig ist, aus eigenem Antrieb abräumen und den Tisch neu eindecken. Das dauert bei dir zu lange. Jeder hat hier mehr als genug zu tun, als dass er dir noch hinterherräumen sollte.«

»Kommt nicht wieder vor«, sage ich ruhig und balle meine Hände unter dem Tisch zu Fäusten. Mir ist klar, dass seine Anmerkungen richtig sind, aber so, wie er sie formuliert, könnte man meinen, ich hätte etwas Unverzeihliches getan. Dabei war es erst meine zweite Schicht und die erste hier im *Vier Jahreszeiten*, er hat es eben selbst gesagt. Da ist es ganz normal, dass man noch nicht jeden Handgriff perfekt draufhat, oder?

»Gut«, sagt er und blättert zur nächsten Seite seines Blocks um, auf der er sich weitere Notizen gemacht hat. »Der zweite Tisch, den ich dir am Ende noch zugeteilt habe, war dafür da, um zu testen, wie du mit der Koordination zurechtkommst.«

»Und?«

»Dem Standard entsprechend.«

»Bist du zufrieden?«

»Ich habe nichts anzumerken«, antwortet er und drückt den Stift doller als nötig auf, als er etwas auf seinem Zettel durchstreicht.

Und ich weiß nicht, warum es gerade das ist, was meinen Geduldsfaden reißen lässt, aber meine zu Fäusten geballten Hände sind plötzlich nicht mehr genug.

»Das tut mir aber leid«, flüstere ich.

»Wie bitte?«, fragt er, obwohl er mich genau verstanden hat.

»Es tut mir leid«, wiederhole ich.

Er schließt kurz die Augen, doch diesmal scheint er sich nicht so gut im Griff zu haben wie vorhin, als er mich während der Schicht zurechtgewiesen hat. Als er sie nämlich wieder öffnet, kann ich das Brodeln in ihnen ganz deutlich erkennen.

»Ich versuche mich hier professionell zu verhalten, Luna. Das ist mein Job als Teamleiter und dazu gehört auch, dir diese Rückmeldung zu geben. Wenn du damit ein Problem hast, musst du dir was anderes suchen.«

»Nein, *ich* hab damit kein Problem«, betone ich.

Er seufzt leise und tief, so wie jemand, der es leid ist, einem

Kind immer und immer wieder das Gleiche zu erklären, nur um kurz darauf wieder mit derselben Frage konfrontiert zu werden.

»Was hast du denn erwartet? Dass ich aufspringe und mich freue? Du solltest mich besser kennen.«

»Das tue ich auch«, sage ich.

»Dann wärst du nicht hier«, sagt er und streicht sich mit einer Hand über den Mund. »Ich hab dich darum gebeten, dir was anderes zu suchen, und du hast trotzdem bei *Cats* angefangen.«

»Das stimmt, aber nur, weil …«

»Ja, weil was?« Die Temperatur im Raum sinkt sofort um ein paar Grad und eine Gänsehaut breitet sich auf meinen Armen aus. »Ich mache keinen Hehl daraus, dass ich dich nicht hier haben will, also, was soll das?«

»Erstens brauche ich einen Job und den zweiten Grund habe ich dir schon mehrmals genannt: Ich will mit dir reden. Aber du hörst mir ja nicht zu. Was soll ich deiner Meinung nach also tun?«

»Es dabei belassen! Anstatt mir ein Gespräch aufzuzwingen, das ich ganz offensichtlich nicht führen will.«

»Das wäre schön einfach, oder?«

»Ja, genau«, lacht er auf und die Risse sind nicht mehr nur sichtbar – sie bröckeln. »Genauso einfach, wie in dem verdammten Krankenhaus zu liegen und auf dich zu warten. Genauso einfach, wie zu hören, dass du nach München gezogen bist, ohne ein Sterbenswort. Und genauso einfach, wie es war, dir die zehnte, zwanzigste und was weiß ich, wievielte verschissene Nachricht zu schreiben, obwohl du auf nicht eine davon reagiert hast. Ganz offensichtlich ist dir das alles so leichtgefallen, wieso nicht also auch das?«

Mit jedem Satz hat er sich weiter nach vorne gelehnt. Seine Arme stützen sich auf der Tischplatte ab und die angespannten

Muskeln treten deutlich unter dem Stoff seines weißen Hemds hervor. Ich spüre seinen Atem in meinem Gesicht und halte meinen an. Mein Puls ist plötzlich rasend schnell und ich habe auch keine Ahnung, wie ich ihn bremsen soll.

»Leicht war es bestimmt nicht«, widerspreche ich ihm deutlich.

»Das glaube ich gerne. War bestimmt hart, als Julien dich das zweite Mal sitzen gelassen hat, was?«

»Hör endlich auf damit! Es stimmt nicht!«, sage ich und springe auf.

»Ach nein?«

»Nein! Ja, ich bin verschwunden und ich hab mich nicht gemeldet und das war scheiße, aber ich hatte keine Wahl!«

»Dennoch hast du sie getroffen. Als du in den verdammten Zug gestiegen bist, oder jedes Mal, wenn du dich dazu entschieden hast, nicht zu antworten!«

»Du lässt es mich ja nicht mal erklären!«

»Klar, jetzt bin ich der Böse!«

»Das sagt doch keiner!«

Er steht ebenfalls auf und hält sich mit den Händen an der Tischkante fest. »Weißt du, wie das Ganze für mich aussieht?«, fragt er. »Ich war ein Scheiß-Trostpreis für dich und so lange gut genug, bis Julien wieder auf der Matte stand. Dann hat er dich ein zweites Mal verarscht und jetzt kommst du wieder bei mir angekrochen.«

Wie ein Pfeil durchbohrt mich sein Vorwurf und heiße Wut keimt in mir auf. »Für wie verzweifelt hältst du mich eigentlich?«

»Ist die Frage ernst gemeint? Wer verfolgt mich denn sogar bis zur Arbeit?«

»Mit Sicherheit komme ich nicht bei dir *angekrochen!*«, stelle ich klar. »Ich bin hier, um zu arbeiten und weil ich ein paar Dinge wieder hinbiegen muss. Auch mit dir. Wenn du mir nur eine Sekunde zuhören würdest, würdest du es verstehen.«

»Klar. Und was sind das für Dinge?«

»Dass ich niemals wieder zu Julien zurückgehen würde zum Beispiel. Und dass ich es auch nicht getan habe!«, wiederhole ich und klinge dabei fast flehend.

»Wie oft willst du das noch sagen, bevor du kapierst, dass ich dir kein Wort glaube?«, schnaubt er.

»Aber wieso nicht? Was hat Julien dir erzählt? Ist er hier?«, stelle ich endlich die alles entscheidende Frage, die meine Brust zeitgleich mit der Angst vor der Antwort füllt. Ich bin froh, die Worte halbwegs gerade herauszubekommen, so stark vibriert mein Puls mit einem ungeahnten Tempo durch meine Adern.

»Das hättest du wohl gerne«, schmettert Eli mir entgegen.

»Was heißt das?«, schreie ich fast.

Eli schlägt seine Hand flach auf den Tisch und schüttelt vehement den Kopf. »Weißt du was? Das ist mir echt zu blöd, ich bin hier fertig.«

Fahrig klaubt er seine Blätter zusammen, stopft sie in seine Tasche, die er auf dem Stuhl neben sich abgestellt hat, und zerrt ungeduldig an dem Reißverschluss, der sich zu seinem Ärger im Stoff verhakt.

»Ich schicke dir dein Feedback per Mail, die Adresse steht ja in den Unterlagen. Und keine Sorge, ich halte mich an die Tatsachen. Es gab keine großen Probleme und ich habe keinen Grund gefunden, dich rauszuwerfen. *Gut gemacht.*« Er presst die Sätze regelrecht hervor und der harte Zug um seinen Mund macht seine Wut sichtbar. Seine Hand spannt sich um den Tragegriff seiner Tasche, die an einer Seite immer noch offen ist, und er ist drauf und dran zu gehen.

Aus einem Impuls heraus schnellt meine Hand nach vorne und

hält ihn zurück. »So muss es nicht zwischen uns sein, Eli. Hau jetzt nicht einfach ab, bitte.« Ich kann spüren, wie sich die Anspannung durch seinen ganzen Körper zieht, kurz bevor er einen Schritt zurück macht und mich damit abschüttelt.

Ein verletzter Ausdruck tritt in seine Augen.

»Damit kennst du dich schließlich am besten aus.«

Dann geht er und lässt mich alleine zurück.

○ ○ ○

Es ist schon weit nach Mitternacht und ich liege immer noch wach. Es ist dunkel, vollkommen still und die Bettdecke ist über mir ausgebreitet, doch ich kann nicht aufhören, an unseren Streit zu denken. Nach wie vor spüre ich jedes von Elis Worten in meinen Knochen und eine Sache wiederholt sich permanent. Als ich ihn fragte, ob Julien hier ist, und er antwortete: *Das hättest du wohl gerne.*

Ich dachte, es würde mir Erleichterung verschaffen, denn das bedeutet, dass die beiden keinen Kontakt hatten und Julien nicht hier ist. Stattdessen fühlt sich jeder meiner Gedanken so an, als wären sie in einem Kettenkarussell, das immer mehr Fahrt aufnimmt, und ich weiß nicht, wie ich es stoppen soll.

Elis Wut auf mich scheint mit jedem Mal mehr zu werden, wenn wir uns begegnen, weil viel mehr zwischen uns steht, als ich angenommen habe. Sie rührt nicht nur daher, dass ich ihn ohne ein Wort verlassen habe, sondern besteht aus so vielen Lügen: aus der irren Annahme, ich wäre aus freien Stücken gegangen. Aus dem Gerücht, ich wäre zu Julien zurückgekehrt und hätte ihm, Eli, nur etwas vorgemacht. Aus reiner Berechnung meinerseits, obwohl mir selbst der Boden so brutal unter den Füßen weggezogen wurde, dass ich keine andere Möglichkeit sah, als zu verschwinden, obwohl es mein Herz in winzige Teile gerissen hat. Doch davon hat Eli keine Ahnung und ich weiß, dass ich selbst schuld daran bin, dass er nichts davon infrage stellt. Schließlich habe ich ihm nie die Wahrheit erzählt.

Diese ganzen verwirrenden Gefühle in mir kommen noch dazu und machen alles nur komplizierter. Eli bedeutet mir noch etwas, das kann ich nicht leugnen, auch wenn ich weiß, dass es vorbei ist. Trotzdem bringt es meinen aufgestellten Schutzwall ins Bröckeln und der Drang, ihm zu erzählen, was damals wirklich passiert ist, tritt immer stärker hervor. Ich will nicht, dass er mich für etwas hasst, das nicht wahr ist, sondern mich versteht. Selbst wenn das bedeutet, alles wieder hochzuholen, was ich so sorgfältig weggeschlossen habe. Vielleicht gelingt es mir dann endlich, einen Abschluss zu finden. Mit ihm, mit uns und all dem Ungesagten zwischen uns.

15

Das Stimmengewirr zahlreicher Studenten erfüllt die Mensa, Stühle knarzen über das graue Linoleum und durch die Fenster fällt das trübe Licht eines verregneten Nachmittags. Der Nieselregen hat seit dem Wochenende nicht nachgelassen und kleine Pfützen verwandeln den Platz draußen in einen Flickenteppich, in dem man bei genauerem Hinsehen die winzigen Wellen der einfallenden Tropfen erkennt.

Anni sitzt vor mir und hält, anstatt zu essen, mein Handy in der Hand, um die Mail zu lesen, die ich gestern wie angekündigt von Eli bekommen habe. Angehängt war eine Datei, in der der Bericht meiner Schicht stand, der nicht mal eine Seite umfasst hat und tatsächlich nicht besonders böswillig klang. Aber um den geht es auch nicht. Er ist nicht der Grund dafür, dass ich die Mail meiner besten Freundin zeige, deren Augen nun eilig über die Zeilen wandern und zwischendurch immer mal wieder verwundert zu mir hochschnellen. Eli hat mir persönlich eine Nachricht geschrieben, und was ich damit anfangen soll, weiß ich nicht. Ich weiß nur, dass das Rumoren in meinem Bauch, seitdem ich sie bekommen habe, nicht mehr abgerissen ist.

Hallo Luna,

am Samstag sind wir nicht dazu gekommen, deine Schicht zu Ende zu besprechen. Ich habe versucht, professionell zu sein, doch ganz offensichtlich ist es mir nicht besonders gut gelungen, sonst wäre es nicht in diesen Streit ausgeufert.

Um ganz ehrlich zu sein, bin ich es leid. Du hast vor einem Jahr eine Entscheidung getroffen, ich musste mich damit abfinden und habe weitergemacht und damit ist alles gesagt. Ich bin glücklich, Luna, ich bin wieder gesund, arbeite und studiere und will nicht, dass du mein Leben durcheinanderbringst. Deswegen lasse ich mich nicht länger darauf ein.

Wenn du also bleibst, werde ich mich bemühen, dass die Arbeit nicht darunter leidet, und das Persönliche außen vor lassen. Wir sind Kollegen und genauso sollten wir uns auch verhalten.

Ich möchte dich einfach darum bitten, es dabei zu belassen. Weder habe ich Interesse daran, mir deine Erklärungen anzuhören, noch möchte ich es andauernd wiederholen. Wir sind vorbei, als Paar und als Freunde, und ich will nichts davon zurück. Tu mir bitte diesen einen Gefallen und respektiere das.

Eli

»Was hältst du davon?«, frage ich Anni, als sie fertig gelesen hat und die Hand sinken lässt.

Sie reicht mir das Handy zurück, isst eine der Pommes, die vor ihr auf dem Teller aufgetürmt sind, und überlegt. »Klingt doch im Grunde ganz gut, dann kannst du weiter dort arbeiten und ihr kommt miteinander aus.«

»Das ist alles?«

»In meinen Augen verhält er sich fair oder siehst du das anders?«

»Ja schon … Trotzdem war ›gut‹ nicht gerade das, was mir in den Sinn gekommen ist, als ich die Mail gelesen habe«, gebe ich zu.

»Wo liegt das Problem? Du meintest doch, er hätte gesagt, dass Julien nicht hier ist.«

»Ja schon, aber … soll das wirklich schon alles gewesen sein? Ich muss ihm zumindest erklären, warum das alles so gelaufen ist.« Ich verschränke die Arme vor der Brust und lasse mich gegen die Lehne meines Stuhls fallen.

Anni tunkt eine weitere Pommes in die Mayonnaise und schiebt sie sich in den Mund. »Darf ich dein Handy noch mal haben?«, fragt sie.

»Klar.«

Sie nimmt es erneut hoch und öffnet meinen Posteingang. Ein paar Sekunden schaut sie auf den Screen und kaut währenddessen. Als sie schluckt, sieht sie mich wieder an.

»Darf ich ehrlich sein?«, will sie wissen und zieht die Brauen hoch.

»Ja, natürlich«, sage ich.

Sie seufzt leise, dann beugt sie sich ein Stück nach vorne und sieht mir direkt in die Augen. »Vermutlich willst du es nicht hören, aber ich glaube nicht, dass es dir nur darum geht, ihm eine Erklärung zu geben. Ich glaube, da steckt mehr dahinter.«

»Tut es nicht«, behaupte ich, auch wenn ich genau weiß, worauf sie anspielt. Aber ich sträube mich gegen den Gedanken, gegen jedes einzelne Gefühl, das diesen ausmacht, und will nichts davon hören. Nur ist Anni da anscheinend anderer Meinung.

»Hallo, Luna, ich bin es, deine beste Freundin. Wenn du nicht ehrlich zu mir sein kannst, zu wem dann?«

»Das bin ich doch«, bleibe ich stur. »Warum glaubst du mir nicht?«

»Gegenfrage: Wenn du ihm, egal auf welchem Weg, deine Version der Geschichte mitteilen könntest, würdest du es tun? Zumindest den Teil mit Julien erklären, meine ich.«

»Genau das habe ich dir eben gesagt, hörst du mir überhaupt zu?«

Sie erweckt meinen Bildschirm erneut, gibt mein Passwort ein und tippt ein bisschen darauf herum, bis sie mir das Handy rüberschiebt.

»Okay?«, frage ich und überfliege den Postausgang, den sie geöffnet hat.

»Du hättest ihm schreiben können. Hast du aber nicht.«

Ich stütze meinen Ellenbogen vor mir auf der Tischplatte auf und schiebe meine Hand unter mein Kinn. Ich weiß noch, wie ich auf meinem Bett gesessen habe, den Laptop auf meinem Schoß und den zigsten Anfang einer Mail getippt habe, von denen sich jeder falscher als der vorige anfühlte.

»Ich hab es versucht, mehrmals sogar. Aber es ging nicht. Ich konnte einfach nicht aufschreiben, was Julien getan hat. Und selbst wenn ich mich dazu überwinden könnte, wüsste ich ja nicht mal, ob Eli meine Nachricht liest. Dabei will ich nur, dass es endlich aufhört.«

Anni greift nach ihrer Serviette, wischt sich die fettigen Finger sauber und lässt sie zerknüllt vor sich liegen. Dann wird ihr Gesicht auf einmal weicher, die Stimme ruhiger und sie legt den Kopf schräg.

»Süße, ich glaube nicht, dass du gerade dabei bist, ihn loszulassen«, sagt sie.

»Sondern?«

»Du hast dich wieder in ihn verliebt, oder nicht? Und vielleicht hofft ein kleiner Teil von dir, dass da noch eine Chance ist, wenn du ihm alles erklärst und er dir verzeiht.«

Automatisch schüttle ich den Kopf, auch wenn mein Körper plötzlich unheimlich doll kribbelt, als hätte jemand die Schmetterlinge darin aufgescheucht. Aber ich will nichts davon wissen.

»Das stimmt nicht«, widerspreche ich und wundere mich dabei, dass man es durch meinen lauten Herzschlag hindurch hören kann.

»Wirklich nicht?«, hakt Anni nach und zieht eine Braue hoch.

Die Sekunden vergehen, ziehen sich in die Länge und ich weiß irgendwann nicht mehr, ob es nicht schon Minuten sind. Je länger sie mich so ansieht, desto schwerer fällt es mir, es ein zweites Mal zu verneinen, aber was soll ich denn sagen?

Dass Eli mir immer wichtig sein wird, liegt auf der Hand, aber ich weiß, dass ich keine Chance mehr bei ihm habe. Was soll es also bringen, mich mit diesem Chaos in mir zu beschäftigen? Es gibt kein »Wir« mehr, es wird nie wieder eins geben und das muss ich hinnehmen. Dieses Wissen, das so endgültig ist, ist weit weg von okay, tut verdammt weh und hält mich wach, aber das halte ich aus, irgendwie. Solange ich mich nicht der Illusion hingebe, dass es doch noch irgendein Schlupfloch geben könnte, denn es gibt keins.

»Es geht nicht, Anni. Er und ich ... das war einmal. Ich hab ihn verlassen, er hat jetzt Jess und alles, was ich will, ist, dass das zwischen uns ein für alle Mal geklärt ist. Dann kann er weitermachen und ich auch und ich bin dieses Gefühl los, ihm etwas schuldig zu sein.«

»Warum solltest du ihm etwas schuldig sein?«

»Das weißt du, Anni.« Ich sehe sie vielsagend an. »Du weißt von allen am besten, wie viel er mir bedeutet hat, nur sind wir nicht mehr die Menschen, die wir vor einem Jahr waren. Wir können die Zeit nicht zurückdrehen, aber er soll zumindest verstehen, warum ich das tun musste, damit wir wenigstens einen

Strich darunterziehen können. Außerdem will ich nicht, dass er mich hasst.«

»Ich glaube nicht, dass er das tut.«

»Oh doch. Am Wochenende haben wir uns genau deswegen gestritten, und würde ihm noch irgendwas an mir liegen, hätte er mir bestimmt nicht vorgeworfen, ich würde bei ihm *angekrochen* kommen. So blöd bin ich nicht, nach der Nummer noch auf irgendwas zu hoffen.«

»Hat er das so gesagt?«, fragt sie.

»Genau so.«

»Das tut mir leid.« Sie rückt mit ihrem Stuhl um den Tisch herum neben mich und legt mir einen Arm um die Schultern. Plötzlich fällt es mir gar nicht schwer, darüber zu sprechen, die Worte fließen einfach aus meinem Mund heraus und ich lasse es geschehen.

»In seinen Augen bin ich diejenige, die ihn betrogen und im Stich gelassen hat«, sage ich. »Er ist überzeugt davon, dass Julien und ich zusammen waren, und lässt keinen Zweifel daran, dass er mir nicht glaubt. Er will mich nicht mehr.«

»Du bist noch in ihn verliebt«, stellt sie fest.

Diesmal ist es keine Frage und ich gebe es auf, ihr zu widersprechen, meine Gefühle sind zu laut.

Anni streicht mir über den Rücken und lächelt mich an. Aufmunternd und nicht mitleidig, und dafür bin ich ihr so dankbar. Mitleid ist das Letzte, was ich jetzt gebrauchen kann. Darin kenne ich mich zu gut aus und ich habe es wie ein ungeliebtes Kleidungsstück in München zurückgelassen.

Ich spiele ein bisschen mit dem Anhänger meiner Kette herum und werfe einen Blick zurück, zum ersten Mal, seitdem ich wieder in Hamburg bin.

»Als ich mit dem Zug hier ankam, war alles noch ganz klar«,

sage ich. »Mit Julien abschließen, studieren, einen Job suchen. Und dann steht Eli plötzlich vor mir und es kommt alles wieder hoch. Es kommt mir so vor, als hätte ich einen Schritt nach vorne gemacht, nur um gleich darauf zwei zurückzugehen.«

»Das ist Quatsch. Dadurch, dass du noch Gefühle für ihn hast, nimmst du den Dingen nicht ihren Wert. Es kann dir zwar niemand garantieren, dass es am Ende gut ausgeht, aber du würdest es mehr bereuen, es nicht versucht zu haben.«

»Versuchen? Ich werde nichts versuchen, Anni.«

»Solltest du aber«, beharrt sie. »Wenigstens den Streit zwischen euch bereinigen. Und wer weiß, was dann passiert?«

Was soll schon passieren?, denke ich. Aber da mir diese Gedanken das ganze Wochenende über selbst durch den Kopf gegangen sind, kann ich ihr nicht wirklich widersprechen.

»Vielleicht«, murmle ich irgendwann. »Dabei ergibt das gar keinen Sinn.«

»Seit wann sind Gefühle da, um Sinn zu ergeben?«

»Danke«, sage ich und muss tatsächlich ein bisschen lächeln.

Sie grinst. »Wofür sind Freunde sonst da?«

Ich senke den Kopf und sehe fragend zu ihr hoch. »Dann sollte ich mich wohl langsam mit dem Gedanken anfreunden, ihm die Wahrheit zu sagen, oder?«

»Die Entscheidung nehme ich dir nicht ab, die musst du alleine treffen«, erwidert sie. »Aber immerhin würde er dich verstehen, wenn er wüsste, warum du gegangen bist.«

»Das wäre wenigstens etwas.«

Anni wackelt mit den Augenbrauen und die Spannung, die sich während unseres Gesprächs aufgebaut hat, löst sich augenblicklich auf, als ich nicht umhinkomme zu lächeln. Irgendwie nervös. Irgendwie ängstlich. Aber auch – und unverkennbar – erleichtert.

»Okay, wenn das jetzt geklärt ist«, sage ich und wechsle das Thema. »Möchtest du noch etwas essen? Die Pommes sind inzwischen bestimmt kalt geworden.«

»Ist das eine Art Bezahlung für meine Weisheiten?«, fragt Anni.

»Wenn du so willst. Mich schon wieder bei dir zu bedanken wird langsam zur Gewohnheit. Ich muss härtere Geschütze auffahren.«

»Ich wäre ziemlich dumm, wenn ich da widerspreche«, erwidert sie und nickt mit gespielt ernster Miene.

»Absolut. Und außerdem«, sage ich, stehe auf und greife nach ihrem Tablett. »Wenn ich zurückkomme, bist du dran. Nihat hat mir neulich nämlich was Interessantes erzählt und ich glaube, wir müssen reden.«

Ihre Augen werden kurz schmal, aber das tut ihrem Lächeln keinen Abbruch.

»Dieser Idiot«, höre ich sie murmeln, dann drehe ich mich um und gehe geradewegs Richtung Essensausgabe.

Es kommt mir so vor, als wäre mir ein tonnenschwerer Brocken vom Herzen gefallen, von dem ich nicht mal wusste, dass er da ist. Offenbar hat mich das Ganze mehr belastet, als ich wahrgenommen habe, und nun bin ich von dieser Last befreit.

Ich fühle es, ich kann es benennen und auch, wenn es mich weiterhin nervös macht, ist es besser, den Tatsachen ins Auge zu blicken. Meine Gefühle wollen Eli zurück. Dass er mir zuhört, mir glaubt, mir verzeiht und mich nicht mehr hasst. Sie wollen alles, was ich verloren habe, und dass er mich irgendwann wieder so ansehen kann wie früher. Sie wollen seine Blicke, seine Berührungen und all das, was ich mich nicht traue auszusprechen.

Es ergibt keinen Sinn, nicht im Geringsten, doch das spielt am Ende keine Rolle. Vom ersten Moment an, als wir uns auf diesem

Festival begegnet sind, haben wir keinen Sinn ergeben und trotzdem war es echt.

Da ist immer noch etwas, und es ist zu viel, als dass ich einfach aufgeben könnte, ohne es wenigstens versucht zu haben. Selbst wenn ich absolut keine Ahnung habe, welcher Schritt nun als Nächstes kommt.

16

Die nächsten Tage bleiben relativ ereignislos und ich kann sogar wieder besser schlafen. Eli begegne ich jetzt mit ehrlicheren Augen, wenn ich ihn sehe – als hätte Anni den Vorhang aufgezogen. Nun kann ich das undefinierte Ziehen in meinem Bauch benennen und weiß, woher es kommt, und ich nehme es an. Ich bin noch in Eli verliebt, ich hab nie wirklich damit aufgehört und ich schiebe es nicht mehr blind von mir weg. Das ist Punkt eins auf meiner Liste an kleinen Erfolgen, die ich mir auf einem unsichtbaren Notizzettel gemacht habe. Die Erkenntnis darüber zu akzeptieren und davon los zu sein, mich selbst weiter zu belügen.

Punkt zwei ist mein Studium, das mir immer besser gefällt und in dem ich mich gut zurechtfinde, auch wenn ich es mir anders vorgestellt habe. Ich dachte, man geht gleich in die Vollen und nimmt ganze Werke auseinander, dabei geht es zu Beginn vielmehr um den Aufbau der Sprache selbst. Sehr technisch, aber trotzdem spannend, weil mir bisher nicht klar war, wie komplex das ganze System Sprache eigentlich ist. Nur eins meiner Seminare, in dem wir aktuell über Kafka reden, ähnelt tatsächlich meinen Erwartungen und es macht wirklich Spaß. Wir zitieren aus Texten verschiedener Autoren und analysieren den dazugehörigen Hintergrund, sprechen über die Zeit, in der sie verfasst wurden, und inwiefern die Ansichten der Verfasser in die heutige

Welt übertragbar sind. Es geht weit über die eigene Meinung hinaus, fordert einen zu mehr als einem kurzen Kommentar heraus und es gefällt mir. Man muss sich daran gewöhnen, sich darauf einlassen und das habe ich getan, so wie man Schwimmen lernt oder Schlittschuhlaufen.

Der dritte Punkt ist vor allem zu Hause deutlich spürbar. Obwohl meine Mutter sich Mühe gegeben hat, es zu verbergen, habe ich mitbekommen, wie viele Sorgen sie sich gemacht hat. Sei es, dass sie mich zur Rede gestellt hat, als ich mich zurückgezogen habe, oder dass sie meinem Nebenjob erst so skeptisch gegenüberstand. Mittlerweile ist jedoch so etwas wie Alltag bei uns eingekehrt und es fühlt sich genauso an, wie es sein sollte: absolut normal. Es ist, als würde man ein Lied hören, das ewig nicht mehr gespielt wurde, und trotzdem erinnert man sich an jede Zeile. Klar gibt es Tage, an denen wirklich alles schiefläuft und meine Laune im Keller ist. Aber das sind alles Teile der Normalität und keine bösen Zeichen. Nichts davon hat mit Julien zu tun und wir knüpfen nicht da an, wo ich letztes Jahr abgebrochen habe. Ich bin anders, meine Einstellung ist anders und meine Mutter kann es ebenfalls spüren. Abends unternimmt sie inzwischen wieder öfter etwas mit ihren Freunden, das wachende Auge schwindet und ich kann nicht behaupten, mich unwohl zu fühlen, wenn ich auch mal alleine bin.

Cat+Events ist ebenfalls ein würdevoller Punkt meiner kleinen Erfolgsliste. Als meine Probezeit vorbei ist und Jack mich offiziell ins Team aufnimmt, freue ich mich sehr und denke nicht eine Sekunde darüber nach, wieder auszusteigen. Der Job begann zwar etwas holprig, doch ich merke richtig, wie gut es mir tut, unter Leute zu kommen und etwas zu haben, wofür ich verantwortlich bin. Von mir hängt es ab, ob die Gäste sich wohlfühlen, und ihre Zufriedenheit zu sehen ist die beste Bestätigung, die ich mir wünschen kann. In dem Zusammenhang hat auch Eli sein Versprechen gehalten, das er mir in der Mail gegeben hat. Zweimal habe ich noch unter ihm gearbeitet und wir kamen tatsächlich zurecht. Einmal davon war wieder im *Vier Jahreszeiten*, diesmal die komplette Schicht am Samstag von halb sieben bis zwölf, und das zweite Mal waren wir zusammen auf einer Party im *Molotow*, einem kleinen Musikclub auf der Reeperbahn.

Ich habe ein Problem, er löst es. Er gibt mir eine Anweisung, ich befolge sie. Er redet nicht mehr als nötig, wodurch er die Distanz zu mir wahrt, und den höflichen Small Talk sparen wir uns. Wir sind kein Paar, keine Freunde, nur Kollegen und das macht er mit seinem Schweigen deutlicher, als er es mit Worten je könnte. Aber wir kommen miteinander aus. Vielleicht ist das nicht viel, aber es ist ein erster Schritt in die richtige Richtung, auch wenn ich mir wünschte, er würde ein paar Steine von der Mauer herunternehmen, die er vehement verteidigt. Viel zu oft schaue ich während unserer Schichten in seine Richtung und ich spüre das sehnende Ziehen immer deutlicher in meiner Brust. Vor allem in den seltenen Fällen, in denen er meinen Blick erwidert und sich dann blitzartig von mir abwendet.

Es stehen so viele unausgesprochene Worte zwischens uns, doch ich habe mich seit dem letzten Streit nicht getraut, noch mal mit ihm zu reden. Ich warte auf den richtigen Moment, aber den zu erwischen, scheint so schwer zu sein, wie Rauch mit bloßen Händen zu fangen. Trotzdem versuche ich, zuversichtlich zu sein. Vier Erfolge habe ich schließlich schon zu verbuchen und vielleicht fehlt mir für den fünften nur noch etwas Zeit.

Egal ob wir tatsächlich noch eine Chance haben, oder der Versuch darin mündet, dass es endgültig vorbei ist … aber daran will ich jetzt noch nicht denken.

17

Jess: Ich will mit dir reden! Warte nach dem Kurs auf mich!

Zu sagen, ich wäre irritiert, wäre wohl die Untertreibung des Jahrhunderts. Seit unserem Wiedersehen bin ich Jess, so weit wie möglich, aus dem Weg gegangen und nach unserer »Aussprache« haben wir kein einziges Wort mehr miteinander gewechselt. Jetzt will sie plötzlich mit mir reden und dabei liegt mir nichts ferner, als irgendetwas an unserer stummen Übereinkunft zu ändern, einander zu ignorieren.

Als ich zu ihr hinüberblicke, sehe ich, dass sie Jason Kruse, unseren Dozenten, mit fest vor der Brust verschränkten Armen, überschlagenen Beinen und vorgeschobenem Kinn folgt. Ein Ausdruck, den ich noch sehr deutlich in Erinnerung habe, denn genauso saß sie mir gegenüber, als wir miteinander gesprochen haben.

Was will sie jetzt auf einmal von mir?

Luna: Warum? Ich hab keine Zeit.

Ich tippe die Nachricht heimlich unter dem Tisch und schicke sie ab. Postwendend bekomme ich eine Antwort zurück.

Jess: Dafür hast du Zeit! Und versuch gar nicht erst, dich aus dem Staub zu machen, auch wenn du darin unschlagbar bist!

Ich beiße die Zähne zusammen und schürze die Lippen. Was bildet sie sich eigentlich ein? Ich habe echt keine Lust, mich auf ihre Bitte – oder sollte ich besser sagen, ihren Befehl? – einzulassen. Als müsste sie nur ein Kommando sagen und ich springe.

Als der Kurs eine halbe Stunde später vorbei ist, ich meine Zettel zu Kafkas *Der Steuermann* zusammenpacke und sie mit Block und Stiften in meinem Rucksack verschwinden lasse, habe ich beschlossen, nicht mehr auf ihre Nachricht zu reagieren, sondern einfach zu gehen. Ich ziehe mir die Jacke über, schwinge meinen Rucksack auf den Rücken und schiebe den Stuhl ran, bevor ich den Raum verlasse und Anni eine Nachricht über WhatsApp schreibe.

Luna: Ich bin durch für heute. Fahren wir zusammen nach Hause?

Dann schiebe ich das Handy in die Tasche meiner Jeans und nehme die ersten Stufen nach unten.

»Warte auf mich!«, höre ich Jess' spitze Stimme auf einmal hinter mir und unterdrücke ein Augenrollen. Ich dachte, ich hätte sie abgeschüttelt, weil sie sonst immer den Fahrstuhl nimmt.

»Was willst du? Ich hab keine Zeit, Anni wartet auf mich«, antworte ich halb über die Schulter und gehe unbeirrt weiter.

»Ich will aber mit dir reden«, beharrt sie und ich höre das Klappern ihrer Absätze näher kommen, als sie zu mir aufschließt.

»Du wolltest nichts mehr mit mir zu tun haben, warum sollte ich?«, entgegne ich.

»Weil ich dich was fragen muss, also bleib stehen.«

»Kein Interesse.«

Doch anstatt mich in Ruhe zu lassen, kommen ihre Schritte näher und bald kann ich sie auch in meinem Augenwinkel ausmachen, denn der rote Schal über dem hellbraunen Herbstmantel, den sie heute trägt, ist kaum zu übersehen.

Im Erdgeschoss angekommen gehe ich trotzdem, ohne zu zögern, auf die gläsernen Türen zu. Kurz bevor ich sie erreiche, spüre ich auf einmal ihre Hand, die meinen Arm packt und mich mit sich zieht. Jess' Griff ist fest und überrumpelt folge ich ihr nach links, um die Treppe herum, wo sie mich – von ungebetenen Zuschauern und -hörern entfernt – wieder loslässt.

Mein Puls geht auf einmal rasend schnell, ich reibe mir den Oberarm und sehe sie fassungslos an. »Hast du sie noch alle?«

»Ich bin vollkommen klar, und du?«, fragt sie mich scharf.

»Was soll das? Ich dachte, wir hätten alles geklärt.«

»Oh, nicht mal annähernd.«

»Und was soll das jetzt wieder bedeuten? Du hast mir die Freundschaft gekündigt und ich hab dich in Ruhe gelassen, das wolltest du doch.«

»Ja, von *mir* hast du dich ferngehalten. Aber was zur Hölle soll das mit Eli?«, kommt sie zur Sache und verschränkt die Arme vor der Brust.

»Mit Eli?«, frage ich.

»Stell dich nicht dümmer, als du bist, Luna. Dachtest du etwa, dass er mir nicht erzählt, dass du jetzt bei *Cat+Events* arbeitest? Er erzählt mir alles.«

»Dann weißt du ja bestimmt auch, dass wir nur Kollegen sind. Nichts, worüber du dir Sorgen machen müsstest.«

»*Kollegen*, ja genau. Und du willst jetzt echt, dass ich dir das abkaufe, oder?«, giftet sie.

»Frag ihn selbst, wenn du mir nicht glaubst«, sage ich.

»Das muss ich gar nicht, ich kann eins und eins zusammenzählen. Seit du zurück bist, machst du dich an ihn ran, und ich will, dass du es sein lässt. Du hattest deine Chance, aber sie ist vorbei, kapier das endlich!«

Was glaubt sie eigentlich, mir Vorschriften machen zu wollen? Sie wollte, dass ich sie in Ruhe lasse, und das habe ich getan. Sie hat kein Recht, noch mehr von mir zu verlangen. »Es geht dich gar nichts an, was ich mache oder warum. Ich halte mich bei dir raus, dann tu das gefälligst auch bei mir.«

»Nur leider tust du das nicht«, erwidert sie »Wahrscheinlich genießt du das sogar noch, oder? Dich permanent in anderer Leute Leben einzumischen und es ihnen schwer zu machen.«

Ich schnaube. »Wenn ihr beide Probleme habt, dann ist das bestimmt nicht meine Schuld.«

Einen Moment schließt sie die Augen und sammelt sich, bevor sie sie wieder öffnet und mich anfunkelt. »Ich warne dich, Luna, und ich wiederhole mich gerne: *Ich* habe mich nach dem Unfall um ihn gekümmert. *Ich* habe ihm wieder auf die Beine geholfen und *ich* habe dafür gesorgt, dass er über dich hinwegkommt. Eli ist mit *mir* zusammen, und wenn du vorhast, dich zwischen uns zu drängen, dann hoffe ich, du stehst auf Enttäuschungen, denn das wird nicht klappen.«

Alles, was sie auf mich loslässt, feuert die unterschwellige Wut an, die in mir brodelt. Auch wenn sie mit ihrem Verdacht nicht ganz unrecht hat, aber das werde ich ihr gewiss nicht auf die Nase binden. Ich schiebe meine Hände in die Taschen meiner Regenjacke, damit sie nicht sieht, wie ich sie zu Fäusten balle, und atme tief durch. Wie kann es sein, dass ein Mädchen, das ich einmal so gern hatte, so schnell der mir unliebsamste Mensch auf der Welt werden konnte?

»Also, was soll ich deiner Meinung nach tun?«, frage ich sie. »Kündigen, so, wie Eli es von mir verlangt hat? Das werde ich nicht, das habe ich ihm auch schon gesagt. Ich brauche den Job.«

»Er hat dich also noch vor mir erwischt«, stellt sie zufrieden fest.

»Offensichtlich«, sage ich. »Ich arbeite schließlich schon seit ein paar Wochen mit ihm zusammen.«

Jess' Schultern heben und senken sich schwer. Ihren Gesichtsausdruck kann ich nicht deuten, aber die Haut, die sich über ihre Hände spannt, die sie fest in das lange Ende ihres Schals krallt, spricht Bände. Sie ist wütend. Und dann dämmert mir leise, warum.

»Hat Eli dir erst jetzt davon erzählt, dass wir zusammen arbeiten?«

Jess schluckt und geht nicht darauf ein. »Lass uns einfach in Ruhe«, sagt sie, wobei nur noch fehlt, dass sie mit dem Fuß aufstampft. Dann schiebt sie sich die Henkel ihrer Tasche hoch zur Ellenbeuge und geht an mir vorbei Richtung Ausgang.

Ich höre, wie die Tür geöffnet wird, Wind und Gesprächsfetzen vom Campus hereindringen und Jess' Schritte sich entfernen, bis das Klicken der Tür sie wieder verstummen lässt. Einen Moment später gehe ich ebenfalls hinaus, dabei spiele ich unseren Streit in Gedanken noch mal durch, der so plötzlich endete, wie er angefangen hat. Fühlt Jess sich von mir bedroht? Es scheint so. Dabei müsste Eli ihr doch ebenso deutlich wie mir klargemacht haben, dass er nichts mehr von mir wissen will. Oder glaubt sie ihm nicht?

Jess ist längst verschwunden, als ich den Campus überquere, und auch sonst scheinen alle aus meinem Kurs bereits gegangen zu sein. Erst als ich nur noch ein kleines Stück von der Bushaltestelle entfernt bin und Anni sehe, erinnere ich mich wieder daran, dass ich ihr vorhin eine Nachricht geschickt habe. Ich hab nicht mal mitbekommen, ob sie geantwortet hat. Mit schlechtem Gewissen, sie warten gelassen zu haben, überquere ich die Straße und komme auf sie zu.

»Hey, wo bist du denn verloren gegangen? Der dritte Bus ist eben schon an mir vorbeigefahren. Ich dachte, du bist auf dem Weg?«

Ich überwinde die restlichen Meter und lehne mich neben sie ans Geländer.

»Es gab ein kleines Problem. Jess wollte mit mir reden.«

»Jess? Was wollte die denn von dir? Ich dachte, die Sache zwischen euch hat sich erledigt?«

»Hat sie sich auch«, sage ich und ziehe meine Mütze aus dem Seitenfach meines Rucksacks. Es ist kalt geworden und die Sonne schafft es kaum noch durch die Wolkendecke.

»Und worum ging es?«

Drei Minuten später kommt der nächste Bus. Wir steigen ein, wechseln am Gänsemarkt in die U2, die uns direkt nach Hause bringt, und während der Fahrt erzähle ich Anni lückenlos alles, was passiert ist. Einige von Jess' Sätzen kann ich sogar eins zu eins wiedergeben, und je mehr ich sage, desto schwerer werden die Steine in meinem Magen.

Die letzten Wochen hatte ich wirklich den Eindruck, mein Leben allmählich in den Griff zu bekommen. Kein Drama, bis auf die offensichtlichen Baustellen, und alles nahm den gewohnten Gang, den ich mir so lange gewünscht habe. Und heute dann das. Hätte Jess es nicht einfach lassen können? Hatte sie nicht schon alles klargestellt? Ich verstehe nicht, wo ihr Problem eigentlich liegt, und ich rede mich so sehr in Rage, dass ich mich selbst daran erinnern muss, zwischendurch Luft zu holen.

»Ich wäre auch gern für ihn da gewesen und hätte mich um ihn gekümmert, und sie benutzt es gegen mich, als hätte ich es aus einer Laune heraus nicht gemacht. Dabei hat sie keine Ahnung, was wirklich passiert ist«, beschwere ich mich, als wir gerade aus der U-Bahn gestiegen sind und die Station verlassen.

»Was mir auffällt, ist was ganz anderes«, entgegnet Anni nachdenklich.

»Und das wäre?«

»Was hat sie genau gesagt? Sie hat dafür gesorgt, dass er über dich hinwegkommt?«

»Ja«, bestätige ich.

»Ich will nicht vorschnell klingen, aber könnte das nicht die Antwort auf die Frage sein, von wem das Gerücht von dir und Julien stammt?«

»Mittlerweile bin ich mir auch fast sicher, dass sie es war, aber ich hab keine Ahnung, wie ich das beweisen soll. Wenn ich sie frage, wird sie mir wohl kaum darauf antworten«, überlege ich laut.

»Jemand anderes ergibt aber keinen Sinn.«

»Ich weiß.«

»Ich konnte sie noch nie leiden«, sagt Anni.

»Und ich hätte viel eher auf dich hören sollen.«

Wir biegen in unsere Straße ein und Anni sucht in ihrer Tasche nach dem Haustürschlüssel. Es dämmert schon, die beinahe entlaubten Äste der Bäume wiegen sich sacht im Wind und ich bekomme den ersten Tropfen ab.

»Entschuldige, dass ich mich so aufrege«, sage ich und atme einmal tief durch. »Wechseln wir das Thema: Hast du heute noch etwas vor?«

»Ist schon okay. Und um auf deine Frage zu antworten: Ja, habe ich tatsächlich.«

»Was machst du?«

»Nihat kocht heute Abend für mich«, sagt sie und ihre Wangen färben sich rosa. »Ich wollte mich nur kurz fertig machen und dann zu ihm. Wahrscheinlich bleibe ich auch über Nacht.«

»Das klingt ja richtig ernst mit euch beiden«, bemerke ich.

»Das ist es auch. Es überrascht mich immer noch, weil wir uns ja schon so lange kennen und da vorher nie etwas war, aber das hat sich einfach geändert.«

»Besser spät als nie«, erwidere ich und muss ebenfalls lächeln. »Ich freu mich jedenfalls für euch.«

»Danke. Ich hätte da von Anfang an kein Geheimnis draus machen sollen. Dann hab ich mich eben nach Leila schnell neu verliebt, na und? Er tut mir gut. Und ich krieg echt nicht genug von ihm.«

»Das ist kaum zu übersehen«, sage ich und es stimmt. Wenn sie von Nihat erzählt, leuchten ihre Augen jedes Mal und verraten sie eindeutig.

»Wollen wir morgen etwas zusammen machen?«, schlägt sie vor. »Hast du das Wochenende frei?«

»Geht leider nicht, ich bin morgen früh im *Vier Jahreszeiten*. Anscheinend hat Jack mich zum festen Bestandteil der Frühschicht auserkoren. Und abends findet ein Umtrunk statt, zu dem ich eingeladen bin.«

»Mit der ganzen Crew bei Jack zu Hause?«, will Anni wissen.

»Ich glaube, ja.«

»Oh, ich wünschte, ich könnte dabei sein. Ich mag meinen neuen Job, aber ich vermisse es, mit den Leuten abzuhängen.«

»Dann komm doch mit«, sage ich. »Ich bin dir ohnehin noch eine Party schuldig, weil wir bei der letzten so früh gegangen sind.«

»Geht nicht«, winkt sie ab und bläst die Backen auf. »Für den Abend hat mein Vater sich angekündigt, wir gehen ins Theater und danach noch essen. Und da er sich extra freigenommen hat, kann ich da spontan nicht mehr absagen.«

»Ist nicht schlimm, wir holen das nach«, sage ich.

»Auf jeden Fall.«

Immer mehr Tropfen fallen aus dem wolkengrauen Himmel über uns. Ich bekomme direkt einen ab und auch Anni verzieht das Gesicht, als sie nach oben schaut.

»Ich sollte langsam mal rein und mich fertig machen. Wir schreiben, okay?«, sagt sie.

»Machen wir, bis dann und viel Spaß.«

Sie lacht, als sie den Weg nach oben geht und winkt.

Platsch! Schon wieder ein Tropfen. Ich sollte besser zusehen, dass ich reinkomme, das einsetzende Grollen über meinem Kopf verheißt nämlich nichts Gutes, auch wenn ich Gewitter mag – von drinnen, mit einer heißen Schokolade in der Hand und in eine warme Decke gekuschelt, wo es mir nichts anhaben kann.

18

Als ich am Samstagabend aus der U-Bahn nach draußen trete, ist die Sonne längst untergegangen und die Straßenlaternen sind eingeschaltet. Bis zu Jack sind es nur ein paar Minuten zu Fuß, und ein langer Tag liegt bereits hinter mir, der mit meiner Schicht im *Vier Jahreszeiten* begann und mit dem Umtrunk im Haus meines Chefs endet. Den ganzen Tag über war ich etwas müde von der Arbeit, doch je näher der Abend rückte, desto mehr nahm die Aufregung zu. Als ich schließlich in die Zufahrt zum Haus einbiege, verwandelt sie sich sogar in leichte Vorfreude.

Aus den Kellerfenstern dringt bereits der Bass zu mir nach draußen, ebenso wie bunte Lichtblitze, die über den feuchten Rasen zucken. Der Umtrunk ist also schon im vollen Gange und ein Blick auf die Uhr verrät mir, dass ich tatsächlich etwas spät dran bin.

»Hey, gut, dass du auch erst jetzt kommst. Ich dachte schon, ich bin der Einzige, der zu spät ist«, höre ich eine Stimme hinter mir, die ich sofort als Oskars erkenne, und sehe ihn auf mich zulaufen, als ich mich umdrehe.

»Nein, bist du nicht. Ich bin etwas zu spät los und hab dann noch die Bahn verpasst.«

»Oh, oh, ich hoffe, dass Jack das nicht zu ernst nimmt. Er hasst Unpünktlichkeit.«

»Echt? Auf mich machte er bisher eher einen lockeren Eindruck.«

»Glaub mir, er kann auch anders, aber wir werden sehen«, sagt Oskar, klingelt und verzieht dabei das Gesicht, wobei mir etwas mulmig zumute wird.

Es dauert nicht lange, bis uns geöffnet wird und Jack mit vor der Brust verschränkten Armen vor uns steht. Sein Bizeps tritt deutlich hervor und abwechselnd schaut er uns an.

»Schön, dass ihr es einrichten konntet. Habt ihr keine Uhr?«

»Entschuldige, ich hab die Bahn verpasst«, beeile ich mich zu sagen.

»Acht Uhr stand in der Mail, oder? Es ist halb neun und die ganze Veranstaltung hat einen festen Zeitplan, der sich dank euch jetzt nach hinten verschiebt.«

»Ähm ...«, mache ich, weil ich nicht weiß, wie ich darauf reagieren soll, und schaue betreten auf meine Schuhe. Ist das peinlich.

Oskars unregelmäßiger Atem ist das Erste, was mich aufhorchen lässt, und als ich den Kopf wieder hebe, prustet auch Jack los, bis beide in Gelächter ausbrechen und mir klar wird, dass sie sich gerade einen Scherz mit mir erlaubt haben.

»Alles gut, Kleine, komm rein. Da muss jeder bei seinem ersten Umtrunk durch. Zumindest so oft, wie wir die Gelegenheit bekommen«, beruhigt Jack mich immer noch lachend, während er mir eine seiner Pranken auf die Schulter legt und mich ins Haus schiebt.

»Du hast mir echt einen Schreck eingejagt«, sage ich, wobei ich den Vorwurf in meiner Stimme nicht ganz verbergen kann, als ich mit einstimme.

»Sehr gut, dann waren wir ja überzeugend.« Er klatscht Oskar ab. »Ihr kommt dann gleich runter, ja? Er kennt den Weg.«

Damit verschwindet er die Treppe hinunter, die offenbar in den Keller führt, und lässt uns allein.

»Das war gemein von euch«, sage ich.

»Bist du etwa nachtragend?« Oskar nimmt mir die Jacke ab und hängt sie neben seine an die Garderobe.

»Darüber denk ich noch nach.«

Beim Anblick seiner Kleidung bin ich froh, dass ich mich nicht extra schick gemacht habe. Genau wie er habe ich mich für eine normale Jeans entschieden. Er trägt darüber einen schwarzen Hoodie mit St.-Pauli-Print und ich ein beiges Sweatshirt mit V-Ausschnitt.

»Vielleicht kann ich es ja ein bisschen wiedergutmachen, indem ich dich nach unten bringe und dir zeige, wo du etwas zu trinken bekommst«, schlägt er vor.

»Oh, ich trinke keinen Alkohol.«

»Macht doch nichts.« Oskar zwinkert mir zu, stellt sich neben die Treppe und bedeutet mir vorzugehen.

In die Holzverkleidung eingelassene Lampen leuchten den Weg nach unten. Sie sehen aus wie kleine Bullaugen eines Schiffes, wozu die Seemannsdekoration noch verstärkt beiträgt. Ein ramponiertes Fischernetz zieht sich über die halbe Wand, ein schwer aussehender, rostiger Anker ist auf halber Strecke angebracht und auf Höhe der letzten Stufen hängt ein Buddelschipp, in dessen Anblick ich mich jedoch nicht allzu lange vertiefe. Dafür nimmt das, was sich vor mir ausbreitet, meine Aufmerksamkeit viel zu schnell in Beschlag, als wir unten ankommen.

Während der Keller bei mir zu Hause klar in Vorratsraum und Waschküche aufgeteilt ist, gleicht dieser hier eher einem zweiten Wohnzimmer. Rhythmische Indie-Musik dringt aus den Lautsprechern, die unter der Decke angebracht sind, und in einer Ecke steht ein Tisch mit Laptop, über den die Beschallung anscheinend läuft. Ich sehe einen Billardtisch, eine Tischtennisplatte, auf der Bier-Pong gespielt wird, und eine Theke, auf der Flaschen und Gläser bereitgestellt sind. Einige Stühle und Sessel stehen am Rand und das Lichtspiel, das ich schon von außen beobachten konnte, flimmert über eine gemütliche Sitzecke unter den Fenstern, wo eine Handvoll Leute Platz genommen haben und sich angeregt unterhalten.

Als ich sie nacheinander mustere, erkenne ich Eli in der Mitte, der mich in der Sekunde ebenfalls entdeckt. Ich hatte mich schon darauf eingestellt, ihn hier zu sehen, trotzdem stolpert mein Herz bei seinem Anblick. Kurz lächle ich ihn an und er nickt mir zu, dann werde ich von Oskar abgelenkt, der mich weiter in den Raum hineinschiebt.

»Du stehst gerne in Durchgängen rum, kann das sein?«, fragt er mich amüsiert.

»Ha, ha, sehr witzig.«

»Hol dir was zu trinken und mach's dir bequem. Wenn alle da sind, hält Jack eine kleine Ansprache, aber bis dahin kannst du dich ja schon mal umsehen.«

Damit überlässt er mich mir selbst und steuert auf die Sitzecke zu. Ein Mädchen mit kurzen braunen Haaren und Nickelbrille steht auf, als er bei ihr ankommt, und er begrüßt sie mit einem Kuss und einer festen Umarmung. Automatisch wandern meine Augen wieder zu Eli, der diesmal aber in sein Handy vertieft ist und es nicht bemerkt. Na gut, dann wollen wir mal.

Nihat ist am Billardtisch und scheint die nächste Partie beginnen zu wollen. Lächelnd winkt er mir zu, als ich an ihm vorbeikomme, und ich winke zurück, schüttle jedoch den Kopf, als er fragend auf den Queue zeigt. Es wäre wahrscheinlich keine gute Idee, in Anwesenheit von Eli mit seinem besten Freund Billard zu spielen. Ich gehe weiter und entdecke auf der anderen

Seite des Raums Karima, die in einem der Sessel Platz genommen hat und sich an eine Fritz-Kola klammert. Mit einem Schlenker zur Theke, wo ich mir ebenfalls eine hole, bahne ich mir meinen Weg zu ihr, und kurz bevor ich bei ihr ankomme, bemerkt auch sie mich: »Hey, ich dachte schon, ich bin die einzige Neue, die heute Abend da ist.«

»Nein, ich leiste dir Gesellschaft«, erwidere ich.

»Sorry, aber ich kann mir Namen so schlecht merken. Wie heißt du noch mal?«

»Luna. Und du Karima, richtig?«

»Richtig.«

»Na dann, auf einen schönen Abend, Luna«, sagt sie und hebt ihre Flasche hoch.

»Auf einen schönen Abend«, stimme ich zu, stoße an und lasse mich auf der breiten Armlehne ihres Sessels nieder.

Nach und nach trudeln immer mehr Leute ein und der Keller füllt sich. In einem Versuch zu zählen, komme ich auf gut dreißig Gäste. Sie verteilen sich gleichmäßig auf die Sitzgelegenheiten, einige stehen draußen und rauchen, der Billardtisch ist durchgehend in Beschlag genommen und an der Tischtennisplatte hat sich ebenfalls eine Traube gebildet, von wo aus immer wieder laute Rufe in den Raum dringen. Jack dreht seine Runden, redet mit jedem ein paar Worte und sorgt dafür, dass alle sich willkommen fühlen, und damit hat er Erfolg. Denn obwohl ich noch nicht viele kenne, komme ich mir nicht eine Sekunde fremd vor.

Bei allem, was ich mir unter einem Umtrunk bei der Arbeit vorgestellt habe, wäre ich niemals auf so etwas gekommen. Ich dachte an einen langen Tisch, an dem jeder Platz hat, eine ruhige Atmosphäre, ein paar lustige Anekdoten, die erzählt werden, und einen viel offizielleren Rahmen. Ich bin echt froh darüber, dass ich unrecht hatte, denn das hier ist um Längen besser.

Karima und mir fällt es nicht schwer, ins Reden zu kommen, und wir unterhalten uns eine Weile. Warum wir hier angefangen haben, was wir außer der Arbeit noch machen, auf welche Musik wir stehen, und so weiter. Sie ist 23, in festen Händen und hat, anders als ich, in Teilzeit hier angefangen. Nebenbei macht sie ihren eigenen Schmuck – die Ohrringe und Armbänder, die sie trägt, hat sie selbst designt, – und sie hofft, in ein paar Jahren ihren eigenen Shop zu haben. Von ihrer absoluten Lieblingsband *Dream State* habe ich noch nie etwas gehört, was aber vor allem daran liegen mag, dass ich mit Metal nichts anfangen kann. Für mich ist ein *The-Kooks*-Album, das nach Strand und Surfen klingt, eher etwas, um abzuschalten.

Um kurz nach neun ist es dann so weit. Die Musik wird heruntergedreht und Jack stellt sich in der Mitte des Raums auf, wo jeder ihn sehen kann. Die Gespräche verstummen und alle Augenpaare richten sich auf ihn.

»Willkommen, alle zusammen. Ich freue mich sehr, dass ihr heute Abend zu mir nach Hause gefunden habt, und möchte mich dafür herzlich bei euch bedanken.«

Kurzer Applaus ertönt und Jack hebt grinsend die Hände, um ihn wieder zum Verstummen zu bringen.

»Schon gut, hebt euch den Lärm für später auf. Wie ihr mitbekommen habt, gibt es ein paar neue Kolleg*innen im Team, weswegen ich es ganz passend fand, noch vor der Weihnachtsfeier ein Treffen zu veranstalten. Bisher habe ich nur Gutes über eure Arbeit gehört und daher kann ich nur hoffen, dass ihr uns lange erhalten bleibt.«

Wieder Applaus, und ich kann meine Freude über das, was er gesagt hat, nicht verbergen, als ich mit einstimme. Auch ich bin damit gemeint.

»Also, ihr Lieben«, schließt er und hebt sein Bier hoch. »Nutzt den heutigen Abend voll aus, lernt euch kennen und habt vor allem Spaß, denn vor der Weihnachtsfeier wird das unser letzter Umtrunk sein. Cheers und auf einen tollen Abend.«

Alle heben ihre Getränke in die Luft, prosten ihm zu und erwidern das »Cheers« im Chor. Die Lautstärke wird wieder aufgedreht, das Gemurmel macht nahtlos da weiter, wo es eben unterbrochen wurde, und Jack geht in Richtung der Sitzecke, wo er sich neben Oskar und seiner Freundin auf die Bank zwängt. Eli ist nicht mehr da. Suchend wandern meine Augen über die Leute, bis ich ihn schließlich beim Bier-Pong gefunden habe. Er wirft einen kleinen Tischtennisball, der einmal auf der Platte aufkommt und dann in einem der zum Dreieck aufgestellten Becher landet. Die Leute hinter ihm jubeln und unter seinem konzentrierten Blick zucken seine Mundwinkel verdächtig, doch es reicht nicht, um sie wirklich nach oben zu ziehen.

Er trägt eine dunkle Jeans und dazu einen hellgrauen Kapuzenpulli, der von innen unglaublich kuschelig ist. Der weiche Stoff fühlt sich wunderbar auf nackter Haut an und er riecht nach ihm, wenn man sich den Kragen über die Nase zieht und tief einatmet. Ich hab ihn öfter getragen, wenn ich bei ihm war, und erinnere mich noch genau daran. Sofort wird es enger in meiner Brust und ich wende den Blick ab.

Ich wünschte, ich könnte auch dort stehen und ein Teil davon sein. Von ihm, von seinem Leben, und nicht hier festsitzen als jemand, der nur von außen zuschaut.

»Ist er dein Freund?«, fragt Karima und verwirrt schaue ich zu ihr.

»Wer?«

»Na, unser Teamleiter, den du eben so angestarrt hast, anstatt mir zuzuhören.«

»Eli?«

»Richtig, Eli. Ich kann mir wirklich keine Namen merken, dabei habe ich schon mit ihm gearbeitet.«

Ich schaue zu, wie ein Mädchen auf der anderen Seite einen Tischtennisball wirft, Eli sie anlächelt und dann den Becher austrinkt, in dem der Ball gelandet ist.

»Nein, ist er nicht. Wir … wir waren mal zusammen. Ist schon 'ne Weile her.«

»Schlimme Trennung?«

»Sie war nicht ganz freiwillig«, weiche ich aus.

»Warum redest du nicht mit ihm?«

»Darüber möchte ich eigentlich nicht sprechen«, sage ich, schlage die Beine übereinander und umklammere den Hals meiner inzwischen leeren Kola.

»Oh, tut mir leid«, entschuldigt sie sich schnell. »Mein Freund meint immer, ich werde viel zu früh persönlich.«

»Da gibt's Schlimmeres. Es ist nur recht kompliziert, weißt du? Nichts, was etwas auf einer Party zu suchen hat«, beschwichtige ich sie.

»Klar, verstehe ich.«

Peinlich berührt ziehe ich die Schultern hoch und halte meine Flasche hoch, weil mir nichts Besseres einfällt, um das Thema zu wechseln.

»Ich hol mir eine neue, willst du auch noch was trinken?«

»Gerne, noch mal das Gleiche«, antwortet sie, trinkt den letzten Schluck aus und reicht mir ihre Fritz.

Ich stehe auf, steure die Theke an und mein Herz schlägt mir bis zum Hals. Die Party ist gut, die Leute nett und bisher ist der Abend augenscheinlich sehr gelungen, aber diese kurze Unterhaltung über Eli, wenn man sie überhaupt als solche bezeichnen kann, hat mich aus dem Tritt gebracht. Warum passiert mir das so einfach? Ich muss mich echt besser im Griff haben, wenn mir sogar jemand, den ich praktisch nicht kenne, die Gefühle vom Gesicht ablesen kann.

Ich sortiere die leeren Flaschen in eine Getränkekiste neben der Theke, nehme zwei volle heraus und komme auf dem Rückweg nicht umhin, noch mal zu Eli zu schauen, der schon wieder einen Becher hebt. Bevor er trinkt, erwischt er mich dabei, wie ich ihn beobachte, und, anders als sonst, hält er meinem Blick diesmal stand. Dann zieht ein undefinierbares Lächeln seinen Mund auseinander, seine Lider senken sich und er setzt den Rand an die Lippen, um zu trinken. Die Leute rufen durcheinander, er legt den Kopf in den Nacken und leert den Becher in einem Zug und wirft ihn anschließend zurück auf die Platte. Als hätte er gerade irgendwas gewonnen, reißt er die Arme in die Luft und ich wende mich von ihm ab. Keine Ahnung, wem er damit etwas beweisen will. Wem ist es mehr egal, dass wir vorbei sind? Herzlichen Glückwunsch, der Preis geht ohne Konkurrenz an ihn.

Karima zieht ein Feuerzeug aus ihrer Hosentasche, mit dem sie ihre und dann meine Kola öffnet, und wir stoßen an. Wenig später gesellt sich noch ein Mädchen mit hellblonden Haaren zu uns, die ich bei meiner zweiten Schicht kennengelernt habe, Irene. Wir vertiefen uns in ein Gespräch über Schmuck, als sie erfährt, dass Karima selbst welchen herstellt, und diese zeigt uns stolz ein paar Bilder ihrer besten Arbeiten. Anfangs beteilige ich mich noch an der lebhaften Diskussion, weil Karima so anschaulich davon erzählt, dass man ihre Begeisterung dafür spürt, dann werde ich immer stiller.

Beim Bier-Pong steht nun ein Typ mit feinen asiatischen Gesichtszügen, um dessen Arme sich zwei tätowierte Ringe ziehen, doch Eli kann ich nirgendwo mehr ausmachen. Nicht in der Traube dahinter, bei Nihat am Billardtisch, in der Sitzecke, draußen bei den Rauchern oder sonst irgendwo. Ganz plötzlich ist er wie vom Erdboden verschluckt. Und auch nach fünf, zehn und zwanzig Minuten ändert sich daran nichts.

Inzwischen habe ich mich aus der Unterhaltung ausgeklinkt, bin aufgestanden und wandere ein bisschen herum. Schließlich lasse ich mich doch von Nihat zu einer Runde Billard überreden und zur Belustigung der anderen stellt sich heraus, dass ich absolut kein Talent dafür habe. Andauernd rutsche ich weg und treffe die weiße Kugel entweder viel zu doll oder streife sie nur an der Seite. Ich kann mich einfach nicht konzentrieren. Als ein Typ, der neu dazukommt, mir dann anbietet, zu zeigen, wie es richtig geht, lehne ich höflich ab und reiche den Queue an ihn weiter. Wenn es ein Flirtversuch war, habe ich kein Interesse daran, ihn zu erwidern, und ganz abgesehen davon melden sich die beiden Flaschen Fritz, die ich auf leeren Magen getrunken habe.

»Hey, Jack, kannst du mir sagen, wo hier die Toilette ist?«, frage ich meinen Chef, der am Treppenabsatz steht und sich mit einer Kollegin, ich glaube, sie heißt Janette, unterhält.

»Im Erdgeschoss neben der Küche. Wenn da besetzt ist, ist im ersten Stock noch eine, gegenüber vom Büro.«

»Danke.«

Das erste Klo ist abgeschlossen, deswegen steige ich ein Stockwerk höher. Ich biege nach rechts Richtung Büro ab, wie Jack mir gesagt hat, und bin erleichtert, als ich feststelle, dass das Bad offen steht.

Ein paar Minuten später wasche ich meine Hände und gehe zurück in den Flur. Eigentlich sollte ich wieder runter zur Party, doch ich beschließe, eine kleine Pause zu machen. Das unterschwellige Grummeln in meinem Bauch reißt nicht ab und vielleicht kann ein kleiner Abstecher nach draußen es ein wenig beruhigen. Nun bei Dunkelheit ist es deutlich kühler geworden und vielleicht hilft mir ein bisschen frische Luft dabei, den Kopf frei zu bekommen. Deswegen gehe ich nicht nach links zur Treppe, sondern nach rechts, weil ich mich zu erinnern meine, beim Vorbeikommen eine Tür nach draußen gesehen zu haben. Nachdem ich um die Ecke gebogen bin, sehe ich, dass ich recht habe. Eine gläserne Balkontür bestimmt das Ende des Flurs und ich gehe direkt auf sie zu. Vorsichtig teste ich, ob ich die Klinke herunterdrücken kann, und tatsächlich ist sie unverschlossen.

Ein wenig fröstelt es mich schon, als ich sie aufschiebe und der Wind mir um die Nase weht, nachdem ich aber die Nachtluft tief in meine Lungen gezogen habe und die Erleichterung spüre, ist es nur noch halb so schlimm. Schließlich will ich ja auch nicht hier übernachten.

Ich überquere den Balkon bis zum Geländer und streiche über das kühle Metall, das im diesigen Mondlicht matt glänzt. Von hier aus kann man einen Teil der Straße überblicken, die abwechselnd von Bäumen und Straßenlaternen gesäumt ist und im Vergleich zum Treiben im Inneren des Hauses geradezu einsam wirkt. Friedlich. Der perfekte Ort, um einen Moment allein zu sein. Ich lausche dem Rascheln der Blätter, die noch an den Bäumen hängen, einen Augenblick – dann höre ich hinter mir ein Geräusch.

Erschrocken zucke ich zusammen und wirble herum, offenbar bin ich doch nicht allein und als Nächstes höre ich seine Stimme.

»Es hat wohl keinen Zweck, dir aus dem Weg zu gehen, was?«

19

»Gott, hast du mich erschreckt«, keuche ich und drücke mir die Hand auf die Brust.

Meine Augen gewöhnen sich langsam an das spärliche Licht und auf einer der zwei Liegen, die in der linken Ecke des Balkons stehen, erkenne ich die Umrisse einer sitzenden Person.

»Eigentlich wollte ich telefonieren«, sagt Eli und richtet sich unbeholfen auf.

»Oh, okay. Dann lass ich dich allein.«

»Ist jetzt egal. Ich hab's ein paarmal versucht, aber sie geht eh nicht ran.«

Ich zögere einen Moment, dann mache ich ein paar Schritte in seine Richtung. Neben ihm auf dem Boden sehe ich eine noch halb volle Bierflasche stehen.

»Jess?«, frage ich.

»Ja.«

Als ich fast bei ihm angekommen bin, überlege ich, ob ich mich setzen oder besser stehen bleiben soll. Da er aber keine Anstalten macht, mich davonzujagen, setze ich mich.

»Ist etwas passiert?«, frage ich.

Er hebt den Kopf und sieht mich beinahe schon belustigt an.

»Dass gerade du das fragst«, erwidert er und ich verschränke meine Hände im Schoß.

»Tut mir leid. Ich bin wahrscheinlich die Letzte, mit der du darüber reden solltest.«

»Du musst dich nicht entschuldigen. Du bist vielleicht an vielem schuld, Luna, aber nicht an allem.«

»Ich weiß. Und das tut mir auch leid.«

»Das sagtest du bereits.«

Eine Weile sitzen wir schweigend nebeneinander und mir fällt auf, dass das gerade die erste richtige Unterhaltung war, in der wir weder über die Arbeit gesprochen noch uns angeschrien haben. Wahrscheinlich spielen die Drinks, die Eli getrunken hat, dabei eine Rolle – wenn ich es mir recht überlege, will ich es aber gar nicht so genau wissen.

Die Stille dehnt sich aus und vielleicht sollte ich den friedlichen Moment länger genießen. Ein Teil von mir will das sogar, eine Weile neben ihm sitzen und kurz so tun, als wäre nicht dieser tiefe Graben zwischen uns, doch die Gelegenheit, die sich mir bietet, kann ich mit jeder Sekunde schwerer ausblenden. Wir sind allein, Jess ist nicht hier und bei dem Trubel auf der Party wird uns so schnell niemand vermissen. Und da ich bezweifle, dass Eli mir jemals von sich aus ein paar Minuten geben wird, kann ich das hier nicht ignorieren.

Mein Puls beschleunigt sich, meine Nervosität nimmt zu und ich hadere mit mir. Auf einmal spannt sich alles in meinem Körper an. Dann hole ich tief Luft, versetze mir einen Stoß und springe.

»Eli, ich weiß, du wolltest nicht mit mir reden.«

»Dann lass es«, sagt er knapp.

»Nein. Nein, ich lass es nicht. Es ist wichtig«, beharre ich.

»Du kennst meine Einstellung. Ich hab dir nichts zu sagen.«

»Aber ich dir, und zwar so viel, dass ich es langsam nicht mehr aushalte.«

»Und was soll das bringen?«

Umständlich versucht er aufzustehen, aber ich bin schneller und stelle mich ihm in den Weg, sodass er zurück auf die Liege sinkt. Die neu aufkommende Aufregung sendet Adrenalin in meinen ganzen Körper und zum ersten Mal bin ich wirklich dankbar dafür. Heute werde ich mich nicht einfach so von ihm wegstoßen lassen. Er hat es schon zu oft getan und damit ist jetzt Schluss.

»Du willst es nicht kapieren, oder?«, fragt er und schüttelt den Kopf.

»Du hast jedes Recht dazu, wütend auf mich zu sein«, sage ich. »Aber ich verspreche dir, danach lass ich dich in Ruhe. Ich will doch nur erklären, was passiert ist. Ist das so schwer zu begreifen?«

»Was bringt mir das?«

»Du könntest mich verstehen.«

»Das hättest du dir früher überlegen müssen.«

Angestrengt suche ich nach einem Grund, der ihn dazu bringt, mir diesen Gefallen zu tun. Die Zahnrädchen in meinem Kopf drehen sich mit rasender Geschwindigkeit – und dann rasten sie ein. Ich weiß plötzlich, was ihn umstimmen wird.

»Ich kündige«, sage ich, ehe ich es mir anders überlegen kann, und sehe ihm direkt in die Augen.

»Du ... was?«

»Ich kündige, heute noch, und in vier Wochen bist du mich los. Hör mir nur einmal zu und ich tu es und dann brauchst du mich nie wiederzusehen.«

Ungläubig verschränkt er die Arme vor der Brust. »Ist das dein Ernst?«

Nein, schreit eine Stimme in mir, die nicht wieder einen Schritt zurückgehen will, doch ich nicke. »Ja. Also, was sagst du?«

Freudlos lacht er auf. »Wenn das so ist. Dann bringen wir es hinter uns. Hat der Abend wenigstens etwas Gutes gebracht.«

Ich halte einen Moment inne und warte darauf, dass er noch etwas hinterherschiebt. So etwas wie beim letzten Mal, dass er sich nicht auf so was einlassen wird und dann wieder versucht zu verschwinden. Aber das tut er nicht. Er bleibt still und genau dort, wo er ist, bis ich verstehe, dass er es wirklich ernst meint.

Kurz freue ich mich darüber, dann legen sich die bleiernen Gewichte zurück in meinen Magen und ziehen ihn augenblicklich herunter. Jedes davon ein Bruchstück der Wahrheit, von der ich nicht gerechnet habe, sie heute Abend tatsächlich auszusprechen, und die mir plötzlich wieder so schmerzhaft ins Fleisch schneidet, dass mir die Luft wegbleibt. Meine Handflächen werden feucht und ich wische sie hastig an meiner Jeans ab. Die Nachtluft scheint plötzlich durch jede Masche meines Pullis zu kriechen und lässt mich frösteln.

Bedächtig lasse ich mich auf der Liege gegenüber von Eli nieder, stütze meine Ellenbogen auf die Knie und spüre den Fluchtimpuls bis in die Knochen, der mir nur zu bekannt ist. Aber ich will nicht mehr weglaufen, auch wenn mich der Wunsch danach zu überwältigen droht. Wahrscheinlich werde ich nie bereit sein, selbst wenn ich das hier unzählige Male in Gedanken durchgespielt habe. Etwas Kaputtes sieht unter der Lupe immer noch kaputt aus und an den Anblick werde ich mich nie gewöhnen, egal wie viel Zeit vergeht.

Tief hole ich Luft, um noch ein paar Sekunden zu gewinnen, dann konzentriere ich mich auf die Worte, die ich sagen will, nur darauf, und öffne meinen Mund.

»Als ich damals verschwunden bin, ging alles so schnell. Ich wollte nicht gehen, aber ich hatte keine Wahl. Und es tut mir leid, was ich dir damit angetan habe.«

»Du bist nicht nur gegangen. Du hast mich für deinen Ex sitzen lassen«, korrigiert Eli mich und ich habe das Gefühl, als könnte mir jeden Moment das Herz aus der Brust springen.

»Ich weiß, dass du das glaubst, aber es stimmt nicht. Ich war bei meinem Vater in München, aber nicht mit Julien zusammen. Das hätte ich nie gekonnt.«

»Du meinst, weil er dich betrogen hat?«, fragt er. »Du wärst nicht die erste Frau, die das auf einmal anders sieht.«

Ich schlucke und merke jeden Muskel, der sich bei seinen Worten in meinem Gesicht anspannt. Genau das habe ich Eli damals erzählt, nachdem wir uns kennengelernt haben. Mein Ex hätte mich betrogen, deswegen würde es mir so schwerfallen zu vertrauen und deswegen wollte ich mir Zeit lassen. Alles Lügen, weil mir nichts Besseres einfiel und ich zu dem Zeitpunkt unschlagbar darin war, alles, was wirklich geschehen war, zu verdrängen. Noch mal wische ich die Hände an meiner Hose ab. »Er hat mich nicht betrogen«, sage ich leise.

»Und was dann?«

Pause. Ich ziehe die Knie an wie eine Schutzmauer zwischen uns und ich brauche eine halbe Ewigkeit, bis ich ihm endlich antworte. Dabei umklammere ich den Anhänger meiner Kette, so fest ich kann. »Er hätte mich fast vergewaltigt.«

Ich versuche meine zitternden Lippen unter Kontrolle zu bringen, weil die Bilder, die Gefühle und die Angst meinen Kopf fluten. Ich spanne alle Muskeln in meinen Armen und Beinen an und halte mich verzweifelt an der Oberfläche fest. Da ist er wieder, der Druck auf meiner Brust, dort das schmerzende Pochen an meinen Schenkeln und überall die Hilflosigkeit, die mich gelähmt hat. All das, wovor ich mich fürchte, nur weil ich es das erste Mal seit über einem Jahr laut ausgesprochen habe, und rasend schnell, wie bei einem Erdbeben, breiten sich die Risse in mir aus. Es ist mein Beben und es ist noch heftiger, als ich es hätte erwarten können.

»Er hat dich ... was?«, flüstert Eli.

Ich schüttle den Kopf. »Er hat es nicht zu Ende gebracht. Aber es hat nicht mehr viel gefehlt.«

Ich höre seinen Atem und meine Wangen werden heiß.

»Wann war das?«, will Eli wissen.

»Es war, noch bevor wir beide uns kennengelernt haben. Er war mein erster Freund. Er wollte nicht, dass ich mich von ihm trenne, und als ich bei ihm war, um ihm seine Sachen zurückzugeben, wollte er mich umstimmen. Ich hab Nein gesagt, aber er hat nicht gehört. Er hat mich geküsst, mich ... festgehalten und angefasst, wo ich es nicht wollte, und ... ich hatte solche Angst.«

Bedächtig löse ich die Finger voneinander, jeden einzeln, und reibe mir übers Gesicht. Dann über die Haare. Ich zittere am ganzen Körper und es hat nichts mehr mit der Temperatur zu tun. Am Rande bekomme ich mit, wie Eli sich aufrichtet. Ich kann mir nicht vorstellen, wie es in ihm aussieht, ob er wütend ist oder verwirrt, mir glaubt oder es für völlig absurd hält. Ich weiß gar nichts, da ist nur Angst.

»Es tut mir leid«, sage ich. »Ich hätte es dir früher erzählen müssen.«

»Wieso hast du es nicht getan?«

»Ich hab mich geschämt.«

»Dafür, dass er ...?«, beginnt Eli, bricht dann aber ab und steht auf. »*Es tut dir leid*. Ich glaub das nicht, das kann nicht wahr sein.«

Ich beobachte, wie er über den Balkon geht und am anderen Ende stehen bleibt. Seine ganze Haltung ist angespannt und er rührt sich nicht. Als ich mir sicher bin, dass meine Beine nicht unter mir nachgeben, folge ich ihm.

»Warum sagst du mir das jetzt? Einfach so. Wieso nicht früher, als wir noch zusammen waren?«, fragt er. Er hat die Kiefer fest aufeinandergepresst und die Brauen tief zusammengezogen. »Dachtest du, ich würde es nicht verstehen? Hast du mir so wenig vertraut?«

»Wäre es nach mir gegangen, hätte ich nie wieder ein einziges Wort darüber verloren, Eli«, bricht es aus mir heraus. »Julien war mein erster Freund und er hat alles zerstört, mein Vertrauen, meine Selbstachtung, mein ganzes Leben und ich wollte es nur vergessen. Aber dann hast du mir vorgeworfen, ich wäre mit ihm weggegangen, und das konnte ich nicht so stehen lassen.« Meine Stimme wird immer schwächer. »Ich hab gedacht, dass sich all das für mich erledigt hat, weißt du? Beziehung, Liebe ... doch dann bist du aufgetaucht. Du hast mir gezeigt, dass es noch da ist, und ich hätte dich niemals für ihn verlassen können, Eli. Dafür hab ich dich zu sehr geliebt.«

»Warum dann?«, entfährt es ihm. »Wenn es stimmt und ich dir so wichtig war. So wichtig, dass du mich die ganze Zeit über angelogen hast, wieso bist du dann gegangen? Was war dann der Grund?« Er legt die Hände auf das Geländer und umklammert es so fest, dass die Knöchel unter seiner dunklen Haut hell hervortreten.

Ich lehne mich mit der Seite dagegen und betrachte meine Füße. Der Kloß in meinem Hals ist riesig. Jedes Wort scheint mehr Energie aus mir herauszusaugen und es kommt mir so vor, als würde ich mir zuhören, anstatt selbst zu sprechen. »Er hat mich nicht in Ruhe gelassen«, flüstere ich. »Auch als ich mit dir zusammen war, bekam ich Nachrichten und Anrufe von ihm. Ich hab versucht, sie zu ignorieren. Ich hab mir gesagt: ›Es sind bloß SMS. Er kann mir nichts mehr tun. Irgendwann hört es auf.‹ Aber ich habe mich geirrt. Als ich vom Krankenhaus nach Hause kam, stand er plötzlich vor meiner Tür, wie aus dem Nichts, und ich bekam Panik. Er hat auf mich eingeredet, ist mir nahe gekommen ... und er ... ich dachte, er würde noch mal ...«

Ich mache eine kurze Pause, um mich zu sammeln, dann rede ich weiter. »Auf einen Schlag war alles wieder da, was ich verdrängt hatte, nur zehnmal schlimmer. Ich musste gehen. Ich hab's nicht ausgehalten. Ich hatte solche Angst.«

»Das kann einfach nicht wahr sein«, wiederholt Eli sich, vergräbt die Hände in der Bauchtasche seines Hoodies und schaut hinunter auf die Straße.

Tränen laufen mir über die Wangen und ich benutze meinen Ärmel, um sie wegzuwischen. Ich weigere mich, nur eine weitere Träne wegen *ihm* zu vergießen.

»Ich hätte es verstanden«, sagt er irgendwann. »Ich hätte dir geholfen.«

»Eli, ich konnte dich nicht um Hilfe bitten. Ich hab am Anfang ja nicht mal verstanden, was mit mir passiert war, und dann hab ich es nur noch von mir weggeschoben. Ich wollte nur vergessen und dass alles wieder so wird wie früher.«

»Deswegen hast du dich nie verabschiedet. Du hattest Angst vor ihm?«

»Ja. Und mir ist noch nie etwas so schwergefallen.«

Lautlos dreht er sich zu mir um, überlegt einen Moment und kommt dann auf mich zu. Ich fühle seine Hände, die sich vorsichtig auf meine Schultern legen, so sanft, als hätte er die Sorge, mich zu verscheuchen, wenn er es schneller täte. Ich sehe ihm an, wie er in Sekunden versucht zu verstehen, was ich in einem Jahr nicht zu fassen bekommen habe, dass er versucht, diesen Sturm zu bändigen, der gerade erst Fahrt aufnimmt. Und auch, dass es ihm nicht gelingt. Aber wie soll man das auch können?

»Was soll ich jetzt tun?«, fragt er und klingt hilflos. »Was erwartest du von mir?«

»Nichts. Ich wollte nur, dass du es weißt.«

»Es ist wirklich wahr, oder?«

»Ja.«

»Verdammt, Luna.«

Die Wärme seiner Finger dringt durch den Stoff meines Pullovers. Eli starrt an mir vorbei in die dunkle Nacht, ohne irgendetwas zu sehen, und ich bin auf einmal unglaublich wackelig auf den Beinen. Ich schwanke, mache einen Schritt, um nicht hinzufallen und strecke die Hand nach dem Geländer aus, um mich festzuhalten, doch anstatt des kühlen Metalls bekomme ich Elis Arm zu fassen.

Zuerst versteife ich mich, weil ich befürchte, dass ich wie ein Kartenhaus in mich zusammenstürze, wenn er mich gleich wieder loslässt. Aber das tut er nicht. Stattdessen erwidert er die Berührung, zieht mich sanft an sich und legt vorsichtig die Arme um mich.

»Ist das okay?«, fragt er.

Ich blinzle stark, die Tränen lösen sich nun doch aus meinen Augenwinkeln und ich versuche nicht mehr, sie aufzuhalten.

»Ja«, flüstere ich und klammere mich an ihn.

Seine Berührung, der Geruch, die vertrauten Finger, die durch mein Haar streichen, das alles bedeutet Sicherheit. Er fängt mich auf, lässt nicht zu, dass meine Beine nachgeben, und hilft mir, dass ich stehen bleibe. Ich atme mit ihm. Leise, langsame Züge, die ruhig bleiben und sich nicht in Schluchzer verwandeln. Er ist hier, er beschützt mich. Und die Angst, er könnte mir nicht glauben, wird kleiner und kleiner, bis sie ganz verschwunden ist. Ich habe es ausgesprochen, nur das bleibt am Ende übrig.

Eli hat mir so gefehlt. Durch die Kleidung spüre ich die Wärme, nach der ich mich viel zu lang gesehnt habe, und ich will ihn am liebsten nie wieder loslassen.

»Wer weiß es noch?«, fragt er leise.

»Meine Mutter. Und Anni. Sonst niemand.«

»Wenn ich es gewusst hätte ... oder dir zumindest zugehört hätte. Luna, es tut mir so leid.«

»Es ist nicht deine Schuld«, flüstere ich.

Er dreht den Kopf zur Seite und drückt seine Lippen an meine Schläfe. Ich schließe die Augen und sauge diese leichte Berührung in mich auf, jedes Gefühl, das von ihr freigesetzt wird, und halte sie fest. Eine kleine Unendlichkeit, in der ich versinke und in der ich bleiben möchte, weil sie sich so vertraut anfühlt. So ähnlich wie früher.

»Tut mir leid, dass ich es dir nicht früher erzählt habe. Ich wollte nicht, dass du mich hasst.«

»Ich wünschte, das wäre so einfach«, flüstert er.

Ich hab keine Ahnung, wie lange wir so dastehen. Der Bass, der von unten aus dem Haus dringt, ändert irgendwann seine Geschwindigkeit und dann wieder, also muss es ziemlich lange sein. Erst das rhythmische Brummen eines Handys holt mich zurück in die Realität. Eli löst sich von mir, greift in seine Hosentasche und zieht es heraus. Wortlos betrachtet er das Display, das ihm auffordernd entgegenflimmert.

»Wer ist es?«, frage ich mit kratziger Stimme.

»Niemand ... Ich will da jetzt nicht rangehen«, sagt er.

Das Klingeln verstummt.

Der Wind frischt auf, ich zittere und reibe mir über die Oberarme. Schlagartig wird mir bewusst, wo ich mich gerade befinde und mit wem, und das Kartenhaus fällt nun doch Stück für Stück auseinander, weil es nur ein schöner Moment war. Jetzt ist er vorbei.

Vielleicht war er überfordert und wusste nicht, was er sagen soll. Vielleicht hatte er Mitleid. Vielleicht war er einfach nur Eli, der das Richtige tun wollte. Ich sollte mir nicht zu viel darauf einbilden.

Eli schiebt sein Handy zurück in die Hosentasche und lässt die Arme hängen. Keiner von uns weiß offenbar, was er als Nächstes sagen soll, aber woher soll man das auch wissen? Der Moment zwischen uns hat sich verflüchtigt, was ich zu sagen hatte, habe ich gesagt, und je weiter die Stille sich ausdehnt, desto stärker kehren meine äußeren Empfindungen zurück. Ich höre den Wind, das Rascheln der Blätter, die Geräusche der Party werden lauter und auf einmal sind wir nicht mehr allein.

»Ich werde mir besser ein Taxi rufen«, sage ich irgendwann. »Nach Party ist mir nicht mehr.«

»Willst du, dass ich mit dir warte?«

»Nein. Nein, ist schon gut. Ich komm klar.«

Mit einem gezwungenen Lächeln gehe ich an ihm vorbei auf die angelehnte Balkontür zu und bin froh darüber, dass meine Beine mir offenbar wieder gehorchen. Auf halber Strecke höre ich Schritte hinter mir und wenig später spüre ich Eli, der mich zurückhält. Seine warmen Finger schließen sich um mein Handgelenk und er sieht mich an, als wolle er noch etwas sagen. Mein Herz pocht wie wild, als würde es alle Schläge nachholen wollen, die es eben ausgesetzt hat, und sein Daumen reibt über meine Haut, was mir einen ungeheuren Schauer über den Rücken jagt. Selbst im schwachen Licht sehe ich, dass seine Augen glänzen.

»Danke, dass du es mir gesagt hast«, flüstert er.

Ich nicke.

»Wir sehen uns dann.«

Wieder nicke ich. Dann lässt er mich los.

Ein paar Minuten später sitze ich im Taxi und bin auf dem Weg nach Hause. Wie ich von dem Balkon gekommen bin, weiß ich nicht mehr. Langsam ebbt das Adrenalin in meinem Blut ab und

Stück für Stück dringt mir das Gespräch ins Bewusstsein – und dass ich auf keinen Fall bereit dazu war. Panik macht sich in mir breit, dass ich zu viel gesagt habe, und auch wenn ich mich darum bemühe, sie mit klarem Verstand zu vertreiben, gelingt es mir nicht. Ich hätte noch warten sollen! Diese verfluchten Gefühle haben alles durcheinandergebracht und jetzt kann ich es nicht mehr zurücknehmen! Bis wir bei mir ankommen, kann ich mich zusammenreißen und halte den sich ausdehnenden Zweifeln, die mir die Kehle zuschnüren, stand.

Ich bezahle, gehe ins Haus, ziehe mir Schuhe und Jacke aus und schleppe mich nach oben in mein Zimmer, was auf einmal zu einem wirklichen Kraftakt wird, obwohl ich diese Stufen schon unzählige Male rauf- und runtergelaufen bin. Oben angekommen verschwinde ich sofort in meinem Zimmer und bin froh, endlich allein zu sein. Doch die Erleichterung darüber währt nur kurz. Dann sackt der Rest meiner Energie aus mir heraus und ich breche leer auf meinem Bett zusammen.

Ich schluchze in meine Kissen, mein Körper bebt und ich spüre, wie mich alles überrollt. Ich werde erdrückt von dem Gewicht auf meinem Körper und auf meinem Gewissen, von meinen Gefühlen, weil ich Julien hasse und Eli nicht vergessen kann und alles zu viel für mich ist.

Nicht nur, dass mich der heutige Abend entzweigerissen hat und die Schmerzen unerträglich sind. Nicht nur, dass ich verzweifelt bin, weil mir all das passiert ist und ich es nie ungeschehen machen kann. Nein, das ist nicht genug.

Denn obwohl ich es hätte tun können und die Gelegenheit da war, habe ich es nicht geschafft, Eli die ganze Wahrheit zu sagen.

20

Ich dachte wirklich, es würde mir Erleichterung verschaffen, die Dunkelheit zuzulassen, die seit über einem Jahr in mir ruht, und ihr direkt ins Auge zu blicken, doch ich habe mich getäuscht. Schon lange hat sich nichts mehr so echt angefühlt. Entgegen meiner Erinnerung kommt mir alles sogar noch größer vor und ich mir unbedeutend klein und nicht in der Lage, mich dagegen zu wehren.

Die ganze Nacht über habe ich versucht, mich irgendwie zu beruhigen, woran ich kläglich gescheitert bin. Warum sonst habe ich es nicht einmal geschafft, mich umzuziehen oder die Zähne zu putzen? Seit ich auf meinem Bett zusammengebrochen bin, hält *sein* Gewicht mich unten und ich bin wie betäubt. Ich weiß, dass Julien nicht da ist, mein Kopf versucht mir das ununterbrochen klarzumachen, aber mein rastloses Herz interessiert das leider wenig.

Erst als ich Geräusche aus dem Flur höre und wenig später die Dusche im Badezimmer aufgedreht wird, wird die Finsternis etwas lichter. Der Tunnel, in dem ich mich befinde, verblasst und ich nehme das Zimmer um mich herum wahr, in dem ich mich eigentlich befinde. Es ist schon hell. Nicht dämmrig, *hell*! Und ich habe es nicht mal mitbekommen.

Ein Blick auf mein Handy verrät mir, dass es kurz nach zehn

ist, und ich setze mich mühsam auf. Neben der Uhrzeit steht das Datum. Es ist Sonntag, Wochenende und mir wird schon wieder flau. Ein ganzer Tag liegt vor mir, den ich so tun muss, als wäre gestern Nacht überhaupt nichts passiert. Als wäre mir nicht speiübel, meine Beine nicht nachgiebig wie morsches Holz und meine Augen aus einem anderen Grund rot und geschwollen, was ich selbst durch die Spiegelung im Display erkennen kann. Erschöpft lasse ich mich zurück auf die Matratze sinken und das Handy gleich neben mir. Ich versuche zu schlucken und selbst mein Hals fühlt sich rau an.

Seitdem ich erfahren habe, dass Julien nach Lübeck gegangen ist und ich zurück nach Hamburg kommen kann, habe ich nicht mehr geweint und letzte Nacht scheint sich alles, was ich seitdem unterdrückt habe, seinen Weg nach draußen gebahnt zu haben. Ich fühle mich leer und kaputt und weiß nicht, wie ich die nächsten Stunden überstehen soll. Dabei zieht ein bitteres Lächeln meinen Mund auseinander. Ich weiß, dass es schon irgendwie gehen wird. Das letzte Mal habe ich es schließlich auch hingekriegt, oder? Abgesehen davon wollte ich nicht mehr liegen bleiben, sondern kämpfen. Wäre es nur nicht so verdammt schwer und diese Sprüche nicht alle viel zu einfach gestrickt. Aber es hilft ja nichts.

Ich kneife einmal fest die Augen zusammen, schiebe dann meine Decke zur Seite und stehe auf. Gut, das wäre geschafft. Dann presse ich mir die Fäuste an die Schläfen und stelle mir vor, wie ich all die bösen Gedanken zurück in das Loch schiebe, wo sie hergekommen sind.

Du hast keine Macht mehr über mich! Du bist nicht hier.

Meine Mutter war gestern zum Glück schon im Bett, als ich nach Hause gekommen bin, und hat friedlich geschlafen, während mich der Albtraum wieder und wieder heimgesucht hat. Noch hat sie nichts bemerkt und das soll auch bitte so bleiben.

Hier ist endlich wieder alles normal und ich will nicht, dass sich daran etwas ändert. Ich habe zu viel erreicht, um es wieder wegzuwerfen, und mehr als diesen Zusammenbruch soll er nicht von mir bekommen. Er ist bloß noch eine Erinnerung und diese muss bleiben, wo sie hingehört. Mit meiner Gegenwart hat er nichts mehr zu tun.

Nachdem ich meine Schultern gekreist habe und mir ein lautes Knacken verrät, wie steif meine Gelenke sind, ziehe ich die Jeans aus und lasse sie auf dem Boden liegen. Die Nähte der Hose hinterlassen rote Abdrücke an meinen Beinen, und als ich mir anschließend den Sweater über den Kopf ziehe, riecht er penetrant nach Schweiß. Mein Top klebt an meinem Rücken, also lasse ich alles, inklusive BH und Slip, erst mal liegen und schlüpfe in meinem Bademantel, der an der Tür hängt. Gut, auch das wäre geschafft.

Ich lausche auf das Rauschen aus dem Bad und muss ein paar Minuten warten, bis es verstummt, dann noch ein paar weitere, bis ich höre, wie sich die Tür öffnet und meine Mutter fröhlich summend in ihrem Schlafzimmer verschwindet. Schnell klaube ich meine Klamotten auf, klemme sie mir unter den Arm und werfe sie auf dem Weg ins Bad in den Wäschekorb. Mein Herz flattert nervös in meiner Brust und ich bin froh, als der kurze Flur hinter mir liegt und ich die Tür hinter mir schließen kann. Es waren nur ein paar Meter, aber trotzdem fühle ich mich so, als hätte ich gerade einen Marathon hinter mich gebracht.

Müde stelle ich mich unter die Dusche, das Gesicht zum Duschkopf gedreht, und lasse das warme Wasser über mich laufen, ohne mich weiter zu bewegen. Dabei taste ich mit zwei Fingern nach dem Puls an meinem Hals und zähle die Schläge mit. Tatsächlich scheint das ein wenig zu helfen, denn sie werden langsamer.

Ich seife meinen Körper ein, fahre mit den Händen über meine Beine, meinen Bauch, die Brüste und Arme und merke, dass alles noch da ist, wo es hingehört. Ich bin immer noch ganz, nicht zerbrochen. Erleichtert lasse ich die Luft aus meiner Lunge und lehne mich an die kühlen Fliesen. Wenigstens hat das hier auch etwas Gutes, rede ich mir ein: Ich fühle mich wie gerädert, aber Eli weiß jetzt über Julien Bescheid. Und er hat mir geglaubt.

Tröstend lege ich mir die Arme um den Brustkorb, reibe mit meinen Fingern über die nasse Haut und spüre die Hitze in mir hochsteigen, genau da, wo er mich berührt hat. Für ein paar Sekunden war er wieder mein Eli, der mich schon einmal aus meinem tiefen Loch gezogen hat, und kurz dachte ich sogar, ich könnte ihm *alles* sagen, bis sein Handy uns unterbrochen hat und mein Mut verpuffte. Jetzt ist die Nacht vorbei und im Grunde weiß ich nicht, was sie bedeutet. Bei Tageslicht kommt es mir beinahe unwirklich vor, dass es überhaupt passiert ist. Zum Glück steckt der Schock so tief, dass es daran keinen Zweifel gibt.

Wie wird es nun zwischen uns sein? Werden wir uns begrüßen, wenn wir uns in der Uni sehen, oder ignorieren wir uns, als wäre nichts weiter gewesen? Wollte er mir genau das sagen, als er mich auf dem Balkon zurückgehalten hat? Dass es ihm leidtut, aber es nichts ändert? Fragen über Fragen, die mich ein wenig zu lang auf das Wasser starren lassen, das in einem kleinen Strudel im Abfluss verschwindet.

Seufzend stelle ich es irgendwann ab, wickle mich in ein Handtuch und betrachte mich im Spiegel. Die Augenringe sind tief, aber die Schwellung ist zurückgegangen. Immerhin etwas. Schnell rubble ich mir die Haare trocken, kämme sie und creme mich ein, weil meine Haut unglaublich spannt. Als ich gerade fertig bin, höre ich es an der Tür klopfen und selbst das leise Geräusch lässt mich zusammenzucken. Offenbar hatte die heiße

Dusche nicht ganz den entspannenden Effekt, den ich mir erhofft habe.

»Luna?«, höre ich meine Mutter durch das Holz rufen.

»Ja, ich bin hier, Moment«, antworte ich.

Ich öffne schnell das Fenster, damit der Dunst abziehen kann, schlüpfe in meinen Bademantel und sehe mir noch mal fest in die Augen. *Alles ist gut, okay?* Erst dann mache ich meiner Mutter auf.

»Guten Morgen. Was gibt's?«, begrüße ich sie.

»Hey, ich wollte uns gleich Frühstück machen. Hast du Hunger?«

»Klingt gut«, sage ich und zwinge mir ein müdes Lächeln ins Gesicht.

»Wie war's denn gestern?«

»Wirklich toll«, sage ich. »Ich bin nur ziemlich erschöpft, es ist spät geworden. Aber alle waren sehr nett.«

»Das freut mich für dich.«

Sie stutzt, ihr Lächeln verrutscht ein kleines bisschen und sie kommt meinem Gesicht etwas näher. »Sag mal, hast du geweint? Deine Augen sind ganz rot.«

Ich drehe den Kopf zur Seite und reibe sie mir. »Ich hab etwas Shampoo reinbekommen. Brennt noch ein bisschen, aber das gibt sich gleich wieder«, rede ich mich heraus und mache ein paar Schritte den Flur hinunter.

»Dann sehen wir uns gleich unten?«, fragt sie.

»Ja, ich ziehe mir nur noch schnell was an.«

Als ich zurück in mein Zimmer komme, atme ich erst mal, als hätte ich sie die ganze Zeit über angehalten, und lehne mich an die geschlossene Tür. *Alles ist gut. Sie hat nichts gemerkt. Reiß dich zusammen, damit das auch so bleibt.*

Ich suche mir eine bequeme Jogginghose und einen kastanienroten Pullover mit verspieltem Zopfmuster heraus, in der Hoffnung, dass er mich etwas fröhlicher aussehen lässt. Dann gehe ich noch mal ins Bad, um mir die Haare zu föhnen und ein bisschen Make-up aufzutragen. Der Concealer wirkt wahre Wunder an meinen Augen und ein bisschen Rouge lässt meine Wangen gleich viel weniger blass wirken. Zufrieden nicke ich mir zu und höre meine Mutter im selben Moment rufen: »Frühstück ist fertig.«

»Ich komme«, antworte ich.

Auf der Treppe, die ich vor ein paar Stunden kaum hinaufgekommen bin, erinnere ich mich daran, was ich bei meinem Workshop von *Cat+Events* gelernt habe: Haltung bewahren, freundlich sein und auf die Wünsche der Gäste eingehen. Bisher war es vor allem im Service hilfreich, aber jetzt wird sich zeigen, ob sich das auch hier, außerhalb eines Speisesaals anwenden lässt.

○ ○ ○

Irgendwie habe ich es tatsächlich geschafft, den Rest des Sonntags unbeschadet hinter mich zu bringen. Ich habe zusammen mit meiner Mutter gegessen und ihr fröhlich von der Party erzählt, wobei meine Sätze wie auswendig gelernt klangen, was aber anscheinend nur mir aufgefallen ist. Der skeptische Blick blieb aus, unangenehme Fragen wurden nicht gestellt und es gab keine plötzlichen Besuche in meinem Zimmer, um mich zur Rede zu stellen. Das Mantra von *Cat+Events* ist aufgegangen und am Montagmorgen bin ich weitestgehend wiederhergestellt. Jedenfalls genug, dass ich mich gegen die Idee entscheide, mich krank zu stellen und im Bett zu verkriechen, was ich tatsächlich in Erwägung gezogen habe. Je näher ich der Uni jedoch komme, desto mulmiger wird mir.

Anni hat wieder bei Nihat übernachtet und fährt von ihm aus zur Uni, meinen iPod habe ich zu Hause vergessen, wie ich verärgert feststellen musste, und so habe ich keinerlei Ablenkung von der Nervosität, die schleichend Besitz von mir ergreift. Mein Panzer ist weg, ich fühle mich verletzlich, und auch wenn ich weiß, dass keiner mich anstarrt, fühle ich mich beobachtet.

Es ist Viertel vor neun, noch eine halbe Stunde, bis mein Kurs beginnt. Zwei, bis er zu Ende ist. Und dann noch ein paar Minuten weiter, bis ich den Saal verlasse und Eli zum ersten Mal seit unserer Aussprache begegne. Wird er etwas sagen? Wird es anders sein als sonst? *Vielleicht wird er mich daran erinnern, dass ich ihm noch meine Kündigung schulde*, überlege ich mit zusammengebissenen Zähnen, aber das ist gerade meine geringste Sorge. Am schlimmsten wäre es tatsächlich, wenn gar nichts passiert.

Das Wochenende war eine Tortur, doch ich habe sie durchgestanden und das muss verdammt noch mal etwas wert sein. Diese ganzen komplizierten *Gefühle* müssen etwas wert sein. Denn noch viel länger in dieser Ungewissheit zu schweben halte ich nicht aus.

Als die Vorlesung beginnt, fällt mir als Erstes auf, dass Jess nicht da ist, und sie taucht auch währenddessen nicht mehr auf. Eli ebenso wenig. Als ich nach der Vorlesung hinausgehe, sitzt er nicht wie sonst auf der Bank und wartet und es setzt mir stärker zu, als es sollte.

Am nächsten Tag ist es genauso, keine Jess, kein Eli, für den am Abend auf der Party, auf der ich arbeite, sogar Nihat einspringt. Geht er mir aus dem Weg?

Am Mittwoch überwinde ich mich dann und schreibe ihm eine Nachricht, doch auch die bleibt ungelesen.

Da ist nichts. Und mit diesem Nichts weiß ich absolut nichts anzufangen.

21

»Ist es dann jetzt endlich *offiziell* offiziell?«, frage ich und gebe mir nicht die Mühe, mein Grinsen zu verbergen, als Anni auf mich zukommt.

Ich habe an der Haltestelle auf sie gewartet und von außen gesehen, wie sie sich im Bus mit einem langen Kuss von Nihat verabschiedet hat. Gekleidet in Jeans und gelbem Friesennerz verdreht sie die Augen, umarmt mich aber trotzdem.

»Es wird Zeit. Uns auf Dauer immer nur heimlich zu treffen wird auch irgendwann langweilig.«

»So lange geht das also schon?«, frage ich nach und sie hakt sich bei mir unter.

»Wenn du es ganz genau wissen willst, seit Anfang Oktober.«

»Wow, dann habt ihr ja bald … Zweimonatiges«, rechne ich nach.

»Bleib mir bloß weg damit«, winkt sie ab und wir überqueren die Straße. »Das war eher Leilas Ding, als wir zusammen waren. Ich will es einfach nur genießen und mich nicht an irgendwelchen Daten langhangeln.«

»Schade.«

»Wieso?«, fragt sie.

»Ich fand es immer schön, mich auf diesen besonderen Tag im Monat zu freuen. Klar, irgendwann läuft es sich tot, aber trotzdem. Wenn man es gut plant, kann man ihn so romantisch feiern.«

»So viel planen muss man doch gar nicht. Ich wüsste schon, wie ich den Tag am besten verbringe, und wenn man es so sieht, feiern Nihat und ich ziemlich oft.« Anni zieht vielsagend die Augenbrauen hoch und ich ramme ihr leicht den Ellenbogen in die Seite.

»Wie war's eigentlich bei Jack? Hab ich viel verpasst?« Sie lacht und mein Magen sinkt indes eine Etage tiefer. Meinetwegen hätten wir mit dem Themenwechsel noch etwas warten können.

»Ehm ... es war gut«, sage ich vage. »Ich hab mich mit ein paar Leuten unterhalten und meine Kollegen besser kennengelernt. Es war nett.«

»*Nett?* Komm schon, ich kenne Jacks Partys. Die sind genial. Habt ihr in seinem Keller gefeiert?«

»Ja. Bier-Pong, Billard, Musik. War ziemlich beeindruckend.«

»Hast du gespielt?«

»Ein bisschen Billard.«

Fragend schaut Anni mich von der Seite an, als würde sie das Kribbeln, das sich allmählich auf meiner Haut ausbreitet, ebenfalls spüren. Kein Wunder bei meinen einsilbigen Antworten. Sie wartet noch einen Moment, ob ich von mir aus etwas sage, dann fragt sie mich direkt: »Was ist auf der Party passiert?«

Ausweichend fange ich an, einen Stein vor mir her zu kicken. »Ich hasse es, dass du mich so gut kennst.«

»Du bist nicht schwer zu lesen. Also?«

»Ich hab mit Eli gesprochen«, antworte ich leise und schlucke.

»Du meinst jetzt nicht nur ein bisschen höflicher Small Talk, oder?«, hakt sie nach.

Ich ziehe die Schultern hoch und befeuchte meine Lippen. »Nein. Ich hab ihm von Julien erzählt.«

»Oh. *Oh!* Und wie ist es gelaufen?«

»Okay, schätze ich. Erst hat er abgeblockt, aber als ich ihm versprochen habe, dass ich kündige, wenn er mir die Chance gibt, hat er mir zugehört.«

Anni stoppt abrupt und ich zwangsweise mit ihr. »Moment mal, kündigen? Du hast doch gerade erst angefangen.«

»Ja, aber das ist egal. Ich wollte nicht, dass er mir schon wieder ausweicht, und mir ist nichts Besseres eingefallen. Wichtig ist am Ende nur, dass es geklappt hat.«

Anni sieht mir fest in die Augen. »Du hast es ihm wirklich erzählt?«

»Ja«, weiche ich ihrem Blick nicht aus und wider Erwarten, fühlt sich diese eine Silbe unglaublich gut in meinem Mund an.

Ein Mädchen, das an uns vorbeikommt, beschwert sich beim Weiterlaufen, dass wir im Weg stehen, doch Anni scheint das nicht zu interessieren. Kurzerhand schlingt sie ihre Arme um mich und drückt mich an sich. Erst bin ich überrascht, erwidere die Umarmung dann aber und lege meinen Kopf an ihre Schulter. Sie weiß, wie schwer dieser Schritt für mich war, weil ich es außer ihr noch niemandem erzählt habe, und auch, wie wichtig er war.

»Ich will alles wissen, von Anfang an«, bittet sie mich, als wir weiterlaufen und schon beinahe am Campus angekommen sind. Wir haben noch eine gute Viertelstunde, genug also, um uns eine der Bänke auszusuchen, die ausnahmsweise trocken sind, weil der Regen nachgelassen hat.

Ich mache mich gerade, straffe die Schultern und achte auf jede noch so kleine Regung meines Körpers, während wir darauf zugehen. Fängt mein Herz wieder an zu flattern, nur weil ich daran denke? Werden meine Knie weich? Kehrt das Rauschen in meine Ohren zurück? Bei jedem Schritt warte ich nur darauf, dass eines dieser Dinge eintrifft, doch als wir uns setzen, nehme ich es nur im Hintergrund wahr. Kein Vergleich zum Wochenende, als es mir den Boden unter den Füßen weggerissen hat, stattdessen verspüre ich tatsächlich so etwas wie Stolz. Endlich.

Grob gebe ich Anni eine Zusammenfassung dessen, was sich auf dem Balkon abgespielt hat. Von dem Geständnis über die Umarmung, bis zu dem seltsamen Moment am Ende, als er mich zurückgehalten hat. Sie unterbricht mich nicht, hat ihre Aufmerksamkeit voll und ganz mir gewidmet und lächelt mich an, als ich zum Ende komme.

»Die Hälfe hast du jetzt also geschafft«, sagt sie und streicht über meinen Handrücken. Es fällt mir immer noch leichter, darüber zu sprechen, wenn sich unsere Hände dabei berühren.

»So sieht es aus. Ich weiß, dass ich ihm den Rest auch noch sagen muss, aber bis hierhin ist es schon mal geschafft. Jetzt muss ich einfach abwarten.«

»Habt ihr seitdem noch mal miteinander gesprochen?«

»Nein«, sage ich und schüttle betreten den Kopf. »Die letzten Tage war Jess nicht in den Vorlesungen und Eli hat nicht auf sie gewartet. Mal sehen, wann es sich ergibt.«

»Und was ist mit der Kündigung?«

»Wenn er darauf besteht, werde ich es tun, das war der Deal. Eigentlich würde ich aber lieber bei *Cat+Events* bleiben.«

»Das hab ich mir fast gedacht«, sagt sie und legt den Kopf schräg.

»Wieso?«, frage ich.

»Ach, nur so eine Ahnung. Du wirkst einfach ... anders, seitdem du dort angefangen hast. Ein gutes Anders«, betont sie.

Ich löse meine Hand aus ihrer und lege sie in meinen Schoß. Die kühle Herbstluft riecht nach Laub und Erde und vielleicht liegt Anni mit ihrer Vermutung gar nicht so falsch.

Als ich sie das nächste Mal ansehe, haben wir beide ein breites Lächeln auf den Lippen und einer der Steine in meinem Magen löst sich plötzlich auf. Keine Ahnung, wieso ausgerechnet hier und jetzt, doch ich will es auch gar nicht so genau wissen. Ich nehme es einfach an.

»Wir sollten uns langsam auf den Weg machen, unsere Kurse beginnen gleich«, sage ich nach einem Blick auf meine Uhr, immer noch lächelnd.

»Okay, dann lass uns los«, erwidert sie und hakt sich wieder bei mir unter.

Es sind nur noch ein paar Minuten, bis mein Kurs im fünften Stock beginnt, und wir müssen uns tatsächlich beeilen, um nicht zu spät zu kommen. Ich drücke den Knopf, um den Fahrstuhl zu rufen, sie nimmt die Treppe, weil sie nur ein Stockwerk höher muss, und als sie verschwunden ist, kann ich diesen Stein benennen, der mich nicht mehr nach unten zieht: Befangenheit. Denn ich fühle mich befreit.

Anni kann sich gar nicht vorstellen, wie viel es mir bedeutet, mit ihr zu reden und aus ihrem Mund zu hören, was ich mir selbst nicht sagen kann. Sie macht mir Mut. Der Aufstieg ist noch nicht vorbei, aber ich werde ihn schaffen und zum ersten Mal glaube ich meinen eigenen Gedanken und weiß, dass es stimmt.

Das allein lässt meine Mundwinkel ein weiteres Mal nach oben schnellen, obwohl niemand um mich herum ist, der es sehen könnte. Egal wie viel noch vor mir liegt, bin ich definitiv auf dem richtigen Weg und erkenne endlich, dass er auch in die richtige Richtung führt.

22

Mit einem kleinen Auftrag zu nächster Woche verlasse ich am späten Nachmittag den Kursraum. Zur nächsten Stunde sollen wir jeweils in einer Gruppe zu dritt einen kleinen Vortrag vorbereiten, in dem wir uns einen der Texte Kafkas aussuchen, der bisher noch nicht Thema war. Besprochen werden soll er in drei Teilen: geschichtlicher Hintergrund, Charakterisierung des Erzählers und Bezug zur heutigen Zeit. Im Grunde das, was unser Dozent sonst mit uns macht, nur dass wir in diesem Fall seinen Part übernehmen.

Mara und Henri, die mit mir eine Gruppe bilden, waren sofort meiner Meinung, sich dessen besser gleich anzunehmen, als es auf die lange Bank zu schieben, und wir haben uns schon dafür eingetragen, nächste Woche als Erste zu präsentieren.

»Wie wäre es, wenn wir uns morgen nach dem Tutorium treffen? Habt ihr da Zeit?«, fragt Henri, als wir zusammen den Flur nach unten laufen und vor dem Aufzug haltmachen.

»Würde bei mir passen«, antworte ich.

»Bei mir auch«, stimmt Mara zu.

Henri öffnet seinen Zopf und bindet sich die blonden Haare noch mal neu zusammen. Mit einem Finger schiebt er sich die runtergerutschte Brille hoch und richtet den Kragen seines Karohemds. Mara bleibt neben ihm stehen und wickelt sich eine ihrer braunen Strähnen um den Finger, während wir warten. Mit beiden hatte ich bisher nicht sonderlich viel zu tun, was ich aber selbst zu verschulden habe, denn die beiden sind wirklich nett. In dem Zusammenhang müsste ich vielleicht sogar dankbar für die Aufgabe sein, weil sie mich aus meiner bisherigen Luna-Bubble herausholt, auch wenn ich mich noch nie wohl dabei gefühlt habe, vor anderen zu sprechen. Aber daran will ich jetzt nicht denken.

Kleine Schritte nach vorne. Konzentrier dich auf das Positive.

Der Aufzug öffnet seine Türen und wenig später sind wir schon im Erdgeschoss angekommen. Mara, Henri und ich tauschen Nummern aus und Mara schlägt vor, morgen nach dem Tutorium etwas im *Qritos* essen zu gehen, um alles zu besprechen. Ein kalifornisch-mexikanisches Restaurant, nur einen Katzensprung vom Campus entfernt, wie sie erklärt, und wo es laut ihr die besten Quesadillas von ganz Hamburg geben soll. Weder Henri noch ich haben etwas dagegen. Als wir unten ankommen, steuern beide die Tür nach draußen an und fragen mich, ob ich mit ihnen in die Mensa komme. Donnerstags esse ich jedoch immer abends mit meiner Mutter, also verneine ich. Abgesehen davon muss ich dringend auf die Toilette. Wir verabschieden uns voneinander, dann steure ich das Damenklo an.

Ich bin gerade fertig und habe mir die Hose wieder angezogen, da höre ich, wie die Tür zur Toilette ein zweites Mal geöffnet wird, oder viel mehr aufgestoßen. Laut knallt sie gegen den Heizkörper an der Wand und ich zucke so stark zusammen, dass ich vergesse, die Spülung zu betätigen.

»*Jetzt* kannst du weitersprechen. Ich bin allein!«, poltert eine mir nur zu bekannte Stimme und ich bin überrascht, sie zu hören. Da Jess die ganze Woche über schon gefehlt hat, hatte ich damit gerechnet, dass sie die letzten beiden Tage ebenfalls nicht kommen würde, im Kurs war sie schließlich auch nicht.

Sie klingt mehr als schlecht gelaunt und mein Instinkt sagt mir, dass ich besser warten sollte, bis sie wieder hinausgegangen ist. Leise schließe ich den Klodeckel, setze mich darauf und mustere die Fliesen unter meinen Schuhen.

»Das hast du also für dich so beschlossen. Und was ist mit mir? Denkst du nicht, wir sollten zumindest darüber reden?«

Elektronisches Knistern dringt aus einem Lautsprecher und Jess ist still, solange es anhält. Offenbar telefoniert sie.

»Ich verstehe dich nicht. Die ganze Zeit sagst du, ich soll mir keine Sorgen machen und dass du weißt, mit wem du zusammen bist. Aber kaum sagt sie etwas, macht dir schöne Augen und denkt sich irgendeine Erklärung dafür aus, dass sie dich hat sitzen lassen, stellst du alles infrage. Nein, noch schlimmer, du *glaubst* ihr sogar.«

Ich horche auf, lehne mich vor und lege vorsichtig die Hände an die Tür. Sie spricht mit Eli. Und ganz offensichtlich haben sie gerade einen Streit. Worum es dabei geht, ist nicht schwer zu erraten. Elis Antwortgeräusche bleiben genauso leise wie eben, während ihre Stimme noch eine Oktave höher geht.

»Sie hat dich angelogen! Ich hab die beiden doch zusammen gesehen, nachdem ich das erste Mal bei dir im Krankenhaus war. Und warum war ich dort? Wegen dir, weil *du* sie sehen wolltest! Julien hat Luna den Koffer aus dem Haus getragen und sie sind in ein Taxi gestiegen! Wie oft denn noch?«

Mein Herz klopft mir bis zum Hals und ich befürchte fast, dass Jess es draußen hören kann. Langsam sickern die Informationen in meinen Kopf, sie brauchen eine Weile, sich zusammenzusetzen, dann sehe ich sie vor mir und ihr hässliches Muster so deutlich, dass ich mich nicht mehr davon abwenden kann. Ich habe es schon geahnt, doch jetzt weiß ich es und es fühlt sich an wie eine schallende Ohrfeige.

Am liebsten will ich gegen irgendetwas treten, meine plötzlich hochschnellende Wut rauslassen und nicht glauben, dass es wahr ist. Gleichzeitig bin ich erstarrt und kann mich nicht rühren. Erst da verstehe ich, wie sehr ich mir gewünscht habe, falschzuliegen, aber ich habe mich getäuscht. Nicht nur, dass sie sich meinen Ex-Freund geschnappt hat, nein, sie hat ihm auch noch die unverzeihliche Lüge über Julien eingetrichtert, die mich wochenlang in Atem gehalten hat. Sie hat gelogen, mich fertiggemacht, mir gesagt, ich solle verschwinden, und sich auf meine Kosten in ein besseres Licht gerückt. Wie konnte ich nur jemals glauben, sie sei meine Freundin?

»Ach so, ich hätte es dir also früher sagen sollen? Ich wollte, dass du *gesund wirst*, Eli, anstatt dich darüber aufzuregen, deswegen hab ich es dir verheimlicht. Aber ich hab echt keine Lust dazu, alles zu wiederholen, was wir die letzten Tage durchgekaut haben.«

Kurze Pause, ich höre ihre Absätze aufgebracht über den gefliesten Boden stampfen und balle meine Hände zu Fäusten. Ich beiße mir auf die Unterlippe, damit mir kein Schnauben entfährt, und lege den Kopf, so ruhig es eben geht, an die Tür.

»Du hast mir versprochen, es würde sich nichts zwischen uns ändern, nur weil Luna zurück ist, und ich habe dir vertraut. Überleg dir gut, was du als Nächstes sagst. Mach es nicht kaputt, nur weil sie dir irgendwelche Lügen erzählt, bitte!«

Ich meine ein leichtes Zittern in ihrer Stimme auszumachen. Weint sie?

»Es ist also wirklich dein Ernst?«, fragt sie.

Stille.

»Das wird dir noch leidtun. Komm ja nie wieder bei mir an, verstanden? Das war's.«

Aufgelegt.

»Verdammter Mist!«, ruft sie laut und schluchzt tatsächlich auf, doch es ist mir egal.

Endlich betätige ich die Spülung und öffne die Tür mit einem solchen Schwung, dass sie hinter mir von alleine ins Schloss zurückfällt. Ich gehe zum Waschbecken, um mir die Hände zu waschen, seife meine vor Wut zitternden Hände ein und starre wie paralysiert auf den Wasserstrahl. Wenn ich mir nicht wenigstens die paar Sekunden nehme, weiß ich nicht, was ich tue, wenn ich mich gleich zu ihr umdrehe. Nur leider sieht sie das etwas anders.

»Du hast alles gehört, oder?«, fährt sie mich an und steht auf einmal direkt neben mir.

»Alles«, bestätige ich durch zusammengebissene Zähne.

»Und bist du jetzt zufrieden? Hast du erreicht, was du wolltest?«

»Wie bitte?«, sage ich, weil sie das nicht ernst meinen kann.

Ich ziehe mir zwei Stück Papier aus dem Spender und trockne meine Hände daran ab. Dabei lasse ich ihr Spiegelbild nicht aus den Augen.

»Da hast du dir ja wirklich was Tolles ausgedacht. Hast du nicht schon genug angerichtet? Musst du dich jetzt sogar noch als Opfer aufspielen?«

»Pass bloß auf, was du sagst«, warne ich sie und halte mich am Waschbeckenrand fest.

»Wieso? Es ist doch wahr. Du hast damals Mist gebaut und kommst einfach nicht damit klar, dass hier nicht jeder auf deine Rückkehr gewartet hat. Und anstatt das zu akzeptieren und uns in Ruhe zu lassen, wie es dir die ganze Zeit so leichtgefallen ist, versuchst du dich um jeden Preis wieder in den Mittelpunkt zu stellen.«

»Das hab ich nicht«, weise ich sie zurück und sie lacht mich aus.

»*Natürlich nicht!* Luna, es reicht! Dass du Eli immer noch hinterherrennst, ist schon erbärmlich genug, aber du tust ja fast so, als hätte dein ach so toller Julien dich vergewaltigen wollen! Das ist der Gipfel der Verzweiflung, selbst für dich.«

Am liebsten will ich sie am Kragen ihres teuren Mantels packen. Unsere zerbrochene Freundschaft und ihr Verrat entfesseln den Drang, sie sofort zum Schweigen zu bringen, damit sie ihre Kanonenkugeln nicht mehr auf mich abfeuern kann, dabei hat sie es längst getan und jede davon hat einen tiefen Krater hinterlassen.

Um mich davon abzuhalten und alles nur noch schlimmer zu machen, spanne ich alle meine Muskeln an, zwinge mich dazu, an ihr vorbeizugehen und den Abstand zwischen uns zu vergrößern. Mir fehlt die Kraft für eine weitere Auseinandersetzung und eigentlich muss sie auch nur eine Sache wissen, damit sie ein für alle Mal damit aufhört, diese Lüge über mich zu verbreiten. Anni weiß es, Eli konnte ich es erzählen, und ich will, dass Jess es erfährt, damit sie es nie wieder wagt, diese Lüge in den Mund zu nehmen.

»Er hat es versucht«, sage ich klar und deutlich und drehe mich zu ihr um. Niemand außer uns ist hier und sie versteht jedes Wort von dem, was ich sage. »Du willst wissen, warum das mit uns damals in die Brüche ging? Warum ich mich nicht mehr gemeldet und mich von dir abgesondert habe? Die Beziehung mit Julien hat mich kaputt gemacht. Er hat mich manipuliert und isoliert und ich hab es nicht mal richtig mitbekommen, bis ich vollkommen allein war. Ohne Anni hätte ich mich nie daraus befreit, sie war für mich da, und als ich endlich mit ihm Schluss machen wollte, hat er versucht mich zu vergewaltigen. Er lag auf mir, hat mich festgehalten und es hätte nicht mehr viel gefehlt. Ich habe mich geschämt und war vollkommen am Ende und *damit* habe ich das letzte Jahr verbracht. Ich war sogar in Therapie, um irgendwie damit klarzukommen, während du nichts Besseres zu tun hattest, als irgendwelche Gerüchte in die Welt zu setzen.«

»Das ist nicht wahr. Das hast du dir bloß ausgedacht, damit Eli zu dir zurückkommt!«

»Es *ist* wahr.«

»Nein!«

»Jess, es ist wahr!«

Ich muss mich zusammenreißen. Es ist zwar einfacher als beim letzten Mal, doch auch diesmal brennen meine Augen, ob wegen ihr oder Julien, kann ich gar nicht sagen. Wahrscheinlich beides.

Die Farbe weicht aus ihrem Gesicht, als sie es begreift. »Nein«, sagt sie noch mal, und obwohl es nur ein Wort ist, bricht ihre Stimme dabei.

»Doch. Und ich hoffe von ganzem Herzen, dass du nie erfahren wirst, wie sich so was anfühlt. Julien hat mein Leben über Jahre zur Hölle auf Erden gemacht und das wünsche ich niemandem. Nicht einmal dir, auch wenn du wirklich alles getan hast, um mich fertigzumachen.«

Ich mache einen Schritt zurück, drehe mich um und gehe auf die Tür zu, wobei ich jeden Meter, den ich hinter mich bringe, schneller werde.

»Das ist … Luna, es …«, aber den Rest höre ich nicht mehr – ich will nie wieder was von ihr hören.

Stattdessen drücke ich die Klinke runter, stoße die Tür auf und lasse sie endgültig und unwiderruflich hinter mir.

23

Anni und ich sind den ganzen Vormittag über durch die Mönckebergstraße geschlendert, die größte Shoppingmeile, die Hamburg zu bieten hat. Sie schlängelt sich vom Hauptbahnhof aus an zahlreichen Geschäften vorbei bis zur Europapassage, die nur einen Steinwurf vom Herzen der Innenstadt, der Binnenalster, entfernt ist. Nun ragt das gut 160 Meter lange Gebäude genau vor uns auf, in dessen Innerem sich auf fünf Etagen noch mal haufenweise Läden und Restaurants tummeln.

Die Vorweihnachtszeit ist angebrochen, überall sind die Leute bereits auf der Suche nach den passenden Geschenken und auf den kleinen Weihnachtsmärkten stehen sie schon Schlange für den ersten Glühwein. Eigentlich eine meiner liebsten Jahreszeiten, auf die ich mich immer freue, und wäre ich nicht so erschöpft von dem Shopping-Programm, das bereits hinter mir liegt, würde ich es auch viel deutlicher zeigen.

»Vielleicht sollten wir an einem anderen Tag noch mal herkommen oder du bestellst dir online ein Kleid«, schlage ich vor und ziehe mir die Mütze vom Kopf, als wir in die Passage eintreten. »Wenn in den letzten zehn Läden nichts dabei war, wirst du hier wahrscheinlich auch nichts finden.«

»Hör auf, dich zu beschweren, es waren nicht mehr als vier. Nächste Woche kann ich nicht noch mal los, weil sich ein Kollege von mir Urlaub genommen hat und ich einspringen muss, deswegen ist heute meine letzte Chance, etwas für die Weihnachtsfeier zu finden.«

Ich schlüpfe aus meiner Jacke, falte sie über dem Arm und schiebe die Henkel meiner Handtasche über die Schulter. Anni hat bereits zwei Papiertüten in der Hand, eine mit Schuhen und eine andere mit Unterwäsche. Schade, dass sie und Nihat keine private Weihnachtsfeier machen, sonst wäre ich wahrscheinlich längst erlöst.

»Wieso machst du es nicht wie ich: Jeans, Pullover und fertig.«

»Langsam wird der Witz alt«, verdreht sie die Augen.

»Ich mache keinen Witz, wie oft willst du's noch hören? Würdest du nicht mitkommen, würde ich wahrscheinlich gar nicht hingehen.«

Jacks E-Mail bezüglich der Weihnachtsfeier von *Cat+Events* kam bereits vor einer Woche, doch ich habe sie unbeantwortet gelassen. Zwar wäre es schön, einen Abend mit meinen Kollegen zu verbringen, die mir mittlerweile wirklich ans Herz gewachsen sind, aber der Umtrunk steckt mir immer noch in den Knochen. Der Abend hat so vieles in Gang gesetzt, und auch wenn das im Nachhinein gut war, erinnere ich mich noch schmerzlich an die Nacht nach dem Gespräch mit Eli, in der ich kein Auge zugetan habe. Er hat meine Nachricht inzwischen gelesen, was die zwei blauen Häkchen im Chat verraten – aber er hat mir nicht geantwortet. Auch zurückgerufen hat er nicht, nachdem ich es gestern nicht mehr ausgehalten und es sogar zweimal bei ihm probiert habe, und die Schicht im *Vier Jahreszeiten* hat er an Janette, eine Kollegin, abgegeben. Ein Zufall zu viel, als dass ich ihn noch als solchen bezeichnen könnte.

Anni und ich stellen uns nebeneinander auf die Rolltreppe und sie lehnt sich zu mir herüber.

»Hast du inzwischen eigentlich was von Eli gehört?«, fragt sie, als hätte sie meine Gedanken gelesen.

»Bisher nicht. Ich hab keine Ahnung, was ich davon halten soll.«

»Aber er glaubt dir. Vielleicht braucht er nur etwas Zeit, um mit allem klarzukommen.«

»Womit denn klarkommen?«

»Dass seine inzwischen offenbar Ex-Freundin eine miese Lügnerin ist und er sich hat täuschen lassen«, sagt sie, als wäre das total offensichtlich, aber ich bin nicht so optimistisch.

»Wenn sie sich überhaupt wirklich getrennt haben. Sie hat ihm einmal was vorgemacht, vielleicht schafft sie es wieder, und dann bin ich da, wo ich angefangen habe«, sage ich, als wir oben ankommen und unseren Weg fortsetzen.

»Nein, unmöglich. So blöd kann niemand sein.«

»Werden wir sehen«, seufze ich. »Können wir einfach über was anderes reden? Darüber zerbreche ich mir schon genug den Kopf.«

»Kein Problem. Wollen wir hier mal gucken?«, deutet Anni nach rechts zu einem Schaufenster, in dem ein paar beleuchtete Modelle stehen.

»Das sind Abendkleider. Ist das nicht ein bisschen übertrieben?«, frage ich, auch wenn ich dankbar für den Themenwechsel bin.

»Die haben bestimmt noch andere, die nicht bis zum Boden gehen, und dahinten steht SALE. Komm schon, einen Versuch ist es wert.«

Ich kapituliere und folge ihr unverzüglich ins Innere der Boutique.

Es soll nicht zu schick sein, aber mehr als eine simple Jeans. Etwas Besonderes, ohne zu sehr rauszustechen, und bitte ohne

Pailletten oder Perlen. Dann muss es zu den Schuhen passen und sollte noch im Rahmen des Bezahlbaren sein. Eine kinderleichte Aufgabe also, ausgenommen, man rechnet Schnitt, Farbe oder Annis »Es ist einfach nicht *das* Kleid« mit ein, weil immer eine der Sachen im Endeffekt dafür sorgt, dass sie das Geschäft ohne Einkauf wieder verlässt. Na ja, vielleicht haben wir hier drinnen ja mehr Glück.

Die weißen Wände lassen den Raum einladend und groß wirken. Goldene Sterne rieseln von oben herunter, die sich in der Decke spiegeln, und die aufwendig geschmückten Schaupuppen, ebenfalls in Gold, fügen sich nahtlos in das Bild ein.

Wir gehen an den vorderen Stangen vorbei, bis wir den Bereich mit der heruntergesetzten Ware erreichen. Bügel um Bügel schieben wir nach vorne und begutachten die Kleider jedes für sich, die nicht nur toll aussehen, sondern sich auch so anfühlen. Es sind sogar noch erstaunlich viele in 36 vorhanden und die Farben – Rot, Schwarz, Grün und Blau – könnten Anni auch gefallen.

»Was hältst du von diesem hier?«, fragt sie mich und hält ein schwarzes Kleid mit langen, durchsichtigen Ärmeln hoch.

»Ist das nicht mein Text?«, entgegne ich.

»Komm schon, Luna, tu mir den Gefallen und stell dich nicht quer. Du liebst Weihnachten und ich will mit meiner besten Freundin feiern.«

»Ich dachte, mit Nihat?«, frage ich und ziehe eine Augenbraue hoch.

»Haarspalterei. Du kommst mit, Ende der Diskussion.«

»Immer dieser Befehlston …«, murmle ich

»Nur, wenn es sein muss.«

»Du wirst mich sowieso dazu zwingen hinzugehen, worüber diskutieren wir also noch?«, frage ich sie und sie zwinkert mir bestätigend zu.

Innerhalb kürzester Zeit haben wir den Bereich der reduzierten Kleider durchkämmt und ich habe zwei herausgesucht, die ich mir an Anni sehr gut vorstellen kann. Das eine ist aus dunkelgrünem Baumwollstoff, das andere aus schwarzem Chiffon und beide sind ungefähr knielang.

Unauffällig schiele ich zu Anni hinüber, als ich an die nächste Kleiderstange wechsle. Über ihrem freien Arm erkenne ich etwas Dunkelblaues und den Ansatz eines roten Rocks. Genaueres kann ich jedoch nichts ausmachen, da kehrt sie mir wieder den Rücken zu und versperrt mir die Sicht. Tatsächlich habe ich mich wirklich kurz gefragt, ob eins davon für mich sein könnte.

Vermutlich ist es besser so, denke ich. Bevor ich mich von ihrer Euphorie anstecken lasse und mit Erwartungen an die Feier herangehe, die ich definitiv nicht haben sollte. Angefangen mit dem perfekten Kleid, um jemanden zu beeindrucken, den es am Ende überhaupt nicht interessiert.

Nachdem ich eine große Runde gedreht und auch die restlichen Kleider in Augenschein genommen habe, sind es insgesamt vier, die ich auserkoren habe, sie Anni zu zeigen. Ein weiteres schwarzes, dessen Saum eine aufwendige rote Stickerei verziert, und ein weißes mit einem Rückenteil aus grober Spitze.

Suchend blicke ich mich um, kann meine Freundin aber nirgendwo entdecken, bis ich sie bei den Umkleidekabinen ausmache. Sie hat gerade ihren Kopf durch einen der Vorhänge gesteckt und winkt mich ungeduldig zu sich heran.

»Da bist du ja endlich«, sagt sie und deutet auf die Kabine ihr gegenüber.

»Deine hängen schon da drin. Sind die für mich?«

»Für wen sonst?«, sage ich und reiche ihr meine Kleider.

Erwartungsvoll sieht Anni mich an und deutet auf die Kabine ihr gegenüber. Ich ergebe mich meinem Schicksal, gehe hinein und ziehe den schweren Samtvorhang hinter mir zu. Und auch, wenn ich es nicht sein will, muss ich zugeben, dass ich neugierig darauf geworden bin, was sie mir ausgesucht hat.

Eigentlich hätte ich wetten können, dass ich jedes einzelne Stück im Laden in der Hand hatte, aber da lag ich offenbar falsch. Ich sehe ein rotes Kleid mit gigantischer Schleife am Rücken, ein schwarzes, dessen Ärmel von silbern glitzernden Pailletten bedeckt sind, ein kariertes mit glänzender Knopfleiste vor der Brust, und das blaue, das ich vorhin schon bei ihr gesehen habe. Ich lege meine Sachen auf dem Hocker ab, der in der Ecke der Kabine steht, und probiere zuerst das rote.

»Bist du so weit?«, höre ich Anni nach einer Minute rufen.

»Ja, kannst aufmachen«, antworte ich, als ich gerade den Reißverschluss schließe und meine Haare nach vorne lege – viel helfen tut es allerdings wenig. Dann ziehe ich den Vorhang auf.

»O Gott, nein. Was habe ich mir denn dabei gedacht?« Anni hält sich die Hand vor den Mund, als sie mich darin sieht.

»Keine Ahnung. Aber wäre es eine Kostümparty, könnte ich als Weihnachtself gehen, oder?«, lache ich. »Wie findest du deins?«

Sie hat das weiße angezogen.

»Es ist hübsch …«, antwortet sie und dreht sich vor dem Spiegel zu allen Seiten.

Es steht ihr, doch Begeisterung sieht deutlich anders aus.

»Aber?«, vermute ich.

»Aber!«, bestätigt sie und wir verschwinden wieder hinter unseren Vorhängen.

Die zweite Runde ist auch nicht erfolgreicher. Bei dem karierten Kleid mit der Knopfleiste habe ich den Eindruck, dass meine Brüste unnötig nach oben gequetscht werden, und Anni kann mit dem flatternden Rock von ihrem nichts anfangen.

»Und außerdem ist es eine Weihnachtsfeier, auf der wir Spaß haben wollen. Warum sind schwarze Kleider da überhaupt in der Auswahl?«, beschwert sie sich und wir beide skippen das dritte, das ebenfalls schwarz ist, um gleich zum vierten zu kommen, das gleichzeitig mein letztes ist – das blaue.

Der Stoff fühlt sich angenehm weich auf der Haut an. Der Rock reicht mir bis zu den Knien und die langen Ärmel werden von zwei matt glänzenden Knöpfen gerafft. Das Auffälligste ist aber definitiv der Mittelteil. Der Rand des Kragens ist mit Spitze besetzt, in der ich ein florales Muster aus Rosen erkenne, das sich weiter über die Schultern nach hinten zieht und den zum V ausgeschnittenen Rücken bedeckt. Sie verleiht dem blickdichten Teil vorne ebenfalls ein bisschen Bewegung und geht fließend in den Rock über, der das Kleid in sanften Wellen abschließt.

Zu meinem eigenen Erstaunen lächle ich mir selbst zu, als ich mich von oben bis unten im Spiegel betrachte, und drehe mich ein bisschen nach links und rechts. Es passt perfekt zu mir. Und zum ersten Mal kann ich mir tatsächlich vorstellen, wie ich darin auf der Weihnachtsfeier auftauche und mit meinen Freunden zusammen tanze.

»Das ist es!«, höre ich Anni freudig rufen und ich drehe mich überrascht in die Richtung, aus der ihre Stimme kam.

»Woher ...?«

»Jetzt mach schon auf und sieh es dir an«, drängt sie und ich verstehe, dass sie sich selbst gemeint hat. Also komme ich ihrer Aufforderung schnellstens nach und schiebe den Vorhang zur Seite.

»Wow«, sagen wir gleichzeitig.

Das dunkelgrüne Kleid, das ich ausgesucht habe, sieht aus, als wäre es für Anni gemacht. Es ist etwas kürzer als meins und hat lange Ärmel, die unten mit einer Schleife zusammengehalten werden. Durchsichtige Cut-outs betonen ihre schmale Taille und sogar die Kette mit dem roten Stein als Anhänger, die sie heute trägt, sieht aus, als gehörte sie dazu.

»Du siehst toll aus«, sage ich, als sie vor mir posiert.

»Deinem guten Händchen sei Dank. Nicht too much, aber doch etwas Besonderes und es passt perfekt zu meinen Haaren. Ich wusste schon, warum ich dich mitgenommen habe.«

»Nihat wird Augen machen, wenn er dich darin sieht«, sage ich.

Ihre Wangen röten sich in Sekundenschnelle und sie dreht sich noch mal im Kreis. Dann fällt ihr Blick wieder auf mich.

»Und wenn du das nichts kaufst, bin ich beleidigt. Mehr als beleidigt. Das Kleid allein sollte schon Grund genug dafür sein, dass ein gewisser Jemand und du die Sache zwischen euch endlich klärt.«

»Wollten wir nicht aufhören, darüber zu reden?«, frage ich und streiche über den Stoff.

»Richtig, sorry. Aber ernsthaft, wahr ist es trotzdem.«

»Wenn du meinst.«

»In jedem Fall wird es dir in diesem Kleid nicht an Typen fehlen, die mir dir tanzen wollen.«

»Seit wann brauche ich einen Typen, um zu tanzen?«, frage ich.

»Und seit wann brauchst du jemanden, um dir ein hübsches Kleid zu kaufen?«

Touché. Ich muss zugeben, dass da etwas dran ist. Das Kleid gefällt mir, und wenn ich so darüber nachdenke, ist es schon eine Weile her, dass ich mir etwas so Schönes gegönnt habe. Außerdem könnte ich es noch am zweiten Weihnachtstag anziehen, wenn meine Mutter und ich ins Restaurant gehen. Eine alte Tradition, die wir dieses Jahr wiederaufleben lassen.

»Sag einfach Ja und nimm es«, ermutigt Anni mich.

»Lass mich erst auf den Preis gucken«, sage ich und angle nach dem Schild, das am Reißverschluss festgemacht ist.

»Es war runtergesetzt. Die Ausrede zählt also nicht, falls du sie benutzen wolltest.«

Sie macht ihre Augen ganz schmal und stemmt eine Hand in die Hüfte. Ich presse die Lippen zusammen, beäuge mich noch einmal kritisch von oben bis unten, von vorne und von hinten und hebe letztendlich die Arme zum Zeichen, dass ich mich ergebe. In Ordnung, wenn es unbedingt ein Kleid sein muss, dann dieses. Und insgeheim fällt es mir gar nicht wirklich schwer.

Eine halbe Stunde später sitzen wir zusammen mit unseren Einkäufen in der Bahn und fahren nach Hause.

Als wir an unserer Station aussteigen, weht uns bereits auf der Treppe kalter Wind entgegen und oben angekommen rieseln zu meiner Überraschung die ersten Schneeflocken des Winters vom Himmel herab. Meine Mundwinkel wandern von ganz allein nach oben, als sich eine davon auf meiner Nasenspitze niederlässt, und mir kommt es fast so vor, als wolle sie mich begrüßen.

Ich ziehe meinen Ärmel zurück, strecke den Arm aus und beobachte, wie neue Flocken auf den dunklen Stoff meines Handschuhs schweben. Bei einer kann ich sogar deutlich die Fraktale erkennen, die in ihrer einzigartigen Anordnung ein wunderschönes Muster ergeben. Unzählige weitere segeln auf meine Ärmel, den Kragen meiner Jacke und mein Gesicht und für einen Moment bin ich vollkommen davon eingenommen. Von der Leichtigkeit und dem vollkommen willkürlichen Tanz, der doch perfekt koordiniert zu sein scheint und mich verzaubert. Ich kann mich nicht daran erinnern, wann ich das letzte Mal den Kopf in den Nacken gelegt habe, um einfach nur zum Himmel zu schauen.

Als ich den Mund öffne, um eine Flocke mit der Zunge zu fangen, lache ich leise auf wie ein kleines Kind.

»Ähm ... wollen wir dann weiter?«, räuspert Anni sich, die ein paar Meter weiter stehen geblieben ist und zu mir rübersieht.

»Es schneit«, stelle ich fest und ihre Lippen ziehen sich zu einem belustigten Lächeln auseinander.

»Was du nicht sagst.«

Ich versenke meine Hände tief in den Taschen meines Mantels und laufe die kurze Strecke, um zu ihr aufzuschließen. Dabei fliegen die Flocken in kleinen Wirbeln um mich herum und ich kann mich gar nicht an ihnen sattsehen.

Ich hab keine Ahnung, warum ich so fasziniert davon bin. Natürlich ist es nicht das erste Mal, dass ich Schnee sehe. In München hatten wir letztes Jahr sogar weiße Weihnachten. Trotzdem kann ich nicht abstreiten, dass das Gestöber etwas in meinem Magen auslöst, das mich von innen heraus wärmt wie ein knisterndes Kaminfeuer. Die letzten Meter über, die wir noch vor uns haben, verdrängt es sogar meine schmerzenden Füße.

Zu Hause angekommen zeige ich meiner Mutter kurz das Kleid und gehe dann rüber zu Anni. Wir haben uns spontan dazu entschlossen, einen Filmabend zu machen, und so schnappe ich mir nur das Pulver für die heiße Schokolade und sitze ein paar Minuten später schon bei ihr auf dem Sofa. Dick eingemummelt in zwei flauschige Decken, eine Schale mit Knabberkram zwischen uns und den Kakao in den Händen.

Wir entscheiden wir uns für unseren weihnachtlichen Klassiker, den wir allein schon aus traditionellen Gründen jedes Jahr gucken. Sogar als ich in München war, haben wir ihn geschaut, nur dass wir da über Skype verbunden waren und ich nicht direkt neben ihr saß. Heute ist es wieder so, wie es sein soll. Der Vorspann von *Hüter des Lichts* flimmert über den Bildschirm und ich atme den süßen Duft tief ein, der mir aus der Tasse entgegensteigt. Es heißt ja, dass Gerüche die stärksten Erinnerungen in uns wecken, und in dem Moment habe ich nicht nur das Gefühl, in eine alte, unberührte hineingezogen zu werden, sondern gleichzeitig auch eine zu erschaffen.

Der Tag hat durchwachsen begonnen, aber am Ende habe ich ein hübsches Kleid gekauft, der erste Schnee ist gefallen und ich sitze zusammen mit meiner besten Freundin auf dem Sofa, wie in guten alten Zeiten. Zum ersten Mal fühle ich keine Nostalgie, als könnte sich alles jederzeit wieder in Luft auflösen, sondern ehrliche Freude, die mit jedem Schluck, den ich trinke, größer wird. Als der Film endet, sitzen wir immer noch zusammen, bereits die zweite Tasse in den Händen, und reden über Gott und die Welt. Draußen ist es schon dunkel, doch ich kann erkennen, dass sich eine dünne weiße Schicht auf dem Fenstersims niedergelassen hat.

Jede Flocke ist ins Ungewisse gefallen und einige sind gekommen, um zu bleiben.

Selbst wenn es nur für diese Nacht ist und sie morgen wieder verschwinden.

24

Am Vormittag habe ich zusammen mit Mara und Henri den Vortrag gehalten. Ich war nervös, habe mich an meine Karteikarten geklammert, die ich am Ende doch nicht gebraucht habe, und war so erleichtert, als wir es hinter uns gebracht hatten. Das Feedback fiel gut aus und mein darauffolgendes Hochgefühl hat den Rest des Tages nahezu an mir vorbeiziehen lassen, dass ich gar nicht weiß, wie es so schnell Abend werden konnte.

Ich bin bei Anni, wo wir uns eben gemeinsam für die Weihnachtsfeier fertig gemacht haben, die ich die ganze Woche über gekonnt verdrängt habe – wenn man mal von meiner Schicht am Mittwoch absieht, wo sie das Hauptgesprächsthema unter den Kollegen war. Wir warten nur noch darauf, dass es klingelt. Nihat holt uns mit dem Auto ab und sollte jeden Moment da sein.

Anni hat zu ihrem grünen Kleid eine hautfarbene Stumpfhose angezogen und sich die langen roten Haare an der Seite mit einer Haarspange zurückgesteckt. Dazu trägt sie die Kette mit dem roten Stein, die sie letzten Samstag beim Shoppen schon anhatte, und passende Ohrstecker. Ich habe mich für eine schwarze Strumpfhose entschieden, silberne Creolen angelegt und das Haar einfach offen gelassen.

Gerade ziehen wir uns die Mäntel über und ich werfe noch mal einen Blick in den Spiegel, bevor ich mich zu meinen Schuhen hinunterbeuge. *Vielleicht hätte etwas mehr Rouge nicht geschadet, überlege ich. Ich bin wieder so blass oder ist es nur das Licht?*

»Du siehst gut aus«, versichert Anni mir, die den Reißverschluss ihrer Stiefel hochzieht und sich wieder aufrichtet.

»Du auch«, erwidere ich. »Ich hoffe nur, es wird nicht zu kalt. Gefüttert ist das Kleid nämlich nicht.«

»Meins auch nicht, aber wir sind ja drin.«

»Stimmt.«

In Jacks Mail stand, dass wir uns dort treffen würden, wo der Workshop stattgefunden hat. Ich habe damals nur die Küche und den daran angrenzenden Gastraum gesehen, in dem Nihat uns alle nötigen Handgriffe zum Einstieg gezeigt hat, aber wenn der Rest ähnlich gemütlich eingerichtet ist und dann auch noch weihnachtlich dekoriert, wird es bestimmt ein schöner Abend. So wie ich Anni verstanden haben, lässt sich kaum einer die Weihnachtsfeier von *Cat+Events* entgehen und das will etwas heißen.

»Gut, bist du fertig?«, fragt Anni.

»Ja, meinetwegen können wir los.«

»Perfekt«, sagt sie und beugt sich vor, um aus dem Fenster zu schauen. »Wenn mich nämlich nicht alles täuscht, ist unser Chauffeur soeben eingetroffen.«

Ich habe mit Lichterketten und -treppen gerechnet, ein bisschen Schmuck an den Wänden in Form von bunten Sternen und einer weihnachtlichen Playlist, die dem Ganzen eine festliche Stimmung verleiht. Was Jack auf die Beine gestellt hat, übertrifft meine Erwartungen aber um Längen und mir wird sofort klar, wie sehr ich es bereut hätte, nicht herzukommen.

Der Eingang des Gebäudes wird von zwei kleinen Tannen gesäumt, die mit glänzenden Kugeln geschmückt sind. Kurz hinter der Tür werden uns die Mäntel abgenommen, bevor wir mithilfe von Wegweisern geradeaus durch den Flur geleitet werden, in dem ein paar Stehtische mit Weihnachtssternen und Gebäck aufgestellt sind. Eine hölzerne Treppe, die sich hinter einer zweiten Tür verbirgt, führt in den ersten Stock. Die Geländer sind mit Lametta und roten Bändern umwickelt und schon von unten kann man das Lachen der Gäste hören, die bereits da sind. Wir beeilen uns, die Stufen hinter uns zu bringen, und oben angekommen muss ich mich daran erinnern, nicht schon wieder wie angewurzelt stehen zu bleiben. Anscheinend hat meine beste Freundin nicht übertrieben, als es um die Suche nach dem perfekten Kleid ging. So wie sich nämlich alle in Schale geworfen haben, komme ich mir beinahe underdressed vor.

Das obere Stockwerk besteht aus einem einzigen großen Raum. Die Rückwand beherrscht ein ausladender Weihnachtsbaum, in dem zahlreiche bunte Kerzen erstrahlen, deren Farben sich im Takt der Musik ändern. Davor befindet sich eine große Tafel mit Essen und Getränken. Ich erkenne zwei runde Kessel, in denen sich vermutlich Glühwein befindet, Teller mit Häppchen, Schalen mit Keksen, ein Heer von Tassen und dazwischen viele kleine Weihnachtsmänner aus Schokolade und mit glücklichen Gesichtern.

Ringsum an der Wand sind mehrere kleine Sitzgruppen aufgestellt, von denen einige bereits in Beschlag genommen sind. Die übrigen Gäste haben sich in der Mitte auf der improvisierten Tanzfläche eingefunden, die sich über den ausgeblichenen Hartholzboden bis zu einer kleinen Bühne erstreckt. Auf ihr ist eine aufwendig aussehende Musikanlage aufgebaut, mit deren Hilfe ein DJ mit Nikolausmütze für eine lockere, ausgelassene Stimmung sorgt. Der Lichterregen, der genau über der Tanzfläche angebracht ist, schließt das Bild stimmig ab und ich folge Anni und Nihat, ohne zu zögern, hinein. Dabei drehe ich mich nicht nur einmal um mich selbst und stoße ein staunendes »Wow« aus.

Nihat schenkt sich und Anni Glühwein ein und mir den alkoholfreien Punsch. Er reicht die Tassen weiter und dreht sich mit Anni im Arm herum, um den Blick über die Menschen gleiten zu lassen.

»Und du bist ganz sicher, dass du nicht zu uns zurückwillst?«, fragt Nihat seine Freundin und drückt ihr einen Kuss auf die Schläfe.

»Solange ich noch nicht genug von dir habe, brauche ich das doch nicht, oder? Bis dahin komme ich auch so rein«, neckt sie ihn und er zieht sie in einen richtigen Kuss zu sich heran.

Einerseits fühle ich mich wie das fünfte Rad am Wagen neben den beiden, die offenbar kaum die Finger voneinander lassen können, auf der anderen Seite ist es aber schön zu sehen, wie glücklich sie sind. Geradezu beneidenswert. Als sie sich voneinander lösen, sehen sie sich so an, wie es nur zwei Menschen können, die über beide Ohren ineinander verliebt sind, und ich trinke vorsichtig von meinem Punsch, an dem ich mir beinahe die Zunge verbrenne.

Wir drehen eine kleine Runde, um zu sehen, wer sonst noch da ist. Anni scheint jeden noch von früher zu kennen und alle freuen sich, sie zu sehen, schließen sie in die Arme und machen ihr Komplimente für ihr Kleid. Einige bitten sie zurückzukommen, was sie aber jedes Mal mit einem Lachen abtut. Im Gegenzug verspricht sie aber, beim nächsten Umtrunk dabei zu sein, womit alle mehr als einverstanden sind.

Als ich Karima und Emily entdecke, teilen wir uns auf. Nihat und Anni gehen zur Tanzfläche, während ich mich zu den beiden auf die Sitzbank gleiten lasse und mit ihnen anstoße. Wir unterhalten uns darüber, wie schön der Saal geschmückt ist, und über den Job, wobei klar wird, dass ich nicht die Einzige bin, die positiv überrascht wurde. Unweigerlich versetzt mir der Gedanke einen Knick, als mir Elis und mein Deal wieder einfallen. Und dann denke ich an Eli und frage mich, wo er ist.

Schnell schiebe ich die Frage beiseite. Damit will ich mich heute Abend nicht beschäftigen. Es ist Weihnachten, oder immerhin fast, und ich will das heute einfach nur genießen.

Immer mehr Leute kommen die Treppe nach oben und der Saal wird voller. Wir reden und lachen, trinken eine zweite Tasse Glühwein und mit jedem Schluck wird mir etwas wärmer. Bald schon bewegen sich die Zeiger auf neun Uhr zu, als die Lichter plötzlich gedimmt werden und Jack in einem Spot auf der kleinen Bühne erscheint. Er hat die Ärmel seines blauen Hemds hochgekrempelt, was seine kräftigen Arme betont, und trägt darüber eine grau karierte Weste. Nur noch der Baum und die Teelichter erhellen den Raum und verleihen ihm trotz seiner Größe eine heimelige Atmosphäre, während Jack nach dem Mikrofon greift und mit seinen Knöcheln dagegenklopft.

Karima, Emily und ich erheben uns und kommen wie die anderen näher heran, während die Gespräche verstummen. Alle schauen erwartungsvoll nach oben.

»Einen schönen guten Abend allen zusammen«, begrüßt Jack uns mit kräftiger Stimme. »Wie jedes Jahr freue ich mich auch diesmal ganz besonders, dass ihr meiner Einladung gefolgt und zur Weihnachtsfeier gekommen seid. Es war ein fantastisches Jahr mit euch, wir sind unserem Ruf mal wieder gerecht geworden und haben unsere Aufträge mit Motivation, Teamgeist und viel Engagement gestemmt und dafür danke ich euch von ganzem Herzen! Ohne euch würde ich heute nicht hier stehen und ich erhebe mein Glas – oder in dem Fall meine Tasse – und trinke auf euch.«

»Auf dich!«, ertönt es aus der Menge und ich recke meinen Arm mit ihnen in die Luft.

Alle trinken einen Schluck, Jack stellt seine Tasse auf dem Pult ab und legt die Hand auf die Schulter des DJs neben ihm.

»Mein guter Freund Flo sorgt hier heute Abend für die Stimmung«, stellt er ihn vor und sein Grinsen wird noch breiter. »Ich bin sehr froh, dass er die Zeit gefunden hat, für uns aufzulegen, was bei seinem vollen Terminkalender nicht selbstverständlich ist. Also macht einmal ordentlich Lärm für ihn.«

Alle klatschen, ein paar Pfiffe ertönen und Flo zieht seine Mütze vom Kopf, um eine Verbeugung anzudeuten.

»Viel Spaß, habt einen schönen Abend und geht auf keinen Fall vor vier nach Hause. Ich liebe euch, Leute, frohe Weihnachten«, beendet Jack seine Ansprache und Flo zieht die Musik synchron mit dem aufbrandenden Applaus wieder voll auf.

Die meisten Leute bleiben auf der Tanzfläche und fangen wieder an zu tanzen, als wären sie gar nicht dabei unterbrochen worden. Karima und Emily bilden da keine Ausnahme. Ich gebe ihnen ein Zeichen, dass ich kurz verschwinde, um mir etwas Neues zu trinken zu holen. Ob ich ihnen etwas mitbringen soll, verneinen sie und stürzen sich stattdessen ins Getümmel.

Vorsichtig hebe ich die Kelle aus dem Kessel, schwenke den Punsch darin etwas herum und lasse sie zurück hineingleiten. Der fruchtige Geruch nach Zimt und Beeren steigt mir zwar in die Nase, was jedoch nichts daran ändern kann, dass meine Augen ruhelos im Raum umherwandern. Ich will es nicht, aber ich frage mich unweigerlich, ob Eli heute noch auftaucht. Offenbar hat ein Teil von mir tatsächlich gehofft, dass sich die Gelegenheit ergeben würde, noch mal mit ihm zu reden, ohne dass ich es mitbekommen habe. Dabei sollte ich das hier genießen und Weihnachten mit meinen Freunden feiern. Alles ist schön, glitzert und leuchtet und ich trage ein wunderschönes Kleid – und kaum bin ich allein, holt mich das Zurückgedrängte wieder ein. Wie heißt es so schön: »Das Herz hat seine Gründe, die der Verstand nicht kennt.« Dabei wäre es mir gerade am liebsten, es würde einfach für ein paar Minuten die Klappe halten.

Etwas abseits des Treibens stelle ich mich auf und versuche mich an die Enttäuschung zu gewöhnen, die beginnt, sich in meinem Bauch festzusetzen. An die Fensterbank gelehnt kann ich Anni und Nihat beim Tanzen ausmachen und ich beobachte sie eine Weile, weil es so leicht aussieht. Annis Lippen bewegen sich und er lacht wegen irgendetwas, das sie gesagt hat. Automatisch hebt sich meine Laune ein kleines bisschen, wenn auch nur kurz. Ich wünschte, ich hätte eine Kamera dabei, um ein paar Fotos von ihnen zu machen und diesen flüchtigen Moment für sie festzuhalten, weil es genau diese sind, die einen die schlechten Zeiten überstehen lassen. Ich muss es wissen. Das Bild vom Festival, das ich an meinem ersten Tag in meine Schreibtischschublade verbannt hatte, ist nämlich längst wieder auf die Fensterbank zurückgekehrt.

»Beneidenswert, oder?«

Überrascht mache ich einen Satz zur Seite und wirble herum. Ich war so abgelenkt von Anni und Nihat, dass ich nicht gesehen habe, wie er reingekommen ist, doch da steht er plötzlich. Eli lehnt wie ich an der Fensterbank und hat die Hände in die Taschen seines Sakkos geschoben, als wäre es die ganze Zeit schon so gewesen. Darunter trägt er ein weißes Hemd, dessen obere Knöpfe geöffnet sind, und eine schlichte Jeans. Er sieht gut aus, trotz seiner zusammengezogenen Brauen, die seine Stirn in Falten gelegt haben.

»Wo kommst du denn plötzlich her?«, frage ich, das Herz eine deutliche Spur schneller als noch vor wenigen Sekunden.

»Von draußen«, sagt er.

»Ich hab gar nicht gewusst, dass du auch kommst«, erwidere ich.

»War eher eine spontane Entscheidung. Eigentlich wollte ich zu Hause bleiben.«

»Hat ja gut geklappt.«

Er zuckt mit den Schultern. Konzentriert lässt er die Augen über die Menschen vor uns wandern und reckt das Kinn vor. Seine Anspannung ist fast greifbar und sie überträgt sich unwillkürlich auf mich. Alle anderen sind entweder beim Büfett oder tanzen und wir sind die Einzigen, die etwas abseits stehen.

Ein paar Sekunden warte ich, ob er von sich aus etwas sagt, dann hat mein pochender Herzschlag sich so weit wieder beruhigt, dass ich selbst das Wort ergreife.

»Wir haben seit dem Umtrunk nicht mehr gesprochen.«

»Ja, ich weiß. Tut mir leid, dass ich nicht geantwortet habe«, entschuldigt er sich und wendet mir dann endlich den Kopf zu. »Es ist schön, dich zu sehen.«

Ich schaue direkt in seine braunen Augen und kurz stockt mir der Atem. Sein Blick ist aufmerksam, die vage Andeutung eines Lächelns umspielt seine Lippen, was den ernsten Ausdruck ein wenig bröckeln lässt. Damit habe ich nicht gerechnet.

»Das Kleid steht dir«, flüstert er.

Flüchtig lasse ich meine Finger über den weichen Stoff gleiten. Sollte das gerade ein Kompliment sein?

»Danke«, sage ich, wobei meine Stimme am Ende nach oben geht, als wäre es eine Frage gewesen.

Er richtet den Blick zurück nach vorne, seine Schultern sinken und es ist still zwischen uns. Eine unangenehme Spannung macht sich breit und sie ruft das nervöse Kribbeln zurück an die Oberfläche. Was macht er hier? Und damit meine ich nicht explizit diese Feier, sondern hier *bei mir*. Er hat mich wohl kaum angesprochen, weil er sonst niemanden kennt. Doch eine Erklärung bleibt er mir vorerst schuldig, und je länger die Stille anhält, desto unruhiger werde ich.

Wir sind keine Freunde, die lockeren Small Talk halten und sich dann bis später verabschieden. Ich weiß nicht mal wirklich, was wir sind, und das frisst mich auf. Aber wie fängt man so ein Gespräch an? Bei allem, was immer noch zwischen uns steht, wüsste ich nicht, wo ich anfangen soll.

»Erinnerst du dich noch an unseren Deal vom Umtrunk?«, will Eli plötzlich wissen und holt mich zurück aus meinen Gedanken.

»Du meinst meine Kündigung?«

»Ja.«

»Natürlich«, antworte ich und glaube zu verstehen, was das hier soll.

Es wäre auch zu schön gewesen, wenn es einen anderen Grund gegeben hätte, und die Enttäuschung, die ich eigentlich nicht haben wollte, macht sich in mir breit.

»Willst du, dass ich jetzt zu Jack gehe?«, frage ich.

Nun wird die Andeutung um seinen Mund zu einem halben Lächeln und zu meiner Verwunderung schüttelt er den Kopf.

»Nein. Was hältst du davon, wenn wir stattdessen einen neuen Deal abschließen?«

Ich stemme eine Hand in die Hüfte. »Und der wäre?«

»Tanz mit mir.«

Verdutzt starre ich ihn an und glaube kurz, dass er sich über mich lustig macht. Seine Miene wirkt gelassen, als hätte er gerade nicht etwas vollkommen Absurdes von sich gegeben.

»Was?«

»Tanz mit mir«, wiederholt er.

Ob ihm bewusst ist, dass er gerade ein zweites Mal dasselbe zu mir gesagt hat, wie damals auf dem Festival, als wir uns kennengelernt haben? Ich sehe feinen Nieselregen vor meinem inneren Auge und spüre ihn auf der Haut, und so schnell er gekommen ist, blinzle ich ihn weg.

»Hat deine Begleitung nichts dagegen?«

»Ich habe keine Begleitung«, sagt er und keine Sekunde später spüre ich seine Hand an meinen Fingern.

Mein Kopf will ihn wegschieben, aber mein Körper reagiert sofort auf seine Berührung. Wieder finden meine Augen die seinen und suchen darin nach irgendwelchen Anzeichen, dass er sich gerade einen geschmacklosen Scherz mit mir erlaubt.

»Wieso?«, frage ich.

»Weil du der Grund bist, warum ich doch noch hergekommen bin.«

Mein Herz macht einen Satz und mein Bauch zieht sich zusammen. Ist das sein Ernst?

»Moment mal. Erst redest du kein Wort mit mir und jetzt das? Du kannst dich echt nicht entscheiden, was du willst, oder?«

»Doch, deswegen bin ich hier.«

»Bis du es dir wieder anders überlegst«, sage ich und schüttle den Kopf. »Du bist echt unglaublich.«

Er seufzt und ich lasse passend dazu die Schultern hängen. Wollte ich nicht genau das hier? Mit ihm reden und herausfinden, was als Nächstes kommt? Nur leider habe ich nicht bedacht, wie sehr mein Herz in seiner Nähe verrücktspielen würde. Dabei wäre es wesentlich besser, erst zu reden, bevor ich auch nur im Entferntesten darüber nachdenken sollte, wieso es das tut.

»Vielleicht hast du recht. Es war eine blöde Idee hierherzukommen. Von *mir*«, murmle ich in seine Richtung und stoße mich von der Fensterbank ab, um den Ausgang anzusteuern.

Kurz bevor ich ihn erreicht habe, holt er mich jedoch ein und hält mich zurück. Plötzlich stehen wir uns so dicht gegenüber, dass ich seinen Atem auf meinem Gesicht spüren kann, und meine Füße versagen jeden weiteren Schritt.

»Hör zu«, bittet er mich und lässt mich los. »Ich weiß, dass wir reden sollten, und wahrscheinlich gibt es so viel zu besprechen, dass wir mit diesem Abend niemals auskommen würden. Und du verdienst mehr als diese eine Entschuldigung. Aber jetzt gerade will ich es nicht.«

Seine Finger gleiten in meine, so warm und vertraut, als gehörten sie dorthin. Mein Herz schlägt mir bis zum Hals und ich kann es bis in die Zehen spüren.

»Was willst du dann?«, frage ich.

»Das sagte ich schon: mit dir tanzen. Und ein Lied lang so tun, als wäre das alles nie passiert.«

Je länger er mich berührt, desto geringer wird mein Widerstand. Mein Kopf schaltet sich ein, um die Notbremse zu ziehen, aber den Rest von mir kümmert es nicht. Ich nehme einzig und allein die kreisende Bewegung seines Daumens auf meinem Handrücken wahr und will mehr davon. Will mit ihm tanzen und seine Arme dabei um mich herum spüren, weil ich ihn vermisse. Mehr, als ich sollte.

»Okay«, sage ich. Vielleicht weil ich mir selbst in der Vergangenheit viel zu oft gewünscht habe, alles könne nur für einen kurzen Moment wieder so wie früher sein, und ich ihm den Wunsch deswegen nicht abschlagen kann.

Mit weichen Knien folge ich Eli auf die Tanzfläche. Er hebt meine Arme, bis sie auf seinen Schultern ruhen, und legt seine an meine Taille, und langsam beginnen wir uns im Takt der Musik zu bewegen. Ich komme nicht umhin festzustellen, dass wir immer noch perfekt zusammenpassen, als wir ein paar Schritte wagen, und die zweifelnden Stimmen in mir werden zu einem Flüstern. Vorsichtig bette ich meinen Kopf an seine Brust und ein paar Takte später sind meine Augen fest geschlossen.

Es vergeht das erste Lied, dann das zweite. Sie sind etwas ruhiger, sodass es nicht auffällt, dass wir uns gar nicht viel bewegen. Nur ganz sachte wiegen wir uns von einer Seite zur anderen und bemühen uns gar nicht darum, etwas Aufwendigeres zu gestalten.

Ich genieße es, von ihm gehalten zu werden und dass seine Hände nicht zulassen, dass ich mich von ihm wegbewege. Stattdessen komme ich ihm immer näher und die Hitze aus meinen Wangen wagt sich auch in den Rest meines Körpers vor. Wenn ich ganz genau darauf achte, höre ich ihn atmen. Der Luftzug kitzelt meinen Hals und ich muss automatisch daran denken, wie es wohl wäre, genau dort seine Lippen zu spüren.

Erst als das dritte Lied ausklingt und ein schnelleres folgt, lösen wir uns voneinander. Mein Gesicht glüht und ich spüre ein vertrautes Ziehen in meiner Brust – und ich glaube, es ist nicht gesund, ihn so sehr zu vermissen, wenn er doch immer noch genau vor mir steht.

»Ein guter Deal«, sagt er, ohne Anstalten zu machen, mich loszulassen.

»Ja«, flüstere ich und streiche ihm über die Wange.

Denn solange wir getanzt haben, waren meine Gedanken tatsächlich stumm. Kurz konnte ich mir vorstellen, wer wir jetzt wären, hätte es das letzte Jahr nicht gegeben.

25

Wir haben uns etwas abseits der Tanzfläche auf zwei Stühle gesetzt. Mein hämmernder Puls beruhigt sich allmählich und ich scheitere kläglich daran einzuordnen, was genau das gerade war. Es war zu viel, um nichts zu sein, zu wenig, um es zu benennen, und ich schaue Eli erwartungsvoll an, dass er mir erklärt, was es bedeutet.

»Ich muss mich für alles bei dir entschuldigen«, sagt er schließlich.

»Was meinst du genau?«, frage ich.

»Für die letzten zwei Wochen. Wahrscheinlich hätte ich irgendetwas sagen müssen oder wenigstens schreiben, aber ich hab's nicht geschafft.«

Unsicher knabbere ich auf meiner Unterlippe herum.

»Wieso nicht?«, will ich wissen.

»Ich wusste nicht, was ich sagen soll. Ich musste viel daran denken, was du mir erzählt hast, eigentlich die ganze Zeit, aber jedes Mal, wenn ich versucht habe, was zu schreiben, klang es falsch. Es wäre besser gewesen, wenn ich dir früher zugehört hätte. Am liebsten würde ich die Zeit zurückdrehen und es anders machen.«

»Wem sagst du das?«

Wehmütig sieht er mich an, dann weicht er meinem Blick aus.

»Ich habe die Zeit auch genutzt, um mir über einiges klar zu werden. Zum Beispiel über Jess und mich. Wahrscheinlich hab ich es deswegen auch nicht geschafft, dir zu schreiben.«

»Ich weiß gar nicht, ob ich das so genau wissen will«, gestehe ich und verschränke die Arme vor der Brust, in dem Versuch, das dumpfe Pochen darin zu beruhigen.

»Ich habe auch nicht vor, da zu sehr ins Detail zu gehen«, sagt er. »Sie war für mich da und ich hab nicht weiter drüber nachgedacht, als das mit uns anfing. Aber du sollst wissen, dass es vorbei ist. Ich hab mich von ihr getrennt.«

»Wegen dem, was ich gesagt habe?«, frage ich und vergrabe die Hände in meinem Rock.

»Ja. Sie war es, die mir damals erzählt hat, du wärst du deinem Ex zurück. Als ich ihr letzte Wochen ihre Sachen zurückgegeben habe, hat sie dann zugegeben, dass es eine Lüge war. Und dass es ihr leidtut.«

»Ich will sie nicht in Schutz nehmen, aber sie wusste nicht, was Julien mir angetan hat.«

»Trotzdem. Wir hätten uns wahrscheinlich ohnehin getrennt. Wir haben uns nur noch gestritten, seitdem du wieder aufgetaucht bist, und im Grunde war es von Anfang an eine dumme Idee.«

»Ach, meinst du?«, frage ich und kann den Sarkasmus nicht ganz aus meiner Stimme halten.

Sein Blick ist traurig, das Lächeln halbherzig. »Es tut mir leid, Luna.«

Pause.

»Mir auch«, sage ich.

Wir haben uns lange genug angeschwiegen, dann lange genug gestritten. Ich will das nicht mehr, ich will nur noch hier und jetzt.

Bedächtig verschränkt er unsere Finger miteinander. Als würde ein Puzzleteil ins andere gleiten und das Bild damit vollständig machen. Ich lege meine freie Hand an seine Wange, wie vorhin, spüre raue Bartstoppeln an meiner Haut und eine Gänsehaut überzieht meinen ganzen Körper. Es gibt wohl Dinge, an die sich meine Fingerspitzen besser erinnern, als mein Kopf es jemals könnte.

»Ich hab dich vermisst«, sagt er leise und schmiegt sich in meine Handfläche.

»Ich dich auch«, flüstere ich.

Weder Eli noch ich schaffen es, den Blick voneinander abzuwenden. Er wird immer tiefer, intensiver, fremd wird vertraut, der Graben zwischen uns eben und die glänzenden Lichter um uns herum verschmelzen zu einem leuchtenden Vorhang. Unsere Herzen schlagen gleich, passend zu der Musik, die immer noch irgendwo im Hintergrund läuft, und da ist er wieder: der feine Nieselregen wie beim ersten Mal, als ich mich Hals über Kopf in ihn verliebte. Und ich weiß, dass das niemals aufhören wird.

Dieser Augenblick ist das Risiko wert gewesen, um genau jetzt bei ihm anzukommen. Wir vergessen nicht, was war, was wir durchgemacht haben und welche Hürden wir nehmen mussten. Vergessen nicht die Angst, die Wut und die Schmerzen, die wir uns zugefügt haben und ertragen mussten, oder die Monate der Distanz. Wir vergessen nicht, was noch auf uns zukommt, doch für diese Nacht ist es nicht wichtig. Plötzlich wünsche ich mir nur noch, mit ihm allein zu sein, nicht mehr zu denken und nur noch zu fühlen. Ich vermisse ihn, alles an ihm, und ich will dieses Ziehen endlich nicht mehr spüren, das mir sagt, ihn verloren zu haben.

Und ich glaube, ihm geht es auch so.

Langsam hebt er meine linke Hand zu seinen Lippen, drückt sanft einen Kuss darauf und lächelt mich an.

»Wie geht es dir?«, fragt er.

»Gut.«

»Möchtest du noch bleiben?«

Ich schüttle den Kopf. »Nein. Der Abend war schön.«

»Vielleicht etwas kurz«, bemerkt er.

»Wir haben lang genug gewartet, oder nicht? Und wenn ich mir wünschen könnte, wie er endet, würde ich jetzt gehen.«

Er wartet ab, ob ich meine Meinung noch ändere, und sieht mir abwechselnd in die Augen. Aber ich weiß genau, was ich will. Und als er aufsteht und mir die Hand entgegenstreckt, ergreife ich sie nur zu gern.

»Dann lass uns hier verschwinden.«

Bereitwillig erhebe ich mich und lasse mich von Eli aus dem festlichen Saal führen. Vorbei an Lichtern, Musik und lachenden Menschen bis hin zur Treppe, die wir, ohne unsere Hände zu lösen, nach unten laufen. Dort angekommen durchqueren wir den Eingangsflur und machen kurz halt an der Garderobe, um unsere Mäntel zu holen. Schnell ziehen wir sie uns über, bevor wir nach draußen treten, weg von dem Treiben im Innern und hinein in die kalte Dezemberluft.

Wir gehen über den kleinen Parkplatz zur Straße, wo Eli sein Auto geparkt hat, einen alten VW Golf. Der Wind streift meinen Nacken, ich blicke nach oben zum nachtgrauen Himmel und begreife, wie schön diese Nacht jetzt schon ist, als ich merke, dass es wieder schneit. Schwerelose Flocken schweben herunter, die sich wie kleine Funken auf uns legen, und ich lächle so breit, dass es mich vollkommen und bis in den entferntesten Winkel meines Seins erreicht. Ich strecke meine Nase nach oben und atme tief ein, um nicht eine Sekunde von dem zu verpassen, was gerade geschieht. Ich träume, ich weiß es genau, doch schon lange hat sich nichts mehr so echt angefühlt.

Eli zögert, bevor er den Schlüssel ins Schloss steckt, als ich wieder zu ihm sehe. Stattdessen schiebt er ihn zurück in die Manteltasche, dreht sich zu mir um und ist in zwei Schritten bei mir, um mein Gesicht in seine großen Hände zu nehmen. Warm und weich ruhen sie auf meinen Wangen und unser Atem vermischt sich in einer feinen Nebelwolke.

»Bist du dir ganz sicher?«, will er wissen.

»Ja«, sage ich.

Er legt seine Stirn an meine. »Ich will es nur nicht überstürzen.«

»Tust du nicht.«

»Du hast mir so gefehlt«, gesteht er mir und ich nehme das Glänzen in seinen Augen deutlich wahr.

»Du mir auch.«

»Luna …«

Und dann existiert überhaupt nichts mehr um uns herum. Keine Straße, kein Haus, kein Bass, keine Lichter, keine Nacht und kein Tag. Keine Stunden und Minuten, kein Land, keine Stadt, nicht einmal an das Datum erinnere ich mich mehr oder welchen Wochentag wir haben. In dem Moment, als sich unsere Lippen berühren, nehme ich einzig und allein wahr, wie das Gefühl in meinen Körper zurückkehrt. Jede winzige Faser wird von ihm durchströmt, das Kribbeln weicht einem Orkan und ich halte mich an ihm fest, damit er mich nicht fortreißt. Doch nichts auf der Welt könnte es, egal wie stark der Wind am mir zerrt.

Eli bewegt sich nach vorne und ich mich mit ihm. Ich spüre das Auto in meinem Rücken und seinen Körper, der sich an mich presst, und ein kehliger Laut kommt aus meinem Mund, der mehr will. Mehr Küsse, mehr Laute, mehr von ihm, dessen Zunge meine sanft umspielt und mir damit den Verstand raubt. Er küsst mich, als würde er ertrinken und ich wäre der Sauerstoff, den er zum Überleben braucht. Und genau das Gleiche tue ich auch.

Bei uns hat es nie ein Langsam gegeben. Wir brauchten damals nur ein Wochenende, um uns zu verlieben, und heute Nacht ist es ganz genauso. Da ist über ein Jahr zwischen uns und es soll nicht eine weitere Sekunde dazukommen. Wir erliegen den Funken, die sich zu einem wahren Inferno ausbreiten, und wollen alles auf einmal, jeden Tag, jede Stunde, jede Minute, die wir verpasst haben, zurück.

Schwer atmend stehen wir uns irgendwann gegenüber und ich brauche meine Bitte gar nicht zu äußern, meine Hände in seinem Nacken reichen vollkommen aus, denen seine an meiner Taille antworten. Er küsst mich noch mal, noch mal, ein viertes Mal, dann entriegelt er endlich den Wagen und wir steigen ein. Noch ein Kuss, bevor er den Motor anlässt, und als er uns aus der Parklücke manövriert hat, tastet er nach meiner Hand, um diese noch mal mit seinen Lippen zu berühren. *Ich bin hier und ich bleibe*, verspreche ich ihm stumm, als ich sie auf sein Bein lege und es sanft drücke.

Schemenhaft nehme ich wahr, wie Häuser, Laternen und schneebedeckte Hecken an uns vorbeiziehen.

Der Schneefall wird dichter.

Und diesmal bleibt er endlich liegen.

26

Es dauert nicht länger als 20 Minuten, bis wir bei Eli ankommen und er das Auto vor seiner Wohnung parkt. Wir steigen aus, er schließt ab und kommt um den Wagen herum zu mir. Es sind nur ein paar Sekunden, die wir uns nicht berühren, und schon vermisse ich ihn, bis er mein Gesicht wieder in seine Hände nimmt und mir mit dem nächsten Kuss den Atem raubt. Ich schlinge meine Arme um seine Mitte, ziehe ihn dichter an mich heran und bin hoch oben in den Wolken über den Dächern der Stadt und denke nicht daran, zum Boden zurückzukehren. Die Temperaturen um uns herum sind unter dem Gefrierpunkt, aber die Hitze unter seiner Haut, die ich auf meinen Lippen schmecke, hüllt mich ein und verhindert, dass mir kalt ist. Die Flocken, weiß und leicht, tanzen um unsere Köpfe, als er sich von mir löst, und sein Lächeln ist voller Sehnsucht, in dem ich meine eigene wiedererkenne.

Er greift nach meiner Hand und wir lassen die paar Meter Fußweg, die Tür und das Treppenhaus hinter uns, nicht jedoch, ohne jeweils im ersten und zweiten Stock noch einmal stehen zu bleiben, uns einen Kuss zu stehlen und mit lautlosen Blicken sicherzugehen, dass wir beide genau das hier wollen: beim anderen sein, allein, abseits der Party und endlich zusammen.

Im dritten Stock angekommen versucht er aufzuschließen

und zittert vor Aufregung so stark, dass ihm die Schlüssel herunterfallen. Wir müssen beide lachen und ein Gefühl, als würde die Sonne aufgehen, durchströmt mich.

Himmel, wie sehr habe ich es vermisst, dieses Lachen zu hören!

Ich bücke mich, hebe die Schlüssel auf und schließe an seiner Stelle auf. Mein Herz hämmert zwar wie wild, aber äußerlich bleibe ich ganz ruhig, weil ich mir mit Haut und Haar bewusst bin, wo ich gerade bin. Und ich will es. Ich will nirgendwo lieber sein, will uns genau hier und jetzt und hoffe, dass niemand es wagt, mich aus diesem wundervollen Traum aufzuwecken.

Eli schiebt mich sanft in den Flur und keine Sekunde später spüre ich schon wieder seinen Mund auf meinem, während er die Tür mit einem Tritt hinter uns schließt. Er greift nach meinen Hüften, zieht mich ganz nahe zu sich heran, fährt mit den Fingern meine Wirbelsäule nach und küsst die empfindliche Haut hinter meinem Ohr, was mir einen weiteren wohligen Laut entlockt, während er meinen Mantel aufknöpft und ihn mir von den Schultern streift. Beinahe stolpere ich über den Stoff, der sich um meine Füße wickelt, und widerwillig lösen wir uns voneinander.

Wir ziehen die Schuhe aus, er seinen Mantel, und hebt meinen vom Boden auf, um beide an die Garderobe zu hängen. Eine Pause, die sich viel zu lang anfühlt und mir noch deutlicher macht, woher das unbändige Ziehen in meiner Brust kommt. Von all dem Sehnen und Hoffen, den Tagträumen und verloren geglaubten Erinnerungen, die sich über ein Jahr lang in mir angesammelt haben. Die mich haben leiden lassen, mir beibrachten, wie es sich anfühlt zu zerbrechen, meine Tränen jede Nacht aufs Neue aufbrauchten und am Ende dafür sorgten, wieder zurückzukommen, weil Vermissen das schlimmste aller grausamen Gefühle ist. Ich habe mein Leben hier jede Sekunde vermisst und ganz besonders den Teil, der gerade seine Arme um mich schließt und es damit vollständig macht.

Plötzlich muss ich stark blinzeln und höre auf, ihn zu küssen, weil ich ihn unbedingt ansehen muss.

»Hey, was hast du?«, bemerkt Eli es leise, legt den Kopf schräg und streicht mit seinen Fingern unter meinen Augenlidern entlang.

Ich schlucke, damit meine Stimme nicht zittert.

»Kennst du das, wenn du ewig lange auf etwas wartest, obwohl du irgendwo weißt, dass du es nie bekommst?«, frage ich.

Der intensive Blick seiner braunen Augen lässt mich noch stärker blinzeln.

»Und dann geschieht es doch«, sage ich, meine Worte nur noch ein Flüstern. »Aber nicht nach und nach, sondern alles auf einmal. Und es ist so gut und richtig, dass du gar nicht weißt, ob es echt ist. Du verstehst nicht, warum du dich nicht an Ort und Stelle auflöst, weil alles in dir vor Freude explodieren will.«

»Ich weiß genau, was du meinst«, flüstert er zurück, wobei seine Lippen die meinen streifen.

»Gut«, hauche ich.

Ich versinke in seinen Augen, die ein paar Zentimeter über mir schweben und mich so vertraut und liebevoll betrachten, als wäre es nie anders gewesen. Irgendwo tickt eine Uhr und jedes Mal, wenn das Geräusch ertönt und uns mitteilt, dass eine weitere Sekunde vergangen ist, schwillt mein Herz weiter an, weil sie alle uns gehören.

Ganz sanft beginnt Eli meinen Nacken zu streicheln, was in mir noch mehr dieser bittersüßen Schauer auslöst, die sich in einem leichten Zittern bemerkbar machen.

»Ist dir kalt?«, fragt Eli besorgt.

Ich fahre über den Stoff seines Hemds, bis ich den Saum erreicht habe. Seine kreisenden Bewegungen stoppen und seine Schultern heben sich, als ich den Stoff beiseiteschiebe und seine Haut darunter berühre.

»Nein«, antworte ich. »Mir ist nicht kalt.«

Vielsagend schaue ich ihn an, merke deutlich, wie seine Muskeln sich unter meinen Fingern anspannen und das aussprechen, was ich mir so sehnlichst wünsche. Es steigt mir in den Kopf, in jede Faser meiner wunden Seele, erfüllt meinen Bauch und sinkt in die schmerzhafte Leere, die ich so lange habe ertragen müssen. Alles in mir schreit nach ihm, nach seinen Worten und der Stille dazwischen, nach seinen Küssen und dem Lufthauch auf meiner Haut, wenn er sie unterbricht. Nach seinen Berührungen und den kleinen Pausen die nötig sind, damit nicht einmal unsere Kleidung uns mehr trennen kann. Nach Wärme und Geborgenheit und der Gewissheit, wieder ganz zu sein.

»Ich will dich«, sage ich.

»Luna ...«, seufzt er rau und legt seine Stirn abermals an meine. Und noch nie hat der Klang meines Namens so viel bedeutet.

Er zögert einen winzigen Moment und ich lese in seinem Blick. Er will nichts falsch machen, nicht zu schnell sein und mich nicht überfordern, obwohl ein Teil von ihm sich absolut nicht beherrschen möchte. Aber er tut es trotzdem – und genau deswegen bin ich mir sicher.

Ich nehme ihm die Entscheidung ab, beende die Zweifel, ob es richtig ist, und taste nach seiner Hand, um ihn mit mir zu ziehen. Ich weiß noch ganz genau, hinter welcher Tür sich sein Schlafzimmer befindet. Ich erinnere mich an die Schränke aus dunklem Holz, an den Gitarrenständer in der einen Ecke, den Schreibtisch gegenüber davon, auf dem immer ein einziges Chaos aus Notenblättern herrschte, und an das Bett gegenüber davon.

In seinem Zimmer angekommen übernimmt Eli die Führung

wieder, sucht und findet meine Lippen und küsst mich so tief und innig, als hinge sein Leben davon ab. Seine Zunge umspielt meine, fordert sie zu einem zärtlichen Tanz auf und ich nehme nur zu gerne an. Gleichzeitig tastet er sich von meinen Schultern, über meine Arme, entlang der Taille bis zu den Hüften vor und schließlich noch tiefer, bis er den Rock meines Kleides erreicht hat und ihn anhebt. Diesmal löse ich mich fast gerne von ihm, denn dadurch kann er es mir in einer einzigen fließenden Bewegung über den Kopf ziehen. Achtlos landet es neben uns auf dem Boden.

Ich beobachte, wie seine Augen über mein Gesicht, mein Dekolleté, meine Brüste und den Rest meines Körpers gleiten, nicht ohne dabei eine brennende Spur zu hinterlassen. Als Antwort mache ich mich daran, die Knöpfe seines Hemds zu lösen. Zart küsse ich dabei seinen Nacken und löse mich erst wieder von ihm, als der letzte Knopf geöffnet ist. Wohlwollend betrachte ich sein schönes Gesicht, seine starken Arme und seinen muskulösen Oberkörper. Als ich jedoch genauer hinsehe, zieht sich mein Magen mit einem Ruck zusammen. Ich schaffe es nicht, mich abzuwenden, so sehr bin ich von dem Anblick gebannt, der mir das Herz bricht und sich in meine Netzhaut einbrennt.

Nicht nur auf seinem Brustkorb, sondern auch auf seinen Armen sind sie zu sehen. Die Narben. Parallel zum Bauchnabel verläuft eine, etwas weiter oben an den Rippen eine weitere und von der linken Brust zieht sich ein aufgerauter rosafarbener Streifen Haut bis nach oben zur Schulter.

Ein Überbleibsel diverser OPs und tiefgehender Wunden, hervorgerufen durch einen harten Aufprall und ungebremstes Schlittern über kalten Asphalt.

Es ist gut verheilt, aber ich weiß, woher diese Narben stammen. Ich weiß, warum es sie gibt, und ein riesiger Schwall unterdrückter Schuldgefühle erwischt mich mit ungeahnter Wucht.

»Der Unfall …«, sage ich leise, komme aber nicht weiter.

Der ganze schmerzhafte, kaum zu ertragende Rest bleibt mir im Halse stecken und ich versteife mich.

»Ich weiß. Sieht nicht schön aus, oder?«, versucht er sich an einem schlechten Witz, doch mir ist nicht zum Lachen zumute.

Behutsam greift Eli nach meiner Hand und führt sie zu seinen Narben. Ich lasse es zu, berühre ihn, berühre meine Fehler und beuge mich dann vor, um meinen Fingern Küsse folgen zu lassen. Über seine Schulter, seine Rippen, seinen Bauch und ich bin so kurz davor, unter der Last, die auf mich drückt, auf die Knie zu gehen. Er ist heil, er ist gesund.

Wie weit waren wir davon entfernt, heute nicht hier zu sein? Ein paar Hundertstelsekunden, vielleicht nur ein paar wenige Stundenkilometer?

Von selbst hätte ich mich vermutlich nicht wieder aufgerichtet, aber er zieht mich hoch und fest an seine Brust, und auch wenn ich weiß, dass es unmöglich ist, meine ich, jede seiner Narben fühlen zu können.

»Es tut mir so leid«, sage ich.

»Shhh«, macht er und schüttelt ganz leicht den Kopf.

»Eli, ich …«

»Hey«, unterbricht er mich und streicht mit einem Finger über meine Lippen. »Das ist vorbei. Bleib diesmal einfach nur bei mir und geh nicht wieder weg, okay?«

Meine Lider flattern genauso wie mein Herz. *Sag Nein*, verlangt mein Kopf, aber wie könnte ich ihm nachgeben, wenn Eli mich so ansieht? Wie könnte ich ihm etwas abschlagen, das ich selbst so sehr will?

»Okay«, verspreche ich und stelle die innere Stimme stumm.

Ich merke, wie Eli den Bund meiner Strumpfhose ertastet und sie mir über die Beine nach unten schiebt. Nun ist er derjenige, der eine Spur aus Küssen über meinen Körper zeichnet, meinen Bauch entlang und weiter nach oben. Vorsichtig öffnet er meinen BH, lässt ihn zu Boden fallen und küsst meine Brüste, umfasst sie voller Hingabe und bereitet mir die süßeste Folter an Empfindungen, die mir jeden Widerspruch versagt. Seine Lippen senden glühende Blitze aus, als sie über mein Schlüsselbein wandern, und mit geschlossenen Augen lege ich den Kopf zurück.

Er löst seine Hände erst wieder von mir, als er sich aufrichtet und mich mit einer einfachen Bewegung hochhebt, als würde ich rein gar nichts wiegen. Automatisch schlinge ich die Beine um ihn. Ich will mehr, immer mehr, ich halte es nicht aus ohne ihn und kann nicht aufhören, obwohl ich es sollte. Aber er wird uns nicht mehr unterbrechen, mir keine weitere Chance geben, einen klaren Kopf zu bekommen. Er und ich, wir sind eins und wir wollen alles. Mehr, als wir haben, mehr, als wir jetzt sind, mehr als bloß Küsse, die uns niemals reichen werden und uns nur noch süchtiger machen. Mehr, als gesund ist, doch das ist uns egal.

Er trägt mich zum Bett, wo er sich auf die Kante setzt und ich mich auf seinem Schoß niederlasse. Ich presse mich an ihn, greife in sein kurzes Haar und spüre, wie er seinerseits nach meinem greift. Dann nach meinen Hüften, quälend langsam nach meinen Brüsten, meine Wirbelsäule hinauf und hinab und wieder von vorne. Nie genug, immer mehr. Seine Fingerspitzen reizen mich an jeder erdenklichen Stelle, die sie streifen, und bringen mich buchstäblich um den Verstand, als er mit ihnen an den Rändern meines Slips entlangfährt.

Nur noch ein einziges Mal lösen wir uns voneinander. Er stützt sich auf, damit ich ihm Jeans und Shorts ausziehen kann, und ich entledige mich meines Slips. Sein nackter Körper hebt und senkt sich unter erregten Atemzügen, ebenso wie meiner, und er streckt die Arme nach mir aus.

»Okay?«, fragt er.

»Okay«, sage ich.

Eli rückt bis ans Kopfende des Bettes und zieht mich auf sich, wobei er mir die Führung überlässt, wie schnell oder langsam wir weitermachen. Mein Herz quillt über, weil ich merke, wie viel Rücksicht er nimmt. Aber ich habe nicht Okay gesagt, damit er sich zurückhält. Ich meine es so, es ist okay und mein nächster Kuss macht ihm das in aller Deutlichkeit bewusst. Ich presse meinen nackten Körper an seinen, die Laute, die aus meinem Mund kommen, werden undeutlicher und ich liebe. Ich liebe ihn, ich liebe uns. Ich liebe, dass es sich gut anfühlt, dass ich keine Angst habe, dass er mir alles zurückgibt, was ich verloren habe, und dass es ihm genauso geht. Ich liebe es zu spüren, dass er mich will, auf jede nur erdenkliche Weise, und ich möchte nicht noch länger warten.

Für einen Moment löse ich mich von ihm, sehe ihn erwartungsvoll an und nicke. Eli versteht, greift zum Nachttisch und zieht eine Schublade auf, um ein Kondom herauszunehmen. Er gibt es mir, überlässt mir ein letztes Mal die Entscheidung und ich habe nicht gewusst, dass ich ihn noch mehr lieben könnte. Aber ich tue es.

Ich bin mir sicher.

Eli war es immer.

Mir kann nichts geschehen.

Ich reiße die kleine Verpackung vorsichtig auf, rolle ihm das Kondom über und höre ihn scharf einatmen, als ich seine Härte berühre. Ich richte mich auf, positioniere mich über ihm und sehe ihm direkt in die Augen. Dann lasse ich mich auf ihn sinken und lese die Erregung in seinem Blick, die Verbundenheit und Vertrautheit, die unsere Körper flutet. Liebevoll schaut er zurück, bis wir uns in einem wunderschönen, langen Kuss verlieren. Ich verschränke meine Hände in seinem Nacken, er lässt seine an meinen Hüften und bedeutet mir mit leichtem Druck, mich zu bewegen. Ich lächle in den Kuss hinein und schmecke sein unwiderstehliches Lächeln ebenfalls, als ich seiner Aufforderung folge.

Gott, wie sehr habe ich ihn vermisst.

Ich atme den Geruch seiner Haut tief ein, erdig und herb, lasse mit jedem Mal, wenn ich ihn in mich aufnehme, weiter los und höre sein Stöhnen, gerade laut genug für mich, damit ich es mit meinem eigenen auffangen kann. Ich bewege mich auf ihm, Haut auf Haut, die in immer schneller werdenden Abständen aufeinandertrifft, süße Reibung erzeugt und das Ziehen in meinem Schoß ins Unermessliche steigert.

Seine Augen spiegeln das Feuer in mir, sein Mund ist leicht geöffnet und geschwollen von meinen Küssen und er ist mir so nahe, wie es nur irgendwie möglich ist. Er verlangsamt unsere Bewegungen, zieht meinen Kopf zu einem nächsten hungrigen Kuss zu sich herunter. Wie konnte ich nur je glauben, über ihn hinweg zu sein? Wie konnte ich glauben, die Gefühle abzuschalten, die gerade wie Wunderkerzenfunken in alle Richtungen auseinanderstieben? Er hat mir meine ganze Welt bedeutet und hier und heute wird sie wieder ganz. Mit jedem Kuss, jedem Stoß, jedem Versprechen, das lautlos über unsere Haut wandert.

Elis Atem wird flacher. Er löst eine Hand von meiner Hüfte, lässt sie zwischen meine Beine wandern und ich stöhne, als sie meine empfindliche Knospe berührt, die nur darauf gewartet hat, dass er das tut. Ich spüre jeden Impuls, den seine Finger durch meinen Körper schicken, ziehe im selben Moment das Tempo an und nehme ihn tiefer in mich auf. Er lässt mich nicht los, nicht eine Sekunde, und ergibt sich den Wellen, die wir erzeugen, ebenso wie ich es tue. Da ist keine Absprache nötig, keine Frage, denn wir sind dafür gemacht.

Ein letztes Mal legt er seine Lippen fordernd auf meine, lässt seine Finger über mich gleiten und schickt noch mehr Schauer durch meinen Körper, bis ich es nicht mehr aushalte. Ich lege den Kopf nach hinten, meine Beine zittern und ich explodiere. Ich werde fortgerissen und verliere mich in unbändigen Tiefen, verliere mich in ihm und versuche gar nicht, mich wiederzufinden. Warum sollte ich auch? Seine Hüften kommen meinen noch ein-, zweimal entgegen, dann spannt auch sein Körper sich an und er presst sich mit letzter Kraft an mich.

Einen Moment bewegt sich keiner von uns. Da sind nur zwei ineinander verschlungene Körper, zwei Herzen, die im Gleichklang ertönen, und wir, die mit jedem Schlag verstehen, dass sie zu uns gehören. Dann schließt er mich erschöpft in die Arme und wir lassen uns in der Brandung treiben. Die Wellen werden seichter, doch wir verschwenden nicht einen Gedanken daran, uns voneinander zu lösen. Er streichelt über mein Haar und küsst meine Schläfe, meine Stirn, meine Augenlider, die Wangen und unzählige Male meine Lippen. Ich liebe ihn, ich habe nie damit aufgehört und ihm geht es genauso.

Irgendwann steige ich von ihm herunter. Eli steht kurz auf, um das Kondom zu entsorgen, dann kommt er zurück zu mir und ich schmiege mich an seine Seite und schließe die Augen. Mir wird klar, was wir gerade getan haben, und viel mehr noch, was es bedeutet, und plötzlich kann ich es nicht mehr verhindern, dass sich ein paar leise Tränen ihren Weg aus meinen Augenwinkeln heraus bahnen. Ich muss Eli nicht erklären, warum ich weine. Er küsst die Tränen einfach weg, hält mich weiter fest und beschützt mich. Er gibt mir die Sicherheit, die ich brauche, schickt das Gefühl mit jedem liebevollen Blick aufs Neue zurück in meine Seele und verankert es dort. Ich gehöre ihm, weil ich es will, und er hat sich dazu entschieden, es ebenfalls zu wollen.

Es ist beinahe Mitternacht, als wir wortlos verstehen, dass es nicht genug war. Er hat ein Lächeln im Gesicht und ich koste es so lange und süchtig, bis er meine Lippen teilt, den Kuss vertieft und meine Zunge um einen weiteren Tanz bittet. Diesmal ziehe ich ihn über mich und überlasse ihm die Kontrolle, und dabei fühle ich mich vollkommen wohl. Kein Druck auf meiner Brust, keine Panik, keine Angst. Keine Schatten, die drohen, mich zu verschlingen, und keine Zweifel, die mich umstimmen wollen, ob es richtig ist.

Da bin nur ich.
Da ist nur er.
Nur Liebe.
Und genau so soll es sein.

27

In Elis Armen aufzuwachen ist, wie das Kitzeln des ersten Sonnenstrahls auf der Haut zu spüren. Sanft zeichnet er die Konturen meiner Schulterblätter nach, als wären sie ein wertvolles Gemälde und ich blinzle verschlafen, um sicher zu sein, dass das hier real ist. Dann schließe ich die Augen wieder und kuschle mich an ihn. Mein Kopf liegt unter seinem Kinn, mein Ohr direkt über seinem Herzen und ich höre ihm zu. *Bum-bum, bum-bum.* Der Takt, zu dem ich jeden Morgen aufwachen will.

Der Tag bricht an und das Licht, das ins Zimmer fällt, wird heller. Allmählich gleite ich aus dem Dämmerschlaf hinaus, drehe meinen Kopf und küsse seine Schulter, dort wo die Narbe verläuft. Seine Hand wandert meine Wirbelsäule nach oben und unten und wieder hinauf, bis sie in meinem Haar verschwindet. Leise lachend schaue ich zu ihm auf und sein Blick ist die Ruhe selbst. Um seinen schönen Mund zeichnet sich ein noch schöneres Lächeln und ich berühre es kurz mit meinem. Zum Glück muss ich heute nicht arbeiten, weil Jack dem kompletten Team wegen der Weihnachtsfeier freigegeben hat, denn ich möchte den ganzen Tag genau hier bleiben.

»Morgen«, murmle ich.

»Morgen.«

Seine Finger tasten nach meinem Kinn, heben es an, um mich

richtig zu küssen, und die Sonne durchflutet mich. Sie dringt in jeden Winkel meines Körpers vor, dass ich beinahe glaube, immer noch zu träumen, und ich seufze zufrieden, als er sich wieder von mir löst.

»Hast du gut geschlafen?«, fragt er.

»So gut wie lange nicht«, antworte ich und bekomme dafür noch einen seiner süßen Küsse. »Und selbst?«

»Ganz okay«, sagt er und zuckt mit den Schultern, wofür ich ihn leicht in die Seite boxe.

Er lacht – Gott, wie sehr ich dieses Lachen liebe –, schließt mich fest in die Arme und rollt uns herum, sodass er über mir liegt. Sein Körper an meinem, seine Beine, sein Bauch, seine Brust und sein Blick, der ungebrochen auf mich gerichtet ist. Ich spüre ihn so deutlich, als würde er damit mein Herz streicheln und es einhüllen, um es in seinem stummen Versprechen für immer zu behalten.

»Ich habe gut geschlafen«, sagt er. »Aber jetzt gerade bin ich noch lieber mit dir wach und genieße diesen Anblick. Muss ich mich deswegen schlecht fühlen?«

Ich überlege, was mir in dieser Lage wirklich außerordentlich schwerfällt, und nicke, um ihn zu ärgern. »Ja, das solltest du.«

»Dann hab ich jetzt wohl ein Problem.«

Quälend langsam beugt er sich zu mir herunter, küsst meinen Nacken und ich scheitere jämmerlich daran, nicht automatisch auf seine Berührungen zu reagieren. Wie soll ich das anstellen, wenn ich ganz genau spüre, wie sein warmer Atem meine Haut streift und mir dadurch eine Gänsehaut verpasst? Wenn ich niemals geglaubt habe, noch mal neben ihm aufzuwachen, und sich dieser Wunsch dann doch erfüllt? Jetzt gerade, hier?

Richtig: gar nicht.

Die Regungen seines Körpers, die ich mit meinem eigenen

aufsauge, bringen mein Herz auf wundervolle Weise ins Stocken und bereitwillig öffne ich die Beine, damit er Platz dazwischen findet. Als er mit meinem Hals fertig ist, küsst er mich weiter, folgt einem unsichtbaren Weg übers Schlüsselbein, die Brüste und den Bauch hinab, wo er jeden einzelnen Schmetterling darin erweckt. Die kleinen Flügel kitzeln mich von innen und seine Hände folgen auf verzehrende Weise, die sie vollends aufscheuchen. Ich bin wie unter Strom, spüre das Kribbeln überall, das sie hinterlassen, während er weiter immer neue Impulse zu mir hochschickt, die noch stärker sind. Zum Beispiel, als er meine Schenkel erreicht, erst außen und dann auf der Innenseite mit seinen rauen Fingern daran entlangfährt und mein Brustkorb unter erregten Atemzügen beginnt, sich immer schneller zu heben. Die kurzen Bartstoppeln kratzen zärtlich über meine empfindliche Haut und ich beiße mir auf die Unterlippe. Ihm entgeht es nicht, und als er zu mir aufsieht, bringt allein das mich schon zum Schmelzen. Unter der dunklen Haut sind seine Wangen deutlich gerötet und das Braun seiner Augen ist nahezu schwarz. Doch das ist nichts im Vergleich zu seinem wissenden Grinsen, das mein Denken in zärtlicher Trägheit lähmt.

»Lehn dich zurück«, flüstert er.

Ich lasse meinen Kopf auf das Kissen sinken, beobachte ihn aber weiterhin, ebenso wie er mich. Er greift nach meinen Hüften, zieht sie näher zu sich heran und bricht den Blickkontakt zwischen uns keine Sekunde ab. Erst als er die Lippen auf meine empfindlichste Stelle senkt und dadurch einen Sturm in mir entfacht, schaffe ich es nicht mehr, die Augen offen zu halten. Und genau das wollte er von mir.

Nichts sehen.

Nichts hören.

Nur fühlen.

Ich fühle Eli bis tief in meine Seele und könnte weinen, so glücklich bin ich. Seine Hände verharren an meinen Hüften, sein Mund und seine Zunge verwöhnen mich mit einer Geduld, die ich nur schwer ertrage, und sie stürzen mich in ein Meer voll unbekannter Schätze, die er nach und nach zutage fördert. Hingebungsvoll, vorsichtig und so einnehmend, dass mir die Luft wegbleibt.

Erst als ich bebend und keuchend unter ihm liege und die Wellen des Glücks mich überschwemmen, kommt er wieder zu mir hoch. Mein erschöpfter Körper genießt jeden Millimeter seiner Haut, den er berührt, und ich ziehe ihn noch dichter an mich heran. Ich lass ihn nicht mehr los.

Nicht heute, nicht morgen, nie wieder.

○ ○ ○

Es ist bereits später Nachmittag, als wir endlich aufstehen. Glücklicherweise habe ich gestern vorm Einschlafen noch daran gedacht, meine Kontaktlinsen herauszunehmen, was jedoch zur Folge hat, dass ich nun etwas verschwommen sehe, denn meine Brille habe ich natürlich nicht eingepackt. Aber wer hätte ahnen können, dass der Abend so endet? Sei's drum.

Eli gibt mir seinen grauen Pullover, den er bei dem Umtrunk anhatte, und eine seiner Boxershorts, und zwischen zärtlichen Küssen und festen Umarmungen ziehen wir uns an. Die Fenster sind geschlossen, die Heizung ist aufgedreht, und auch wenn der liegen gebliebene Schnee draußen verrät, wie kalt es sein muss, ist es hier drin mollig warm. Ich komme mir vor wie in einem perfekten Traum und will gar nicht daran denken, aus diesem zu erwachen.

Da wir das Frühstück und Mittagessen haben ausfallen lassen, gehen wir auf direktem Weg in die Küche, um uns eine Kleinigkeit zu essen zu machen. In einem Messbecher verquirlen wir Eier und Milch und ein Stück Butter zergeht in der angewärmten Pfanne. Eli schlingt von hinten seine Arme um mich und ich sauge seinen vertrauten Duft tief ein, als er seinen Kopf an meinen legt.

»Ich hatte fast vergessen, wie gut dir mein Pulli steht«, sagt er.

»Wenn du willst, kann ich dich gern öfter dran erinnern«, biete ich an.

»Wie selbstlos von dir.«

»Du kennst mich doch.«

»Das stimmt.« Seine Umarmung wird noch fester. »Du glaubst nicht, wie sehr du mir gefehlt hast.«

»Ungefähr so, wie du mir?«, frage ich und stupse mit dem Kopf gegen seinen.

»Unmöglich.«

Ich lächle.

Dann wird seine Stimme ernster. »Ist wirklich alles okay mit dir? Das gestern Nacht kam ... etwas plötzlich.«

»Mir geht's gut, versprochen.«

»Ich frag nur, weil ... ach, keine Ahnung. Wir waren schon mal zusammen, das weiß ich, aber ich mach mir einfach Gedanken.«

»Du hast nichts falsch gemacht«, beruhige ich ihn und drehe mich ein bisschen zur Seite, damit ich mir nicht den Hals verrenken muss, um ihn anzusehen. »Ich hätte dir früher erzählen sollen, was zwischen mir und Julien passiert ist, aber das hat mit *uns* nichts zu tun. Und das hatte es nie.«

Ich zeichne mit den Fingern den Bogen seiner Wange entlang und er schmiegt sie in meine Handfläche, doch ganz überzeugt wirkt er noch nicht. Eine tiefe Falte hat sich zwischen seine Brauen geschlichen und sein Blick ist aufmerksam, als würde er auf ein

»Aber« warten. Ich hole tief Luft und überlege, dann setze ich neu an und versuche es zu erklären.

»Nachdem es passiert war, hab ich mich komplett verloren gefühlt. Rückblickend verstehe ich, wie besitzergreifend Julien von Anfang an war, aber zu dem Zeitpunkt hab ich's einfach nicht gemerkt. Eigentlich ist es mir erst richtig klar geworden, als ich mich von ihm getrennt habe und er … du weißt schon. Ich hatte danach keine Angst vor Männern, aber davor, dass es wieder geschehen würde, dass er wieder auftaucht und mir irgendwas antut. Es war, als hätte er jedes schöne Gefühl aus mir herausgenommen und zerrissen, und ich hab ihn jede Nacht aufs Neue auf mir gespürt, selbst wenn er gar nicht da war.«

Ich stoppe kurz, um mich zu sammeln, immer noch fällt es mir schwer, darüber zu reden. Erst als Eli seine Finger mit meinen verschränkt, rede ich weiter.

»Ohne Anni hätte ich mich wahrscheinlich nicht da rausgekämpft. Sie war die ganze Zeit für mich da, auch als Julien mich schon komplett isoliert hatte, ich mit niemandem mehr gesprochen habe und meine Mutter das erste Mal kurz davorstand, mich nach München zu schicken. Nur deswegen habe ich damals zugesagt, mit aufs Festival zu gehen.«

»Weil du nicht aus Hamburg wegwolltest?«, fragt er.

»Ja. Hier ist mein Zuhause. Ich wollte nicht, dass er mir das auch noch wegnimmt.«

Ich löse unsere Hände, wende mich zum Herd und kippe das Ei in die Pfanne. Es fängt an zu brutzeln und ich nehme einen Pfannenwender aus der Schublade neben mir, mit dem ich es hin und her schiebe. Dabei fällt mir auf, wie irreal sich dieser Moment, eigentlich der ganze Tag, anfühlt. Auf einmal stehen wir zusammen in Elis Küche, kochen und reden, wobei wir uns vorher beinahe nur gestritten haben.

»Woran denkst du?«, fragt Eli nach einer Weile und legt seine Hand auf meine, die den Pfannenwender hält.

»Wie wir hierhergekommen sind. Als wir uns wiedergesehen haben, hast du noch gesagt, ich solle wieder verschwinden.«

»Ich weiß. Und es tut mir leid«, sagt er und küsst meine Wange. »Auch, dass du dachtest, ich würde dich hassen.«

»Das hast du nicht?«, frage ich.

»Nein, und ich schätze, das war mein größtes Problem. Ich könnte dich nie hassen, Luna, selbst, wenn ich es wollte.«

Ich drehe den Kopf nach hinten, stelle mich auf die Zehenspitzen und küsse ihn richtig. Es geht nicht anders, nicht, wenn er andauernd ein weiteres kleines Stück meines Herzens zusammensetzt, indem er so was zu mir sagt.

»Wie war es für dich, als du mich getroffen hast?«, fragt er, als wir uns wieder voneinander lösen.

»Ziemlich verwirrend«, gestehe ich. »Kennst du das, wenn du plötzlich deinen eigenen Herzschlag hörst? Daran kann ich mich nämlich noch ganz genau erinnern. Als du dich vorgestellt und mir die Hand gegeben hast, konnte ich ihn ganz genau spüren und ich hatte keine Ahnung, was ich damit anfangen sollte. Du hast mich komplett verwirrt.«

»Tut mir leid«, sagt er, wobei ich sein Grinsen ganz deutlich heraushöre. »Auf dem Gebiet, uns durcheinanderzubringen, sind wir beide wohl ziemlich gut.«

»Scheint so«, stimme ich zu. »Aber ich bereue es nicht.«

»Ich auch nicht. Bei uns hat es einfach von Anfang an gepasst. Ich konnte stundenlang mit dir reden, ohne es zu merken, du hast mich wie niemand anderes verstanden und alles kam wie von selbst, als sollte es so sein. Weißt du noch, als du zum ersten Mal bei mir geschlafen hast? Wir brauchten fast keine Worte, um zu wissen, was der andere sich wünscht.«

Ich versteife mich und verharre in der Bewegung. Nicht weil die Erinnerung an unser erstes Mal schlecht ist, ganz im Gegenteil, aber weil ich daran denken muss, warum wir so lange darauf warten mussten.

Eli, dem meine Reaktion nicht entgeht, lässt meine Hand mit dem Pfannenwender los und legt sie stattdessen auf meine Schulter. In aller Ruhe reibt er sie, um mir die Angst zu nehmen, und ich lehne mich dankbar an meinen sicheren Fels. Auch er versteht mich wie niemand anderes und weiß, was ich brauche, ohne dass ich es aussprechen muss.

»Seitdem ich dich getroffen habe, konnte ich wieder etwas fühlen ... ich weiß, dass das kitschig klingt, aber es stimmt«, sage ich und verschränke meine Hand wieder mit seiner. »Ich hab dir vertraut und wusste, dass du auf mich aufpasst. Es tut mir leid, dass wir damit so lange warten mussten.«

»Darum ging es mir nie. Ich hätte auch noch länger auf dich gewartet«, sagt er und ein Kloß bildet sich in meinem Hals.

»Als wir zusammen waren, bekam ich immer noch Nachrichten von Julien«, sage ich. »Ich blockierte die Nummern zwar, aber es erwischte mich jedes Mal kalt, wenn eine neue SMS von Unbekannt eintraf. Deswegen wollte ich mir Zeit lassen. Ich wollte nicht, dass meine Angst vor ihm uns alles kaputt macht, wenn ich mich voll und ganz darauf einlasse. Dass mich die Panik wieder überkommt und ich dich wegstoße. Dafür warst du mir zu wichtig.«

Ich schlucke, aber der Kloß verschwindet nicht und wird stattdessen noch größer, als mir die Bedeutung der Worte bewusst wird. Denn im Endeffekt habe ich es doch getan.

»Das ist vorbei«, flüstert Eli. »Du bist hier, Luna, und ich verspreche dir, dass er keine Chance haben wird, dir noch mal wehzutun. Diesmal wird alles anders.«

»Ja«, flüstere ich.

Auf einmal wache ich aus diesem schönen Traum auf. Wir stehen immer noch in der Küche, immer noch kribbelt mein Körper unter seinen Berührungen, von denen ich nicht genug bekomme, aber mir wird klar, dass nichts davon wirklich echt ist. Alles wird anders, sagt er, dabei kennt er die ganze Geschichte nicht, weil ich sie ihm immer noch nicht erzählt habe. Ich versuche, sie zurückzudrängen, will wenigstens den einen Tag mit ihm haben, doch sie lässt sich nicht zum Schweigen bringen. Und ich sehe ein, dass der Moment gekommen ist, ihm auch den Rest zu erzählen – und zu riskieren, dass wir alles, was wir für eine Nacht und einen halben Tag hatten, wieder verlieren.

Traurig schiebe ich das Ei in der Pfanne hin und her und stelle den Herd aus. Es ist goldgelb, der Duft erfüllt den Raum und ich weiß, mein Magen müsste dabei knurren, stattdessen ist er plötzlich ganz hohl und zieht sich in den leeren Raum zusammen. Der Appetit ist mir vergangen und der Rausch der letzten Nacht weicht einem schweren Brocken, der sich erbarmungslos in den Vordergrund drängt.

Ich wollte nicht, dass meine Angst vor ihm uns alles kaputt macht, wenn ich mich voll und ganz darauf einlasse.

Gestern ist es bereits einmal aufgeflimmert, als ich Elis Narben vom Unfall gesehen habe. Ich wollte mich entschuldigen, war versucht, es ihm zu sagen, bevor er mich darum bat, dass ich bei ihm bleibe und die Welt auf Pause stellte.

Aber die Pause ist vorbei und die Gedanken werden wieder laut. So schnell, wie meine Augen sich mit Tränen füllen, ist es zwecklos, sie zurückzuhalten und schon rollen die ersten über meine Wangen, und ich löse mich schweren Herzens aus Elis Umarmung. Die Wärme, Geborgenheit und der Schutz seines Körpers fehlen mir augenblicklich und ich schiebe die Ärmel seines Pullovers über meine Hände, um mir die Wangen trocken zu reiben. Doch die Tränen wollen einfach nicht aufhören und es ist zwecklos.

Eli wirkt überrumpelt und kommt einen Schritt auf mich zu, aber ich weiche zurück. Wenn er mich jetzt wieder in den Arm nimmt, werde ich es nie über mich bringen, es auszusprechen, und ich kann keine weitere Berührung von ihm annehmen, geschweige denn einen Kuss, solange er es nicht weiß, jetzt wo die Stille in meinem Kopf erst mal durchbrochen ist. Die Schuldgefühle sind wieder da, übermächtig und stark, und halten mich von ihm fern.

»Was hast du?«, fragt er und hat die Augen sorgenvoll geweitet.

»Eli, ich muss dir etwas sagen«, antworte ich. »Ich hätte es dir schon viel früher sagen sollen, als wir beim Umtrunk waren, oder gestern Abend, aber ich hatte Angst.«

»Wovor denn?«

»Dich endgültig zu verlieren. Das letzte Jahr war für mich die reinste Hölle. Mir tat alles weh und ich wollte unbedingt zu dir zurück. Ich hätte in den nächsten Zug steigen können und wäre in ein paar Stunden bei dir gewesen. Oder ein Anruf oder eine verdammte SMS. Aber nichts, ich hab es nicht geschafft, weil ich es nicht *konnte*.« Meine Stimme bricht. »Ich bin an allem schuld.«

»Wovon sprichst du?«

Ich schlucke, aber kein Mittel der Welt könnte den Kloß aus meinem Hals entfernen, der sich unlösbar dort festgesetzt hat. Tief atme ich Elis Geruch ein, der sich im Stoff des Pullovers festgesetzt hat, in der Hoffnung, dass er mich beruhigt, doch mein Herz verkrampft sich dabei nur noch stärker, während es mit aller Macht versucht, sich irgendwo festzuhalten, um nicht daran zu zerbrechen, was ich als Nächstes sage.

»Julien hat von uns gewusst, Eli. Und er meinte, er würde einen Weg finden, dass ich zu ihm zurückkomme. Ich habe ihm nicht geglaubt.« Hilflos zucke ich mit den Schultern. »Ich hab versucht, stark zu sein und mich nicht mehr von ihm beeinflussen zu lassen und bin gar nicht darauf eingegangen.«

»Aber das weiß ich doch schon«, stellt er irritiert fest.

Ich umklammere die Kante der Küchentheke, weil es mir so vorkommt, als könnte der leichteste Schubser mein ganzes fragiles Selbst zum Einsturz bringen. »Nein, es war ein Fehler.«

»Wieso?«

Ich sehe Eli direkt in seine schönen braunen Augen und fühle, wie sich meine Kehle weiter zuschnürt. »Nach dem Unfall war ich bei dir im Krankenhaus. Die Ärzte sagten, du hättest Glück gehabt. *Glück!* Als deine Mutter mich nach Hause gefahren hat, wollte ich mich nur waschen und mir was anderes anziehen und dann gleich wieder zu dir, aber ... plötzlich ist Julien aufgetaucht. Er hat auf mich gewartet und mich nicht ins Haus gelassen. Ich war mit den Nerven am Ende, ich hatte Panik und trotzdem konnte ich mich nicht bewegen, geschweige denn weglaufen.«

Ich schluchze, erinnere mich an die Furcht, die in der Sekunde meinen Körper erfasst hatte, und weiche noch einen Schritt zurück, weil Eli einen weiteren in meine Richtung macht.

Wie gerne will ich mich in seine Arme werfen, mich von ihm halten lassen, kein weiteres Wort mehr sagen und nur spüren, wie er mich vollständig macht. Wie sein Körper perfekt zu meinem passt, mein Herz sich mit seinem verbindet und wir einfach vergessen, was war. Doch das geht nicht. Ich habe es einmal versucht und weiß besser als jeder andere, dass es einen früher oder später trotzdem einholt.

»Was ist damals passiert?«, fragt er und hat die Hände zu Fäusten geballt.

Ein leises Knacken erklingt in meinen Ohren und die Risse breiten sich in mir aus. Die Farbe weicht aus meinem Gesicht, zusammen mit dem letzten Rest Wärme, und meine Lippen sind taub vor Kälte, als ich es endlich ausspreche.

»Er war es. Julien war derjenige, der dich vor das Auto gestoßen hat«, sage ich und schlage mir die Hände vors Gesicht.

Und ich hab es die ganze Zeit gewusst.

28

Völlig am Ende schob ich mich durch das Tor und ging den im Dunkeln liegenden Weg zu meinem Haus entlang. Die Außenbeleuchtung war schon länger kaputt, was ich jedoch kaum wahrnahm.

Die letzten Stunden hatte ich zusammen mit Nahla, Elis Mutter, im Krankenhaus verbracht und ich war fix und fertig. Sie hatte mich mit dem Auto mitgenommen und eben hier abgesetzt, damit ich mich ein wenig ausruhe, obwohl ich eigentlich gleich wieder zurückwollte. Nur eine Dusche und schnell was Frisches anziehen, dann würde ich mich wieder auf den Weg machen, egal wie fertig ich war. Schlafen würde ich sowieso nicht können.

Elis OP war gut verlaufen, was auch immer das heißen sollte, und er lag auf der Intensivstation. Ich hatte ihn nur ganz kurz sehen können, bevor ich von einer Schwester entdeckt worden war, und das allein hatte mich dazu gebracht, mich auf der Stelle im Flur vor seinem Zimmer zu übergeben. Die Geräte, das Piepen, die Verbände und dieser blasse, leblos wirkende Körper darunter ... ich würde dieses Bild nie wieder aus meinem Kopf bekommen. Er war kaputt, kaum wiederzuerkennen und ich hatte Todesangst um ihn. Wieso musste das passieren? Wieso ihm? Wieso ausgerechnet jetzt, wo endlich alles so war, wie es sein sollte?

Ich hatte die Stufen zu unserer Eingangstür fast erreicht, da löste sich ein Schatten von der Hauswand. Erst war er nur ein Schemen, ich dachte, meine übermüdeten Augen spielten mir einen Streich, doch augenblicklich nahm er Formen an. Meine Beine verharrten, meine Augen weiteten sich und mein Herz setzte aus, als ich ihn erkannte und der Albtraum, in dem ich mich ohnehin schon befand, noch schlimmer wurde.

Weil er sich vor mir manifestierte.

Er stellte sich vor mir auf, breitbeinig und einen Kopf größer ich, sodass er auf mich hinabsah, und mit einem Schlag war ich hellwach. Julien hatte sich kein bisschen verändert, wirkte äußerlich immer noch wie der nette Junge von nebenan, mit seinem blonden Haar und der randlosen Brille, nur dass ich es besser wusste. Viel besser, als mir lieb war, und mein Körper erinnerte sich auch noch daran, wie meine verkrampften Muskeln bewiesen, die mich an Ort und Stelle fesselten.

»Hey«, begrüßte er mich, als wären wir zwei alte Freunde, die sich zufällig begegneten.

Mir drehte sich der Magen um.

»Endlich bist du hier«, kam er näher. »Ich warte schon fast seit 'ner Stunde auf dich.«

Ich richtete den Blick gen Boden, funktionierte bereits nur noch durch meine letzten Reserven und konnte meinen Alarmglocken nicht Folge leisten, die mich dazu drängten zu laufen. Weg von hier, so weit und schnell wie möglich und ohne anzuhalten, so wie das letzte Mal. Stattdessen rührte ich mich keinen Millimeter, weil Angst das Blut in meinen Adern ersetzte und mich lähmte.

»Es ist lange her, ich hab beinahe vergessen, wie schön du bist«, sagte er und musterte mich von Kopf bis Fuß.

Ich zog die Jacke enger um mich und konzentrierte mich auf meine Stimme.

»Ich will, dass du gehst«, sagte ich endlich.

»Nein, willst du nicht«, widersprach er mir und streckte seine Hand nach mir aus.

Ich drehte den Kopf weg.

»Bitte sieh mich an, Luna.«

Mir wurde eiskalt, als seine Finger mein Gesicht berührten. Jedes Gefühl verschwand aus meinem Körper und machte der alten Taubheit Platz. Mechanisch hob ich den Kopf und sah direkt in die Augen des Monsters.

»Was ... was machst du hier?«, fragte ich stockend.

»Ich hab dir doch versprochen, dass ich nicht aufgebe.« Er entblößte seine perfekten Zähne und strich mir eine Haarsträhne hinter das Ohr. »Ich weiß, dass ich Fehler gemacht habe, aber du hast mir keine Chance gegeben, mich zu erklären. Ich wollte es wiedergutmachen.«

»Es wiedergutmachen?«, echote ich.

»Ja. Wir wissen beide, dass wir zusammengehören, und jetzt kann alles wieder so werden wie früher.«

»Nein, ich ... das geht nicht.«

»Wieso nicht?«

Ich atmete tief durch. *Keine Angst, er kann dir nichts tun*, redete ich mir ein und zwang die Taubheit zurück.

»Ich bin mit jemandem zusammen«, sagte ich. »Er wird jeden Moment hier sein, du solltest also besser gehen.«

»Das glaube ich nicht.«

»Doch«, beharrte ich.

Er lachte und ich fröstelte. »Luna, du und ich wissen beide, dass er nicht auftauchen wird. Der Typ hat dich zwar offenbar fest im Griff, aber er ist nicht der Richtige für dich.«

»Das geht dich nichts an.«

»Doch, und zwar sehr viel. Warum sonst habe ich dafür gesorgt, dass er uns nicht mehr in die Quere kommt?«

Automatisch versteifte ich mich noch mehr und versuchte einzuordnen, was er gesagt hat.

»Du hast was gemacht?«

»Na, ich hab mich drum gekümmert.«

Er lächelte mich an. Mein Mund öffnete und schloss sich. Noch mal. Ständig entstand dasselbe hässliche Bild vor meinen Augen und ich sackte so in mich zusammen, dass meine Beine mich gerade noch so trugen. Mein Körper fühlte sich an wie ein einziger pulsierender Nerv, der auf kaltes Metall traf, und ich schüttelte den Kopf. Immer wieder, verständnislos, auch wenn ich verstand und alles über mir zusammenbrach. »Nein. Das hast du nicht getan«, hauchte ich. »Sag mir, dass du das nicht getan hast.«

Sein Griff an meinem Gesicht wurde fester. »Glaubst du, ich sehe dir seelenruhig dabei zu, wie er dich mir wegnimmt? Wie er dir den Kopf verdreht und sich zwischen uns stellt? Du gehörst zu mir, Luna. Ich lass nicht zu, dass ein anderer dich bekommt, und so einer erst recht nicht.«

Seine Finger gruben sich in mein Kinn, sodass ich keine Chance hatte, seinem Blick zu entkommen, als ich versuchte meinen Kopf wegzudrehen.

»Hast du völlig den Verstand verloren?«

»Ich hatte keine Wahl, du hast sie mir genommen«, brauste er auf.

»Warum hast du das getan?«, wimmerte ich.

»Wegen dir, weil ich dich liebe. Ich würde alles für dich tun, damit du zu mir zurückkommst, das musst du endlich begreifen. Das war die einzige Möglichkeit und er war uns im Weg.«

Ein Schluchzer löste sich irgendwo ganz tief in mir und drang aus meiner Kehle. Die Verzweiflung packte mich mit ungeheurer Wucht und ich stieß ihn von mir weg.

»Du hast mich fast vergewaltigt«, schrie ich und schlug mit den Fäusten gegen seine Brust, so fest ich konnte. »Ich hab Nein gesagt! Wieso lässt du mich nicht in Ruhe?«

Sofort schnellten seine Arme nach vorne, er packte meine Handgelenke und drängte mich zurück, bis ich mit dem Rücken gegen die

Hauswand knallte. Vor Schmerz stöhnte ich auf und krümmte mich. Dann legte Julien seine Hand an meinen Hals und ich bekam keine Luft mehr.

»Wag. Es. Noch. Einmal«, drohte er mir durch zusammengebissene Zähne.

Ich konnte mich nicht rühren, ich schien gar nicht mehr zu existieren. Unzählige Bilder schossen durch meinen Kopf und jedes entzog mir mehr und mehr das Licht, bis alles schwarz wurde. Eli, der Unfall, die Panik, alles zusammen überrollte mich und ich keuchte.

Ich war schuld. Eli lag wegen mir im Krankenhaus, weil ich Julien nicht ernst genommen hatte. Er hatte ihn gestoßen. Er hätte ihn töten können. Nur wegen mir und es zerriss mir das Herz.

Erst als Julien die Hand von meiner Kehle löste, nahm ich ihn wieder wahr. Er richtete sich auf, sah triumphierend auf mich herab und das Adrenalin pumpte durch mich hindurch, der einzige Grund, warum ich noch aufrecht stehen konnte.

»Damit kommst du nicht durch. Nicht schon wieder«, krächzte ich.

»Womit durchkommen? Ich habe doch nichts gemacht.«

»Du hast ihn fast umgebracht«, sagte ich und meine Stimme zitterte so heftig, dass ich mich selbst kaum verstand.

Er lächelte nur. »Und wie willst du das beweisen?«

Lautlos leerten sich meine Lungen und ich fiel. Endlos lange, ohne aufzuschlagen, ohne Netz oder jemanden, der mir helfen könnte. Ich fiel und fiel und hangelte nach Strohhalmen, die es nicht gab, weil Julien sie allesamt rausgerissen hatte. So wie damals, als ich mich endlich dazu durchgerungen hatte, meiner Mutter alles zu erzählen, und wir zur Polizei gefahren waren, um ihn anzuzeigen. Ich sagte die Wahrheit und vielleicht glaubten mir die Beamten auch, aber ohne Beweise konnte man nichts machen. Hilflos saß ich auf diesem Stuhl fest und konnte es nicht begreifen. Ähnlich wie jetzt, wo es sich auf schreckliche Weise wiederholte.

»Sieh es ein, Baby, du hast nur noch mich«, raunte er mir zu. »Ich werde immer da sein, das schwöre ich dir, und irgendwann wirst du verstehen, dass es so am besten für uns ist. Ob du dich nun freiwillig von ihm trennst oder ich nachhelfen muss, macht da keinen Unterschied.«

Am Rande bekam ich mit, wie er seinen Kopf zu mir heruntersenkte. Erst als ich seinen Atem auf meinen Lippen spürte, löste sich der Knoten in meinen Stimmbändern. Ich schrie. Ich schrie so laut, dass mir beinahe die Kehle zersprang, und brach unter der Last zusammen, die mich erdrückte.

Ganz dumpf, als wäre mein Kopf in Watte gepackt, hörte ich, wie die Haustür aufgerissen wurde und meine Mutter kurz darauf die Treppe nach unten gestürmt kam.

»WAS HAST DU GETAN?«, rief sie, packte Julien am Kragen und stieß ihn zur Seite.

»Das ist ein Missverständnis, ich …«, doch mehr verstand ich nicht, weil meine Mutter sich schützend vor mich stellte.

»VERSCHWINDE! LASS MEINE TOCHTER IN RUHE UND LASS DICH HIER NIE WIEDER BLICKEN!«

»Das haben Sie nicht zu entscheiden!«

Sie griff nach der Harke, die an der Hauswand lehnte, mit der sie vor ein paar Tagen noch das Laub vom Weg geräumt hatte. Nun richtete sie sie drohend auf ihn und ließ keinen Zweifel daran, dass sie nicht zögern würde, sie zu benutzen.

»Verschwinde!«, tobte sie.

»Wir gehören zusammen, das können Sie nicht ändern!«

»Und wie ich das kann. Mach, dass du wegkommst, oder ich rufe die Polizei.«

Eine Weile hörte ich nur das Rauschen in meinen Ohren, dann nahm ich endlich das Knirschen von Schritten auf dem Weg wahr, das sich unter lauten Flüchen von mir wegbewegte.

Es würde mir noch leidtun. Ich würde schon sehen, was ich davon hätte. Er würde nicht aufgeben und schon einen Weg finden.

Meine Mutter wartete noch, bis er außer Hörweite war, dann packte sie mich am Arm und zog mich ins Haus. Ich stolperte mehr, als dass ich lief, aber auch das Schließen der Tür brachte mein Zittern nicht unter Kontrolle. Auf dem Sofa im Wohnzimmer brach ich dann das erste Mal zusammen.

Meine Mutter setzte sich zu mir und fragte mich aufgeregt, was passiert war. Mechanisch stolperten die Worte aus meinem Mund. Dass Julien mich berührt und bedroht hatte. Dass er mir wieder nahe gekommen war und mich beinahe geküsst hätte. Blanke Panik sprach aus mir und die Angst saß tonnenschwer auf meiner Brust, die mir die Luft abdrückte. Nur von Eli erzählte ich ihr nicht. Ich hätte es tun sollen, ich hätte irgendwas tun müssen, doch das tat ich nicht, weil mich die gleiche Hilflosigkeit überkam wie damals, als ich ihr davon erzählt hatte, was Julien mir angetan hatte. Ich hatte keine Tonaufnahmen, keine Fotos, nichts. Nicht für die versuchte Vergewaltigung – nicht für den Unfall und ich konnte, verdammt noch mal, nichts tun.

Ich werde immer da sein, das schwöre ich dir, hallte es erbarmungslos in meinem Kopf wider und für mich gab es nur noch eine Option, die sich an mir festsaugte und nicht mehr losließ: Wenn ich der Auslöser war und daran schuld, dass alles passiert war, blieb mir nur, mich selbst aus dem Spiel zu nehmen. Ich würde alle Brücken abbrechen, mich nie wieder bei Eli melden und die Stadt verlassen. So weit weg wie möglich, damit er in Sicherheit war und ich ihm nicht mehr schaden konnte. Deswegen protestierte ich auch nicht, als meine Mutter meinen Vater anrief und noch am selben Abend mit ihm absprach, dass ich unverzüglich nach München fahren würde. Erst mal nur für zwei Wochen, dann würde sie nachkommen, sobald die Ferien begonnen hätten, aber mir war klar: Solange Julien hier war und Eli in Gefahr, würde ich keinen Fuß mehr nach Hamburg setzen.

Ich packte meine Tasche und nur eine Stunde später fuhren wir zum Hauptbahnhof. Das Ticket war teuer, es gab nur noch wenige Plätze und wir hatten nur knappe zehn Minuten, uns zu verabschieden. Schon saß ich auf meinem Platz, und das nicht einmal am Fenster, konnte meiner Mutter kein letztes Mal winken und auch keinen Blick mehr zurück werfen. Nein, der Zug fuhr ab, ohne mir die Wahl zu lassen, und selbst wenn, hätte ich es nicht über mich gebracht zu bleiben.

Ich war am Ende. Die Hilflosigkeit war allumfassend und das Bild von Eli in seinem Krankenbett klarer als alles andere. Das Piepen der Geräte, die Schläuche, die blasse Haut und der leblos wirkende Körper darunter. Ich wollte nicht gehen und ihn alleinlassen, doch ich musste. Und mit jedem Meter, der zwischen mir und Hamburg dazukam, hasste ich mich mehr dafür.

Ich weiß nicht mehr, an welcher Stelle der Geschichte mein Körper entschieden hat, dass der kalt gefliese Küchenboden sicherer ist als die Kante der Theke. An den Schrank gelehnt sitze ich plötzlich da, habe meine Arme um die angezogenen Knie geschlungen und presse Luft in meine Lungen und wieder hinaus, wobei ich keinerlei Erleichterung spüre. Ich bin aufgebrochen, jedes meiner Nervenenden liegt frei und ich fühle die blanke Angst von damals, als wäre sie gerade erst erwacht. Jetzt weiß er es, kennt die grausame Wahrheit und ich traue mich nicht, ihn anzusehen. Und das Ticken der Uhr, das mir gestern Nacht noch bewusst gemacht hat, wie perfekt, schön und wertvoll jede Sekunde ist, ist ohrenbetäubend.

Im Augenwinkel nehme ich Elis Füße wahr und weiß, dass er immer noch dort steht, wo er eben verharrt ist. Mein Herz spannt schmerzhaft, immer weitere feine Risse bilden sich und teilen seine Oberfläche in mikroskopisch kleine Stücke auf, jedes für sich unerträglich schwer. Niedergeschlagen lasse ich meinen

Kopf zwischen die Knie sinken und presse mir die Hände an den Kopf.

Irgendwann vernehme ich Schritte, ein leises Schleifen von Kleidung auf Holz neben mir und dann spüre ich Elis Arme um mich herum. Er zieht mich halb auf seinen Schoß, halb an seine Brust und meine brennenden Augen flackern zu ihm hoch. Er sieht mich nicht an. Mit einem Arm hält er mich fest, den anderen hat er sich über die Augen gelegt und ich kann die nassen Bahnen erkennen, die seine Tränen auf seiner Haut hinterlassen haben. Dann höre ich ihn wimmern und ein schmerzverzerrtes Schluchzen dringt aus seiner Kehle, das mir durch Mark und Bein geht.

Ich drehe mich in seine Richtung, umarme ihn, so fest ich kann, und murmle irgendwelche Entschuldigungen, die ich selbst kaum verstehe. Ich habe ihm versprochen, dass ich bei ihm bleibe, egal was passiert. Selbst jetzt, wo ich plötzlich nicht mehr weiß, ob ich es überhaupt sollte.

29

Noch vier Minuten. Wenn die Ziffern meiner Uhr auf Mitternacht umspringen, ist der Dienstag vorbei und damit der dritte Tag nach der Wahrheit, an dem Eli und ich nicht miteinander gesprochen haben. Das Wochenende ist noch gar nicht lange her, doch es kommt mir vor wie eine Ewigkeit. Die Weihnachtsfeier, die Nacht mit ihm, der Morgen danach. Es ist, wie er sagte: Ein Lied lang haben wir so getan, als wäre es nie passiert. Dann ist der letzte Ton verklungen und alles war wieder da.

Ratlos liege ich in meinem Bett, starre entweder zur Decke, zur Uhr oder zu meinem Handy, in der Hoffnung, dass es klingelt, und warte. Warte darauf, einzuschlafen oder dass eine Nachricht eingeht, während ich alles noch einmal im Kopf durchlebe. Mir fällt ein Zitat von Kafka ein, das seltsam passend ist: »Deine Hand ist in meiner, solange du sie dort lässt«, und es stimmt mich traurig. Denn gerade weiß ich absolut nicht, wo Eli und ich uns befinden und ob seine Hand immer noch in meiner liegt.

»Wie geht es jetzt weiter?«, *fragte ich bereits fertig angezogen und kurz davor, zu gehen.*

»*Ich weiß es nicht, Luna. Ich versuche immer noch, es zu begreifen, aber es ist so viel auf einmal.*«

»Verstehe.«

»Was verstehst du?«

Ich zuckte mit den Schultern und blinzelte stark. »Dass du Zeit für dich brauchst und … ich dich besser in Ruhe lasse.«

Eli kam so dicht an mich heran, dass er mein Gesicht in seine Hände nehmen konnte. Es war zwecklos, seinem Blick ausweichen zu wollen, also schaute ich ihn an. Bei seinem Anblick zog mein Herz sich zusammen und ich konnte nur daran denken, wie leid es mir tat.

»Ich will nicht, dass du mich in Ruhe lässt, ich brauche nur Zeit. Aber das heißt nicht, dass ich nicht mit dir zusammen sein will.«

»Nicht?«

Er schloss die geröteten Augen und schüttelte den Kopf.

»Nein.«

Eine Mischung aus Dankbarkeit und Erleichterung machte sich in mir breit und ich legte meine Hände auf seine. Als würde Eli sein Versprechen unterstreichen wollen, lehnte er sich vor und küsste mich. Seine Daumen streichelten über meine Wangen und das Prickeln unter meiner Haut kam für ein paar Sekunden zum Erliegen. Dann gab er mich wieder frei.

»Ich ruf dich an, okay?«, sagte er.

»Okay«, nickte ich und hatte Mühe, ihn loszulassen.

Ich wollte es nicht. Ich wollte hier sein, bei ihm, wieder auf Pause drücken und zurück in meine schöne Illusion, in der er nichts davon wusste. Doch es gab kein Zurück mehr und mir war klar, dass ich uns die Zeit geben musste, um die er mich bat. Ich hatte keine andere Wahl, als ihm zu vertrauen, dass er meinte, was er sagte, und so schaffte ich es irgendwann, ihn loszulassen. Irgendwie brachte ich das Treppenhaus hinter mich und hielt mich davon ab, nicht sofort zurückzulaufen. Aber als ich ein paar Minuten später an der Bushaltestelle stand, hatte ich mein Handy bereits fest umklammert und wartete darauf, dass es klingelte.

Ich glaube nach wie vor, dass Eli meinte, was er sagte, jedenfalls in dem Moment. Trotzdem könnte ich es ihm nicht verdenken, wenn er es mit einigem Abstand anders sehen würde. Momente halten ewig, wenn man sie nur oft genug wiederholt, aber was ist, wenn unsere endlich sind? Selbst ohne Jess und mit Julien in Lübeck kann es am Ende sein, dass die Gefühle die Wahrheit nicht aushalten, auch wenn ich mir nicht vorstellen will, dass das tatsächlich passiert. Nicht, nachdem ich wieder gespürt habe, wie es sein könnte.

Seufzend richte ich mich auf und lese die Nachrichten von Anni, die wir in den vergangenen Tagen geschrieben haben. Wir haben uns nicht gesehen, weil ich mich krank gestellt habe, um zu Hause zu bleiben. Konzentrieren könnte ich mich gerade ohnehin nicht und nicht nur Eli braucht Zeit, um sich zu ordnen.

Gestern haben Anni und ich telefoniert, weil sie sich gewundert hat, wo ich bin, und ich erzählte ihr in Kurzfassung, was nach der Weihnachtsfeier passiert war. Erst war sie verzückt und freute sich, als ich sagte, dass Eli und ich die Nacht zusammen verbracht hatten, dann folgte die Ernüchterung, als sie den zweiten Teil hörte.

Anni ist die Einzige, abgesehen von Eli, die alles weiß. In einem sehr dunklen Moment, als ich noch in München war und mit ihr telefonierte, war alles über mich hereingebrochen und ich hatte ihr die ganze Geschichte von vorne bis hinten gestanden. Ich war froh, dass ich ihr dabei nicht in die Augen sehen musste, und wünschte mir gleichzeitig, sie könne mich fest in den Arm nehmen. Letztendlich wusste sie genau, was sie tun musste: nichts. Sie war einfach nur da, hörte zu, urteilte nicht und verlangte nichts von mir. Und das war alles, das ich von ihr brauchte, ohne dass ich es hatte sagen müssen.

Heute ist Mittwoch. Anni hat mir geschrieben, ob ich Lust

hätte, zu ihr zu kommen oder sie anzurufen, aber bisher habe ich es noch nicht getan. Ich weiß einfach nicht, was ich sagen soll. Mit Eli zu schweben war schön, sicher und leicht. Alleine zu schweben ist hingegen nur ein anderes Wort für endloses Fallen und genau in dieser Phase befinde ich mich gerade. Ich schlage nirgendwo auf, es macht mich nicht kaputt und doch zieht alles etwas verschwommener als sonst an mir vorbei. Etwas farbloser, ein bisschen weniger wichtig und trotzdem kann ich nicht anhalten, solange das Telefon auf meinem Nachttisch nicht endlich ein Geräusch von sich gibt und mich erlöst.

Ich drehe mich auf die Seite, stopfe mir ein Kissen in den Nacken und schließe die Augen, die immer gleichen Fragen im Kopf. Hätte ich es ihm früher sagen sollen? War es falsch, überhaupt erst zu verschwinden? Hätte ich mutiger sein müssen? Gab es noch einen anderen Weg, den ich nur nicht gesehen habe? Und werde ich es je herausfinden? Da klingelt mein Handy und kündigt eine neue Nachricht an. Plötzlich bin ich hellwach, sitze kerzengerade in meinem Bett und entsperre den Bildschirm.

Anni: Hey Süße, ich hab bei dir noch Licht gesehen. Geht's dir gut? Willst du reden?

Ich drehe mich zur Fensterbank und tatsächlich ist meine Lampe noch an. Es war mir gar nicht aufgefallen.

Luna: Mir geht's nicht gut. Ich will nicht reden.

Die Nachricht ist nicht besonders nett, nur lässt mich der fehlende Schlaf und die steigende Sorge darum, wie es weitergeht, sie kein zweites Mal lesen, bevor ich sie abschicke. Meine Finger wollen gerade eine Entschuldigung hinterhertippen, als sie mir schon antwortet.

Anni: Ich hab dich lieb!

Meine Unterlippe zittert und ich drücke mir das Handy für einen Moment an die Brust. Dann schreibe ich ihr zurück.

Luna: Ich dich auch!

Ich schließe den Chat und öffne den von Eli zum keine-Ahnung-wie-vielten-Mal an diesem Tag. Kurz bin ich versucht, der lauter werdenden Stimme in mir nachzugeben und ihm zu schreiben. Ich öffne schon die Tastatur, dann reiße ich mich zusammen, mache das Handy aus und stopfe es tief unter mein Kopfkissen, um mich davon abzuhalten.
Er ruft mich an. Er hat es versprochen, klammere ich mich an seine Worte und irgendwann zwischen zwei und drei falle ich in einen traumlosen Schlaf.

30

Der Freitag ist beinahe rum. Nur noch ein paar Minuten trennen mich und den Rest des Kurses vom Wochenende und ich schaue wie gebannt auf die Uhr, anstatt der Gruppe zuzuhören, die gerade ihren Vortrag hält. Zum einen, weil Jess heute Teil davon ist und ich ihr seit unserer letzten Begegnung konsequent aus dem Weg gehe, zum anderen wegen der Nachricht, die gestern Abend endlich angekommen ist.

Eli: Hey, wie geht's dir?

Mein Herz hat sofort einen Satz gemacht, und da er online war, schrieb ich ihm gleich zurück. Wir unterhielten uns ein bisschen darüber, was wir die letzten Tage gemacht hatten, und blieben vorerst bei ungezwungenem Small Talk, der einfacher war, als gleich ins kalte Wasser zu springen. Nebenbei hatten wir auch eine Menge aufzuholen, weswegen ich diesmal nicht ganz unglücklich über die schlaflose Nacht war. Angefangen von seinem Musikstudium, das er abgebrochen hat, was ich bisher nicht wusste, über die Band, in der er nicht mehr spielt, bis hin zu belangloseren Dingen, wie neue Filme oder Lieder.

Heute Morgen hatte ich dann eine ungelesene Nachricht von ihm, die er geschickt hatte, als ich schon eingeschlafen war.

Eli: Können wir uns morgen sehen? Ich könnte dich nach dem Kurs abholen, wenn du Zeit hast.

Nun ist es also so weit und wir sehen uns wieder. Keine gelesenen Nachrichten, die nicht beantwortet werden, kein Schweigen mehr, wenn wir aneinander vorbeilaufen, kein überstürzter Ausbruch der Gefühle, von dem wir uns mitreißen lassen. Wir treffen uns, um zu reden, und das macht mich ziemlich nervös. Nicht, weil ich noch glaube, dass er seine Meinung vom Samstag ändert, da vertraue ich ihm, sondern weil es mir nie leichtfallen wird, *darüber* zu reden. Aber es muss sein, und wenn ich falle, fängt er mich auf, das weiß ich.

Das Klopfen von Knöcheln auf Holz weckt mich aus meinen Gedanken und ich hebe den Kopf. In der Mitte der Dreiergruppe steht Jess, die ihre Hand mit den Karteikarten hat sinken lassen und offenbar gerade den Vortrag beendet hat. Sofort mache ich mich gerade und hoffe, dass niemand gemerkt hat, dass ich überhaupt nicht mehr zugehört habe.

»Gibt es noch Fragen?«, wirft Professor Kruse wie nach jedem Vortrag in die Runde, doch keiner meldet sich.

»Gut«, sagt er. »Dann bleiben die drei Vortragenden bitte noch kurz bei mir für ihr Feedback. Der Rest kann gehen. Ein schönes Wochenende.«

Ein einheitliches Gemurmel brandet auf und ich klaube meine Sachen zusammen, um sie in meinem Rucksack zu verstauen. Stühle rücken, irgendjemand öffnet die Tür und die Ersten gehen hinaus. Tief hole ich Luft und folge ihnen, dabei streift mein Blick kurz den von Jess, die ihren sofort gen Boden senkt. Das macht sie seit unserem Streit recht häufig. Nicht dass wir uns sonderlich oft ansehen würden, aber wenn es so ist wie jetzt, scheint sie es kaum zu ertragen und wendet sich gleich wieder ab. Wahrscheinlich ist es für uns beide am besten so. Eine friedliche Koexistenz, bei der wir uns einfach in Ruhe lassen. Sie wusste nichts von Julien, aber sie hat mir vorgeworfen, mir alles nur ausgedacht zu haben, als sie davon erfuhr. Das hat so tiefe Wunden hinterlassen, dass ich absolut nichts mehr mit ihr zu tun haben will. Es gibt Dinge, für die gibt es keine angemessene Entschuldigung, egal welche Worte man wählt, und das gehört definitiv dazu.

Im Gehen ziehe ich meinen Mantel über, dann schwinge ich den Rucksack auf den Rücken und spüre ein leichtes Kribbeln meine Arme nach oben kriechen. Keine Ahnung, wie oft ich Eli vor dem Kursraum angetroffen habe, als er noch auf Jess gewartet hat. Ich habe irgendwann aufgehört zu zählen, wie oft er mich ignoriert hat, auch wenn es mir jedes Mal einen dumpfen Stich versetzt hat. Als ich diesmal jedoch aus der Tür trete und meinen Kommilitonen ein Stück den Gang entlang folge, ist es ganz anders.

Es dauert nicht lange, bis ich Eli entdecke, der in Jeans, Hoodie und Lederjacke an der Wand lehnt, den Gurt seiner Tasche quer über der Brust gespannt und die Hände in den Hosentaschen vergraben. Ich bin fast bei ihm angekommen, da erblickt er mich ebenfalls, stößt sich ab und kommt direkt auf mich zu. Erst weiß ich nicht so recht, wie ich ihn begrüßen soll, bis er ganz selbstverständlich seine Arme um mich legt und mich fest an sich drückt.

»Hey, Luna«, sagt er leise in mein Haar und der Klang meines Namens aus seinem Mund zieht meinen breit auseinander.

»Selber hey«, antworte ich und atme seinen Geruch tief ein. Erdig. Warm. Zu Hause.

Nur widerwillig löse ich mich wieder von ihm, denn wir stehen mitten im Weg und die Menschen, die jetzt auch aus den anderen

Räumen kommen, strömen in beide Richtungen an uns vorbei. Glücklicherweise muss ich aber nicht lange auf ihn verzichten, da spüre ich schon seine Hand in meiner, die unsere Finger miteinander verschränkt, und wir gehen ebenfalls zum Treppenhaus.

»Wie war dein Tag?«, fragt er.

»Ganz okay«, sage ich. »Und deiner?«

»Durchwachsen.«

»Wieso? Was war los?«

»Ach nichts, ich hänge bloß ein bisschen mit meinen Kursen hinterher, das ist alles.«

»Es war wohl einfach zu viel los in letzter Zeit«, mutmaße ich.

»Ja, da hast du recht. Aber das geht wieder vorbei. Die Mathematik und ich waren noch nie Freunde, sondern immer Schwerstarbeit. Da muss ich einfach durch.«

Kurz drückt er meine Hand und ich drücke zurück. Trotzdem wird mir wieder bewusst, wie viel ich im letzten Jahr eigentlich versäumt habe, so ähnlich wie letzte Nacht, als Eli und ich auf das Thema Uni zu sprechen kamen und ich erfuhr, dass er inzwischen BWL studiert.

Am Anfang wollte diese Info so gar nicht zu meinem Bild von ihm passen, aber seine Erklärung dafür war so simpel wie einleuchtend: Mit seinen Verletzungen hatte es sich für ihn mit der Band erledigt und die Reha forderte ihren Tribut, sodass er das Semester hätte wiederholen müssen. Er hatte jedoch ohnehin keine Lust mehr auf das Studium gehabt und das als Zeichen genommen, etwas Neues auszuprobieren, und für diesen neuen Impuls war Jack verantwortlich. Bei Cat+Events hat Eli sich immer wohlgefühlt und er liebt den Job, das merkt man ihm an. Und als er meinte, er könne sich vorstellen, Jacks Beispiel zu folgen und sich etwas Eigenes aufzubauen, klang er selbst über die bloße Textnachricht so aufrichtig, dass ich nicht weiterfragte.

Die Richtung stimmt, hatte er geschrieben, *und wohin es geht, wird sich zeigen. Aber es ist gut, wie es ist, vielleicht sollte es in der Hinsicht ja wirklich so sein.*

Wir kommen unten an, überqueren den Platz vom Von-Melle-Park und steuern den Ausgang des Campus an, wo sich die Menge der Studenten etwas zerstreut.

»Wo wollen wir hin?«, frage ich ihn und merke die Nervosität in mir lauter werden, jetzt wo es um uns etwas ruhiger geworden ist.

»Ich dachte, wir gehen vielleicht zu mir«, schlägt er vor.

»Oh, okay.«

»Wirklich?«

»Ja, klar«, versichere ich ihm und hangle mit meiner freien Hand nach meinem Handy. »Ich sollte nur eben zu Hause Bescheid geben.«

Ich entsperre das Display und öffne eine neue SMS an meine Mutter, doch als ich das Textfeld anwähle, zögere ich.

»Was ist?«, fragt Eli.

»Meine Mutter weiß noch nichts von uns«, gestehe ich. »Ich wollte ihr nichts sagen für den Fall, dass du es dir anders überlegst.«

Wir verlangsamen das Tempo und gehen den Weg weiter, der uns an der Bushaltestelle vorbei Richtung S-Bahn führt. Eli löst unsere Hände voneinander und legt mir stattdessen seinen Arm um die Schulter.

»Ich meinte doch, dass du dir in der Hinsicht keine Sorgen machen musst.«

»Hab ich mir aber. Ich dachte, es wäre besser, wenn wir erst reden und ich es ihr dann sage. Nur um sicher zu sein.«

»Dann wirst du ihr heute Abend eine Menge zu erzählen haben«, murmelt er und drückt seine Lippen an meine Schläfe.

Ich weiß nicht, wie Eli das macht. Eben noch habe ich gespürt, wie die Nervosität in mir aufkam, und auf einmal verschwinden die dunklen Wolken – zumindest metaphorisch. Wenn er bei mir ist, gibt er mir das Gefühl, gerade nirgendwo anders sein zu wollen, sondern nur hier und mit mir. Und mit diesem kleinen Versprechen setzt er noch ein paar weitere zerbrochene Teile zusammen, die mich dazu bringen, mich in seine Umarmung zu kuscheln. Mir ist egal, dass wir dabei beinahe stehen bleiben.

»Aber was schreibe ich ihr jetzt?«, frage ich ihn, als wir am Treppenaufgang zur S-Bahn angelangt sind.

»Schreib ihr einfach, wie es ist. Du bist bei mir und wir reden«, sagt er, zuckt mit den Schultern und stellt ganz unbeeindruckt meine Bedenken in den Schatten.

Als ich die Worte tippe und sie ein zweites Mal lese, weiß ich, dass er recht damit hat, selbst wenn wir am Ende des Tages getrennte Wege gehen würden. Versteckt habe ich mich oft genug, weil ich Angst hatte, aber die habe ich bei Eli nicht eine Sekunde.

Als wir bei ihm zu Hause ankommen, ist es draußen schon fast dunkel, dabei ist es erst kurz nach zwei. Der Himmel hat sich zugezogen und schwere Regenwolken hängen über der Stadt, aus denen sich bereits die ersten Tropfen lösen.

Nachdem wir unsere Jacken und Schuhe an der Garderobe ausgezogen haben, gehen wir in die Küche und Eli macht uns einen Tee. Ich kann nicht verhindern, zu der Stelle zu schauen, an der wir beide zu Boden gesunken sind, als ich ihm den hässlichen Rest meiner Geschichte erzählt habe. Er hat geweint und ich habe nichts anderes tun können, als ihn festzuhalten. Jetzt steht er einfach an der Theke und füllt Wasser in den Wasserkocher.

»Früchte oder Schwarz?«, fragt er über die Schulter.

»Früchte«, sage ich und bin froh, dass er mich damit davon ablenkt, weiter auf die Fliesen zu starren.

Er holt zwei Tassen und Teebeutel heraus, stellt sie auf der Anrichte ab und wartet geduldig, bis das Wasser heiß ist und er es umfüllen kann. Dann kommt er zu mir und gibt mir eine der Tassen, bevor wir rüber in sein Zimmer wechseln.

Beim letzten Mal habe ich schon festgestellt, dass hier drin die Zeit stehen geblieben zu sein scheint. Alles ist wie immer, die Möbel aus dunklem Holz, das Chaos auf seinem Schreibtisch, das Bett unter dem Fenster, in dem wir viele schöne Nächte miteinander verbracht haben, inklusive unserer letzten. Ein paar Dinge sind zwar neu, wie der Teppich auf dem Parkett oder der fehlende Gitarrenständer, an dessen Stelle nun eine Topfpflanze mit ausladenden Blättern steht, doch es ist unverkennbar seins.

Der Regen trommelt gegen die Scheibe und Eli schaltet das Licht auf der Fensterbank ein. Die Kissen sind aufgeschüttelt und an der Seite aufgestellt, die zur Wand zeigt, und leise quietschen die Federn unter ihm, als er sich aufs Bett setzt und ich ihm hinterherrutsche.

»Ist ganz schön ungemütlich draußen«, sagt Eli und deutet hinter sich.

»Wie es aussieht, haben wir es gerade noch rechtzeitig geschafft«, antworte ich, als auch schon ein leises Grollen ertönt.

»Du mochtest Gewitter schon immer.«

»Nicht immer«, korrigiere ich ihn. »Als ich klein war hatte ich Angst davor. Aber als ich einmal bei meinem Vater zu Besuch war und es dort besonders schlimm war, hat er sich einfach zu mir gestellt und es mit mir angesehen. Er sagte: ›Ist das nicht toll? Draußen geht die Welt unter und hier drinnen kann uns gar nichts passieren.‹«

Sanft lehnt Eli seinen Kopf an meinen.

»Schade, dass ich ihn bisher nicht kennengelernt habe.«

»Das nächste Mal, wenn ich ihn besuche, kannst du ja mitkommen«, schlage ich vor.

»Gerne.«

Ein warmes Gefühl breitet sich in meinem Bauch aus, als ich mir vorstelle, wie ich meinem Vater sage: *Das ist Eli, mein Freund,* und die beiden sich zur Begrüßung die Hand geben. Mein Vater weiß, dass wir zusammen waren, und ich hab ihm damals auch Bilder von uns geschickt, nur haben sie sich noch nie persönlich getroffen. Es wäre wirklich schön, wenn wir das in naher Zukunft nachholen könnten.

Vorsichtig lasse ich mich ein bisschen tiefer gleiten, die Tasse dabei konzentriert im Blick, damit nichts überschwappt, bis ich mit dem Rücken an ihn gelehnt dasitze.

»Sag Bescheid, wenn ich zu schwer werde«, murmle ich.

»Mach ich«, schmunzelt er leise und ich nehme das leichte Beben in seiner Brust wahr, als er mich näher zieht.

Eine Weile sitzen wir einfach so da. Wir trinken unseren Tee und lauschen unseren Atemzügen, bis diese irgendwann von dem Wind, der den Regen immer härter gegen die Scheibe peitscht, übertönt werden. Als unsere Tassen leer sind, stellt Eli sie hinter uns auf die Fensterbank und legt seine Arme um mich. Dabei verschränkt er unsere Finger miteinander und haucht mir immer wieder leichte Küsse auf den Nacken. Irgendwann spüre ich, wie sein Körper sich ein wenig anspannt. Dann höre ich ihn leise seufzen.

»Was hast du?«, frage ich.

»Kannst du etwa Gedanken lesen?«, erwidert er und stupst mit seiner Nase gegen meine.

Nun seufze ich ebenfalls. »Nein, aber auch wenn ich den ganzen Tag so mit dir verbringen könnte, war das nicht der Grund, warum du mich sehen wolltest, oder? Wir wollten reden. Und das sollten wir auch.«

»Du hast recht. Es ist nur schwer, damit anzufangen, weißt du? Solange wir es nicht tun, können wir einfach hier sitzen und …«

Er legt einen Finger unter mein Kinn, dreht meinen Kopf zu sich herum und küsst mich. Ich lächle in den Kuss hinein und erwidere ihn, fühle, wie seine Zunge meine Lippen teilt und mein Herz anfängt zu rasen. Würde er sich nicht wieder von mir lösen, hätte ich es wohl nicht gekonnt.

»Ich will einfach nicht, dass das, was wir haben, dadurch wieder kaputtgeht«, gesteht er und streicht mir eine verirrte Strähne hinter das Ohr.

»Wieso sollte es?«, frage ich.

»Weil es etwas gibt, um das ich dich bitten will. Und bevor ich das tue, muss ich dir etwas erzählen, worüber ich die letzten Tage ununterbrochen nachgedacht habe.«

Obwohl meine Position mehr als gemütlich ist, richte ich mich auf und setze mich schräg zu ihm in den Schneidersitz, damit ich ihn ansehen kann. Seine dunklen Augen sind auf mich gerichtet und die Falte auf seiner Stirn tief, was deutlich macht, wie ernst es ihm ist. Automatisch greife ich nach seiner Hand. Mir selbst fällt es immer leichter, über etwas Schweres zu reden, wenn sie jemand hält, und vielleicht hilft es ihm auch ein bisschen.

»Worum geht es?«

Er braucht einen Augenblick, in dem er auf unsere Hände schaut und nach den richtigen Worten sucht.

»Um den Unfall. Es gibt da etwas, das ich dir letztes Wochenende schon hätte erzählen können, vielleicht sogar müssen, aber … es war alles so viel. Erst das, was Julien dir angetan hat, und dann, dass *er* mich damals gestoßen hat. Es hat alles wieder hochgebracht.«

»Tut mir leid.«

»Du solltest langsam mal damit aufhören, dich ständig zu entschuldigen«, sagt er und ein leichtes Lächeln umspielt seine Lippen.

»Vielleicht«, erwidere ich. »Aber es ist so unfair, verstehst du? Ich hab das Gefühl, jemand sollte sich dafür entschuldigen, weil wir ansonsten nichts machen können. Julien hat dafür gesorgt, dass es keine Beweise gibt, und ich hasse es, so hilflos zu sein.«

Der Wind draußen lässt das Fenster klirren.

»Und was wäre, wenn er sich irrt?«

Nacheinander kommen die Worte bei mir an und rasten ein. Ich brauche einen Moment, um sie zu begreifen, dann schüttle ich den Kopf und verziehe das Gesicht. »Unmöglich.«

»Ist es nicht.«

»*Ist es*, Eli. Es gibt keinen Beweis, oder glaubst du, ich hätte nicht probiert, ihn anzuzeigen?«, beharre ich, auch wenn ich es nicht will.

Eli streicht mir beruhigend über den Handrücken, immer noch den ernsten Ausdruck im Gesicht. »Es geht um den Unfall, Luna. Eventuell gibt es einen Beweis und darüber will ich mit dir reden.«

Ich schlucke und sehe ihn direkt an. Was ich fühle, weiß ich nicht genau, eine seltsame Mischung aus Hoffnung, Freude und Angst, wobei ich nicht sagen kann, welches Gefühl vorherrschend ist.

»Was heißt *eventuell*?«, will ich wissen.

»Als die Polizei damals am Unfallort war, haben sie etwas gefunden, eine schwarze Mütze. Sie dachten, sie gehört mir.«

»Du trägst doch gar keine Mützen«, stelle ich verwirrt fest.

»Das habe ich ihnen auch gesagt, als sie mich befragt haben. Und da der Fahrer des Unfallautos ausgesagt hat, ich wäre rückwärts auf die Straße gestolpert, haben sie sie als Beweismittel sichergestellt. Ich konnte mich ja an nichts mehr erinnern, aber sie haben nicht ausgeschlossen, dass ich mit jemandem aneinandergeraten war und dass diesem Jemand diese Mütze gehört.«

Meine Atmung geht schwerer und ich sehe ihn mit offenem Mund an.

»Moment mal ... Wenn sie davon ausgehen ... dann würde das ja bedeuten, dass es eine Möglichkeit gibt, ihn anzuzeigen. Ist es das, was du sagen willst?«

Mein Puls hämmert in meinen Ohren und eine gefährliche Hoffnung übernimmt meinen Körper. Doch während ich diesen Strohhalm zu fassen bekomme, an den ich nicht mehr geglaubt habe, bleibt Eli verdächtig ruhig.

»Was ist?«, frage ich.

»Deswegen habe ich mit mir gehadert, ob ich es dir erzählen soll. Es ist nur eine Möglichkeit, aber wir wissen nicht, ob es klappt. Die Mütze kann von jedem gewesen sein oder schon Tage dort gelegen haben.«

»Aber es ist eine Chance«, sage ich.

»Und wenn sie ins Leere läuft?«

»Wieso sollte das passieren?«

»Weil die Polizei den Besitzer damals nur als Zeugen gesucht hat.«

»Aber ... wir müssen es wenigstens versuchen«, beharre ich und bin nicht bereit, diese kleine Hoffnung jetzt schon wieder loszulassen. »Ich erzähle ihnen alles und sie können ihn verhören, vielleicht klappt es. Bitte lass es uns versuchen.«

»Ich weiß nicht, ob ich das will.« Elis Mund wird zu einer harten Linie und er weicht meinem Blick aus.

Das kurze Hochgefühl ebbt schlagartig ab und macht einem starken Trotz Platz, der ihm am liebsten sofort widersprechen will, doch stattdessen atme ich einmal tief ein und halte ihn zurück. Ich stütze mich vor auf meine Knie, um sein Gesicht in meine Hände zu nehmen, und warte geduldig, bis er seine Augen wieder auf mich richtet. Ich erkenne in ihnen so viel Schmerz und auch, wie bekannt er mir vorkommt. »Wieso weißt du es nicht?«, frage ich.

»Weil ich Angst habe.«

»Wovor?«

»Dass wir falschliegen und mit unserem Verdacht nur schlafende Hunde wecken. Um zu beweisen, dass er da war, bräuchte die Polizei eine Gegenprobe und die bekommen sie nur unter dem Vorwand, dass sie in dem Fall neu ermitteln.«

»Und?«

»Wenn wir falschliegen und sie nicht ihm gehört, dann war alles umsonst und wer weiß, was er dann macht?«, antwortet er und gestikuliert wild mit der freien Hand in der Luft. »Er hat dich fast vergewaltigt, Luna, und er hat mich vors Auto gestoßen. Ich hätte sterben können und es macht mich krank, mir vorzustellen, dass er es noch mal versuchen könnte.«

»Das wird er nicht.«

»Und woher willst du das wissen?«, fragt er und klingt verzweifelt. »Ich hab die ganzen letzten Tage mit mir gerungen, ob ich es dir sagen soll oder nicht, weil ich nicht will, dass du dich darauf verlässt, dass es klappt. Vielleicht liege ich falsch. Vielleicht läuft diese Spur ins Leere und dann haben wir nichts weiter erreicht, als seine Aufmerksamkeit auf uns zu lenken.«

Vorsichtig klettere ich auf Elis Schoß und schlinge die Arme um ihn. Er vergräbt sein Gesicht an meinem Nacken und erwidert die Umarmung ebenso fest.

Ich habe ihn bisher selbstbewusst, neckend, flüsternd, seufzend, traurig, nachdenklich, verliebt, schweigend und wütend erlebt. Er war immer mein Fels in der Brandung und das wird er auch bleiben, doch ich glaube, heute sehe ich ihn zum ersten Mal etwas verloren und das erschreckt mich. Seine Risse hält er sonst gut unter Verschluss, sodass ich sie nicht sehen kann, und plötzlich liegen sie klar und deutlich vor mir und passen so gut zu meinen eigenen.

»Ich will es versuchen, Luna«, murmelt er und löst sich so weit von mir, dass er mich wieder ansehen kann. »Aber ich will nicht, dass dir etwas passiert. Genauso wenig will ich aber, dass er einfach so davonkommt. Ich wünschte, es gäbe irgendeinen Weg, zumindest ein bisschen sicher zu sein, dass es etwas bringt, weißt du? Irgendein Zeichen, dass es das Risiko wert ist.«

»Die Sicherheit haben wir aber nicht«, sage ich und verstehe, was er meint. Er will keinen sinnlosen Kampf kämpfen.

»Es ist nur ein bisschen schwarzer Stoff«, sagt er. »Am Ende könnte es nichts sein. Es gibt bestimmt Tausende, die damit herumlaufen, Kiel ist beim Handball ja so was wie der FC Bayern beim Fußball. Vielleicht suchen wir da nur die Nadel im Heuhaufen.«

»Moment mal«, sage ich und halte eine Sekunde Inne. »Wie war das? Kiel?«

Überrascht blinzelt er.

»Ja. Die Beamten meinten, es wäre eine Mütze des THW Kiel gewesen, deshalb war ich mir auch sicher, dass sie nicht mir gehört.«

»Und das weißt du ganz genau?«

»Das vergesse ich nicht so einfach. Wieso? Luna, was ist?«

Die Hoffnung kehrt zurück, jagt durch meine Adern und verschafft mir gerade so viel Erleichterung, wie ich aushalten kann – immer noch mit dem Hintergedanken, dass das nichts bedeuten muss. Um mir ganz sicher zu sein, muss ich, so schnell es geht, an mein Handy.

»Wo willst du hin?«, fragt er, als ich plötzlich aufspringe und schon auf halbem Weg zur Tür bin.

»Warte hier, ich bin sofort wieder da.«

Und es dauert tatsächlich nicht länger als ein paar Sekunden, bis ich wieder neben ihm sitze, das Handy in meinen zitternden Händen halte und erst beim dritten Versuch schaffe, es zu entsperren.

»Jetzt sag mir endlich, was los ist«, bittet er mich und ich beeile mich, zu finden, wonach ich suche.

Nach Julien hatte ich alles, was mich an ihn erinnerte, vergessen wollen. Im echten Leben kann man die Vergangenheit nicht so einfach löschen, doch in Form von Bildern und Videos, die man von seinem Handy entfernen kann, geht das sehr wohl. Theoretisch zumindest. Praktisch hatte ich sie mir damals alle auf den Laptop überspielt, vielleicht weil ein Teil von mir, der immer noch Angst vor ihm hatte, sich nicht traute, sie endgültig wegzutun. Zwei Jahre sind eine lange Zeit, vor allem wenn man die Hälfte davon nur aufgrund von emotionaler Erpressung bei jemandem bleibt. Von schlechten Dingen kann man sich ebenso schwer trennen wie von guten. Manchmal sogar noch schwerer.

Nun öffne ich die Cloud über die App und scrolle in ihr nach dem Ordner, in dem ich alles noch habe. Ein Exempel, das hinter mir liegt, ein Ordner der Erinnerungen, die jede für sich die Furcht meine Wirbelsäule entlang nach oben schickt. Aber diesmal stoppe ich nicht und öffne die einzelnen Dateien. Ich brauche nicht lange, um zu finden, was ich suche, und starre das Bild an, als wäre es der Heilige Gral. Ob er es ist, hängt nun von Eli ab.

»Ist sie das?«, frage ich ihn und drehe das Handy zu ihm um.

Eli streckt seine Hände nach dem Gerät aus, um es näher an sein Gesicht heranzuziehen. Seine Augen weiten sich, als sein

Blick über das Display wandert, dann schaut er mich an und wieder zurück.

Das Bild zeigt Julien und mich, als wir gerade ein halbes Jahr zusammen waren. Damals wusste ich noch nicht, was er mit mir machte, geschweige denn, was noch kommen würde, und wir strahlten beide in die Kamera seines Smartphones, das er mit ausgestrecktem Arm von uns weghielt. Wir waren gerade auf dem Weg nach Kiel zu einem Spiel seines Handballteams, wie wir es oft an den Wochenenden getan hatten. Auf dem Foto sind meine Haare offen, doch seine lugen unter einer schwarzen Mütze hervor, die das Logo seiner Mannschaft trägt.

»Ist sie das?«, wiederhole ich meine Frage etwas drängender.

Mein Herz setzt aus. Einen Schlag. Einen weiteren, den er nichts sagt.

Dann nickt er.

»Bist du dir sicher?«

Wieder nickt er. »Ja.«

Die ganze Zeit war dieser Ordner eine Warnung für mich, nicht nach Hamburg zurückzukommen. Nun verwandelt er sich auf einmal in etwas Wertvolles, in den Funken, den wir vielleicht am nötigsten brauchen, und ich keuche auf, ein Laut zwischen Freude und etwas anderem, das ich nicht benennen kann.

Fest kneife ich die Augen zusammen und lasse das Handy auf der Matratze liegen.

Sollte es wirklich so sein, dass wir die Chance haben, etwas zu tun? Keine Hilflosigkeit mehr, kein tatenloses Warten auf den großen Knall, sondern endlich eine Möglichkeit, uns zu wehren?

Sie war die ganze Zeit hier, aber wir haben sie nicht gesehen, weil ich abgehauen bin. Weil ich Angst hatte. Weil wir beide verdammte Angst hatten und damit Julien genau das erreicht hat, was er wollte.

Und dann kann ich das Gefühl plötzlich benennen, das mit der

Freude kämpft: Wut. Ich bin unbändig wütend auf Julien, auf mich, auf die ganze Welt, weil diese Chance die ganze Zeit da war und ich sie jetzt erst begreife. All die Monate voller Albträume und Schuldgefühle laufen vor meinem inneren Auge ab und ich halte sie nicht aus. Meine Lippen fangen an zu zittern und ich schlage mir die Hände vors Gesicht, als ein Schluchzer durch meine Finger nach außen dringt. *Die ganze verdammte Zeit.*

»Luna, was hast du? Das ist gut«, versucht Eli mich zu beruhigen, doch plötzlich schnürt es mir die Kehle zu.

»Wäre ich einfach hiergeblieben«, bringe ich hervor.

»Was? Nein. Was redest du da?«

»Es war die ganze Zeit hier, Eli. Die ganze Zeit hatten wir den Beweis genau hier, und wäre ich nicht nach München gegangen, hätten wir etwas machen können. Ich hätte bei dir bleiben können. Ich hätte dafür sorgen können, dass man was gegen ihn tut, und stattdessen bin ich weggelaufen.«

»Du konntest es nicht wissen«, sagt er und streicht meine Arme entlang, doch ich kann das gerade nicht.

Ich stehe vom Bett auf, gehe in seinem Zimmer auf und ab und schüttle unentwegt den Kopf. Das kann nicht wahr sein, das darf es einfach nicht. Ja, ich bin erleichtert, aber ich bin auch so unendlich wütend. Die alten Schuldgefühle dringen nach außen, verschlingen mich und ich kann nicht verhindern, dass mir die Tränen heiß über die Wangen laufen. Jeden einzelnen Tag habe ich mein normales Leben vermisst, meine Familie, meine Freunde, Eli und jetzt war alles umsonst?

Eli erhebt sich langsam, so als hätte er Angst, mich zu erschrecken. Ich stoppe in meiner Bewegung, die Arme fest vor dem Körper verschränkt und am ganzen Leib zitternd.

»Es tut mir so leid«, flüstere ich, als er bei mir ist und ganz vorsichtig seine Hände an meine Wangen legt.

Diesmal zucke ich nicht weg, ich rühre mich keinen Millimeter. »Es tut mir leid, Eli, das musst du mir glauben.«

»Er ist dafür verantwortlich, Luna, nicht du, hörst du?« Er sieht mir direkt in die Augen. »Du hast ihm nicht gesagt, dass er dich anfassen soll, und er hat es trotzdem getan. Du hast ihm auch nicht gesagt, dass er mich vor ein Auto stoßen soll, doch das hat er. Er, nicht du!«

»Aber ich …«

»Shhh«, macht er und schüttelt entschieden den Kopf. »Kein Aber. Du hast nichts falsch gemacht. Es gibt nichts, wofür du dich entschuldigen müsstest. Nicht für etwas, das er getan hat.«

Mir liegt schon wieder ein Aber auf der Zunge, doch die Aufrichtigkeit in seinem Blick hält mich davon ab, es auszusprechen. Ich klammere mich daran, während die Tränen weiter über mein Gesicht laufen, und dann liegen meine Arme plötzlich um ihn, als er mich an seine Brust zieht. Er hält mich zusammen, murmelt Worte in mein Ohr, die ich nicht verstehe, und streicht mir durchs Haar. Mein Kopf liegt in seiner Halsbeuge, mein Atem geht flach und ein Zittern beherrscht meinen Körper, wie ich es noch nicht kannte.

»Wir kriegen ihn, Luna«, sagt Eli leise. Mehr als ein Nicken bekomme ich jedoch nicht zustande.

Ich will um mehr als alles in der Welt, dass Eli recht hat. Ich will, dass Julien nicht damit durchkommt, will, dass er niemandem mehr so wehtun kann wie mir und dass er dafür bestraft wird. Ich will, dass er nie wieder die Gelegenheit dazu bekommt, uns zu nahe zu kommen, und ich will endlich keine Angst mehr haben. Nicht vor ihm, nicht vor der Vergangenheit, nicht vor der Zukunft oder davor, hier zu sein. Ich will, dass das alles ein Ende hat, ohne das Gefühl, verloren zu haben oder aus Hilflosigkeit nichts machen zu können.

Von Anfang an wollte ich kämpfen und mutig sein und ich dachte, dass ich das mit meiner Rückkehr erreicht habe, aber sie war nur der erste Schritt, wie mir in dem Augenblick bewusst wird. Das Schwerste liegt noch vor mir. Voller Ungewissheit, ob es am Ende so ausgeht, wie wir es hoffen, doch ich bin mir mit jeder Faser meines Körpers sicher, dass ich es versuchen will. Auf diese Gelegenheit habe ich die ganze Zeit gewartet und ich werde sie nutzen, komme, was wolle.

»Wir versuchen es«, flüstere ich, als meine Tränen schwächer werden und ich meine Stimme wiederfinde.

»Wir versuchen es«, erwidert er, ebenfalls etwas kratzig. »Und zwar zusammen.«

Als erneut der Donner über uns rollt, erinnere ich mich wieder an das, was mein Vater mir gesagt hat. *Draußen geht die Welt unter und hier drinnen kann uns gar nichts passieren.* Denn zum ersten Mal habe ich trotz der Dinge, die auf mich einstürmen, nicht das Gefühl, dass unsere Welt tatsächlich untergeht. Das Gewitter wütet, aber irgendwann zieht es weiter und dann ist es nur noch etwas, das war. So wie Julien mein Monster war, mein persönlicher Sturm.

Als der Wind abnimmt, das Trommeln auf der Scheibe verstummt und tatsächlich ein paar abendliche Sonnenstrahlen ins Zimmer dringen, verzieht sich auch der Nebel aus unseren Köpfen. Eli und ich liegen eng umschlungen auf dem Bett, und obwohl es schön wäre, den Rest der Welt noch etwas länger draußen zu lassen, stehen wir schließlich auf und ziehen uns an.

»Bist du dir sicher, dass du mitkommen willst?«, frage ich, als er hinter uns abschließt. »Ich kann das auch alleine.«

»Ich hab dir versprochen, dass wir das zusammen machen, schon vergessen?«, antwortet er und greift nach meiner Hand.

Trotzdem schlägt mein Herz wie wild, als wir ein paar Minuten später an der Bushaltestelle stehen und auf den nächsten Bus warten. *Kein Zurück, nur nach vorne,* das habe ich mir von Anfang an gesagt, doch selbst mit Eli an meiner Seite hat niemand behauptet, es würde einfach sein. Und das nächste Gespräch, das mir bevorsteht, wird es weiß Gott nicht werden.

31

Es sind nur noch ein paar Tage, bis die Ferien beginnen. Ich dachte, die Arbeit für die Uni würde vor Weihnachten noch mal richtig Fahrt aufnehmen, bevor sich alle in eine wohlverdiente Pause verabschieden, aber da lag ich falsch. Die Vorlesungen folgen normal ihrer Routine, in den Tutorien nehmen wir einiges daraus noch mal genauer durch und die Diskussionen in den Kursen sind so laut und lebhaft wie immer. Dabei hätte ich im Moment überhaupt nichts dagegen, etwas mehr zu tun zu haben – ich hab sogar schon überlegt, bei *Cat+Events* kurzfristig auf halbtags umzusteigen. Dann würde ich zumindest die Anspannung besser ignorieren können, die seit letztem Mittwoch eingekehrt ist, als ich bei der Polizei war, um meine Aussage zu machen.

Obwohl die Heizung aufgedreht ist, reibe ich mir über die Oberarme und fröstle. Anni hat zu einem Spieleabend eingeladen und die anderen sitzen im Wohnzimmer, während ich gerade in der Küche stehe und aus dem Fenster schaue, ohne wirklich etwas zu sehen, weil es dafür viel zu dunkel ist. Aus dem Wohnzimmer höre ich die leisen Stimmen von Anni, Nihat und Eli, die darauf warten, dass ich von der Toilette wiederkomme, doch ich brauche ein paar Minuten für mich. Meine Gedanken sind laut, wandern immer wieder zurück und ich frage mich, wann sie wohl damit aufhören werden. Aber wahrscheinlich ist das normal. Dafür haben sich die Dinge einfach zu oft überschlagen, als dass einem davon nicht schlecht werden würde. Ich weiß nicht, was schwerer war: meiner Mutter zu erzählen, was es mit Elis Unfall tatsächlich auf sich hatte, oder nur wenige Tage später vor einem Beamten zu sitzen und alles noch mal zu wiederholen.

Meine Mutter war überrascht, als ich am Freitagabend mit Eli nach Hause gekommen bin, und welche Mutter macht sich nicht augenblicklich Sorgen, wenn ihre Tochter sie darum bittet, sich zu setzen? Es tat ihr sichtlich weh, zu hören, warum ich wirklich gegangen war, vor allem, weil ich sie nicht früher ins Vertrauen gezogen hatte. Deshalb bedeutete es mir alles, als sie sagte, sie würde mich verstehen, nachdem ich geendet hatte. Als wir ihr dann schließlich erzählten, dass wir zur Polizei gehen wollten, löste ihren schmerzverzerrten Ausdruck einer voller Stolz ab und sie nahm mich in den Arm. Es gab einen Lichtblick, eine Chance, Julien wenigstens für das zur Verantwortung zu ziehen, was er Eli angetan hatte, und nicht nur mein Herz wurde deutlich leichter dadurch.

Am Mittwoch waren wir bei der Polizei. Nun heißt es warten und mir kommt es so vor, als würde ich seitdem die Luft anhalten.

»Hey, hier bist du.«

Auch wenn ich keine Stimme lieber höre als Elis, zucke ich leicht zusammen, als sie die Stille durchbricht. Umdrehen tue ich mich nicht, da spüre ich schon seine Arme, die sich sanft um meine Mitte schlingen, und seine unverwechselbare Wärme. Dankbar lehne ich mich an ihn und schließe die Augen. Allein sein ist gut. Allein mit ihm zu sein besser.

»Entschuldige, ich wollte euch nicht warten lassen«, sage ich.

»Ist okay. Ich hab schon gemerkt, dass du heute Abend ganz woanders bist. Wer hat da schon Lust auf ›Black Stories‹?«

Ich lache halbherzig. »Wenn du willst, kannst du wieder reingehen. Ich komme gleich nach.«

»Eigentlich gefällt es mir hier gerade ganz gut«, sagt er und drückt mir einen Kuss aufs Haar.

»Mir auch«, flüstere ich und der Tunnel in meinem Kopf wird ein wenig heller.

Er muss es nicht aussprechen, damit ich weiß, dass es ihm ganz ähnlich geht wie mir. Wahrscheinlich kehrt er auch deswegen nicht gleich zu den anderen zurück. Suchend taste ich nach Elis Armen und lege meine Hände darauf.

Es tut gut, eine Weile nicht so zu tun, als wäre alles okay, selbst wenn vieles das jetzt ist. Mein Lachen ist echt und ich genieße die Zeit mit meinen Freunden, das ändert aber nichts daran, dass es mich mehr anstrengt, als ich zugeben will. Vielleicht ist das normal, wenn man so lange an das schwere Päckchen auf den Schultern gewöhnt war. Dieser Schwebezustand hält einfach an, es gibt kein Auf und Ab, nur eine Konstante und für die nicht mal ein Ablaufdatum.

»Können die sich nicht endlich melden?«, spricht Eli meine Gedanken aus.

»Sie haben gesagt, dass es dauern kann. Wir müssen einfach Geduld haben«, erinnere ich ihn.

»Die haben gut reden.«

»Eine andere Möglichkeit haben wir nicht.«

»Ich wünschte nur, es wäre endlich vorbei.«

Man könnte noch ein »Egal, wie es ausgeht« dranhängen, doch Eli lässt es so stehen, denn wir wissen, dass es nicht egal ist. Und das tut immer noch ziemlich weh.

Was wir haben, sind die Zeugenaussage des Fahrers, der Eli erfasst hatte und der sagte, Eli wäre wie aus dem Nichts auf die Fahrbahn geraten. Was wir haben, ist Juliens Mütze, die dieser bei jedem Spiel in Kiel getragen hat und die am Unfallort gefunden wurde, auch wenn wir da noch auf die Ergebnisse der Spurensicherung warten müssen. Was wir haben, ist ein Motiv, das durch meine Aussage deutlich geworden ist: Julien war besitzergreifend, eifersüchtig, stolz und gewalttätig und er wollte Eli aus dem Weg haben. Ich *weiß* es, aber die bittere Wahrheit ist, dass es trotzdem am Ende nicht reichen könnte. Der Beamte, mit dem wir nach meiner Aussage gesprochen haben, bezeichnete es als eine Reihe belastender Indizien. Julien hätte die Mütze schon Tage vorher dort verloren haben können. Der Fahrer hatte niemanden gesehen. Juliens Motiv wäre gegeben, für das ich am Ende allerdings auch keine Beweise hätte, bis auf den Übergriff vor unserem Haus, den meine Mutter mitbekommen hatte. Im Grunde hatte sie aber nur gehört, wie ich schrie, und nicht gesehen, dass er mich angefasst hatte. Alles in allem wären die Vorwürfe belastend genug, um Julien festzunehmen und zu verhören, aber man könne nicht versprechen, dass man ihn danach nicht wieder freilassen müsse. »Der Schutz vor falschen Anschuldigungen schützt leider auch jene, die schuldig sind«, erklärte der Beamte. Es war wie eine Ohrfeige.

»Meinst du, wir sollten darüber reden, was wir tun, wenn wir verlieren?«, frage ich Eli und spreche damit den Elefanten an, der schon seit Tagen mit uns im Raum sitzt.

»Ich will lieber gar nicht daran denken«, sagt er.

»Ich auch nicht.«

»Hast du es Anni schon erzählt?«, will er wissen.

»Nein, und du? Hast du mit Nihat gesprochen?«

»Noch nicht.«

»Vielleicht ist der ganze Spuk schon bald vorbei und wir müssen es gar nicht mehr«, sage ich.

Ich fühle, wie Elis Lippen sich an meiner Schläfe zu einem

Lächeln verziehen, und drehe mich zu ihm um. Meine Augen haben sich längst an die Dunkelheit gewöhnt und ich kann in dem spärlichen Licht, das aus dem Flur hereinfällt, sehen, dass seine auf mir liegen.

Ich schließe die Arme um ihn, lege den Kopf in den Nacken und verschließe seinen Mund mit meinem – dankbar, hoffnungsvoll und irgendwie auch glücklich. Bis hierher haben wir es schon geschafft und wir werden einen Weg finden, mit allem klarzukommen. Nicht egal, wie es ausgeht, aber zusammen, egal was kommt.

»Hab ich dir eigentlich schon gesagt, wie stolz ich auf dich bin?«, fragt er leise, nachdem er den Kuss beendet hat.

»Nein«, sage ich. »Hast du nicht.«

»Das bin ich aber. Du warst kreidebleich, als wir zur Polizei gegangen sind, aber du bist reingegangen und hast ihnen alles erzählt. Und das ist wirklich mutig.«

»Du hast es selbst gesagt, Eli: Ich bin nicht schuld.«

»Aber du hattest Angst.« Es ist keine Frage, sondern eine Feststellung.

»Ja.«

»Und trotzdem hast du es getan. Dabei hab ich mich gleich wieder in dich verliebt.«

Eli legt mir seine Arme um die Taille, zieht mich dicht zu sich heran und der zweite Kuss, den er mir gibt, geht mir durch und durch. Er nimmt sich unglaublich viel Zeit und mein Herz wird mit jeder Sekunde größer, bis es meine ganze Brust ausfüllt.

»Ohne dich hätte ich es nicht geschafft«, flüstere ich, als wir uns voneinander lösen.

Er legt seine Stirn an meine und für einen Moment verharren wir so. Die Welt um uns herum steht still und da sind nur wir, nicht obwohl, sondern weil wir die Wahrheit kennen. Ich seine und er meine. Weil er mich genauso liebevoll behandelt wie vorher, als er meine Vergangenheit mit Julien noch nicht kannte, und er es so normal aussehen lässt. Ich bin nicht die, die fast vergewaltigt wurde, er nicht derjenige, der fast totgefahren wurde. Wir bleiben es zwar irgendwo, aber das macht uns nicht aus. Wir sind so viel mehr als die dunklen Momente unserer Vergangenheit, und langsam fangen wir auch an, daran zu glauben.

Ein lachendes Quietschen, das eindeutig aus Annis Mund kommt, holt uns wieder zurück in die Wirklichkeit, in der wir immer noch in der Küche stehen, während nebenan unsere Freunde auf uns warten. Fragend zieht Eli eine Braue hoch. »Was meinst du, wollen wir wieder rein?«

»Na gut«, antworte ich.

Zurück in die Realität, die jetzt immerhin nicht mehr von Geheimnissen und Missverständnissen geprägt ist, sondern von Freunden, die gewisse Spiele ein bisschen zu ernst nehmen.

»Hey, da seid ihr ja wieder«, ruft Anni, als ich zu ihr aufs Sofa rutsche.

»Zum Glück, sie hat schon angefangen die ganzen Lösungen zu lesen«, sagt Nihat, neben dem Eli Platz nimmt.

»Ich war eben neugierig«, verteidigt sie sich.

»Das Ziel des Spiels ist es, die Geschichte zu *erraten*.«

»Aber wenn die Hälfe des Teams fehlt?«

Eli und ich schauen uns über den Tisch hinweg an und müssen gleichzeitig grinsen. Die paar Minuten zum Durchatmen waren genau richtig. Und irgendwie ist es jetzt schön, genau hier zu sein. Für einen Abend weit weg von allen Was-wäre-wenns, die noch früh genug auf uns zukommen. Ich bin zu Hause in der Stadt und bei den Menschen, die ich liebe und für die ich alles noch mal genauso machen würde. Und nicht nur für sie, auch für mich selbst.

32

Es ist der 23. Dezember, der letzte Unitag in diesem Jahr. Wie es sich für Hamburg gehört, sind die Straßen überzogen mit grauweißem Schneematsch, es nieselt und die Wolkendecke über der Stadt lässt keinen einzigen Sonnenstrahl durch. Vermutlich ärgern sich die meisten darüber, dass es schon wieder nichts mit weißen Weihnachten wird, doch für mich ist es so absolut perfekt. Es gehört zu meinem Winter und die zahlreichen Lichterketten, Sterne und aufgehängten Tannenzweige, die mit ihren bunten Farben nicht nur das nasskalte Wetter, sondern auch meine Stimmung deutlich heben, entschädigen mich mehr als genug. Trotz des Ziehens in meinem Bauch, das noch anhält, trotz der Ungewissheit und der immer noch bestehenden Möglichkeit, dass das Pendel in die eine oder andere Richtung ausschlägt. Der Beamte hatte uns schließlich gesagt, dass eventuell erst nach den Feiertagen etwas passieren würde, und ich habe mich dazu entschieden, das für bare Münze zu nehmen.

Noch eine Viertelstunde, dann ist meine letzte Vorlesung für dieses Jahr vorbei. Ich kann es kaum erwarten, bis unser Dozent uns entlässt, denn der Geruch von Glühwein, heißer Schokolade und Schmalzkuchen kitzelt schon in meiner Nase. Anni, Nihat, Eli und ich wollen die Ferien mit einem Besuch auf dem Weihnachtsmarkt einläuten, auf dem ich bisher noch kein einziges Mal war. Es war einfach so viel los und ich habe es schlichtweg vergessen, aber heute hole ich es nach. Nur einen Tag lang will ich mich auf die Vorstellung einlassen, es gäbe keine Sorgen, als wäre alles normal und ich könne mich einfach auf die Feiertage freuen. Eine Pause tut mir gut und nicht nur mir, irgendwo haben wir uns das alle verdient.

Das Brummen meines Handys lenkt meine Aufmerksamkeit auf sich und ich ziehe es aus meiner Hosentasche. Da ich etwas weiter hinten sitze, fällt es niemandem auf, als ich es entsperre und vier verpasste Anrufe meiner Mutter auf dem Display sehe, plus eine Benachrichtigung, dass ich eine neue Voicemail habe. Ich öffne eine leere SMS und schreibe ihr.

> **Luna:** Hey, was gibt's? Ich bin noch in der Uni und nachher mit den anderen auf dem Weihnachtsmarkt. Melde mich später.

Danach stelle ich mein Handy auf lautlos. Gerade als ich es zurück in die Tasche packen will, leuchtet es jedoch erneut auf.

Was ist denn heute los?

Diesmal ist es Eli. Unauffällig werfe ich einen Blick nach vorne, dann zurück auf das Display und mein Finger schwebt über dem grünen Hörer. Bevor ich aber auf »Annehmen« drücken kann, endet das Klingeln und ein fünfter verpasster Anruf erscheint, auf den nur ein paar Sekunden später eine WhatsApp von ihm eintrifft.

> **Eli:** Ich hab schon Schluss, treffen wir uns vor dem Philoturm?

Ein warmes Kribbeln setzt in meiner Brust ein, als ich mir vorstelle, wie Eli gerade seine Sachen zusammenpackt, mir schreibt und sich dabei ebenso auf den Rest des Tages freut wie ich. Kurz zögere ich und überlege, auch schon zu gehen. Es sind ohnehin nur noch ein paar Minuten, und da sich meine Fehlzeiten, bis auf die eine Woche, in Grenzen halten, könnte ich es verschmerzen.

Schließlich gebe ich mir einen Ruck und stimme mir selbst zu. Ausnahmsweise. Eli ist schließlich schon auf dem Weg hierher und ich betrachte es einfach als vorzeitiges Weihnachtsgeschenk an mich selbst.

Leise packe ich meine Sachen zusammen, ziehe meinen Mantel von der Lehne und entschuldige mich, als ich mich an meinen Kommilitonen vorbeiquetsche und Richtung Ausgang gehe. Dem Professor werfe ich einen entschuldigenden Blick zu, bevor ich die Tür hinter mir schließe und mein Handy gleich wieder hervorziehe, um zu antworten.

Luna: Bin auf dem Weg, bis gleich! :)

Ich fliege die Stockwerke geradezu nach unten, gedanklich schon auf dem Weihnachtsmarkt, und das Kribbeln dehnt sich in mir aus. Der Gedanke ist zu schön, wie Eli und ich Hand in Hand an den vielen kleinen Ständen mit Süßigkeiten, Handwerkskunst, Kerzen und noch allerhand mehr vorbeischlendern. Wie wir mit Anni und Nihat zusammen um einen der Stehtische am Glühweinstand stehen, lachen und reden und die Leute um uns herum beobachten, die noch fehlende Geschenke besorgen, die ich alle längst habe und die auch schon fertig eingepackt sind. Alles genau so, wie es sein sollte, und vielleicht weitet sich dieser friedliche Zustand über die Feiertage aus, bis zu Silvester, wenn das Jahr endlich vorbei ist und ein neues, besseres beginnt.

Ein bisschen hatte ich gehofft, Eli schon unten stehen zu sehen, doch als ich auf die großen Glastüren zugehe, ist dahinter niemand zu sehen. Zugegeben etwas ungeduldig wähle ich seine Nummer, um zu fragen, wo er steckt, während ich ins Freie trete und meinen Schuhspitzen dabei zusehe, wie sie durch die flachen Pfützen schlendern.

Ich bin erst ein paar Meter über das Kopfsteinpflaster gelaufen, da merke ich, wie jemand von hinten an mich herantritt und die Hände auf meine Augen legt. Meine Lippen verziehen sich zu einem Lächeln und ich lasse das Handy sinken.

»Da bist du ja«, sage ich.

»Überraschung«, flüstert er in meinen Nacken.

Und augenblicklich wird mein Körper zu Stein.

»Hast du mich vermisst?«, raunt die Stimme mir erneut ins Ohr und ich bete.

Bete, dass das hier nicht echt ist. Bete, dass das bloß Einbildung ist. Bete, dass ich träume und gleich schreiend aufwache.

Ich schlucke mehrmals, die Angst in meiner Kehle bleibt. Die Hände verschwinden von meinen Augen und ich drehe mich nicht um, weil ich es weiß und gleichzeitig nicht wissen will. Jeder einzelne Muskel in meinem Körper schreit: »LAUF!«, und ich will ihnen folgen, doch ich bin gelähmt und weiß nicht, wie.

Das ist nicht möglich.

Er kann nicht hier sein.

Ich bilde mir das nur ein.

Dann fallen mir die Anrufe meiner Mutter wieder ein, auf die ich nicht geantwortet habe. Und die Voicemail, auf der vermutlich das zu hören ist, was mir gerade den Boden unter den Füßen wegzieht. Julien ist nicht mehr in Lübeck. Nicht in Untersuchungshaft. Und als ich es endlich schaffe, mich umzudrehen, sehe ich ihn klar und deutlich vor mir.

Juliens graue Augen mustern mein Gesicht so eingehend, dass ich am liebsten etwas davorhalten will. Sein Blick wandert über meine Lippen, meinen Hals, das Dekolleté und ich ziehe blitzartig meinen Mantel zu, als seine Mundwinkel sich anzüglich auseinanderziehen.

»Du siehst gut aus.«

Meine Knie zittern, alles andere um ihn herum verschwimmt und ich mache einen Schritt zurück.

»Was machst du hier?«, presse ich hervor.

Unbeirrt folgt er mir. »Als ich erfahren habe, dass du zurück bist, musste ich dich sehen. Ich hab dich überall gesucht«, sagt er und streicht sich seine blonden Haare nach hinten, die ihm in die Stirn gefallen sind.

»Ich dachte, du wärst in Lübeck.«

»Das war ich auch. Ich hatte beinahe aufgegeben, dich je wiederzusehen.«

Mein rasender Puls macht es mir schwer, einen klaren Gedanken zu fassen, und ich balle meine Hände zu Fäusten und versuche, meine Panik darauf zu konzentrieren.

»Du solltest gehen«, sage ich, so fest und deutlich ich kann.

»Wieso?«

»Du weißt, wieso«, antworte ich und gehe wieder einen Schritt zurück.

Wieder folgt er mir.

»Was willst du?«, frage ich. Meine Stimme ist lauter als beabsichtigt und zittert genauso stark wie der Rest meines Körpers.

Julien sieht sich nach allen Seiten um, aber der Platz ist menschenleer. Alle sind noch in ihren Vorlesungen und Kursen und niemand ist da, der uns beobachtet. Noch fester presse ich meine Fäuste zusammen und wünsche mir mit jeder Faser meines Körpers, dass irgendjemand auftaucht, der mich aus meiner Starre befreit, doch da ist nur der leichte Regen, ein bisschen Wind und das Monster vor mir. Nichts, was mir helfen kann und mich vor ihm beschützt.

Schneller, als ich es begreife, packt Julien mich am Arm und zerrt mich weg vom Platz. Mit wilden Gesten versuche ich mich loszumachen – vergeblich. Sein Griff ist wie aus Stahl, seine Finger bohren sich in meinen Arm und ich bin plötzlich wieder siebzehn, schwach, ängstlich und allein mit meinem Albtraum, der meine Gefühle betäubt.

Stolpernd folge ich ihm gezwungenermaßen, bis er abrupt anhält und mich schwungvoll nach vorne zieht. Unkontrolliert taumle ich gegen die Wand des Nebengebäudes vom Philoturm und erst in letzter Sekunde gelingt es mir, die Arme hochzureißen, um mich abzufangen. Schnell hebt und senkt sich mein Brustkorb und das Blut rauscht in meinen Ohren.

»Wie hast du mich gefunden?«, keuche ich. »Woher, wusstest du, dass ich hier bin?«

»Falsche Frage. Viel wichtiger ist: Was hast du der Polizei erzählt, Luna?«

»Polizei?«, wiederhole ich und ein freudloses Lachen kommt aus seinem Mund.

»Stell dich nicht dumm.«

»Ich weiß nicht, was du meinst«, lüge ich trotzdem und er schüttelt den Kopf, als wäre er enttäuscht von mir.

»Ich meine, dass ich die letzten Tage verhört worden bin, weil ich *angeblich* jemanden auf die Straße geschubst habe. Und du bist die Einzige, die davon weiß und mich angeschwärzt haben könnte. Wieso hast du das gemacht? Ich dachte, ich könnte dir vertrauen.«

»Ich war das nicht.«

»Und wer war es dann?«

Seine mächtige Gestalt baut sich drohend vor mir auf und seine Augen funkeln. Ich werde immer kleiner, während er näher kommt, meine Alarmglocken schrillen GEFAHR und ich ziehe die Schultern hoch, während meine Welt von jetzt auf gleich aus der Bahn gerissen wird. Meine Augen sind vor Panik geweitet, sie brennen wie Feuer und in meiner Brust wird es so eng, dass ich befürchte, an Ort und Stelle zusammenzubrechen.

Das kann nicht real sein. Eben saß ich doch noch im Hörsaal und jetzt ... bitte lass mich aufwachen! Das ist ein Traum, es ist nicht echt. Bitte sei nicht echt.

»Ich war das nicht«, wiederhole ich zittrig.

»Ach nein?«

»Nein.«

Er legt den Kopf schräg und leckt sich über die Lippen, während er meine betrachtet.

»Versteh mich nicht falsch, Luna. Irgendwo bin ich froh, dass du es gemacht hast. Ich wäre sonst nie darauf gekommen, dass du wieder in Hamburg sein könntest. Und das, nachdem ich die ganze Zeit wie ein Verrückter nach dir gesucht habe.«

»Was?«

»Na, du wirst wohl kaum selbst auf die Idee gekommen sein, mich anzuzeigen. Deine Freunde haben unsere Beziehung schon immer vergiftet, allen voran Anni, dieses Miststück. Ebenso wie dieser Typ damals ... wie hieß er noch mal? Elias? Bestimmt haben sie dich dazu gebracht, deswegen gebe ich dir auch nicht die Schuld.«

»Aber ... das ist unmöglich. Wie hast du mich gefunden?«

Er zuckt mit den Schultern. »Es war ein Schuss ins Blaue. Du wolltest schon immer Literatur studieren und nachdem ich so lange vergeblich gesucht habe, dachte ich, ich probiere es einfach. Also habe ich mir das Vorlesungsverzeichnis angesehen und einfach gewartet.«

Ich starre ihn mit offenem Mund an und verfluche mich dafür, dass ich ihn unterschätzt habe. Schon wieder. Ich dachte, ich wäre sicher, nachdem ich über ein Jahr lang abgetaucht war, aber er kennt mich immer noch besser, als er sollte. Verdammt, er kennt mich gut genug, dass er mich so genau einschätzen konnte. Und Wahnsinn gepaart mit Geduld macht ihn noch gefährlicher, als ich es ohnehin schon von ihm wusste.

»Bis heute weiß ich nicht, warum du weggelaufen bist, Baby. Ich hab mir Sorgen um dich gemacht«, sagt Julien und klingt tatsächlich so, als würde er es ernst meinen.

Vor dir bin ich weggelaufen, schreit alles in mir.

»Willst du mir nicht antworten?«, fragt er.

Nein, ich will wegrennen, aber meine Füße gehorchen mir nicht, bebe ich innerlich – und bleibe stumm.

Als er seine Hand erhebt und sie nach mir ausstreckt, finde ich meine Stimme endlich wieder und presse mich an die Wand in meinem Rücken.

»Fass mich nicht an«, sage ich, als er nur noch eine Armlänge von mir entfernt ist.

»Das meinst du nicht so«, sagt er sanft.

Sein Atem trifft auf mein Gesicht und eine eiskalte Gänsehaut breitet sich auf meinem Nacken aus bis tief in meine Seele, die mich einfriert, als er seine Hand an meine Wange legt. Eine sanfte Berührung, die mich so heftig durchzuckt, als hätte er mich geschlagen.

»Ich liebe dich, Luna, das weißt du, und ich gebe dir keine Schuld an dem, was geschehen ist.«

Ich schüttle den Kopf, was ihm ein verständnisvolles Lächeln entlockt.

»Wenn man wirklich liebt, verzeiht man dem anderen. Selbst wenn er ein paar so unverzeihliche Fehler macht wie du. Alles, was ich getan habe, war für dich und ich habe dich wie ein Verrückter gesucht, als du mich abgewiesen hast. Aber es ist okay.«

Er beugt sich zu mir runter und ich drehe den Kopf weg.

»Nein, ist es nicht. Ich will das nicht.«

»Doch, willst du«, belehrt er mich. »Du warst immer die Eine für mich. Auch als du mich beschimpft hast und weggelaufen bist, als du nicht mehr auf meine Anrufe reagiert hast oder meine Mails. Selbst als ich wusste, dass du mit diesem Typen zusammen bist. Aber ich verzeihe dir. Ich verzeihe dir das alles, hörst du? Und alles, was ich will, ist, dass du mir auch verzeihst.«

Mein Atem geht flach und meine Kehle ist wie zugeschnürt. Ich soll ihm verzeihen? Das könnte ich nie, das will ich nicht. Ich will nicht einmal den Mund öffnen und lügen, indem ich so tue, als ob.

»Das ist mein Mädchen«, deutet er mein Schweigen falsch und streicht über meine Wangen, die anfangen zu brennen, weil er damit den Albtraum zurück an die Oberfläche holt.

Seine Hände, wo ich sie nicht spüren will, sein Mund, wo er mich nicht küssen soll, sein Knie zwischen meinen Beinen, das mir wehtut, und der Druck auf meiner Brust, der mir den Atem raubt.

Er senkt seinen Kopf zu mir herunter und diese Bewegung katapultiert mich zurück in sein Zimmer, wo er es nicht nur ein-, sondern zweimal gegen meinen Willen getan hat. Doch heute nicht. Heute lasse ich es nicht zu und endlich kippt der Schalter, der meine starren Muskeln wieder befreit. Die Kraft schießt in meine Arme, früher als beim letzten Mal, bereit, mich gegen ihn zu wehren, und mit aller Kraft stoße ich ihn von mir weg, sodass er tatsächlich nach hinten taumelt.

»Was soll das?«, bringt er durch zusammengebissene Zähne hervor, was einem Knurren gleicht.

»Ich hab gesagt, ich will das nicht«, antworte ich klar und deutlich.

»Das ist nicht dein Ernst.«

»Mein voller Ernst. Ich will nicht, dass du mich anfasst. Ich will nicht, dass du mich küsst. Ich will nicht mal, dass du hier bist. Ich liebe dich nicht, also lass mich ein für alle Mal in Ruhe!«

»Mach dich nicht lächerlich«, lacht er.

»Ich bin lange genug vor dir weggelaufen! Nie wieder, hörst du? NIE WIEDER!«

Mit zwei schnellen Schritten ist Julien bei mir und das Adrenalin, das mir kurz Mut gegeben hat, ebbt so schnell wieder ab, wie es gekommen ist. Links und rechts legt er seine Hände an die Wand neben meinem Kopf. Er ist wie ein menschlicher Käfig, unnachgiebig, stark und wütend. Seine Arme vibrieren, seine Nasenflügel beben und er schlägt aufgebracht gegen den Stein.

»Ich habe alles für dich getan, Luna. Ich hab dich geliebt und um dich gekämpft. Ich habe versucht, dir begreiflich zu machen, dass dieser Typ nicht gut für dich ist und dass du zu mir gehörst. Wieso verstehst du das nicht? Was muss ich noch tun, hm? Ich hab's, verdammt noch mal, verdient, dass du mich liebst!«

»Lass mich gehen, Julien. LASS MICH LOS!«

»HALT. DEN. MUND«, schreit er mich an, als ich gegen seine Brust trommle, und ich spüre jeden einzelnen Stein in meinem Rücken.

Fahrig streicht Julien sich über den Mund, sieht mich flehend an und verzieht schmerzerfüllt das Gesicht.

»Es ist wegen ihm, oder? Du lässt dich immer noch von ihm ficken, nicht wahr? Und das, obwohl ich dir *alles* gegeben habe. Warum willst du es nicht begreifen?«

»Mit ihm hat das nichts zu tun. Du warst es, du wolltest mich vergewaltigen. Daran ist niemand anderes schuld, NUR DU!«

»Du hast dich kein bisschen verändert.« Julien schüttelt den Kopf. »Immer noch dasselbe, dabei hast du es gewollt.«

»Habe ich nicht! Ich habe Nein gesagt!«

»Vielleicht hast du es gesagt, aber ich wusste, du meinst es nicht so. Du wolltest es, ich hab es dir angesehen. Du hast mich geliebt.«

»Habe ich. Aber das tue ich schon lange nicht mehr.« Mittlerweile fließen die Tränen und ich halte sie nicht mehr auf.

»Vielleicht hätte ich es einfach zu Ende bringen sollen«, überlegt er laut. »Bei dir und bei diesem Arschloch, das dich vergiftet hat. Das nächste Mal mach ich es besser, dann stoße ich ihn nicht bloß vor einen Kleinwagen.«

»Was soll das heißen?«

»Dass ich nicht zulasse, dass du noch einen Fehler machst, Luna«, erklärt er. »Wenn ich nur daran denke, wie er dich …« Er schließt kurz die Augen und seine Wangen werden rot vor Zorn. »Du verstehst es gerade nicht, aber ich weiß, dass wir zusammengehören, und das wirst du auch noch kapieren. Ich muss nur dafür sorgen, dass er uns nicht wieder dazwischenfunkt. Ich hab dich nicht so lange gesucht, damit er es jetzt wieder kaputt macht.«

»NEIN«, durchschneidet meine schrille Stimme die Luft, als seine Worte bei mir ankommen. »Nein, das wirst du nicht!«

»Aber wenn du sonst nicht zu mir zurückkommst«, sagt er, umfasst mein Kinn und zwingt mich damit, ihn anzusehen.

Sein Blick ist flehentlich, die roten Flecken auf seiner Haut bilden ein hässliches Muster und sein Geruch verknotet mir den Magen. Er glaubt es wirklich. So unbegreiflich es mir ist, *glaubt* er, dass wir beide, er und ich, ein Paar sein könnten und dass das all seine Taten rechtfertigt. Er ist in seiner eigenen Welt, die ich nicht verstehe und deren Logik sich mir gänzlich entzieht. Er ist so krankhaft auf mich fixiert, dass er den Unterschied zwischen richtig und falsch nicht mehr erkennt.

»Wieso ich?«, frage ich, auch wenn mir klar ist, dass es darauf nie eine einleuchtende Antwort geben wird. »Wieso bin ich es immer noch, nach all der Zeit? Wieso kannst du mich nicht in Ruhe lassen?«

»Ich hab's mit anderen versucht, Luna, aber keine war so wie du. Du warst die Erste, die mich wirklich geliebt hat, und du verdienst es, genauso von jemandem geliebt zu werden. Und nur ich kann dieser jemand für dich sein.«

»Aber ich liebe dich nicht«, sage ich.

»Du musst dich nur daran erinnern.«

»NEIN!«

Er schlägt kurz die Augen nieder und sein Mund verzeiht sich zu einem halben Lächeln. »Manche Menschen muss man eben zu ihrem Glück zwingen«, murmelt er, und noch bevor ich verstanden habe, was er damit meint, hat er mich auch schon zwischen sich und der Wand in meinem Rücken eingeklemmt.

Gewaltsam presst er seine Lippen auf meine und bewegt sie darauf. Ein Schrei kommt aus meiner Kehle, wird jedoch von ihm erstickt, ebenso wie mein Versuch, ihn noch mal von mir zu schieben. Er hat schon damit gerechnet, greift mit einer gezielten Bewegung nach meinen Handgelenken und fixiert sie, sodass ich mich kaum noch bewegen kann.

Letztes Mal war ich an genau dieser Stelle starr vor Angst. Seine Hände hatten sich unter mein Kleid geschoben, sich auf meinen Slip gepresst und mir die schrecklichsten Sekunden meines Lebens bereitet, bis ich endlich genug Kraft hatte, mich zu wehren. Dieses Mal bin ich wütend, entschlossen und nicht mehr bereit, das Opfer zu sein. Mit aufgerissenen Augen überlege ich fieberhaft, was ich tun kann. Und als die Steinchen unter Juliens Sohlen knirschen, schießt es mir durch den Kopf.

Im selben Moment, als ich von Weitem ein lautes Rufen vernehme, ziehe ich mein Knie so kraftvoll hoch, wie ich nur kann, und treffe. Juliens Körper krümmt sich und sackt vor mir zusammen, sein Kopf läuft vor Schmerz rot an und er presst sich die Hände auf seinen Schritt. Seine Schultern sind angespannt und seine Brust hebt sich unter keuchenden Atemzügen. Dann öffnet er die tränenverschmierten Augen und sieht mich an.

»Das wirst du noch bereuen«, droht er mir qualvoll und sieht plötzlich aus wie ein Raubtier kurz vor dem Sprung – bevor ihn zwei kräftige Arme von hinten packen und kraftvoll zu Boden reißen.

»FASS SIE JA NICHT NOCH EINMAL AN!«, höre ich Eli rufen, der sich auf ihn stürzt und ihm sein Knie in den Rücken rammt.

»LASS MICH LOS!«, versucht Julien ihn abzuschütteln, doch als Nihat dazukommt und Eli zu Hilfe eilt, hat er keine Chance mehr.

Anni ist die Letzte, die bei uns eintrifft und die gleich zu mir kommt. Überrascht, schockiert und erleichtert zugleich schaue ich sie an.

»Wo kommt ihr denn plötzlich her?«, frage ich.

»Wir wollten dich abholen und dann haben wir dich schreien gehört. Eli ist sofort losgerannt«, erklärt sie außer Atem. »Geht es dir gut?«

»Ich weiß nicht«, antworte ich wahrheitsgemäß und schaue auf meine zitternden Finger.

»Kann ich irgendetwas tun?«, will sie wissen.

Ich schaue nach unten auf Eli und Nihat, die Julien zu Boden drücken. Nach Leibeskräften wehrt er sich, schlägt wie wild um sich und beschimpft sie in einem fort. Das Monster, mein Albtraum, der Grund für meine Angst, die Panik und das schlimmste Jahr meines Lebens, am Boden und unfähig, sich zu befreien.

»Luna, was kann ich tun?«, wiederholt Anni ihre Frage und sieht mich mit vor Schreck geweiteten Augen an.

Und ich weiß, was sie tun kann: »Ruf die Polizei.«

o o o

Eine der Neonröhren über uns flackert und das Kunstleder, das die Stühle überzieht, knatscht, weil ich einfach nicht still sitzen kann. Diese ganze Situation kommt mir viel zu bekannt vor, ich bin angespannt und mein wie in Watte gepackter Kopf spielt die letzte halbe Stunde immer wieder von Neuem ab.

Auf dem Weg zur Wache hatte ich meine Mutter angerufen und ihr erzählt, was passiert war. Sie sagte, sie mache sich gleich auf den Weg, aber bisher ist sie nicht aufgetaucht, und Eli und ich sitzen alleine im Besucherbereich und warten darauf, dass wir vernommen werden. Je mehr Zeit vergeht, desto schwerer wird mir das Herz und die Erinnerungen an damals holen mich Stück für Stück ein. Das letzte Mal, als ich in einer Polizeiwache saß, waren meine Hände genauso schweißnass wie heute und am Ende hatte man mir nur sagen können, dass man ohne Beweise nichts für mich tun könne. *Das darf heute nicht geschehen. Er darf nicht schon wieder damit durchkommen.* Aber die Angst, dass das doch geschieht, droht mich zu überwältigen und die alte Hilflosigkeit kriecht mir kalt über den Rücken.

Wie lange dauert es denn noch, bis Anni und Nihat fertig sind und wir unsere Aussage machen können?

Ich seufze schwer und schon wieder knatscht der Stuhl unter

mir. Eli greift nach meiner Hand und lässt beruhigend seinen Daumen darüberkreisen.

»Es tut mir so leid, Luna.«

Ich erwidere seine Berührung und lege meinen Kopf an seine Schulter.

»Was denn? Dass ihr mich gerettet habt?«, frage ich.

»Nein«, sagt er und ich merke, dass er den Kopf schüttelt. »Dass ich nicht früher da war. Ich hätte mir deine Nachricht anhören sollen, aber ich dachte, dass wir uns eh gleich sehen. Ich will mir gar nicht vorstellen, was noch alles hätte passieren können.«

»Welche Nachricht?«, frage ich irritiert, weil ich nicht weiß, wovon er redet.

»Du hast mich doch angerufen und eine Voicemail hinterlassen«, erinnert er mich, holt sein Handy aus der Tasche und weckt das Display, wo tatsächlich eine Nachricht von mir zu sehen ist.

Stimmt ja, jetzt erinnere ich mich wieder. Ich hatte völlig vergessen, dass ich versucht habe, Eli anzurufen, bevor Julien aufgetaucht war. Ihn zu sehen hat mich so aus der Bahn geworfen und alles andere verbannt, dass ich gar nicht mehr daran gedacht habe. Aber Moment mal, ich hatte Eli doch gar keine Nachricht hinterlassen, jedenfalls nicht absichtlich. Oder sollte es sein, dass ...?

Wie in Zeitlupe fügt sich die Information in meinem Kopf zusammen, rastet ein und ich brauche einen Moment, sie zu begreifen. Dann allmählich verstehe ich sie. Meine Augen weiten sich, mein Herzschlag wird langsamer und ich richte mich auf.

»Was hast du?«, fragt Eli, als ich nach seinem Handy greife, und sieht mich besorgt an.

Ich antworte ihm nicht, stattdessen entsperre ich sein Handy, öffne die Nachricht und stelle sie auf laut, weil ich keine Sekunde länger warten kann, um herauszufinden, ob darauf zu hören ist, was ich vermute. Erst ist da nur ein Rauschen und ich fürchte, mich geirrt zu haben – dann läuft mir ein Schauer über den Rücken und ich traue meinen Ohren kaum, als ich Juliens und meine Stimmen vernehme und jedes einzelne Wort ganz genau verstehe: Juliens Geständnis vom »Unfall«, der versuchten Vergewaltigung, dass er wieder versucht hat, sich mir aufzudrängen und dass er dazu bereit ist, Eli noch mal etwas anzutun. Fünf Minuten Grausamkeit, klar und deutlich auf Band. *Es ist alles da!* Wie gebannt starre ich den kleinen Lautsprecher an der Seite an. Das Blut rauscht mir in den Ohren, als die Nachricht abbricht, auf der in den letzten Sekunden Juliens schmerzerfüllte Laute zu hören sind, nachdem er durch meinen Tritt zu Boden gegangen ist. Dann ist es still und ich halte die Tränen nicht zurück, die vor Erleichterung über meine Wangen rollen.

In meiner Hand halte ich den Beweis, den ich so verzweifelt gebraucht habe, und er kommt von Julien selbst. Wir haben es geschafft und endlich, *endlich*, haben wir auch dieses letzte Puzzlestück, um uns ein für alle Mal von ihm zu lösen.

Eli und ich sehen uns an und können es noch gar nicht richtig glauben. Erst als Anni mit einem Beamten zurückkommt, sehen wir auf und im ersten Moment ist sie erschrocken, weil ich Tränen in den Augen habe. Aber es ist alles gut, mehr als gut. Das Handy fest umklammert, folge ich dem Beamten in das Vernehmungszimmer, aus dem sie eben gekommen sind, und diesmal habe ich keine Angst. Ich habe gekämpft und ich habe gewonnen. Und wenn ich hier in ein paar Minuten rausgehe, ist es endlich vorbei.

33

Obwohl wir gestern erst spät ins Bett gekommen sind, bin ich heute Morgen früh wach. Eine Weile bleibe ich noch liegen, lausche Elis Atemzügen und beobachte, wie der schmale Streifen Licht unter dem Rollo langsam heller wird. Dann löse ich mich vorsichtig von ihm und tapse auf leisen Sohlen durch mein Zimmer bis zur Tür, die ich ebenso lautlos hinter mir schließe.

Im Haus ist es mucksmäuschenstill und nur das leise Knarzen der Stufen ist zu hören, als ich die Treppe nach unten gehe, die Küche ansteuere und als Erstes einen frischen Kaffee aufsetze. Ich genieße die Ruhe, während sich die Kanne zischend füllt und feiner Dampf nach oben steigt. Als sie fertig ist, schaltet die Maschine sich von allein aus und ich schenke mir eine Tasse ein. Ein Schuss Milch und Zucker dazu, dann hole ich mir einen Löffel aus der Schublade und wechsle rüber ins Wohnzimmer.

Auf dem Couchtisch steht noch das benutzte Geschirr vom gestrigen Silvesterabend, das vor dem Schlafengehen keiner mehr weggeräumt hat. Die Kissen sind unordentlich über das Sofa verteilt und die Decke liegt zerknittert an einem Ende. Da Annis und meine Mutter auf eine Party eingeladen worden waren, hatten Eli und ich das Haus für uns und haben uns spontan mit Anni und Nihat verabredet, um ins neue Jahr zu feiern. Wir bestellten was zu essen, verteilten ein paar Luftschlangen und

Konfetti und um kurz vor Mitternacht schalteten wir den Countdown im Fernsehen ein, um ihn gemeinsam laut herunterzuzählen. Normalerweise bin ich kein großer Fan von Neujahrsvorsätzen, aber diesmal machte ich eine Ausnahme: Das nächste Jahr würde besser werden, endlich war es überstanden. Und als ich Elis Kuss um Mitternacht schmeckte, wusste ich, dass es stimmt.

Ich stelle meinen Kaffee auf der Fensterbank zwischen zwei Blumentöpfen ab, gehe zurück zum Sofa und schnappe mir die Decke, um sie mir um die Schultern zu legen. Der weiche Stoff fühlt sich nach Geborgenheit an und ich ziehe ihn mit einer Hand vor meiner Brust zusammen. Mit der anderen nehme ich die Tasse wieder auf und schaue aus dem Fenster, wo die Vögel im schneebedeckten Garten immer wieder das kleine Vogelhaus ansteuern und das Licht durch die nackten Äste des Feuerahorns direkt auf mein Gesicht fällt. Intensiv nehme ich die einzelnen Strahlen wahr und strecke ihnen mein Gesicht entgegen.

Ich weiß nicht, wann ich zuletzt einen so friedlichen Morgen erlebt habe, auch wenn ich noch etwas brauchen werde, mich daran zu gewöhnen, dass Julien in Untersuchungshaft sitzt und mir nichts mehr tun kann. Das Ziehen in meinem Bauch ist schon schwächer geworden, aber noch nicht verschwunden, doch ich schätze, das ist normal. An schlechte Dinge gewöhnt man sich viel schneller als an gute und es ist immerhin erst zwei Wochen her, dass die Polizei ihn in Gewahrsam genommen hat. Mit der Zeit wird das schon vergehen, schließlich habe ich nun alle Zeit der Welt.

»Hey, hier bist du.«

Ein schönes Kribbeln durchläuft meinen Körper, als ich mich nach links drehe und Eli im Türrahmen des Wohnzimmers stehen sehe. Er hat das ausgeleierte T-Shirt von *Fall Out Boy* an, das er meistens zum Schlafen trägt, und die Hände in seiner Jogginghose vergraben. Mit schräg gelegtem Kopf sieht er mich an und sein Blick ist dabei so liebevoll, dass sich die hereinfallende Sonne nur noch lau gegen die aufkommende Wärme in meinem Herzen anfühlt.

Müde schaue ich ihn an und ziehe eine Braue nach oben.
»Willst du da noch länger stehen bleiben?«
Er verdreht die Augen.
»Dabei hätte ich den Anblick gerne noch weiter genossen«, sagt er, kommt aber zu mir herüber und legt mir einen Arm um die Schultern.
»Vielleicht solltest du dann doch besser zurückgehen«, sage ich und schmiege mich automatisch an ihn, was seine Umarmung noch verstärkt.
»Zu spät.«
Sanft drückt er seine Lippen auf mein Haar und ich schließe die Augen. Genau so stelle ich mir einen perfekten Neujahrsmorgen vor. Mit einem Kaffee in der Hand, der Sonne im Gesicht und mit jemandem an meiner Seite, der mein Herz zusammenhält. Wie lange habe ich auf diesen Moment gewartet? Nun ist er endlich da und er fühlt sich unglaublich an. Selbst das Knurren, das deutlich aus Elis Magen kommt, fügt sich perfekt in dieses Bild ein und ich muss leise lachen. Sein Brustkorb bebt ebenfalls und ich sehe in der schwachen Spiegelung vor uns, dass er lächelt.
»Komm, wir machen Frühstück«, sage ich und nicke Richtung Küche.
»Einen Moment noch«, hält er mich zurück, beugt sich zu mir herunter und sieht mir tief in die Augen. Leicht streift er meine Lippen mit seinen, bis er den letzten Millimeter überbrückt, um mich zu küssen.

Ich werde mich wohl nie daran gewöhnen, wie es ist, von ihm geküsst zu werden. Er raubt mir jedes Mal den Atem, zeigt mir, dass er mich will, aber er besitzt mich nicht und bewegt sich dabei mit einer Zärtlichkeit, die mein Herz ein, vielleicht auch zwei Schläge aussetzen lässt. Die Decke gleitet mir von den Schultern und ich stelle die Tasse ab, bevor ich die Arme um seinen Hals schlinge, mich an ihn drücke und ihn am ganzen Körper spüre. Der Kuss dringt bis in meine Fingerspitzen und Zehen, und erst, als ich vollkommen glücklich davon eingenommen bin, endet er.

»Guten Morgen«, flüstert er und ich stupse ihn mit der Nasenspitze zurück.

»Ja«, flüstere ich – denn es ist ein guter Morgen.

Wir gehen hinüber in die Küche und bereiten das Frühstück vor. Während die Brötchen im Ofen fertig backen, ziehen wir uns an und räumen das Wohnzimmer ein bisschen auf, ausgenommen das glitzernde Konfetti, das wir liegen lassen. Zurück in der Küche holt Eli das noch fehlende Besteck aus der Schublade und ich bereite das Rührei vor, das ich anschließend in die Pfanne kippe. Frisch schmeckt es immer noch am besten. Leise brutzelt es vor sich hin und ich passe auf, dass es nicht anbrennt, während Eli den Ofen ausschaltet und die goldbraunen Brötchen in einen Korb packt. In der Küche hat sich mittlerweile ein herrlicher Duft breitgemacht und mein Magen beginnt ebenfalls heftig zu knurren. Da fällt mir etwas ein und ich drehe mich zu Eli um.

»Wollen wir Anni und Nihat fragen, ob sie mit uns frühstücken möchten?«

»Ja, wieso nicht?«, antwortet er und zwinkert mir zu. »Ich bezweifle aber, dass sie schon wach sind.«

»Es gibt nur einen Weg, das rauszufinden«, sage ich. »Ich geh kurz rüber, hast du ein Auge auf die Pfanne?«

»Klar, ich hab hier alles im Griff.«

»Okay, bis gleich.«

Ich gebe ihm einen Kuss, laufe in den Flur und schlüpfe in

meine Schuhe. Keine zehn Sekunden später stehe ich schon vor Annis Haustür. Ungeduldig drücke ich gleich zweimal auf die Klingel und ich muss nicht lange warten, bis mir geöffnet wird.

»Wehe, es ist nicht wichtig«, sagt Anni verschlafen und reibt sich die Augen.

Ihre Haare sind zerzaust, in ihrem Gesicht zeichnet sich der noch frische Abdruck eines Kissens ab und sie muss ein paarmal blinzeln, bis sie mich erkennt.

»Luna? Was gibt's?«

»Guten Morgen«, begrüße ich sie. »Ich wollte dir erstens noch mal ein frohes Neues wünschen und zweitens fragen, ob du und Nihat mit frühstücken wollt.«

»Hat da jemand Frühstück gesagt?«, höre ich Nihats Stimme aus dem Inneren des Hauses und kurz darauf erscheint er in Sweatshirt und Shorts neben Anni im Türrahmen.

»Hey, Nihat. Ja, es gibt Brötchen, Kaffee und Rührei. Habt ihr Lust?«

Die beiden wechseln einen schnellen Blick, dann verdreht Anni die Augen und hebt ergeben die Hände. »Okay, ihr habt gewonnen, ihr Frühaufsteher. Gebt mir nur fünf Minuten.«

Geduldig warte ich darauf, dass Anni und Nihat sich fertig machen, und wir gehen gemeinsam rüber. Als wir in die Küche kommen, füllt Eli gerade das Ei in eine Schale und stellt diese in die Mitte des Tischs. Noch mehr Neujahrwünsche werden getauscht, als wir uns hinsetzen, und ich speichere diese Erinnerung sorgfältig ab, während der Korb herumgeht und sich jeder ein Brötchen herausnimmt.

Hier mit meinen Freunden zu sitzen und Eli neben mir ist etwas, woran ich vor ein paar Monaten nicht im Traum gedacht hätte, doch plötzlich ist es wahr. Irgendein Achtziger-Hit dringt aus dem Radio, wir reden und lachen und Eli nimmt unter dem

Tisch meine Hand. Ich drücke sie und lächle ihn dabei an. Das verdammte letzte Jahr ist seit gestern vorbei und der letzte Rest Ungewissheit ist wie das Feuerwerk in alle Richtungen gestoben. Das Gefühl ist neu und gleichzeitig fühlt es sich seltsam normal an. Und zum ersten Mal seit einer Ewigkeit glaube ich, dass es auch so bleibt.

Epilog

1 ½ Jahre später

»Hey, wo warst du? Ich dachte, du wolltest nur kurz etwas einkaufen.«

»Hab ich auch«, antworte ich und halte Eli den vollgestopften Beutel hin. »Aber ich bin noch etwas spazieren gegangen und habe eine kleine Runde um den Block gedreht.«

»Die neue Nachbarschaft erkunden?«, rät er, stellt den Beutel auf der Kommode ab und hilft mir aus der Jacke.

»Ja. Ich kann immer noch nicht richtig glauben, dass wir jetzt hier sind. Es ist wirklich schön.«

Ich schiebe die Ärmel meines Cardigans nach oben und atme ein paarmal tief durch. Nach sechs Stockwerken ohne Aufzug bin ich etwas aus der Puste, auch wenn ich unsere Dachgeschosswohnung vom ersten Augenblick an lieb gewonnen habe, die in einem schönen Altbau direkt in Freiburgs Univiertel liegt. Es stimmt zwar, was man über die Hitze im Sommer sagt, die hier aktuell herrscht, aber die alten Hartholzböden und markanten Schrägbalken, die der Wohnung eine heimelige Atmosphäre verleihen, sind Entschädigung genug. Noch dazu hatten wir echt Glück, so kurz vor Semesterbeginn noch etwas gefunden zu haben, das direkt am Campus liegt.

Vorbei an den letzten Umzugskartons, die wir noch nicht ausgepackt haben, trage ich die Einkäufe in die Küche, wo Eli und ich sie gemeinsam wegräumen. Der Schweiß steht mir auf der Stirn und ich wische mir mit der Hand darüber. Eli sieht mich belustigt an.

»Vielleicht sollten wir uns doch eine Klimaanlage anschaffen«, sagt er.

»Diesen Monat nicht mehr«, winke ich ab. »Das können wir uns nicht leisten. Aber der Sommer ist ja ohnehin fast vorbei, das schaffen wir schon.«

»Irgendwie geht es immer, nicht wahr?«

»Genau«, antworte ich und gebe ihm einen Kuss. »Und wozu sonst haben wir eine Wohnung mit Balkon, wenn nicht dafür?«

Um das zu unterstreichen, taste ich nach Elis Hand und ziehe ihn mit mir, durch den Flur und in das winzige Wohnzimmer, wo ebenfalls noch Kartons stehen. Ohne Widerworte folgt er mir, und als wir nach draußen auf den Balkon treten, ist die drückende Hitze im Innern fast schon wieder vergessen. Die Aussicht ist einfach der Wahnsinn, vor allem jetzt am Abend.

Vor uns in der Abendsonne bis hin zu den umliegenden Weinbergen erstrecken sich unzählige Dächer in verschiedenen Farben und Formen, aus denen einzig und allein der Kirchturm des Freiburger Münster heraussticht. Der Himmel ist in gelbe, orange und rote Wolkenberge getaucht und senkt sich wie ein warmer Mantel über die malerische Stadt. Im Vergleich zu Hamburg oder München ist sie relativ klein, aber das stört mich nicht, ganz im Gegenteil. So in der Dämmerung wirkt sie durch und durch friedlich und ein leichter Wind verfängt sich in meinem Haar.

»Wow«, sagt Eli und stützt sich auf das Geländer neben mir.

»Ich glaube, daran könnte ich mich gewöhnen«, gebe ich zurück und lasse den Blick schweifen. Die Straße, in der wir wohnen, wird von Bäumen und Laternen gesäumt, deren Licht in dem Moment anspringt. Unter uns auf dem Weg vor dem Haus stehen zwei Leute und unterhalten sich. Von hier aus sind sie winzig klein und ich kann kein Wort von dem verstehen, was sie sagen. Dann hebe ich wieder den Kopf, schaue auf das prächtige Farbenspiel vor mir und stoße einen tiefen Seufzer aus. Von hier wirkt die Welt so viel kleiner und der Gedanke hat etwas unglaublich Schönes an sich.

»Woran denkst du?«, fragt Eli und sieht mich von der Seite an.

»Daran, wie klein alles von hier aus aussieht«, antworte ich ehrlich.

»Ist das gut oder schlecht?«

»Gut. Und anders.«

»Ich weiß. Aber du bist dir immer noch sicher, dass du das willst, oder?«, fragt er.

»Ja. Es ist zwar erst eine Woche rum, aber ich denke, es wird mir hier gefallen. *Uns* wird es gefallen.«

Eli legt mir einen Arm um die Schultern und ich hebe meinen, um unsere Finger miteinander zu verschränken.

»Das glaube ich auch«, erwidert er und legt seinen Kopf an meinen.

Eine vertraute Wärme breitet sich augenblicklich in mir aus und ich erinnre mich an all unsere Gespräche, die wir geführt haben, bevor wir den Entschluss gefasst haben hierherzukommen. Inzwischen ist es über eineinhalb Jahre her, dass Julien festgenommen wurde. Ich habe etwas gebraucht, mich an den Gedanken zu gewöhnen, dass er mir nichts mehr tun kann, und mit der Zeit kehrte bei Eli und mir endlich so etwas wie Alltag ein. Das Studium nahm seinen gewohnten Gang, bei *Cat+Events* lief es besser denn je und Eli und ich waren zusammen, ohne Missverständnisse oder Geheimnisse zwischen uns zu haben. Alles schien endlich in normalen Bahnen zu verlaufen und ich rechnete auch nicht damit, dass sich daran etwas ändern würde, bis vor ein paar Monaten endlich Juliens Strafe festgelegt wurde und ein Brief vom Gericht in unserem Briefkasten lag. Aufgeregt öffnete ich ihn, las das Urteil und drückte mir dabei eine Hand auf die Brust: Julien würde ins Gefängnis gehen, er hatte fünf Jahre bekommen. Wir hatten es geschafft.

Erleichterung machte sich in mir breit, als ich die Zeilen wieder und wieder las, und ich rief Eli sofort an, um ihm davon zu erzählen. Er hatte seinen Brief noch nicht geöffnet und ich merkte an seiner Stimme, dass auch das Gewicht auf seinen Schultern weniger wurde, als er die guten Neuigkeiten erfuhr. Keiner von uns hatte gewusst, wie lange sich dieser Prozess hinziehen würde, und das Urteil schwarz auf weiß vor mir zu sehen löste etwas in mir – nur dass das erleichternde Gefühl nicht so stark war wie erwartet, sondern seltsamerweise einer Leere Platz machte, die ich nicht erklären konnte.

Eine Weile behielt ich das für mich und dachte, sie würde einfach verschwinden, doch das tat sie nicht. Nicht nach zwei Wochen und auch nicht nach einem Monat. Stattdessen bliebt sie konstant, sodass ich mich Eli schließlich anvertraute und ihm davon erzählte. Tatsächlich überraschte es ihn nicht, es ging ihm sogar ganz ähnlich und dank schlafloser Nächte und ellenlangen Gesprächen weiß ich mittlerweile auch, wieso. Sosehr ich Hamburg auch liebte, verbinden wir beide mit unserem Zuhause eine ganze Reihe schrecklicher Erinnerungen. Die versuchte Vergewaltigung, der Unfall, der Streit mit Jess, mit der ich bis heute kein einziges Wort mehr gewechselt habe, der Angriff vor Weihnachten und die Verhandlungen vor Gericht, an denen wir nur so weit teilgenommen haben, wie es nötig gewesen war. Das alles, zusammen mit dem monatelangen Warten auf das Urteil war wie ein einziges dunkles Kapitel, das wir endlich zuschlagen wollten, und eigentlich hätte genau das passieren sollen. Wir waren frei, Julien war weggesperrt und ich wollte, dass sich dieses Gefühl von einem Abschluss einstellte. Das *sollte* es – aber aus irgendeinem Grund tat es das nicht.

Elis Daumen beginnt kleine Kreise auf meinem Handrücken zu malen und meine Lippen verziehen sich zu einem zufriedenen Lächeln.

Ich weiß, dass unser Entschluss keine erneute Flucht war und auch keine Niederlage darstellt, ganz im Gegenteil. Ich habe mich meiner Angst gestellt, für mich, für Eli und gegen Julien gekämpft und gewonnen. Ich habe meine Vergangenheit nicht länger von mir geschoben, sondern sie angenommen – und dabei gemerkt, dass Juliens Verurteilung nicht automatisch bedeutet, dass ich damit auch alles hinter mir lassen kann. Ich hab akzeptiert, dass das, was ich erlebt habe, immer ein Teil von mir sein wird und es keineswegs von Schwäche zeugt, sich das einzugestehen: Es ist menschlich. Die meiste Zeit habe ich mich im Griff und komme damit klar, aber es gibt immer noch Tage, an denen ich das Gewicht auf mir spüre und es mich nach unten zu ziehen versucht, das hört nicht einfach auf. Das ist leider die Wahrheit, aber es ist okay, weil ich jede dieser Erinnerungen am eigenen Leib gespürt habe und sie mich zu dem Menschen gemacht haben, der ich heute bin: eine Kämpferin, jemand, der für sich eingestanden ist und nie aufgegeben hat. Und genau das ist auch der Grund, warum wir jetzt hier stehen.

Es war richtig zu kämpfen, aber für ein Semester, vielleicht zwei, will ich es nicht mehr tun müssen, und einfach nur eine Studentin sein, deren Lebensgeschichte fürs Erste keine Rolle mehr spielt. Ich will mich von dem Ballast lösen und nach vorne sehen, buchstäblich und es nicht nur sagen. Julien liegt hinter uns, die

Vergangenheit ist vergangen und eine Zeit lang soll sie für uns nicht mehr an erster Stelle stehen. Deswegen war es richtig, zu gehen und uns von den Erinnerungen, die an jeder Ecke lauern, zu lösen. Wenigstens für eine Weile. Und falls wir zurückkommen, dann zu unseren Bedingungen und weil wir wissen, dass wir bereit dazu sind.

»Ich find's schön, dass wir hier sind«, sagt Eli und holt mich damit aus meinen Gedanken heraus.

»Ja, ich auch«, antworte ich.

»Du bist echt beeindruckend, weißt du das?«

»Ach ja?«, frage ich. »Wieso?«

»Die letzten Jahre waren alles andere als einfach und du stehst hier, als wäre es deine leichteste Übung«, erklärt er. »Du siehst glücklich aus.«

»Das bin ich auch«, sage ich und versinke in dem warmen Braun seiner Augen, als ich mich zu ihm umdrehe. »Es war für uns beide nicht einfach, aber ... wir waren nicht allein. Und hier komplett von vorn zu beginnen fühlt sich absolut richtig an.«

Er legt seine Stirn an meine und streicht mit seinen Fingern über meine Wange.

»Ja. Es fühlt sich wirklich richtig an.«

Der Himmel ist beinahe ganz in rotes Licht getaucht, als Eli sein Versprechen mit einem Kuss verschließt, der mich seine Aufrichtigkeit mit jeder Faser spüren lässt. Ich erwidere ihn, fühle seine Bewegungen bis tief in meine Seele und gebe ihm mein Versprechen zurück, ohne auch nur ein weiteres Wort zu sagen.

Erst Minuten später lösen wir uns wieder voneinander und ich lege meinen Kopf an seine Brust. Sanft streicht Eli mir über den Rücken und ich merke kaum, dass Hunderte Kilometer zwischen mir und der Stadt liegen, in der ich aufgewachsen bin. Ich verstehe, dass zu Hause kein Ort auf einer Karte ist. Es ist ein Gefühl und das befindet sich genau hier. Zwischen Eli und mir, in den warmen Strahlen der Abendsonne über Freiburg und im Klang seines Herzschlages.

Wir sind hier und wir sind zusammen.

Und solange er da ist, werde ich immer zu Hause sein.

ENDE

Danksagung

Es gibt eine Handvoll Momente im Leben, auf die man zurückblickt und sagt: Da hat sich alles verändert. Einer dieser Momente liegt inzwischen fast sieben Jahre zurück, als ich nämlich das erste Mal in London war und die allererste Zeile eines Buchs geschrieben habe, das im Februar 2019 unter dem Titel »So sieht es also aus, wenn ein Glühwürmchen stirbt« erschienen ist. Damit hat alles angefangen.

Deswegen gilt mein erster Dank, und das wird er auch immer, Sigrid Williams. Danke, dass du mich dazu ermutigt hast, meiner inneren Stimme zu folgen und zu schreiben. Danke für die stundenlangen Gespräche bis weit nach Mitternacht, dass du London zu einem Zuhause für mich gemacht hast, und für die Inspiration, die in jedem deiner Worte gesteckt hat. Dank dir habe ich angefangen, meinen Traum zu leben, und ich hoffe, wo auch immer du jetzt bist, dass du spürst, wie sehr ich dich dafür liebe.

Mein zweiter Dank gilt meiner wunderschönen, talentierten besten Freundin. Dafür, dass du dir meine Sorgen und Zweifel anhörst, mich motivierst, dir jede noch so lange Sprachnachricht um zwei Uhr morgens anhörst, mir immer ehrlich deine Meinung sagst und mich dazu bringst, über mich hinauszuwachsen. In den Augenblicken, in denen ich nicht weiterweiß und alles infrage stelle, bist du es, die mich dazu bringt weiterzumachen, und dafür danke ich dir und für noch so vieles mehr. Ich liebe dich.

Außerdem, unverzichtbar, unfassbar wertvoll und der Grund, dass dieses Buch kein Word-Dokument geblieben ist: Danke an Günter Berg, dafür, dass Sie dieses Buch möglich gemacht haben,

Sie sind der beste Agent der Welt. Danke an Susanne Stark, weil meine Geschichten bei bold eine Stimme haben dürfen. Danke an meine großartige Lektorin Julia Kniep. Du bist grandios, ich verneige mich vor dir, weil ich ohne dich völlig aufgeschmissen wäre. Mit dir zusammen wird aus einem Manuskript, das ich mag, ein Roman, den ich liebe, und ich freue mich schon jetzt auf das nächste Projekt mit dir. Danke an Julia Morper und Stefanie Broller für all die Fäden, die ihr hinter den Kulissen zieht. Dafür, dass ihr euch meine Ideen anhört, sie mit mir weiterentwickelt und sie groß macht. Ihr seid unverzichtbar.

Danke an meine Familie, dass ihr mir Zeit und Raum dafür gebt, Autorin zu sein. Dass ihr mich nie gedrängt habt, was anderes zu werden, und ich meine Kunst leben darf, ich liebe euch. Danke an meine Freunde, dass ihr mich so nehmt, wie ich bin, dass ich mit euch über meine Bücher sprechen kann, als wären die Figuren darin echte Menschen, und dass ihr das kein bisschen komisch findet – ihr wisst gar nicht, wie viel mir das bedeutet. Special Thanks gehen hier noch mal an dich, Julius, dass du diese Figuren mit deinen Zeichnungen zum Leben erweckt hast. Du hast Luna und Eli ein Gesicht gegeben und ich kenne niemanden, der das so toll hinbekommen hätte wie du. Danke, dass du die Geduld hattest und meine Vorstellung so perfekt eingefangen hast. Du bist genial (mehr von seiner Kunst findet ihr übrigens auf Instagram: @raditzefummel).

Danke an meine Testleser Ina (@inas.little.bakery), Sabrina (@bees_bookworld) und Sophia (@sophias_bookplanet), dass ihr euch die Zeit genommen habt, dieses Buch vorab zu lesen und mir euer Feedback zu geben. Fühlt euch ganz doll gedrückt, ich hoffe, wir sehen uns (spätestens) auf der nächsten Buchmesse!

Last but not least danke ich meinen Lesern, die dieses Buch gerade in den Händen halten. Danke für eure Zeit, für eure Gefühle, dafür, dass ihr *Without You* eine Chance gegeben habt. Für euch schreibe ich Bücher, dank euch darf ich Autorin sein und dieses Geschenk bedeutet mir so viel, dass es Worte nicht ausdrücken können.

In Liebe und Dankbarkeit

eure Maike

Hilfe und Anlaufstellen

Allgemeine Informationen:
Polizei: Notruf 110 oder die zuständige Polizeidienststelle (damit ist automatisch die Erstattung einer Anzeige und eine polizeiliche Untersuchung verbunden).
Österreich: 133. Schweiz: 117

Sicherung von Spuren sexueller Gewalt als Beweismittel (werden zwei Jahre aufbewahrt, können also auch bei später erfolgter polizeilicher Anzeige verwendet werden). Sogenannte Gewaltambulanzen gibt es in Berlin, Düsseldorf, Hannover, Hamburg, Heidelberg und München. Telefonnummern im Internet.

Deutschlandweite Beratung durch die zuständigen Sozialbürgerhäuser und Stadtjugendämter (auch kurzfristige Unterbringung in Jugendschutzstellen).

Die Broschüre zum Thema Vergewaltigung »Nein heißt Nein« der Stadt München enthält u. a. Informationen zum Sexualstrafrecht. Download unter: www.muenchen.de/rathaus/Stadtverwaltung/ Direktorium/Frauengleichstellung/aktuelles/broschuere_ vergewaltigung.html

Schutz und Hilfe bei sexualisierter Gewalt:
Hilfeportal sexueller Missbrauch des Unabhängigen Beauftragten (der Bundesregierung) für Fragen des sexuellen Kindesmissbrauchs mit Suchfunktion für lokale Beratungsstellen, Notdienste, Therapeutinnen und Therapeuten
www.beauftragter-missbrauch.de
www.hilfeportal-missbrauch.de

Hilfetelefon sexueller Missbrauch
0800 22 55 530, kostenfrei und anonym
Mo, Mi, Fr 9–14 Uhr, Di, Do 15–20 Uhr
beratung@hilfetelefon-missbrauch.de

Save Me Online
Onlineberatung für Kinder und Jugendliche
www.nina-info.de/save-me-online
beratung@save-me-online.de

Hilfetelefon – Gewalt gegen Frauen
08000 116 016, kostenfrei, anonym, rund um die Uhr, deutschlandweit, auch Chat und Mail.
www.hilfetelefon.de/das-hilfetelefon/beratung.html

o o o

pro familia
deutschlandweit, allgemeine Beratung zu Fragen (selbstbestimmter) Sexualität, 180 Beratungsstellen und Onlineberatung
www.profamilia.de

Weißer Ring
allgemeiner Hilfeverein für Kriminalitätsopfer mit 400 Außenstellen, Telefon- und Mailberatung
116 006, anonym, deutschlandweit, 7–22 Uhr
www.weisser-ring.de/hilfe-fuer-opfer/onlineberatung

Regionale Beratungsstellen mit deutschlandweiter Vermittlung:
Beratungsstelle Frauennotruf München, 089 76 37 37
www.frauennotruf-muenchen.de

Dunkelziffer
Beratung und Krisenintervention für Mädchen und Jungen, Hamburg,
040 42 10 700 10, auch Onlineberatung
www.dunkelziffer.de

KIBS
Kontakt-, Informations- und Beratungsstelle für Jungen und junge
Männer, die von sexualisierter und/oder häuslicher Gewalt betroffen
sind, München, 089 23 17 16 9120, www.kibs.de

Wildwasser München
Fachstelle für Prävention und Intervention bei sexualisierter Gewalt
gegen Frauen und Mädchen, 089 600 39 331
www.wildwasser-muenchen.de

Zartbitter
Kontakt- und Informationsstelle gegen sexuellen Missbrauch an Mädchen und Jungen, Köln, www.zartbitter.de

Allgemeine Notfall- und Hilfetelefone:
TelefonSeelsorge
allgemeine Beratung, anonym und kostenfrei, rund um die Uhr,
365 Tage im Jahr, auch per Chat und Mail
0800 111 0 111 oder 0800 111 0 222
www.telefonseelsorge.de
in Österreich: 142; www.telefonseelsorge.at
in der Schweiz: 143; www.143.ch; Die Dargebotene Hand

Nummer gegen Kummer / Kinder- und Jugendtelefon des Deutschen
Kinderschutzbundes
deutschlandweit, anonym, kostenfrei, Mo–Sa 14–20 Uhr, 116 11
Anmeldung zur Online-Beratung unter:
www.nummergegenkummer.de

Muslimisches SeelsorgeTelefon
24 Stunden täglich, dienstags auch auf Türkisch
030 44 35 09 821

Nightlines in Europe
ein Zuhör- und Informationstelefon von Studierenden für Studierende, Erreichbarkeit abends
www.nightlines.eu (Liste der Nightlines in deutschsprachigen Universitätsstädten)

Beratungsstellen in Österreich:
Allgemeine Informationen des Bundeskanzleramts
(mit Suchfunktion für Beratungsstellen) unter www.gewaltinfo.at

TAMAR – Beratungsstelle für misshandelte und sexuell missbrauchte Frauen, Mädchen und Kinder, Wien, 01 334 04 37
www.tamar.at

Beratungsstellen in der Schweiz:
Opferhilfe Schweiz der kantonalen Sozialdirektorinnen und Sozialdirektoren, mit Suchfunktion für Beratungsstellen:
www.opferhilfe-schweiz.ch

CASTAGNA – Beratungs- und Informationsstelle für sexuell ausgebeutete Kinder, Jugendliche und in der Kindheit und Jugend ausgebeutete Frauen und Männer, Zürich, 044 360 90 40
mail@castagna-zh.ch, www.castagna-zh.ch